SHAMIM SARIF

DAS PROTOKOLL

THRILLER

Aus dem Englischen
von Simone Schroth

PENGUIN VERLAG

Die englische Originalausgabe erschien 2019 unter dem Titel
The Athena Protocol bei HarperCollins, London.

MIX
Papier aus verantwortungsvollen Quellen
FSC® C014496

Penguin Random House Verlagsgruppe FSC® N001967

1. Auflage 2021

Umschlag: Favoritbüro
Umschlagmotiv: Shutterstock / ©gyn9037; Lina Mo; SumanBhaumik
Redaktion: Sabine Thiele
Satz: GGP Media GmbH, Pößneck
Druck und Bindung: GGP Media GmbH, Pößneck
Printed in Germany
ISBN 978-3-328-10401-8
www.penguin-verlag.de

Dieses Buch ist auch als E-Book erhältlich.

Für Hanan,
meine ganz persönliche Göttin
der Gerechtigkeit und der Weisheit

Und für Ethan und Luca –
stille Krieger und geborene Mystiker

1. Kapitel

Manchmal frage ich mich, ob die Welt durch ein Zielfernrohr nicht besser aussehen würde. Klarer, deutlicher, aufs Wesentliche konzentriert. Weniger chaotisch.

In meinem Fadenkreuz schläft ein Soldat, kaum ein junger Mann, nicht viel jünger als ich. Sein Mund ist leicht geöffnet, und mit der Hand bedeckt er die Augen, um das Glitzern des Morgengrauens auszusperren, das sich langsam über den Himmel ausbreitet. Ich kann sogar die einzelnen abgenutzten Fäden am ausgefransten Kragen seiner fleckigen Tarnjacke erkennen. Ich verlagere mein Gewehr nach links, wo ein Stück weiter hinten einige Gebäude hinter ein paar dornigen Bäumen stehen. Dort schläft Ahmed, der Anführer der Miliz. Dann wende ich mich nach rechts, zu dem eingezäunten Areal, in dem die ungefähr fünfzig Mädchen, die sie vor drei Monaten entführt haben, gefangen gehalten werden. Alle schlafen: die Soldaten, ihre Geiseln, der Anführer. Während ich warte, lausche ich den Geräuschen der Frau an meiner Seite.

Hala liegt so dicht neben mir, dass sich unsere Körper fast berühren. Ich spüre, wie sie sich bewegt, und hinter uns hustet Caitlin leise. Sie unterdrückt das Geräusch, obwohl wir viel zu weit oben hinter dem Camp sind, als dass es irgendjemand hören könnte. Ich muss auch husten. Die Luft ist trocken; so trocken, dass jeder Atemzug die Kehle reizt.

Der Geruch nach versengter Erde steigt mir wieder in die Nase: der Duft Westafrikas. Einen Augenblick lang denke ich an den dumpfen metallischen Geruch verregneter Straßen in London, zu Hause. Aber die Erinnerung verflüchtigt sich rasch, und ich huste wieder.

»Minimale Verspätung der eintreffenden Trucks«, meldet Caitlin leise. »Drei, vier Minuten.«

Hala und ich lassen die Gewehrläufe sinken, und ich schaue über die Schulter zu Caitlin, während ich mit der Wasserflasche eine tote Kakerlake neben mir wegschlage. Caitlin lauscht einer Meldung über ihren Ohrempfänger.

»Ich habe Hunger«, sagt Hala. Hala isst ständig, oder sie denkt ans Essen.

Caitlin greift in ihren kleinen Rucksack und wirft jeder von uns einen Eiweißriegel zu. Besonders begeistert bin ich nicht, aber sie hat ja wohl kaum frische Croissants dabei, deswegen sage ich nichts und schnappe mir den Riegel. Hala isst ihren schnell auf, ohne jeden Kommentar. Sie braucht Energie. Ich schlucke meinen mit weniger Begeisterung runter. Der kalte süße Block in meinem Mund ist einfach widerlich. Ich rufe mir in Erinnerung, dass in Afrika Millionen von Kindern verhungern und dass ich nicht das Recht habe, mich zu beschweren. Vor allem, weil wir morgen schon zu Hause sein werden.

»Wir sollten uns wieder bereitmachen«, ordnet Caitlin freundlich an. Etwas an ihrem amerikanischen Akzent, den lang gezogenen Silben, wie aus einem Cowboyfilm, verstärkt in mir das Gefühl, Britin zu sein.

Hala und ich folgen dem Befehl, schauen durch unsere Zielfernrohre, nehmen das Milizcamp unter uns wieder ins Visier. Wir haben dieselbe Position eingenommen wie in unserer ersten Nacht hier, als wir nur alles beobachtet und an unserer Strategie gefeilt haben. Himmel, war diese Nacht furchtbar. Als ich endlich schlafen konnte, war ich richtiggehend froh darüber, von etwas anderem zu träumen.

Mit unseren Spezialkontaktlinsen können wir mittels Blinzeln Dinge ran- und wegzoomen, deswegen hatten wir sogar von hier oben die Soldaten perfekt im Blick. Ich hatte nicht damit gerechnet, dass sie so jung sein würden. Man kennt ja diese Videos von Kindersoldaten in Afrika, aber das hier waren keine Kinder – Männer allerdings auch noch nicht. Wahrscheinlich haben sie sich nur zu gern von Ahmed und seiner Terroristenmiliz rekrutieren lassen. Wenn man in einem Dorf festsitzt und dort den ganzen Tag auf dem Feld arbeitet, um Erde zu bewirtschaften, aus der womöglich nie etwas wächst, gibt einem Ahmed vielleicht etwas, woran man glauben kann, und Gewehre zum Rumspielen noch dazu. Wir beobachteten sie in dieser Nacht, wie sie lachten, einander auf typische Jungenart neckten, sich auf kleine Kämpfe einließen, die wie kochendes Wasser aufsprudelten und sich genauso schnell wieder beruhigten. Die blutigen Nasen, das Schreien und Schubsen – damit käme ich schon klar.

Aber was sie den Mädchen angetan hatten ... Diesen fünfzig Mädchen, die sie irgendwo in einem weit entfernten Dorf gefangen genommen hatten, um bei der Regierung Inhaftierte freizupressen ... Was sie da taten, konnte sich keine von uns ansehen, und einander konnten wir auch nicht anschauen. Als ich aus Versehen Caitlins Blick begegnete, sah ich die Tränen in ihren Augen, und dass sie so litt, machte mich noch wütender. Ich wollte sofort etwas unternehmen, runtergehen und mit meiner Waffe alles beenden. Ich glaube, ich hatte mich sogar leicht aufgerichtet, denn Caitlin hatte mir eine Hand auf den Arm gelegt und ließ sie auch eine ganze Weile da, damit ich mich beruhigte. Um zwei Uhr morgens hatte das Ganze von selbst geendet. Das menschliche Bedürfnis nach Schlaf war stärker als alles andere. Und im Camp war es still geworden, genau wie jetzt.

Auf dem Bauch auf der harten, von der Hitze festgebackenen Erde zu liegen, ist nicht leicht. Wir halten uns schon seit fast einer Stunde hier auf, weil Caitlin bei allem gern früh dran ist; sie mag es nicht, wenn man unter Stress gerät, weil die Zeit knapp wird. Mir werden langsam die Beine steif. Ich bewege sie ein wenig und wische mir Schweiß von der Nase. Das Sonnenlicht hat das Tintenblau des Himmels unter der unregelmäßigen Linie der Bäume ein Stück weit entfernt heller werden lassen, und die Hitze ist schon wieder erdrückend. Ich bin angespannt, nervös: Wenn dieser Überfall erst einmal losgeht, dürfen wir uns keinen Fehler erlauben. Ich werde unruhig und merke, wie sich Hala mir gereizt zuwendet.

»Was ist?«, frage ich.

Aber Hala konzentriert sich wieder auf ihr eigenes Gewehr, schaut durchs Zielfernrohr. Sie redet nicht viel, und darüber hinaus spricht sie auch nicht gern Englisch. Dabei kann sie es gut – sogar sehr gut, wenn man sich überlegt, dass sie es erst seit ungefähr zwei Jahren richtig lernt. Aber sie bleibt gern für sich, und ich vermute, dass sie auch auf Arabisch nie viel von sich gegeben hat. Normalerweise schätze ich das an ihr, weil man so nicht dauernd Small Talk machen muss, aber jetzt ärgere ich mich über ihre unerschütterliche Ruhe.

»Verdammt, was für eine Hitze«, sage ich, nur um die Spannung ein wenig zu lösen.

Caitlins sanfter Südstaatenakzent wirkt beruhigend, wie Öl auf Wasser.

»Es ist doch nicht heiß. Irak im August, wenn man fünfzig Kilo Kampfausrüstung mit sich herumschleppt. Dann ist es heiß.«

»Du bist hier nicht die Einzige, die ein militärisches Training hinter sich hat«, gebe ich zurück.

»Und mit dem, was du schon geschafft hast, kann ich sowieso nicht mithalten, Jessica«, erwidert Caitlin lächelnd. »Ich war nur bei der Infanterie. Nichts Besonderes.«

Auf die Gefühle anderer einzugehen, ist Caitlins Lieblingsreaktion auf alles. Das müssen sie ihr im Offizierstraining mal beigebracht haben, und es ist hängen geblieben. Ich habe es in einem Führungskurs in England vor ein paar Jahren gelernt, in einer speziellen Trainingsschule, aber damals war ich sechzehn, und normalerweise konfrontierte ich andere lieber direkt, statt mir Sorgen über die Gefühle meines Gegenübers zu machen.

Aber hier sind wir nicht in der Armee oder in einem Regierungsprogramm, und in unserem kleinen Dreierteam gibt Caitlin den Ton an und erteilt die Befehle. Deshalb belasse ich es dabei. Ich bewege mich ein wenig unruhig hin und her, weil sie immer ganz genau weiß, was in mir vorgeht, weil sie mein Bedürfnis kennt anzugeben, aber jetzt erlischt ihr Lächeln. Sie sieht zum Horizont, wo zwei Trucks erscheinen und auf uns zukommen. Im Camp unter uns ist es immer noch ruhig, und man kann die Silhouetten der auf dem Boden ausgestreckt schlafenden Jungen erkennen, die überall herumliegen.

»Sieben Minuten.« Über ihre Kontaktlinse kann Caitlin die Geschwindigkeit der Trucks einschätzen, ihre Entfernung und wie lange sie noch bis zu uns brauchen werden.

»Bereit?«, fragt sie.

Adrenalin pumpt durch meine Adern.

»Ich war noch nie bereiter.«

Ich höre das Prahlen in meiner Stimme und weiß, dass Hala die Augen verdreht, aber ich kann nicht anders. Hala nickt natürlich einfach nur.

»In Position für den ersten Schuss.«

Wir beugen die Köpfe über unsere Zielfernrohre. Hala nimmt die schlafenden Soldaten rechts ins Visier, ich die links. Wir warten auf Caitlins Befehl. Die Zeit scheint sich zu dehnen, und wir liegen völlig reglos, atmen kaum noch.

»Jetzt«, befiehlt Caitlin.

Das erste Abdrücken ist für meine Finger eine Überraschung, als würde ich immer vergessen, wie viel Druck ich genau ausüben muss. Vielleicht liegt es daran, dass er sich wegen der Anpassungen an diese Gewehre ein wenig verändert hat, sie schießen nämlich Betäubungspfeile ab, keine Kugeln. Trotzdem fällt es mir leicht, Ziele zu treffen. Eins, zwei, drei, vier … Ich erwische die arglosen Soldaten in einem stetigen Rhythmus. Diese Gleichmäßigkeit ist wichtig. So beeilt man sich nicht zu sehr, denn dann könnte einer von uns ein Fehler unterlaufen, der uns alle Kopf und Kragen kostet.

Ein Auge habe ich am Zielfernrohr, mit dem anderen zoome ich durch meine Kontaktlinse heran, wie die Soldaten den Stich der Pfeile spüren. Sie erheben sich kurz, bevor sie bewusstlos zusammenbrechen. Einer nach dem anderen wird getroffen. Zwanzig, dreißig … meine Seite ist erledigt. Hala ist noch an ihrer dran. Sie ist langsamer als ich, aber sehr treffsicher. Jetzt herrscht völlige Ruhe. Die Bäume rauschen unter einem kurzen Windstoß, und im Käfig bewegen sich die Mädchen ein wenig, aber im Hauptteil des Lagers regt sich noch nichts.

Hala wirft mir einen fast zufriedenen Blick zu. Wir haben unsere Aufgabe gut erledigt. Aber dann werden wir von Caitlins Stimme unterbrochen.

»Auf zwei Uhr.«

Hala und ich fahren herum. Ein Soldat ist aufgesprungen und rennt auf Ahmeds Hütte zu. Dürre Beine und eine zerrissene Jacke, die ihm um den ausgezehrten Körper flattert. Er stellt sich geschickt an – läuft im Zickzack, um uns das Zielen auf ihn zu erschweren.

Mir jedoch nicht. Noch in der Bewegung fällt der Junge flach aufs Gesicht, Arme und Beine im roten Staub ausgestreckt. Und dann ist wieder alles still.

Caitlin seufzt erleichtert auf und lächelt mich an. Hala schüttelt den Kopf, als könnte sie gar nicht glauben, was für einen Schuss ich da gerade hingelegt habe.

»Los«, sagt Caitlin. »Die Trucks sind gleich hier.«

Ich höre das entfernte, dumpfe Brummen ihrer Motoren, als sie sich von Westen nähern, ganz genau nach Zeitplan. Diese Trucks sind die einzige Unterstützung, die uns die Regierung dieses Landes zubilligt, und das, nachdem wir die Drecksarbeit erledigt haben. Ich stehe auf, verstaue mein Gewehr, nehme unsere Waffen und folge den anderen runter ins Camp.

Wir gehen vorsichtig zwischen den Soldaten hindurch. Ihre Münder sind schlaff im erzwungenen Schlaf, sie liegen wehrlos da. Hala kontrolliert mit der Waffe im Anschlag, dass keiner von ihnen unseren Pfeilen entkommen ist. Dann wendet sie sich dem Käfig zu, in dem die Mädchen stehen und uns schweigend und mit offenen Mündern anstarren.

Wir alle tragen maßgeschneiderte sandfarbene Kampfausrüstung, mit Holstern, Waffen und Stiefeln. Um die Köpfe haben wir Tücher gewunden, die wir uns über die Gesichter gezogen haben. Nur unsere Augen sind zu erkennen. Smartphones gibt es überall, sogar hier draußen, und wir dürfen nicht riskieren, dass uns irgendjemand identifiziert.

Während Hala die Käfigtür gewaltsam öffnet, um die Mädchen zu befreien, rennen Caitlin und ich weiter, auf Ahmeds Hütte zu. Aber die Mädchen zögern. Hala will sie davon überzeugen, dass sie ihnen helfen möchte.

»Versuch's mal mit Lächeln«, murmele ich, und ich weiß, dass sie mich über ihren Knopf im Ohr gehört hat, denn sie wirft mir einen wütenden Blick zu. Lächeln ist nicht gerade eine ihrer leichtesten Übungen, aber sie versucht es, und es funktioniert. Jetzt kommen die Mädchen langsam und vorsichtig aus dem Käfig, bewegen sich auf die sich nähernden Rettungstrucks zu.

Die beiden Soldaten, die Ahmeds Hütte bewacht haben, sind ausgeschaltet, schlafen durch unsere Betäubungspfeile, und mit ein bisschen Glück liegt Ahmed da drinnen und schnarcht, dann können wir ihn auch unter Drogen setzen. Jede von uns hat ein Betäubungsgewehr in der Hand sowie eine Handfeuerwaffe, nur für den Fall. Unser Befehl lautet, Ahmed lebendig gefangen zu nehmen und den Regierungsstreitkräften zu übergeben, die dann auch das Lob für seine Ergreifung einheimsen werden. Diesen Preis haben wir ausgehandelt, damit man die entführten Mädchen in Sicherheit bringt.

Aber als wir uns gerade darauf vorbereiten, Ahmed zu überfallen, hupt einer der Trucks mehrmals, während er sich dem Camp nähert. Gestresst sehe ich in die Richtung. Die entkommenen Mädchen sind auf den Truck zugerannt und dabei fast unter die Räder geraten – der Fahrer hat also wahrscheinlich instinktiv die Hupe betätigt, doch die bloße Lautstärke seiner Warnung ist für unsere Mission eine Katastrophe. Ahmed muss den Lärm gehört haben.

Caitlin nickt nervös, und wir nähern uns rasch der Hütte – jede Sekunde des Zögerns gibt Ahmed Zeit, die Situation zum Nachteil für uns zu verändern.

Die Tür ist nicht verschlossen, und Caitlin öffnet sie, sodass ich die Hütte betreten kann, die Handfeuerwaffe vor mir. Ich spüre, wie Caitlin direkt hinter mir hereinkommt und mir Deckung gibt. Sie behält die andere Seite des Raumes im Auge. Ich stehe mit der Waffe im Anschlag da und komme mir wie eine Idiotin vor. Wie lange haben wir alles geplant, wie gründlich – stundenlang haben wir auf dem Bauch gelegen, damit wir sicher sein konnten, dass uns niemand kommen sieht, aber damit haben wir nicht gerechnet: dass Ahmed vielleicht Mädchen bei sich festhält. Genau die Mädchen, zu deren Rettung man uns hergeschickt hat.

Zwei sind es, und sie können nicht älter sein als fünfzehn Jahre. Wenn Ahmed noch geschlafen hätte, wäre das sogar egal gewesen. Aber der ganze Lärm von draußen hat ihn eindeutig aufgeweckt. Und diese zusätzlichen drei Sekunden haben uns den Überraschungseffekt verdorben. Wir sind einfach nicht schnell genug, um die Mädchen aus dem Weg bekommen, bevor Ahmed sie vor sich zieht und sie als nützliche menschliche Schutzschilde gebraucht. Jetzt ist meine Pistole auf die Mädchen gerichtet statt auf ihn, und gleichzeitig berührt Ahmeds eigene Pistole von hinten ihre Köpfe.

»Behalt ihn im Visier«, murmelt Caitlin.

Wir richten weiter unsere Waffen auf ihn. Gleichstand. Aber ich spüre, dass er glaubt, in der besseren Position zu sein, mehr Kontrolle zu haben, jetzt, wo er etwas zum Verhandeln in der Hand hat. Unter dem wild wuchernden Bart sieht er attraktiv aus. Irgendwie habe ich damit nicht gerechnet, als müsste das Böse seiner Taten sich in seinem Gesicht widerspiegeln. Seine Stirn ist schweißüberströmt, und er erwidert aus seinen eng zusammenstehenden Augen meinen Blick. Die Mädchen schwitzen auch, ein Film überzieht die Verletzungen auf ihren Gesichtern, und eines von ihnen fängt an zu weinen.

»Ruhe!«, befiehlt Ahmed. Aber sie ist außer sich vor Angst, fast hysterisch. Das andere Mädchen flüstert ihr zu, sie soll still sein, aber sie schluchzt weiter. Das macht Ahmed nervös. Er stößt sie von sich, und erleichtert rennt das Mädchen in eine Zimmerecke, wo es weiterweint.

»Gib sie uns«, sagt Caitlin, die wenigstens eine der beiden hier rausbekommen will.

Doch Ahmeds Pistole bewegt sich von der einen Geisel weg zu der anderen hin. Bevor ich mich rühren kann, ertönt ein Schuss, das Echo prallt von den Wänden ab wie Donner. Erschrocken zucke ich zusammen. Das Mädchen in der Ecke fällt hin. Ich starre auf die Wand hinter ihr, sehe die Blutspritzer. Einen Augenblick lang ist es völlig still. Dann gibt Caitlin ein ersticktes Geräusch von sich, und in mir steigt ein blutiges Rot auf, so tiefrot, dass ich sonst nichts mehr erkennen kann.

Caitlins Stimme holt mich gerade so in die Wirklichkeit zurück. Ihr Arm berührt meinen, während sie mit Ahmed spricht, und das fühlt sich richtig an – Caitlins Arm und ihre

Stimme –, als gäbe es in diesem grausamen Zimmer doch noch etwas Gutes.

»Immer langsam. Wir sind nicht gekommen, um dich zu töten«, sagt Caitlin.

Mein Blick wird von dem toten Mädchen auf dem Boden angezogen. Die andere Geisel keucht vor Angst. Sie hat die Augen fest zusammengekniffen und schüttelt unter Ahmeds Pistole den Kopf. Ahmed sieht aus dem Fenster, wo noch weitere Trucks mit Regierungssoldaten eintreffen.

Über uns höre ich plötzlich ein schwaches Knacken, und plötzlich erklingt Halas Stimme in meinem und in Caitlins Ohr.

»Ich bin auf dem Dach«, sagt sie.

Ich kann wieder atmen. Ein kleines bisschen Hoffnung. Sie muss den Schuss und unseren Austausch mit Ahmed gehört und das getan haben, was sie am besten kann: klettern. Das Dach ist nur schlecht gedeckt, die Mauer darunter braun und glatt. Dass da jemand raufkäme, scheint ganz unmöglich, aber Hala hat es geschafft. Zu Hause hat man sie *il bisseh* genannt, »die Katze«. Das war eines der ersten Dinge, die sie mir erzählt hat, als sie zum ersten Mal mit mir sprach, in diesem deprimierenden Zimmer in dem Untersuchungszentrum für Flüchtlinge.

Hala bekommt sicher kaum ein freies Schussfeld auf Ahmed, aber gleichzeitig weiß ich, dass wir durch eine Kugel von ihr am besten aus dieser Sache rauskommen. Ich will nicht in ihr Schussfeld geraten, deswegen trete ich unauffällig zwei Schritte zurück und habe dabei den Blick weiter auf ihn und das Mädchen gerichtet. Wenn es wirklich einen Gott gibt, bezweifle ich stark, dass er die Existenz von so jemandem wie Ahmed zulassen würde. Deswegen bete ich jetzt darum, dass Hala das Ganze in Ordnung bringt.

»Sorg dafür, dass er auf dich zukommt«, flüstert mir Halas angespannte Stimme ins Ohr.

Ich beobachte Ahmed, sehe, wie es ihm förmlich in den Fingern juckt, den Abzug zu betätigen. Das Mädchen wimmert leise. Mit der linken Hand hole ich eine kleine Granate aus der Tasche. Ahmed ist misstrauisch, er hat Augen wie ein Luchs. Er sieht, dass ich etwas in der Hand halte.

»Das Ding ist scharf«, sage ich und werfe es ihm mit wenig Schwung zu. Instinktiv lässt er das Mädchen los und bewegt sich nach vorn, um die Granate aufzufangen. Dann sieht er, dass sie noch nicht entsichert ist – und im selben Moment wird ihm die Pistole aus der Hand geschossen. Halas Kugel reißt ihm auch gleich einen oder zwei Finger ab, und er schreit auf, hoch und so schrill, dass mir der Kopf davon dröhnt, und irgendwie fühle ich mich dadurch besser. Ich schnappe mir das Mädchen, gleichzeitig schlägt Caitlin Ahmed mit dem Pistolenlauf zu Boden, holt sich die Granate und legt Ahmed an Händen und Füßen Handschellen an.

Jetzt nehme ich auch wieder Geräusche wahr. Manchmal geht mir das so, wenn ich mich sehr stark konzentriere: Einer meiner Sinne fällt völlig aus, der andere stellt sich übermäßig scharf. Aber jetzt wird der Raum geradezu überflutet: mit dem Geräusch sich drehender Rotorblätter, das von unserem eigenen Hubschrauber stammen muss, der uns abholen soll, und dem Dieseltuckern weiterer Trucks, die draußen eintreffen. Ahmed hört es auch, denn er dreht den Kopf zum einzigen Fenster hin. Durch die Scheibe sehe ich, wie Regierungssoldaten aus den Lastwagen springen und die betäubten Soldaten in den Käfig zerren, in dem vorher die Geiseln festgehalten wurden.

Unter meinen Händen zittern die dünnen Schultern des Mädchens. In ihrem Blick erkenne ich Angst und Misstrauen. Ich schaue ihr kurz in die Augen und lege ihr den Arm um die Schultern, versuche ihr klarzumachen, dass sie in Sicherheit ist. Sanft führe ich sie in Richtung der Tür und übergebe sie Hala, die vom Dach heruntergeklettert ist. Hala sieht die Leiche des anderen Mädchens und zuckt zusammen. Sie wirft mir einen gequälten Blick zu. Ich verstehe sie. Noch ein verschwendetes Leben. Noch ein Bild, das uns verfolgen wird. Ich lege Hala eine Hand auf die Schulter. Sie akzeptiert die Berührung, wendet sich dann ab.

Während Hala das zweite Mädchen nach draußen bringt, ziehe ich ein fleckiges Laken vom Bett und bedecke sanft den Leichnam der anderen Geisel. Das Gesicht ist völlig zerstört, und mir wird übel. Aber ich werde mich nicht übergeben – das käme mir respektlos vor –, deswegen schaue ich weg und atme ein paarmal tief ein und aus. Dann knie ich mich neben sie, berühre ihre Stirn.

Sie ist noch warm, immer noch real, und ich suche am Hals nach einem Puls, obwohl ich weiß, dass da keiner ist. Die Augen sind in eingefrorener Angst weit aufgerissen, und ich lasse die Finger über die Lider gleiten, um sie zu schließen. Blut, ihr Blut, klebt jetzt an meinen Fingern. Ich betrachte die roten Spuren auf meiner Hand und wische sie mir behutsam an der Kleidung ab.

Währenddessen spricht Caitlin mit Ahmed.

»Man wird dich festnehmen und dir einen fairen Prozess zugestehen.«

Ahmed unterbricht sie mit einem verächtlichen Grunzen.

»Sie mussten also *Frauen* schicken, um mich zu kriegen.« Er zieht eine spöttische Grimasse. »In einem Jahr bin ich wieder da. Und dann übernehme ich die Gegend hier, Schritt für Schritt.«

Seine Worte verursachen mir Schmerzen, aber keine körperlichen – so fühlt es sich an, wenn einem das Herz schwer wird. Wenn man weiß, dass jemand recht hat, es aber nicht glauben will. Zum ersten Mal seit unserer Ankunft kann ich die Dinge deutlich einschätzen. Weil uns diese entführten Kinder am Herzen liegen, sind wir einer Regierung zu Hilfe gekommen, die zu schwach ist, um selbst mit terroristischen Splittergruppen fertigzuwerden, in einem zu sehr entzweiten Land. Auf lange Sicht können sie einen Mann wie Ahmed nicht bekämpfen: Er ist hartnäckig, rücksichtslos, arrogant. Und vielleicht können wir es auch nicht. Jedenfalls nicht, solange wir uns an Regeln halten, die Verbrecher wie er ganz einfach ignorieren.

Dieses tiefe Rot steigt wieder hinter meinen Augen auf, und gleichzeitig spüre ich einen scharfen Schmerz im Kopf. Es fühlt sich an, als würde mir der Schädel platzen.

Langsam stehe ich auf, wende mich von dem toten Mädchen ab und ziehe die Pistole aus dem Holster. Ich richte sie auf Ahmed. Ganz langsam, jede Bewegung ist voller Bedacht und zielgerichtet, wird von etwas angetrieben, das sich ein Stück außerhalb von mir selbst befindet. Caitlin starrt mich an und schüttelt kaum merklich den Kopf.

»So lautet unsere Order nicht.«

Aber die Geräusche um mich herum werden undeutlich, unzusammenhängend. In Ahmeds Blick liegt Spott, und ich nehme nur noch das weiße Rauschen pulsierenden Blutes in meinen Ohren wahr. Ich sehe Ahmed an – in Handschellen, wehrlos – und zögere abzudrücken. Und dieses Zögern lässt ihn lächeln, weil er sich sicher fühlt. Ein arrogantes Lächeln ist es, das leuchtend weiße Zähne entblößt. Dann denke ich nur noch daran, wie einfach es ist, meinen Zeigefinger um den Abzug zu krümmen, wie weich sich der Rückstoß der Pistole anfühlt und wie rasch Ahmed in sich zusammensinkt, wie ihm das Kinn auf die Brust fällt.

Plötzlich schreit Caitlin auf, Hala steht in der Tür, nimmt das Chaos mit einem Blick in sich auf, und man reißt mir die Pistole aus der Hand. Dann werde ich gegen die Wand gestoßen.

»Entwaffnen«, kommandiert Caitlin.

Ich wehre mich nicht, kann nicht denken, gehorche einfach nur. Ich hebe beide Hände neben meinen Kopf und stütze mich an der Wand ab, während Hala meine Beine mit ihrem Stiefel weiter auseinanderschiebt. Methodisch lässt sie die Hände über meine Hüften, meinen Rücken und meine Beine gleiten. Sie atmet rasch und abgehackt. Ein Teil von ihr kann nicht glauben, was ich da gerade getan habe. Ich werfe einen Blick über die Schulter auf Ahmed. Es war ein sauberer Schuss, natürlich war es das, genau in seine Stirn. Ich starre ihn an. Er hat gelebt, und jetzt ist er tot. Wie einfach es war, ein Leben auszulöschen – wie schnell es ging. So etwas habe ich noch nie vorher getan, und ohne jede Vorwarnung wird mir übel. Die Galle steigt mir in der Kehle hoch, aber ich würge kurz und schlucke sie runter. Dann hole ich tief Atem, drehe mich wieder zur Wand und straffe die Schultern. Er hat diese Mädchen vergewaltigt, und ich habe gerade mit angesehen, wie er eines von ihnen umgebracht hat. Warum sollte es mir also etwas ausmachen? Und trotzdem tut es das, irgendwie.

»Vollständig entwaffnet«, meldet Hala und zeigt Caitlin einige Waffen. Meine Waffen.

Halas Blick begegnet meinem, und ich lese Missbilligung darin. Ich ziehe ein winziges Taschenmesser aus dem Stiefelfutter und reiche es ihr, um zu zeigen, dass ihr etwas entgangen ist. Dieser unbedeutende wortlose Austausch mit ihr hilft mir, für einige Sekunden an etwas anderes zu denken. Aber dann wird das winzige Stück Folie in meinem Gehörgang lebendig, und eine körperlose Stimme wendet sich Tausende von Meilen entfernt in strengem Ton an mich:

»Was ist da gerade passiert?«

Ich beiße mir so fest auf die Unterlippe, dass ich Blut schmecke. Caitlin berührt die Kamera am Revers ihrer Uniform.

»Peggy, das lässt sich nicht so einfach erklären …«

»Wir sehen, was durch unsere Kameras reinkommt«, unterbricht sie Peggy, und ich habe das Echo im Ohr. »Wir können erkennen, dass er tot ist. Warum?«

Caitlin zögert. Sie will nicht diejenige sein, die das Offensichtliche in Worte fasst. Die mich damit in die Scheiße reitet.

»Ich habe ihn erledigt, Peggy«, sage ich, damit Caitlin die Entscheidung erspart bleibt.

»Hat er eine Bedrohung dargestellt?«, fragt eine andere Stimme, die ich als Kits erkenne. Obwohl sie meine Mutter ist – oder vielleicht genau darum –, verspüre ich sofort das Bedürfnis, sie zu ärgern.

»Genau, eine Bedrohung für die Menschheit.«

Die Stimmen in London verstummen, und ich weiß, dass ich jetzt richtigen Ärger bekommen werde.

»Macht sauber«, ertönt Peggys Befehl direkt in unseren

Ohren, und Caitlin nickt Hala zu, die ihren Rucksack absetzt und eine Packung weißer Gelblöcke herausholt, die aussehen wie Geschirrspülertabs. Schnell, aber ohne offensichtliche Eile verteilt Hala sie im Raum, überall in den Ecken und unter Ahmeds Körper. Dann nimmt sie eine Tube aus dem Rucksack und verbindet die Tabletten mit Linien aus Gel.

»Sei vorsichtig«, sagt Caitlin zu ihr.

Dann verpasst sie mir einen leichten Schlag gegen die Schulter, und ich setze mich rasch in Bewegung. Draußen wartet unser Helikopter, ohne Kennzeichnung, mit sich drehenden Rotorblättern, der Metallrumpf hebt sich klein und schwarz von der roten, hitzetrockenen Erde ab. Caitlin folgt mir nach draußen, und im Laufschritt eilen wir auf die geöffnete Tür des Helis zu. Wir klettern hinein und warten angespannt auf Hala. Da ist sie, und sie rennt so schnell, dass sie im gleißenden Sonnenlicht zu verschwimmen scheint.

»Los, los, los!«, ruft Caitlin dem Piloten zu.

Als sie uns erreicht, ignoriert Hala die Hand, die ich ihr hinstrecke, und nimmt stattdessen Caitlins; die zieht sie in den Helikopter, der sofort sanft aufsteigt. Unter uns geht Ahmeds Hütte in lodernden, reinigenden Flammen auf.

2. Kapitel

Aus dem Hubschrauber steigen wir auf einem kleinen Flughafen irgendwo am Rand der Hauptstadt in ein Privatflugzeug um. Trotz der langen Heimreise bekomme ich nicht viel Schlaf. Ich fühle mich ganz dumpf vor Erschöpfung, aber jedes Mal, wenn ich einnicke, träume ich von Ahmed, deswegen beschließe ich nach einer Weile, lieber wach zu bleiben. Hala ist sofort eingeschlafen, Caitlin dagegen unruhig, zumindest bis sie ein paar Pillen schluckt. Ich spüre ihren Blick auf mir, aber ich halte die Augen meistens geschlossen. Ich tue so, als würde ich schlafen, damit sie nicht das Gefühl hat, sie müsste mit mir über Ahmeds Tötung reden und mein Verhalten kaputtanalysieren. Trotzdem drückt sie umständlich ein paar Pillen aus der Tablettenpackung im Rucksack und verschwindet schließlich auf die Toilette, um sie einzunehmen. Während ihrer Zeit im Irak hat sie viel gesehen, nicht nur die üblichen Kriegsgräuel, sondern auch, wie US-Soldaten irakische Gefangene misshandelt haben. Sie hat versucht, ihre Vorgesetzten zu alarmieren, aber man hat ihr mit unehrenhafter Entlassung gedroht, deswegen hat sie nachgegeben. Ich denke, dass sie darum Pillen schluckt. Nicht weil sie nicht aushält, was passiert ist, sondern weil es ihr zu schaffen macht, dass sie nichts daran ändern konnte. Außerdem waren ihre ersten Lebensjahre in Kentucky wie ein schlechter Countrysong. Wenn sie Hilfe braucht, um mit alldem fertigzuwerden, ist das eben so. Aber sie will es nicht zugeben. Es ist komisch, wenn Leute vor sich selbst so tun müssen, als hätten sie alles unter Kontrolle. In dieser Beziehung erinnert mich Caitlin an die Leiterinnen von Athena. Sie ist älter als Hala und ich – Ende zwanzig –, und manchmal wirkt sie mehr wie eine von ihnen als wie eine von uns.

Jetzt muss ich an sie denken, an die Frauen, die unsere Vorgesetzten sind, die Frauen, die Athena gegründet haben. Die uns rekrutiert, unser Training organisiert haben und die uns dafür bezahlen, Befehle auszuführen. Nirgendwo sonst gibt es eine bessere Gruppe von Überfliegern, und ich bin ziemlich sicher, dass einige von ihnen schon in ähnlichen Situationen waren wie wir gerade, obwohl sie nie darüber sprechen und man auch in ihren Lebensläufen oder in ihren Wikipedia-Einträgen nichts darüber findet. Alle sind sie erfolgreich, ehrgeizig und auf ihre eigene Art diszipliniert (sogar Kit). Sie haben es nicht dorthin geschafft, wo sie jetzt sind, weil sie Ungehorsam zulassen, und ich weiß, dass ich ganz großen Ärger bekommen werde, wenn wir landen.

Deswegen schleiche ich mich um zwei Uhr morgens ins Haus, und zwar noch geräuschloser als sonst. Ich will auf keinen Fall, dass Kit mich hört. Meistens stört es mich nicht, mit meiner Mutter zusammenzuleben, aber in solchen Augenblicken wünschte ich, ich hätte eine eigene Wohnung. Das Haus ist groß genug – eine dieser alten, weißen Stuckvillen in Notting Hill. Kit hat sie vor fünfzehn Jahren gekauft, als sie noch eine ziemlich bekannte Sängerin war, und wahrscheinlich ist das die beste Investition, die sie jemals getätigt hat. Ich benutze nicht die Haustür, weil die immer quietscht und man sie nicht schließen kann, ohne dass das ganze Haus in seinen Grundfesten erzittert. Stattdessen klettere ich über die Regenrinne und einen Ast in mein Zimmer. Wenn man eine dünne Messerklinge unter den Rahmen schiebt, lässt sich das Fenster aufhebeln. Ich werfe meinen Rucksack auf den Holzfußboden und gleite in den Raum.

Es riecht wie zu Hause. Wie Möbelpolitur und dieses teure Zitronenraumspray, das Kit mag, und wie Nudelsoße oder irgendwas mit Tomaten. Mir knurrt vor Hunger der Magen, aber wenn ich jetzt nach unten gehe, hört das meine Mutter vielleicht, und dann wird sie mich wegen Ahmeds Tod in die Mangel nehmen. Eine Dusche will ich aber riskieren, weil ich den Geruch nach Staub und Schweiß nicht länger ertrage. Und gerade rechtzeitig liege ich im Bett. Etwa fünf Minuten nachdem ich mich im Dunkeln hingelegt habe, öffnet sich die Zimmertür. Zum Glück habe ich mich auf die Seite gedreht, mit dem Blick zur Wand. Ich lasse die Augen geschlossen und atme leise und gleichmäßig. Kit steht eine Ewigkeit neben mir, und ich frage mich, ob sie jemals so lange an meinem Bett gestanden hat, als ich jünger war. Ich kann mich nicht daran erinnern, vielleicht hätte ich es auch sowieso verschlafen. Aber Kit war während meiner Kindheit auch nicht oft zu Hause. Ihre Karriere hatte Vorrang, und deswegen musste sie viel reisen.

Endlich schließt sich die Tür. Den Schlaf vorzutäuschen, hat mich benommen gemacht. Innerhalb weniger Minuten schlafe ich ein und wache am nächsten Morgen um sieben Uhr auf. Erleichtert stelle ich fest, dass ich gar nichts geträumt habe.

Ich drehe mich auf den Rücken und schaue an die Decke, wo sich ein Streifen Sonnenlicht auf der weißen Farbe ausbreitet. In der Magengrube verspüre ich Anspannung, weil heute Morgen ein Meeting im Hauptquartier von Athena ansteht, und ich gehe mit ziemlicher Sicherheit davon aus, dass man mich zur Rechenschaft ziehen wird. Oder was auch immer man mit Leuten macht, die für eine private Organisation arbeiten, von deren Existenz niemand sonst weiß. Ich überlege, wo sie jetzt wohl alle sind. Hala und Caitlin wahrscheinlich jeweils in ihrer Wohnung. Sie ziehen sich an, trinken Kaffee. Oder Pfefferminztee, was Hala angeht. Li, zusammen mit Kit und Peggy eine der drei Gründerinnen, meditiert zweifelsohne gerade in ihrem tadellosen weißen Wohnzimmer, oder sie spricht über eine Telefonschaltung mit ihrer Technologiefirma in Shanghai.

Ich höre Schritte auf dem Flur. Kit klopft leise und steckt den Kopf zur Tür herein.

»Ich habe dich gar nicht kommen hören«, sagt sie.

»Ich wollte dich nicht wecken.«

Dass sie bei mir war, erwähnt Kit nicht. Jetzt kommt sie rein, und ich setze mich halb im Bett auf. Sie ist schon fertig angezogen, in engen schwarzen Jeans und Cowboystiefeln, und in einer Hand hält sie eine Tasse grünen Tee. Kit hat immer etwas Glamouröses an sich, und ihr Arbeiterklasseakzent ändert daran nichts. Bei ihr sieht alles ganz einfach aus, und sie bewegt sich immer anmutig. Auch wenn sie nicht berühmt wäre oder man noch nie von ihr gehört hätte, würde man sich immer noch nach ihr umdrehen, wenn sie ein Zimmer betritt. Ich habe noch nicht herausgefunden, ob man das lernt, wenn man ein Star wird, oder ob man überhaupt nur deswegen einer wird. Sie setzt sich auf die Bettkante und mustert mich gründlich. Schaut sie mich an, ihre Tochter, und sieht eine Killerin vor sich? Ich senke den Blick und schlucke. Das bringt sie zum Sprechen.

»Ich weiß, du wirst wahrscheinlich reden wollen«, fängt sie an.

Ja, alles klar.

»Aber ich glaube, es ist besser zu warten, bis ich Peggy und Li getroffen habe.«

Ich nicke.

»Ich mache mir einen Kaffee«, redet Kit weiter. »Kommst du runter?«

Ich schüttele den Kopf und fühle mich elend dabei. Sollen wir uns in die Küche setzen und Small Talk über das Wetter halten, während ich warte, wie das Athena-Beil auf mich herabfällt? Darauf kann ich verzichten.

»Na ja, unten ist Brot. Und du solltest ein Ei essen. Wegen des Proteins.«

Ich begreife noch immer nicht richtig, wie sich Kit plötzlich in die Mutter des Jahres verwandeln konnte, wobei das erst angefangen hat, als ich Teil des Programms wurde, also mit fünfzehn. Und so ist das weitergegangen, seit sie mich zurückgeholt hat, damit ich Athena beitrete. Sie will ständig, dass ich Eier esse, kein Gemüse liegen lasse und warme Kleidung trage. Wo hat sie denn gesteckt, als ich sechs war und diese Fürsorge gebraucht hätte?

Obwohl ich kein einziges Wort gesagt habe, scheint sie meinen trotzigen Widerwillen zu spüren. Sie steht auf und verlässt das Zimmer, und sobald die Tür hinter ihr ins Schloss gefallen ist, nehme ich die Fernbedienung und schalte die Nachrichten ein. Ich lasse mich ins Kissen zurücksinken und schaue mir das Ende eines Berichts über eine Schießerei in Los Angeles an. Im nächsten Beitrag sieht man einen Reporter vor dem Parlament, der uns alle über die neuesten Entwicklungen zu einer langweiligen Gesetzesänderung informiert. Mir fallen die Augen zu; der typische Sprachfluss, den wohl alle Nachrichtensprecher draufhaben, lullt mich ein. Und dann höre ich das Wort »Kamerun«. Aus diesem afrikanischen Land sind wir gerade zurückgekehrt. Ich springe auf und stelle die Lautstärke hoch. Der Sprecher wendet sich an Jake Graham, der seinen Bericht vor dem Hochkommissariat von Kamerun in London abgibt. Jake Graham kennt jeder. Schlank und ein bisschen nachlässig gekleidet, mit Haaren, die immer aussehen, als könnten sie schon länger einen ordentlichen Schnitt vertragen. Ein guter Journalist, einer von den ernsthaften, ein richtiger erfahrener Held da draußen in den Schützengräben. Ich bin nicht gerade begeistert, dass man ausgerechnet ihm diese Story zugeteilt hat.

»Das Martyrium der jungen Frauen, die vor drei Monaten von einer religiösen Miliz entführt wurden, ist vorbei«, erklärt Jake jetzt live. »Die gewagte Rettungsoperation endete mit der Tötung des Anführers Ahmed Dawud.«

Mit trockenem Mund schaue ich zu, wie Jake in die Kamera und in die Sonne blinzelt.

»Die Vereinigten Staaten und führende europäische Regierungen haben erklärt, nicht in die Operation involviert gewesen zu sein, die sauber und wie von einer unabhängigen Spezialeinheit durchgeführt wirkt. Deswegen bleibt die Frage offen: Was ist hier geschehen?«

Vom Bildschirm sieht mir Jake direkt in die Augen.

Ich bin angespannt. Das habe ich nicht erwartet – und ich kann mir vorstellen, dass Li, die immer sofort merkt, wenn etwas auf irgendeinem Nachrichtensender läuft, gerade ausflippt, vor allem über diesen »Spezialeinheit«-Kommentar. Ich hoffe nur, dass bald Gras über alles wächst. Niemand hier hat jemals von den Entführungen in Kamerun gehört, und bis heute Morgen hatte man diese gefangenen Mädchen völlig vergessen, und ich kann mir nicht vorstellen, dass das Ganze die Leute morgen noch interessiert.

Verstimmt gehe ich ins Badezimmer, um mich fertig zu machen. Aber ich vermeide es, mich im Spiegel anzusehen. Ich kann es einfach nicht. Es ist, als wäre ich nicht mehr diejenige, die ich gestern war. Vor Ahmed. Das ist eines der aufschlussreichen psychologischen Details, die die Athena-Therapeutin geradezu lieben würde. Vielleicht hebe ich es für sie auf und verschaffe ihr damit einen richtig guten Tag, denn diese Sitzungen finde ich meistens unerträglich langweilig. Schnell ziehe ich mich an. Bei Tageslicht, nicht mehr im Chaos der Mission, fühle ich mich schuldig, weil ich ohne Bedrohung ein Leben beendet habe. Aber dann rufe ich mir ins Gedächtnis, um wessen Leben es sich handelt. Ahmed hat diese Mädchen entführt und missbraucht, also hat er es doch verdient? Der Gedanke ist nicht so beruhigend, wie ich das gern hätte. Ich schnappe mir meinen Rucksack und ziehe los.

Die U-Bahn ist überfüllt. Kaum zu glauben, dass ich erst gestern früh Meilen um Meilen von menschenleerer Landschaft um mich hatte. Ich bewege mich vor Unruhe ein bisschen, drehe den Kopf von dem Geruch nach Shampoo mit Morgenschweiß weg, der in der U-Bahn im Sommer immer vorherrscht. Meine Station liegt genau am Rand der City of London – dem Stadtteil, in dem die meisten Finanzkonzerne und einige der großen Technologiefirmen untergebracht sind.

Ich arbeite mich in der Flut der Pendler nach draußen vor und halte mich auf der endlos langen Rolltreppe links, steige immer zwei Stufen gleichzeitig hoch und lasse die Unterwelt aus überfüllten Tunneln und warmen, stickigen Windstößen hinter mir. Ich ziehe meine Oystercard über das Lesegerät, verlasse die Station und atme innerhalb weniger Sekunden die Morgenluft. Eine Brise vom Fluss bringt den schwachen Geruch von Auspuffgasen mit sich. Auf dem Fußweg ins Büro schaue ich auf das graue Wasser, das in der mir fremd erscheinenden Sonne glänzt, außerdem sehe ich die Brücken und die Gebäude, die leuchtend über mir aufragen. Nicht in einer Million Jahre hätte ich mir vorstellen können, jemals dort ein Büro aufzusuchen. Diese Gebäude, die Leute, die zur Arbeit rennen – das Ganze kam mir immer so karrieremäßig vor. Aber jetzt bin ich hier, auch wenn ich nicht gerade einen typischen Achtstundenjob habe.

Ich gehe an meinem Arbeitsplatz vorbei und halte mich auf der anderen Straßenseite. Es handelt sich um einen schlanken, hoch in den Himmel aufragenden Turm mit CHEN TECHNOLOGIES in fast zwei Meter großen Chrombuchstaben darauf. CT ist eine richtige Firma – oder besser gesagt eine Firmengruppe – und führend in der Welt der Technologie. Gegründet hat sie Li, und inzwischen breitet sie sich global aus. Wie sich herausgestellt hat, ist sie auch die perfekte legitime Firma, um unsere viel kleinere, weniger dem Gesetz entsprechende Organisation zu verstecken. Als ich durch die riesigen Eingangstüren des Gebäudes gehe, erscheint Li persönlich in einem schwarzen Tesla. Der ist cool genug, dass der vorüberfahrende Verkehr sich ein wenig verlangsamt, weil die Leute schauen wollen. Ihr Fahrer stoppt genau vor dem Eingang, und die Türen klappen auf. Li hält nichts davon, die Minuten zwischen ihrer Ankunft am Gebäude und der an ihrem Schreibtisch zu verschwenden, deswegen steht ihr Assistent Thomas immer schon da, wenn der Wagen bremst, und informiert sie über ihren Terminkalender. Thomas ist aber auch einer der wenigen Menschen, denen sie genug vertraut, dass er über Athena Bescheid weiß. Währenddessen gehen normale CT-Angestellte an ihr vorbei ins Gebäude, wie ein breiter Strom aus ausgeblichenen Jeans, Rucksäcken und Pappkaffeebechern. Als wäre sie Moses, öffnet sich der Strom vor Li, damit sie in ihrem Maßanzug und ihren Designerschuhen vorbeikann. Ich marschiere weiter, am Bürogebäude vorbei, gehe dann über die Straße, wende mich nach links in eine kleine Gasse und dann wieder nach links in eine noch kleinere, die sich zur Gebäuderückseite schlängelt.

Wir witzeln immer, dass das der Lieferanteneingang ist. Li kann das Gebäude durch die große Tür betreten, denn es trägt ihren Namen auf der Fassade und ist der Arbeitsplatz für achthundert ihrer Angestellten. Kit und Peggy werden durch die Tiefgarage hierhergebracht; sie haben einen privaten Eingang und einen gesicherten Aufzug, der sie direkt in die Athena-Etage bringt. Aber der Rest von uns betritt das Gebäude so wie ich. Eine ruhige kleine Gasse, die zu einer einfachen Garagentür aus Metall führt. Man öffnet sie über ein verstecktes Fingerabdruckpanel ziemlich weit unten am Boden, wo es niemand vermuten würde. Als ich meinen Zeigefinger darauf platziere, bewegt sich die Tür keinen Millimeter, und einen Augenblick lang halte ich inne. Werde ich für das, was ich getan habe, ausgesperrt? Ich wische mir die verschwitzte Hand an der Jeans ab. Dann versuche ich es noch einmal – und die Tür öffnet sich.

Dahinter ist eine Garage mit einer weiteren Tür an der hinteren Wand, die nirgendwo hinführt, sowie eine Tür auf der rechten Seite, die wir benutzen. Ich tippe mit einer ganz normal aussehenden Kreditkarte auf eine unmarkierte Metallplatte und stehe in unserem Aufzug. Hier gibt es keine Knöpfe, nur einen Bildschirm. Ich trete davor und warte, bis der Irisscanner anspringt. Das Licht des Lasers gleitet über mein Auge und bestätigt, dass es sich um meins handelt. Dann erscheint auf dem Display eine Auswahl an einfachen Optionen; keine davon würde für jemand anderen einen Sinn ergeben – da steht nur *Option Eins* (so kommt man ins Athena-Stockwerk, wo die Einsatzzentrale ist und wo Kit, Li und Peggy ihre Büros haben) und *Option Zwei,* wo die Tech-Höhle untergebracht ist. Ich weiß nicht mehr, warum wir sie die Tech-Höhle nennen, denn sie liegt nicht unter der Erde. Vielleicht weil ihre Leiterin Amber sie auch bewacht wie eine Bärin ihre Höhle. Von dort aus hat man eine fantastische Aussicht über die City, aber die Fenster funktionieren nur in eine Richtung: Wir können rausschauen, aber von draußen sieht die Fassade aus wie Spiegelglas. Dort hält Amber all unsere Waffen, Ausweispapiere, Ersatzkleidungsstücke und unsere Ausrüstung hinter Schloss und Riegel, und irgendwo auf diesem Stockwerk wird auch ihre geliebte neue Technologie getestet.

Ich benutze mein Auge wie eine Maus – bewege den Cursor zur Option Eins und zwinkere zweimal für die Auswahl.

Anscheinend ist dieser Security-Level nicht korrumpierbar. Endlich bewegt sich der Lift. Dabei rutscht mir förmlich der Magen in die Kniekehlen.

Mit Ahmeds Tötung habe ich den geheimen Status von Athena gefährdet, und mir ist bewusst, dass wir ohne diese Geheimhaltung nicht weiter existieren können. Für die

Außenwelt existiert Athena nicht. Wir sind kein geheimes Spezialteam des britischen Geheimdienstes oder ein Experiment der CIA. Peggy, Kit und Li haben etwas geschaffen, das keinen Weisungen von außen unterliegt. Der Vorteil ist, dass sie sich vor niemandem zu rechtfertigen haben und sich keinem offiziellen Regelwerk unterwerfen müssen, das Dinge verlangsamt oder blockiert. Der Nachteil ist offensichtlich: Wenn irgendjemand herausfindet, was wir da treiben, landen wir alle im Gefängnis. Deswegen weiß ich, dass ich richtig Scheiße gebaut habe.

Komischerweise ist das Gefühl, Peggy zu enttäuschen, das Schlimmste von allen. Vielleicht, weil sie noch das meiste Verständnis hätte. Sie gehört zu diesen freundlichen, wirklich anständigen Menschen, die einen niemals verurteilen, ohne einen vorher angehört zu haben. Peggy ist Amerikanerin. Von der Ostküste, einer richtig guten Elite-Uni, und sie ist clever wie ein Fuchs. Ich bezweifle, dass vor dreißig Jahren viele andere afroamerikanische Frauen in Harvard Jura studierten, aber sie gibt nie damit an. Sie sieht immer wie aus dem Ei gepellt aus und wirkt, als würde sie ihr halbes Leben bei Opern- oder Ballettaufführungen verbringen und die andere Hälfte bei schicken Wohltätigkeitsmittagessen. Einige Jahre war sie US-Botschafterin in London – und irgendwann war sie auch mal bei der CIA. Irgendwie scheint sie in jedem Land Kontakte zu haben. Sie hat Li kennengelernt, als sie beide Sonderbotschafterinnen der Vereinten Nationen waren.

Li ist während der Kulturrevolution in China aufgewachsen. Sie spricht nie darüber, aber als Kind hat man sie ihrer Familie weggenommen und gezwungen, für die Regierung zu arbeiten. Genau da wird die Geschichte interessant:

Gerüchte besagen, dass sie ein hohes Tier beim chinesischen Geheimdienst war. Alles andere ist der Stoff für Legenden. Wie alle hier weiß ich, wie man online obskure Details ausgraben kann, aber über Li findet man abgesehen von nichtssagenden Reportagen in den schicken Magazinen kaum etwas.

Und was Kit betrifft – na ja, was tun Musikstars, wenn sie irgendwann keine Platten mehr verkaufen und in Panik geraten, weil sie älter werden? Meine Mutter jedenfalls hat sich für Frauenrechte eingesetzt. Fairerweise muss man sagen, dass Kit seit ihrer Jugend Aktivistin und Feministin war; das hat sie mir immer in allen Einzelheiten erzählt, wenn ich sie auf eine Kundgebung begleitet oder die hundertste Petition unterschrieben habe. Sie hielt mir ständig Vorträge darüber, wie es war, Teil einer verlorenen Generation auf sich selbst fixierter Kinder zu sein, die sich kein bisschen dafür interessierten, dass die Welt vor die Hunde geht. Meistens ließ sie sich darüber aus, wenn sie spätabends eine halbe Flasche Wodka getrunken hatte, was das Ganze etwas weniger beeindruckend machte. Dann reiste sie ein Jahr durch Osteuropa, Afrika und Indien; für die Vereinten Nationen ließ sie sich mit Frauen und Kindern fotografieren, die in Armut lebten oder sich daraus befreiten. Das brachte sowohl Kit als auch den Vereinten Nationen viel gute Presse ein.

Bis zu dem Vorfall in Pakistan. Niemand konnte das kommen sehen, und es veränderte alle drei. Das war der Beginn von Athena, etwas so Einzigartigem, so Außergewöhnlichem, dass ich keinen Moment zögerte, mich vom Programm abzuwenden und Teil von Athena zu werden. Wenn mir jemand gesagt hätte, ich würde irgendwann einmal für meine Mutter arbeiten, hätte ich diesen Menschen laut ausgelacht. Aber so ist es gekommen.

Thomas wartet schon auf mich, als sich die Lifttür öffnet. Er weiß, dass ich kommen werde, weil eine App auf seinem Smartphone einen Klingelton, ein Bellen oder sonst was von sich gibt, wenn irgendjemand von uns per Fingerabdruck die Tür unten in der Gasse aktiviert. Wir gehen nach links, zum Besprechungsraum und zu den Büros der Gründerinnen. Die befinden sich hinter einer weiteren gesicherten Tür. Rechts führt ein Flur zur Einsatzzentrale, einem großen Raum voller Bildschirme, und zwar solche transparente, fließende, die immer wirken, als würde man sie irgendwohin projizieren. Zu verschiedenen Zeiten zeigen sie Gesichter, Wärmebilder, Untersuchungsergebnisse, Analysemuster. Oder jede Menge langweiligen Onlinekram. Caitlin, Hala und ich erledigen selbst ziemlich viel von den Hintergrundrecherchen für die Missionen, die Athena in Erwägung zieht. Von uns abgesehen gibt es nur ein paar Analytiker, und denen bin ich noch nie begegnet. Ich nehme an, es handelt sich um eine kleine Kerngruppe von Angestellten, denen Li vertrauen zu können glaubt – vielleicht auch welche, die aus irgendeinem Grund von ihr abhängig sind. Wer kann das schon wissen? Li achtet sehr darauf, die Leute in einer Abteilung zu behalten. Wenn man in der Technologieentwicklung arbeitet, dann auch nur da. Und wenn ich irgendetwas von dort brauche, gibt es nur eine Person, mit der ich Kontakt habe – Amber. Deswegen gehe ich davon aus, dass niemand von uns wirklich weiß, wie weit Athena ihr Netz aufspannt.

»Du bist spät dran«, meint Thomas. »Hast du verschlafen?«

Er geht neben mir her. Genau genommen ein kleines Stück vor mir, sodass ich das Gefühl bekomme, dass er mich mit Absicht eskortiert.

»Ich verschlafe nie«, gebe ich zurück.

»Also kommst du ausgerechnet heute mit Absicht zu spät?«

Ausgerechnet heute, wo ich Ärger habe, meint er.

Thomas ist etwa dreißig und arbeitet als eine Art Überassistent für Li, seit er mit der Uni fertig ist. Er teilt ihre Besessenheit in Bezug auf das perfekte Erscheinungsbild. An wild wuchernde Augenbrauen oder gelockerte Krawatten würde er nicht einmal denken, und niemand würde es wagen, ihn mit »Tom« anzusprechen. Ständig schaut er auf seine Smartwatch. Die scheint einen unablässigen Kurznachrichtenstrom von Li wiederzugeben – außer, nehme ich an, wenn sie gerade meditiert oder Yoga macht. Sie schwört auf beides und will uns alle dazu überreden.

Wir sind fast am Besprechungsraum, wo gerade ein Meeting stattfindet. Durch die Glasscheibe sehe ich, dass Li eben eingetroffen ist. Hala kaut an einem Apfel, und sie und Caitlin hören Peggy zu, die ihnen gegenübersitzt, neben der Tür. Mit einem Schwenk seiner Sicherheitskarte aktiviert Thomas die Tür zum Besprechungsraum, und ich trete ein. Das Klicken lässt alle aufblicken, und ich schlucke unauffällig. Ich wende mich zu Thomas um, doch sein Blick ist auf Hala gerichtet, und die beiden lächeln sich kurz zu. Nicht zum ersten Mal frage ich mich, ob er sich wohl für sie interessiert; gleichzeitig ist der Gedanke an die beiden als Paar ganz einfach unwahrscheinlich. Hinter mir schließt sich die Tür, und Thomas entfernt sich, der Raum bleibt in Stille zurück. Caitlin und Peggy nicken mir zu, Hala sieht mich nicht an, Li und

Kit wiederum tauschen Blicke. Ich setze mich allein auf eine Seite, gieße mir Kaffee ein und schaue auf die große schwebende Leinwand. Sie zeigt das Porträt eines attraktiven Mannes mit grau melierten Schläfen.

Li macht dort weiter, wo sie bei meinem Eintreffen aufgehört hat. Alle schauen wieder auf den Bildschirm, offensichtlich wird gerade der nächste Auftrag besprochen. Wir alle haben Hintergrundrecherchen betrieben, bevor wir nach Afrika aufgebrochen sind – vor allem ich. Deshalb kommt mir das alles bekannt vor, aber jetzt, wo die Mission in Angriff genommen werden soll, möchte Peggy alles rekapitulieren und allen die konkreten Schritte und den Zeitplan vorlegen. Ich will es mir nicht zu einfach machen, aber ich verspüre Erleichterung. Wenigstens arbeiten wir weiter, statt die alte Mission zu zerpflücken. Und ich habe den Raum betreten dürfen. Vielleicht macht es ihnen ja gar nicht so viel aus, dass Ahmed eine Kugel abbekommen hat.

»Inzwischen kennt ihr alle Gregor Pavlić«, sagt Peggy. »Er besitzt Casinos und Restaurants, aber richtig viel Geld verdient er am Menschenhandel mit Frauen aus Osteuropa.«

»Wie viele andere«, kommentiert Hala, die noch an ihrem Apfel kaut. Sie wischt sich den Mund am Ärmel ab. Diskret und freundlich reicht ihr Peggy ein Papiertaschentuch. Hala wirkt überrascht. Sie steckt es in die Tasche, benutzt wieder ihren Ärmel, und ich unterdrücke ein Lächeln. Ich kann mir einfach nicht vorstellen, dass sich Thomas wirklich für Hala interessiert. Unter dieser mürrischen Grimasse steckt ein nettes Mädchen, aber ihre Tischmanieren sind grauenhaft. Er dagegen könnte jederzeit Tee mit der Queen trinken.

»Stimmt. Aber wenn wir ihn erwischen, reißen wir viele andere mit rein«, meint Kit und schaut alle der Reihe nach an – alle außer mir.

»Pavlić plant langfristig«, sagt Li. »Er hat über die Jahre Beziehungen zu osteuropäischen Politikern aufgebaut und ihnen gezeigt, wie man das Leben so richtig genießt. Zwischen Glücksspiel, Sex und Drogen hat er digitale Akten über sie angelegt, die fast alle zum Straucheln bringen können.«

Ich schaue Li beim Sprechen zu. Sie trägt einen tadellosen marineblauen Anzug, und sie hat ihren digitalen Handschuh an. Den liebt sie heiß und innig und benutzt ihn, um Dinge zu erledigen, die sie auch mit einem Mausklick vollbringen könnte. Er sieht aber auch wirklich gut aus, umschließt ihre Hand mit einem feinen Stoffüberzug, in dem sich ein Netz aus kupferfarbenen Drähten befindet. Mit einer Bewegung ihres Zeigefingers ersetzt Li die Aufnahme von Gregor Pavlić auf dem Bildschirm durch eine andere. Jetzt sieht man einen eleganten Mann mit einem ironischen Lächeln, nur wenig älter als Pavlić. Peggys Blick wird weicher, als sie die Aufnahme betrachtet.

»Aleks Jučić, der Justizminister von Serbien«, erklärt Peggy. »Einer der wenigen Politiker, der sich nicht hat korrumpieren lassen.«

»Wie können wir das wissen?«, fragt Caitlin nach. Sie hat die Recherche zu Aleks Jučić noch nicht gesehen – ihre Ermittlungen haben sich auf Gregor Pavlić konzentriert.

»Nun, auf einer persönlichen Ebene waren wir richtig gute Freunde, als ich noch für die Botschaft gearbeitet habe«, erklärt Peggy. »Er weiß alles über Pavlićs Machenschaften, hat aber nichts in der Hand, um ihnen ein Ende zu bereiten, weil so viele Richter und Beamte in Schlüsselpositionen eine Erpressung mit Pavlićs Akten fürchten. Wir müssen ihm diese Akten beschaffen, um Pavlić die erpresserischen Tätigkeiten nachzuweisen, und sie brauchen stichhaltige Beweise für seine Machenschaften. Dann wird Aleks eine langfristige Lösung finden.«

Nachdem uns Peggy die fluffige Flauschversion der Gründe gegeben hat, warum sie Aleks vertraut, ist Li an der Reihe. Sie bestätigt, dass wir jeden erdenklichen Hintergrundcheck in Bezug auf Aleks Jučić durchgeführt haben und dass es kein Bankkonto in irgendeinem Steuerparadies gibt, das sich irgendwie mit ihm in Verbindung bringen ließe.

»Jessie hat die meiste Arbeit zu Aleks Jučić erledigt«, fügt Peggy hinzu. »Ich glaube, es wäre gut, wenn sie das Wichtigste für uns zusammenfasst.«

Einige Köpfe wenden sich mir zu. Es stimmt, ich habe mich mit ihm befasst, lange vor unserem Aufbruch nach Kamerun. Mit der Recherche sind wir üblicherweise immer eine Mission voraus. Peggy nickt mir zu, ich soll reden. Typisch für sie, dass sie mich so einbezieht, so freundlich ist. Ich räuspere mich und fange an.

»Ich habe ihm einen Virus auf seinen Computer geschickt und …«

»Wie denn?«, unterbricht mich Hala. Ich rutsche auf meinem Stuhl herum. Zwischenfragen sind in einem Briefing wie diesem unüblich, aber Hala geht es ganz offensichtlich darum, mir einen Schlag zu versetzen.

»Mit der Speisekarte seines Lieblingsrestaurants. Als er die E-Mail geöffnet hat, konnte ich dadurch auf seine Festplatte gelangen. Dann habe ich Lis Celltrax-Software benutzt, um in sein Smartphone zu kommen, und weil dich das Ganze offensichtlich sehr interessiert …«

»Seitdem überwachen wir alles, was er per Mail oder SMS verschickt oder bekommt«, fügt Peggy gelassen hinzu. Damit will sie meine steigende Verärgerung über Hala lindern. »Er ist sauber.«

Eine Bewegung von Lis Handschuh lässt einen dreidimensionalen Plan von Pavlićs Haus erscheinen; wir zoomen in und um den Raum, wo man die digitalen Akten in einem Safe verschlossen hält. Ich beuge mich vor. Wie wir in Pavlićs Haus eindringen und an seinen Safe kommen sollen – das ist der Teil, mit dem sich die drei Athena-Gründerinnen rund um die Uhr beschäftigt haben. Wir Agentinnen wissen darüber noch nichts.

»Durch die Haustür können wir das Gebäude wohl nicht betreten«, meint Caitlin.

»Doch, das können wir«, erwidert Kit. »Wie sich herausgestellt hat, ist Gregor Pavlić ein Fan von mir, und ich habe meinem Management erklärt, dass ich zu einer gut bezahlten Privatvorstellung bereit wäre. Deswegen haben sie sich an ihn gewandt, und jetzt hält es Pavlić für seine eigene großartige Idee, mir ein Vermögen dafür zu bezahlen, dass ich aus dem Ruhestand zurückkomme, um nächste Woche auf der Party zu seinem fünfzigsten Geburtstag für ihn zu singen. Deswegen haben wir auch das Datum für diese Mission vorverlegt.«

Ich pruste fast meinen Kaffee raus. Nicht ganz unbeabsichtigt. Endlich schauen mich alle an – alle, außer Hala.

»Wie soll denn das ein ungefährlicher Plan sein?«, frage ich. Im Ernst, ich kann gar nicht glauben, was ich da höre. Meine Mutter, die seit Jahren nicht mehr aufgetreten ist, hat vor, einfach so in das Heim eines der schlimmsten Menschenhändler auf diesem Planeten zu tänzeln und für ihn zu singen, während wir Daten aus seinem Safe stehlen? Ich starre Kit voller Unglauben an. Sie senkt den Blick, und in ihrem Kiefer zuckt ein winziger Muskel – ein eindeutiges Anzeichen dafür, dass sie wütend ist. Ich warte darauf, dass sie etwas sagt und diesen blöden Plan verteidigt, doch Caitlin mischt sich ein.

»Wir sind für solche Missionen ausgebildet, Kit.« Sogar sie hält das Ganze für einen verrückten Einfall. Nur signalisiert sie das auf höflichere Art und Weise als ich.

»Schon, aber ihr könnt nicht meine größten Hits singen«, gibt Kit zurück. »Ihr braucht mich, um auf Pavlićs Grundstück zu kommen.« Meine Mutter sieht dabei vor allem mich an, denn sie will Autorität ausstrahlen. Ich ziehe eine Grimasse und wende den Blick ab.

»Es ist ungewöhnlich«, kommentiert Peggy, »aber unsere Analyse hat insgesamt ergeben, dass es viel sicherer ist, Kit mit Caitlin als Bodyguard als Pavlićs Gäste dorthin zu schicken, als einen Einbruch zu riskieren. Seine Security ist ganz schön beeindruckend.«

Mit einer eleganten Handschuhbewegung schaltet Li den Bildschirm aus und gibt Caitlin und Hala die Anweisung, in die Tech-Höhle zu gehen und dort mit Amber die weiteren Vorbereitungen zu besprechen. Sie stehen auf und gehen zur Tür, die anderen folgen ihnen. Ich verlagere mein Gewicht.

»Und was soll ich machen?«

Das habe ich eigentlich nicht fragen wollen. Es klingt kindisch und so, als wäre ich genervt. Aber dass mich das Team so eindeutig ignoriert, macht mich nervös. Zu meiner Überraschung ist es von allen Frauen im Raum Hala, die antwortet.

»Gute Frage«, sagt sie. »Was machst du überhaupt? Außer Befehle missachten?«

Als sie mich ignoriert hat, hat mir das besser gefallen. Aber ich gönne ihr ihren Triumph.

»Ich habe darüber nachgedacht, was wir da treiben. Was meinst du denn, was hätten Ahmeds Soldaten getan, nachdem sie aufgewacht wären? Eine Feministengruppe gegründet?«

Hala wirft mir einen verächtlichen Blick zu.

»Fürs Denken wirst du nicht bezahlt«, sagt sie. »Mach einfach deinen Job. Zur Abwechslung.«

Was? Ich stürze auf Hala zu, bevor ich überhaupt merke, was ich da tue. Sie ist überrascht, weicht mir aus und geht dann zum Gegenangriff über. Wir kämpfen mit bloßen Händen, schnell und ohne Rücksicht, Schläge, Tritte, Abwehr … Aber dann geben die Beine unter mir nach, und ich liege auf dem Boden. Caitlin starrt aufgebracht auf mich hinab, und mir wird klar, dass sie mir von hinten in die Beine getreten und mich so zu Fall gebracht hat. Jetzt packt sie Hala an der Schulter und führt sie auf die Tür zu.

»Ich habe mich für dich eingesetzt, als du Asyl wolltest und alle gedacht haben, du bist eine Terroristin«, rufe ich Hala nach.

Sie antwortet nicht, aber Caitlin bedeutet mir mit einem Blick, den Mund zu halten, und das mache ich auch. Ich klopfe mir die Hosen ab, während die Athena-Gründerinnen Blicke austauschen, lange, bedeutungsvolle Blicke, die Kit mit einem Nicken quittiert. Nichts an dieser wortlosen Kommunikation versetzt mich in Begeisterung. Aber ich bin schockiert darüber, was Hala getan hat. Ich weiß, dass sie eine Pedantin ist und es schlimm findet, dass ich die Regeln gebrochen habe, aber als sie in einem britischen Untersuchungszentrum für Flüchtlinge festsaß, war ich es, die ihr dabei geholfen hat, ihren Antrag auf Asyl durchzukriegen. Ganz zu schweigen davon, dass ich sie zu Athena gebracht habe. Da wäre ein wenig Dankbarkeit eine nette Geste.

Ich hole tief Luft, als Peggy und Li den Raum verlassen. Nur Kit bleibt zurück, und ich warte darauf, dass auch sie geht, aber das tut sie nicht. Stattdessen deutet sie auf den freien Platz neben ihrem.

Widerwillig setze ich mich. Der Stuhl steht dicht neben ihrem – zu dicht. Einen ewig dauernden Augenblick lang sagt Kit gar nichts, raschelt nur mit ihren Papieren. Wahrscheinlich will sie mir nach dem Drama mit Hala ein bisschen Zeit geben, um mich wieder zu beruhigen. Still sitze ich da, und unwillkürlich nehme ich Kits ganz eigenen Duft wahr: eine Kombination aus Haut, Haaren und Parfüm, die mich sofort in die Vergangenheit zurückversetzt. Für einen Moment bin ich wieder sieben Jahre alt, und man trägt mich hoch ins Bett, weil ich auf der Couch eingeschlafen bin, wo meine Mutter und ihre Freunde bis spätnachts geredet und Gitarre gespielt haben. Genau dieser Geruch berührt mich jetzt. Damals war er mir vertraut. Ich hatte das Gesicht in Kits Haar vergraben, meine Beine fest um ihre Taille geschlungen.

»Ich weiß, dass du im Programm dazu in der Lage warst, Befehlen zu folgen«, fängt Kit an.

Das holt mich in die Gegenwart zurück. Plötzlich ist es, als wäre die geringe Entfernung zwischen unseren Stühlen zu einem breiten Strom geworden, und ich weiß nicht, wie ich ihn überqueren soll. Ich schiebe meinen Stuhl ein Stück weg, als wollte ich mich bequemer hinsetzen, doch in Wirklichkeit will ich ein wenig Distanz zwischen mich und diesen Duft bringen. Und die Erinnerungen.

»Sorry, wie bitte?«

»Als du im Programm warst, hast du auch Befehle befolgt.« Sie betont das Wort »Programm« mit so etwas wie Sarkasmus.

Ich habe früh die Schule verlassen, mit fünfzehn. Und damit meine ich, dass ich fertig war, bereit für ein Unistudium. Mathe, Physik und solche Sachen sind mir immer leichtgefallen. Es spricht mich an, dass diese Fächer eine Ordnung und Logik besitzen.

Aber ich war zu jung fürs College. Eine andere Privatschule hatte sich an meine Mutter gewandt; es hieß, man würde sich auf begabte Kinder konzentrieren. Als ich dort anfing, stellte sich heraus, dass es nicht nur um Lernen und Wissen ging, sondern auch um physische Herausforderungen wie Zielgenauigkeit und dreistündige Marathonläufe; dadurch hätten wir begreifen müssen, dass es da um mehr ging. Wie sich herausstellte, war die Schule eine Vorstufe für das Programm, dieses elitäre Training, das eine moderne »Armee« zur Bekämpfung von Cyberkriminalität und allem anderen hervorbringen sollte, indem man die so Ausgebildeten in der Regierung und in den Führungsetagen großer Konzerne platzierte.

Einem Teil von mir gefiel das. Ich war an einem Ort mit Vorschriften und Grenzen, und man musste immer irgendwo sein. Als ich aufwuchs, gab es in unserem Haus keine Regeln. Ich konnte lange aufbleiben, durfte essen, was mir schmeckte. Kit wollte meine Kreativität nicht unterdrücken, aber ich hätte nicht behaupten können, dass ihre in irgendeiner Form besser wurde, wenn sie sturzbetrunken die halbe Nacht wach war. Oberflächlich betrachtet, wirkt meine Kindheit wie der Traum jedes Teenagers, aber wenn man das sein ganzes Leben lang gehabt hat, will man einfach nur jemandem wichtig genug sein, dass der einem sagt, wann man ins Bett gehen oder einen Apfel essen soll, oder was auch immer. Mit fünfzehn war ich völlig haltlos. Und das Programm fühlte sich an wie das genaue Gegenteil. Außerdem erhielt ich nach der Grundausbildung die Möglichkeit, mich auf Elektrotechnik und Bombenentschärfung zu spezialisieren – auf all diese Dinge, die ich zu lieben gelernt habe.

»Athena gehört nicht zur Regierung«, sage ich. »Ich bin aus dem Programm raus, weil ich es gehasst habe, dass mir die Hände gebunden waren.«

»Was Athena betrifft, hast du recht«, antwortet Kit. »Wir werden nicht gewählt, und wir sind nicht legal. Wenn wir auffliegen, wandern wir alle ins Gefängnis. Wir waren in den *Morgennachrichten*, Jessie.«

Ich nicke, weil ich weiß, dass das stimmt, und ich fühle mich schrecklich deswegen. Kit senkt den Blick.

»Jessie, du bist raus.«

Ich starre sie einen Augenblick lang nur an, öffne und schließe den Mund wie ein Fisch.

»Suspendiert. Du – du meinst suspendiert, oder?«, stammele ich schließlich.

Doch Kit schüttelt den Kopf. »Wir haben das Ganze besprochen, und mit deiner Arbeit für Athena ist es vorbei. Du wirst den anderen weitergeben müssen, was du über Aleks und diese Mission weißt, bevor wir alle nach Belgrad aufbrechen. Aber das war's dann.«

Sie steht auf und streckt eine Hand aus. Verständnislos schaue ich auf ihren Handteller und die mir so vertrauten Silberringe an Kits Mittelfinger. Was will sie denn?

»Ich brauche deinen Zugangspass«, sagt Kit.

Dabei schaut sie mir nicht in die Augen, und das ist gut so, denn der Mangel an Vertrauen schmerzt mehr, als ich ihr zeigen will. Aus der hinteren Jeanstasche ziehe ich die kleine elektronische Karte, über die ich Zutritt zu diesen Büros bekomme. Ich lege sie Kit in die Hand, und ihre Finger schließen sich darum. Ich spüre, wie sich meine Frustration einen Weg nach draußen bahnt, durch die Risse bricht.

»Du wolltest mich nie bei Kampfeinsätzen dabeihaben«, sage ich, und zu meiner Verärgerung nickt Kit bestätigend.

»Das stimmt. Du bist mein Kind, Jess. Aber ich dachte, bei Athena könnte ich dich wenigstens im Auge behalten.«

»Du willst also, dass ich hinter irgendeinem Schreibtisch festsitze? Warum? Du hast dich doch mein ganzes Leben lang einen Scheißdreck dafür interessiert, was ich treibe, während du auf Tour warst.«

Kit starrt mich an. »Hier geht es darum, was du mit Ahmed gemacht hast.«

Ich will nur meinen Job zurück. Und außerdem will ich, dass nicht jedes Mal, wenn ich die Augen schließe, Ahmeds Gesicht vor mir erscheint. Ich wünschte, ich hätte es nicht getan. Ganz tief drinnen weiß ich, dass es so sein muss, dass es sogar fair ist – aber ich kann mich nicht dazu bringen, das meiner Mutter gegenüber zuzugeben. Kit räuspert sich. Ich schaue auf und hoffe auf eine Wendung zum Guten.

»Ein Team ist immer nur so gut wie jedes einzelne Mitglied«, sagt sie ernst.

Jetzt aber. Wenn ich etwas überhaupt nicht vertrage, ist es, wenn meine Mutter klingt wie ein Zitat von einem Abreißkalender mit motivierenden Sprüchen.

Kit nimmt ihre Designerhandtasche und macht Anstalten zu gehen. Ohne auch nur zu antworten. Wütend folge ich ihr zur Tür.

»Ich bin eure beste Agentin«, sage ich.

»Wir rekrutieren bereits andere«, gibt Kit zurück.

Das trifft mich wie ein Schock. Meines Wissens gab es nur uns drei Agentinnen hier. Caitlin hat man dazugeholt, weil sie nach ihrer Entlassung aus der Army in der Botschaft für Peggy gearbeitet hat. Hala habe ich selbst rekrutiert. Und weil ich Kits Tochter bin, vertraut man mir. *Hat* man mir vertraut. »Woher wollt ihr denn wissen, dass ihr euch auf sie verlassen könnt – auf diese neuen Agentinnen?«

»Das wissen wir nicht. Noch nicht. Aber wenn sie es jemals in diese Etage schaffen, werden sie andere nicht ohne Respekt behandeln. Oder sich auf Prügeleien mit ihren Teamkolleginnen einlassen. Ich finde es einfach nur unglaublich *peinlich*, dass du …«

Das haut mich um, und vielleicht bemerkt Kit das, denn sie hält ihren Ärger zurück und hört auf zu reden. Wir schweigen einen Moment, dann schaue ich sie wieder an, suche nach einem Riss, einem Weg zurück, einem Weg, sie zu überzeugen. Aber gibt es keinen, das kann ich sehen. Als Kind habe ich einmal miterlebt, wie Kit nach einem Streit mit einem Liebhaber die Tür ins Schloss warf. Dann packte sie eine Gitarre und schlug sie auf dem Boden kaputt. Damals hatte ich Angst, aber als ich später daran zurückdachte, erfüllte mich das Verhalten meiner Mutter mit Verachtung, denn es wirkte wie der Trotzanfall eines Rockstars, wie ein Klischee. Kit wendet sich mir zu, und ich erkenne dasselbe gefährliche Funkeln in ihren Augen; ich sehe, wie viel es sie kostet, nicht wieder die Stimme zu erheben.

»Du bist etwas ganz Besonderes, Jess«, sagt sie schließlich. »Aber so unreif. Und niemand ist unersetzlich.«

Nach diesen Worten öffnet meine Mutter die Tür und verlässt den Raum, ohne mich auch nur noch einmal anzusehen.

3. Kapitel

Wenn Leute sagen, sie »schlurfen so durchs Leben«, wusste ich nie genau, was sie damit meinen, weil ich immer alles voller Begeisterung getan habe. Bis jetzt. Jetzt höre ich meinen eigenen Schritten zu, die über den glänzenden Holzfußboden schlurfen, und das Geräusch ist einfach nur deprimierend.

Dass mir Athena etwas bedeutet, habe ich immer gewusst, aber jetzt, wo ich die Organisation verlassen soll, scheint sie mir plötzlich *alles* zu bedeuten.

In gewisser Weise hat das Ganze in Pakistan angefangen. Kit hat eine Schule für Mädchen unterstützt, in einer nördlichen Provinz, wo die Taliban immer noch Einfluss hatten und Mädchen fast nie Schulbildung erhielten. Sie nahm Kontakt mit Peggy auf, weil sie Hilfe brauchte, um das Projekt durch den langsamen Bewilligungsprozess der UN zu bekommen. Sie kannte Peggy damals ziemlich gut. Zum ersten Mal waren sie sich bei einem Lunch im Weißen Haus begegnet, glaube ich, weil sich beide für die Belange von Frauen und Kindern einsetzten. Irgendwann wurden sie dann richtige Freundinnen, vor allem als Peggy die Position als US-Botschafterin bekam und nach London zog. Peggy kümmerte sich um die Schule und brachte Li dazu, als Sponsorin aufzutreten. Offensichtlich war das Lis erstes Engagement für ein größeres Wohltätigkeitsprojekt. Was für ein

Anfang. Kein Wunder, dass sie von staatlichen Organisationen nur sehr wenig begeistert ist.

Jedenfalls haben sich alle in Lahore getroffen und die stundenlange Fahrt auf sich genommen, um die Schule feierlich eröffnen zu können. Von Kit weiß ich, dass das eine große Sache war. UN-Vertreter, das ganze Dorf auf den Beinen, Fernsehkameras. Sie haben also die Schule eröffnet und an der ersten Stunde teilgenommen – mehr als zwanzig Mädchen saßen in der Klasse, und alle waren aufgeregt wie noch nie zuvor in ihrem Leben. Dann haben sie zusammen mit den Dorfbewohnern gegessen, die für die drei ein riesiges Festmahl vorbereitet hatten. Und dann sind sie zurück ins Hotel gefahren, um ordentlich auszuschlafen und auf ihren Heimflug am nächsten Tag zu warten. Allerdings hat Peggy im Hotelzimmer die Nachrichten eingeschaltet, während die drei das Ganze mit einem Drink feiern wollten, und da sahen sie plötzlich, dass es in einem Dorf im Norden gebrannt hatte. Kit hat erzählt, sie hätte gedanklich nicht einmal die Verbindung zu ihrem Dorf hergestellt, bis sie einen der Männer erkannte, die im Fernsehen Wassereimer schleppten. Das war ein Dorfbewohner, der nicht wollte, dass seine Zwillingsmädchen in die Schule gingen, weil der Stammesführer vor Ort Geld von den Taliban annahm und er sich um die Sicherheit seiner Töchter sorgte. Kit hatte stundenlang versucht, den Mann zu überreden, die Mädchen doch zur Schule zu schicken. Das hatte er dann auch getan. Und jetzt sah man in den Nachrichten, wie er versuchte, mit einem Wassereimer zweieinhalb Meter hohe Flammen zu löschen.

Die drei haben irgendwo einen Wagen mit Fahrer aufgetrieben, der sie sofort wieder hinbrachte, und als sie dort ankamen, war nur noch wenig von der Schule übrig. Und von den Mädchen. Über den Rest dieser Nacht hat Kit nie mit mir gesprochen – darüber, was sie gesehen haben oder wie sie den Dorfbewohnern unter die Augen getreten sind. Peggy und Li haben sich genauso wenig geäußert. Aber später habe ich im Internet Bilder gesehen. Eins davon werde ich nie vergessen: ganze Reihen von weißen Laken, und jedes von ihnen bedeckte einen kleinen Körper. Schon wenn ich an das Foto denke, wird mir schlecht. Wie sich Kit gefühlt haben muss, kann ich mir gar nicht erst vorstellen. Nach ihrer Rückkehr aus Pakistan trank sie mehr als je zuvor, aber ich hielt mich mit meinem Sarkasmus zurück und suchte keinen Streit mehr. Eine bessere Lösung hatte ich in dieser Zeit nicht, aber sie wohl schon.

Oder genauer gesagt, Peggy hatte eine bessere Lösung. Denn irgendwo in der Asche dieses entsetzlichen Feuers wurde die Idee für Athena geboren. Li verfügte über das Geld, eine Privatagentur zu engagieren, die sich für Frauen und Mädchen einsetzte. Und weil sie im chinesischen Kommunismus aufgewachsen war, hatte sie wahrscheinlich keine Lust mehr, länger darauf zu warten, dass sich Regierungen darum kümmerten, die Probleme auf der Welt zu lösen. Wie Peggy war sie seit Pakistan völlig desillusioniert. Und wie Peggy hatte sie wahrscheinlich auch bestimmte Fertigkeiten und Erfahrungen, was Spionagearbeit betraf. Kit stieg als Letzte ein, und ich bin mir ziemlich sicher, dass ihr Peggy damit aus der Dunkelheit helfen wollte, in der sie nach Pakistan festsaß. Kurz darauf fragte mich Kit, ob ich sie unterstützen wollte, und darüber war ich froh. Nicht weil ich sie so fertig sehen wollte, wie sie war – ich wollte einfach, dass wir füreinander da wären, wie eine richtige

Familie. Deswegen stimmte ich zu. Alles, was ich innerhalb des Programms lernte – den Umgang mit Waffen, Programmieren –, konnte Athena doch nur nützlich sein, und Peggy versicherte mir, dass ich nicht nur irgendeine Angestellte wäre, die keine Ahnung davon hatte, wessen Kriege sie führte und warum.

Jetzt ist es anders. Jetzt wird der Kampf weitergehen, aber ich habe nichts mehr damit zu tun. Am Aufzug wartet Thomas. Er wendet den Blick ab, als ich mich ihm nähere.

»Ich habe veranlasst, dass dich jemand heimbringt«, sagt er. Ich will ihn gerade anfahren, dass er sich das sparen kann und ich die U-Bahn nehme, als uns Peggys Stimme unterbricht. »Hast du kurz Zeit?«

Peggy eilt auf uns zu. Sie trägt einen grauen Tweedanzug mit pinkfarbenen Einsprengseln. Ihr Haar sitzt tadellos, und die Accessoires passen perfekt. Sie hatte wahrscheinlich richtigen Unterricht darin, wie man sich kleidet, schließlich ist sie an der Upper East Side in New York aufgewachsen. Das ist bestimmt auch okay, wenn man Jackie Kennedy oder Michelle Obama heißt, aber manchmal nervt diese ganze Perfektion einfach. Außerdem bin ich sicher, dass Peggy irgendwann in all den Jahren Benimmunterricht oder so was bekommen hat. Und trotzdem ist sie nicht arrogant. Sie ist einfach sie selbst: freundlich, anständig, korrekt.

Als Peggy uns erreicht, bedeutet sie Thomas mit einem Nicken zu verschwinden, und das tut er auch. Dann entsteht eine peinliche Pause, und ich versuche den Blick auf den Boden gerichtet zu halten, doch Peggy nutzt einen ganz kurzen Moment aus, als ich doch aufsehe.

»Deine Mutter macht sich Sorgen um dich«, sagt sie.

»Das wäre ja ganz was Neues.«

In Peggys Blick liegt genug Enttäuschung, dass ich mich kurz für mich selbst schäme. Mir wird bewusst, dass mein Sarkasmus eine Angewohnheit geworden ist. Ich erinnere mich daran, wie mich Kit regelmäßig ermahnt hat, gute Angewohnheiten führten zum Erfolg und schlechte zum Versagen. Eine weitere Maxime, die sich meine Mutter offensichtlich in den vergangenen Jahren angeeignet hat, ganz ohne Zweifel beim Treffen einer Selbsthilfegruppe.

»Wenn du schon nicht mit ihr reden willst«, spricht Peggy weiter, »dann rede mit mir.«

»Worüber denn?«

»Darüber, wie du dich fühlst.«

Peggy sagt das so freundlich, dass mir plötzlich zum Weinen zumute ist. Vielleicht sieht sie das, denn sie nimmt mich am Arm und führt mich weg, in eins der kleineren Büros, wo wir wirklich allein sind, weg von dem ganzen Glas. Aber ich weigere mich, vor Peggy zu weinen. Ich bin nicht außer mir oder traumatisiert, auch wenn die anderen das glauben. Ich wende mich Peggy zu, und der Ärger verleiht mir neue Energie.

»Willst du wirklich wissen, wie ich mich fühle?«, frage ich. »Ich bin froh. Froh, weil Ahmed tot ist. Froh, weil er nie wieder ein Mädchen missbrauchen oder töten wird.«

»So siehst du aber nicht aus«, gibt Peggy zurück. Sie zögert. Dann spricht sie leise weiter.

»Wenn man zum ersten Mal tötet, ist das nie einfach, und man bekommt immer Albträume davon.«

Aha, okay. Also steckt hinter diesem CIA-Job vielleicht doch mehr als Schreibtischarbeit und Überwachung. Ich werde unter ihrem Blick ein wenig unruhig. Es ist, als wüsste sie alles von dem, was wirklich in mir vorgeht.

»Deswegen haben wir ein Protokoll, Jessie«, erklärt Peggy. »Wir sollen schützen, nicht töten. Außer es ist absolut notwendig.«

»Ja, ich habe das Handbuch gelesen«, sage ich zu ihr. »Wenn es um alles geht, ist das aber ziemlich lästig.«

Peggy holt tief Atem und verkneift sich eine Erwiderung, und diese Chance nutze ich, um eine Frage zu stellen – es geht um etwas, das mich seit dem Beginn der ganzen Ahmed-Sache gestört hat.

»Peggy, was, wenn man mit Leuten wie Ahmed nicht fertigwerden kann, indem man sie vor Gericht bringt? Was, wenn man Feuer mit Feuer bekämpfen muss?«

»Auge um Auge?« Das weiche Braun von Peggys Augen verwandelt sich in Stahl, aber ich zucke nur die Achseln.

»Eine andere Sprache versteht Ahmed nicht.«

»Vielleicht nicht, aber hier geht es nicht um ihn – es geht um Athena selbst.«

»Schon kapiert«, gebe ich zurück. »Wir haben Weisungen, und gegen die habe ich verstoßen.«

Aber Peggy schüttelt den Kopf.

»Nein, ich meine Athene, Pallas Athene, die griechische Göttin des Krieges. Und der Gerechtigkeit. Und der Weisheit.«

Peggy betont diese letzte Eigenschaft, das bilde ich mir nicht nur ein. Damit will sie ganz offensichtlich sagen, dass mir diese Weisheit fehlt. Wir alle kennen diesen klassischen Bezug, weil er das Rückgrat der Arbeit darstellt, die wir hier erledigen, aber ich bin gerade nicht in Stimmung für die Athena-Aufmunterungsrede.

»Nehmt mich mit nach Belgrad«, bitte ich verzweifelt.

Peggy mustert mich gründlich. »Ich bin über diese Sache

genauso unglücklich wie du«, sagt sie. »Wir haben diese Mission monatelang vorbereitet, und sie war auf drei Agentinnen ausgerichtet. Damit, dass wir nur zwei vor Ort haben würden, haben wir nicht gerechnet.«

»Dann nehmt mich mit. Ich habe meine Lektion gelernt.«

»Gerade eben hast du mir erklärt, du bist froh, dass Ahmed tot ist.«

Das habe ich jetzt von meiner großen Klappe.

»Weißt du, wir waren uns wegen dir nicht ganz sicher«, fährt Peggy fort. »Ob wir dich rauswerfen oder einfach eine Zeit lang an den Schreibtisch versetzen sollten. Dass wir deine Fähigkeiten verlieren, ist nicht gerade gut für uns. Aber das vorhin – diese Prügelei mit Hala im Besprechungsraum? Während eines Meetings?« Sie schüttelt den Kopf. »Bei dem, was wir tun, ist Selbstbeherrschung unabdingbar.«

»Du weißt ja nicht, wie das ist«, sage ich leise und blicke zu Boden.

»Was meinst du damit?«, fragt Peggy.

Ich suche nach Worten. Aber ich kann es nicht erklären. Peggy und Li und Kit sind einfach nicht in der Lage zu verstehen, was es bedeutet, ständig gegen Leute zu kämpfen, die einen innerhalb einer Sekunde töten können. Das hat etwas Wildes, etwas Instinktgetriebenes: In meinem Kopf legt sich ein Schalter um, und kurz nach der Erledigung des Auftrags kann ich nicht einfach wie auf Knopfdruck in den Alltag zurückkehren und klar denken. Keine von uns kann das. Caitlin und Hala sind einfach besser darin als ich, das zu verbergen.

Peggy wartet immer noch darauf, dass ich etwas sage. Aber ich kann nur den Kopf schütteln. Sie streckt eine Hand aus und zieht mich an sich. Bevor ich weiß, wie mir geschieht, umarmt sie mich. Nach einem Augenblick entspanne ich mich und gebe mich der Umarmung hin.

»Komm mit«, sagt Peggy dicht an meinem Ohr. Sie tritt einen Schritt zurück, um mich anschauen zu können.

»Wohin?«

»Zum Hochkommissariat von Kamerun. Ich brauche eine Assistentin, die Notizen macht, und du kannst dann gleich sehen, wie sich die Leben der Mädchen verändern werden, die du gerettet hast.«

Vor zehn Minuten wäre der Gedanke, wie eine persönliche Assistentin in einem stickigen Botschaftsraum Notizen zu machen, meine Standarddefinition von Langeweile gewesen. Aber jetzt will ich nicht nach Hause fahren und die Wand anstarren, während ich über den Rest meines Lebens nachdenke. Ich nicke, und Peggy bringt mich zurück zum Aufzug und nach unten in die Tiefgarage, wo ihr Wagen samt Fahrer schon auf sie wartet.

Während der Rest von uns direkt zum nächsten Job übergeht, wenn der vorige erledigt ist, arbeitet Peggy normalerweise noch eine Weile an der alten Mission. Sie hatte sich beim Eintritt in Athena überlegt, dass es schön und gut ist, Frauen und Mädchen zu retten, aber was dann? Die meisten von ihnen haben nicht die nötige Bildung oder Ausbildung, um ein selbstbestimmtes Leben führen zu können, deswegen sind dieselben Leute immer noch eine Gefahr für sie, vor denen wir sie zu retten versucht haben. Und darum benutzt Peggy ihre politischen Kontakte und ihre Verbindungen zu Wohltätigkeitsorganisationen, um für jeden einzelnen Fall langfristige Lösungen zu finden. Nachhaltigkeit ist eines ihrer Lieblingswörter, und alle halten Peggy einfach für einen Menschen, der Gutes tun will, eine wohlmeinende Botschafterin im Ruhestand mit zu viel Zeit und zu viel Geld.

Peggy erklärt mir, dass sie Gelder gesammelt hat, um den von Ahmed entführten Mädchen eine Therapie zu ermöglichen. Das ist toll, aber trotzdem höre ich nach einer Weile nicht mehr zu, weil in meinem Kopf wieder der Moment abgespielt wird, als ich den Abzug betätigt und Ahmed erschossen habe. Ich will mich nicht daran erinnern, was ich in diesem Augenblick empfunden habe.

Ich blinzele und sehe durch das Autofenster ein anderes London an mir vorbeiziehen, weitläufiger und gediegener als das Herz der City mit seinen eng beieinanderstehenden modernen Gebäuden. Jetzt fahren wir durch Straßen voller Laub und Bäume, an roten Backsteingebäuden vorbei, die so ähnlich aussehen wie Peggys eigener Apartmentblock in Chelsea.

Im einen Moment wünsche ich mir, ich hätte Ahmed nicht getötet, aber schon im nächsten kann ich nur noch an das arme tote Mädchen da auf dem Boden denken. Er hat ihr das Leben genommen, und so vielen anderen, auf so brutale Weise – kann es wirklich schlecht sein, dass er tot ist? Die Gedanken rasen immer wilder durch meinen Kopf; ich bin erleichtert, als der Wagen zum Stehen kommt. Aber was ist das? Da draußen steht kein anderer als Jake Graham, der Typ von den Fernsehnachrichten. Na großartig. Wir steigen aus, und da ist er, auf diesem von einem Eisengitter umgebenen Platz in London, direkt vor der Tür des Hochkommissariats von Kamerun. Vor zwei Stunden hat er von hier aus berichtet, was will er also immer noch hier? Hinter ihm rollt gerade ein Kameramann seine Kabel zusammen.

Wären wir zehn Minuten später angekommen, wären die Fernsehleute wahrscheinlich schon weg gewesen.

Peggy reicht mir einige Akten, und ich folge ihr zu den Stufen ins Gebäude. Wir sind schon halb oben, als Jake langsam auf uns zukommt und neben Peggy die Treppe hinaufsteigt. Kurz streift mich sein Blick, und ich wende mich ab, gehe voraus, als wären wir spät dran. Es war schlau von Peggy, mir die Unterlagen zu geben. Und ich bin dankbar für meinen blauen Blazer. So sehe ich auch in Jeans und Hemd schick genug aus, um als unwichtige Assistentin durchgehen zu können.

»Mrs. Delaney«, wendet sich Jake an Peggy. »Was machen Sie denn hier?« Seine Stimme klingt angenehm, aber er fällt richtiggehend über sie her.

»Wie schön, Sie zu sehen, Jake«, gibt Peggy zurück. »Ihre Reportage heute Morgen war richtig gut.«

»Danke. Ich habe darauf gewartet, dass irgendwer einen Kommentar dazu abgibt, wer Ahmed umgebracht und die Mädchen gerettet hat.«

Peggys Pokerface gibt nicht die kleinste Information preis.

»Und? Wer war's?«, fragt sie. Wirklich, ich bin hin und weg davon, wie sie ihn anschaut, die absolute Unschuld.

»Dazu will sich niemand äußern«, erklärt Jake. »Das bedeutet normalerweise, dass hier jemand lügt.«

»Ist dieser Zynismus eine Berufskrankheit?«

Jake grinst. Aber er lässt nicht locker. »Was führt *Sie* hierher?«, will er noch einmal wissen.

»Der Botschafter ist ein guter Freund von mir. Ich möchte mich erkundigen, ob meine Wohltätigkeitsorganisation dabei helfen kann, für diese armen Mädchen therapeutische

Angebote bereitzustellen und sie wieder zur Schule zu schicken.«

»Wie's aussieht, kümmert man sich schon sehr gut um sie«, teilt ihr Jake mit. »Sie haben erstklassige medizinische Hilfe bekommen, neue Kleidung …«

Peggy deutet ein mildes Interesse an, steigt jedoch weiterhin die breiten Steinstufen hoch, auf mich zu. Ich stehe an der Tür, schaue auf die Uhr, als würde ich dafür sorgen wollen, dass sie ihrem Zeitplan nicht hinterherhinkt. Aber Jake ist immer noch bei ihr. Wie ein Hund, der sich einen Knochen geschnappt hat.

»Das hier war nicht die britische Regierung«, sagt er. »Sie schreiben sich das auf ihre Fahnen, aber ich habe Berichte darüber gehört, dass Soldatinnen involviert waren. In Kamerun gibt es keine Frauen in der Armee.«

»Nun, vielleicht ist das ein Fehler.« Peggy klingt leicht verärgert, und sie wendet sich Jake zu. Sie starrt ihn durchdringend an. Als wollte sie ihn auffordern, ruhig weiterzumachen. Mit diesem Blick hat sie mich auch schon bedacht, und den vergisst man nicht so schnell. Jake lässt nun doch ein wenig locker.

»Entschuldigen Sie«, sagt er. »Das hat natürlich nichts mit Ihnen zu tun, aber ich habe einfach ein Gefühl, dass da mehr ist.«

»Sie sind ein guter Reporter, Jake«, sagt Peggy zu ihm. »Sie sind da hingekommen, wo Sie jetzt sind, weil Sie Ihrem Instinkt vertraut haben. Deswegen sollten Sie kein schlechtes Gewissen haben.«

Ein mutiger doppelter Bluff. Jake schüttelt Peggy die Hand und macht sich daran, die Stufen wieder nach unten zu gehen. Ich bin schon in die Schatten der inneren Tür getreten, den Kopf in den Unterlagen versteckt, aber Jake sieht mich nicht einmal an. Als Peggy mich eingeholt hat, merke ich, dass sie sich Sorgen macht, ihr das Ganze vielleicht sogar nahegegangen ist. Aber sie lächelt mich an.

»Er hat nichts Eindeutiges«, sagt sie.

Ich nicke, dankbar für ihre Worte, aber ich fühle mich so schlecht wie noch nie in meinem Leben. Ich habe mein Team einem solchen Risiko ausgesetzt, dass ich mich nie wieder darüber beschweren werde, bei Athena gefeuert worden zu sein.

»Zuhause« ist ein seltsames Wort. Ich kenne das Haus, auf das es sich bezieht. Groß und hell, mit Platin-Alben in weißen Rahmen an der Wand und zeitgenössischen Kunstwerken mit dem Autogramm der Künstler. Manchmal war dieses Zuhause auch ein Ort voller Gäste, Musik und Kits flüchtiger Zuneigung.

Meistens ist es jedoch ein ruhiger Ort, in dem alles widerhallt – hier gibt es nur mich und die Haushälterin, und lange Phasen stiller Einsamkeit. Ich wurde immer dazu ermutigt, Freunde mit heimzubringen. Aber ich war den anderen in der Schule zwei Jahre voraus, deswegen hatte ich nie so viele Freunde in meinem Alter. Außerdem war mir die Gesellschaft anderer wohl nie so wichtig wie Kit. Für mich war es leichter, mich mit Büchern und Programmieren zu befassen als mit Leuten – Kit hat das nie verstanden. Aber seit ein paar Jahren geht Kit nicht mehr auf Tour, und viele Platten nimmt sie auch nicht mehr auf. Außerdem trinkt sie nicht mehr, und mindestens drei Abende in der Woche bleibt sie daheim, liest oder schaut fern. So habe ich mir ein Zuhause immer vorgestellt.

Nachdem ich jetzt aber einen halben Tag hier rumgehangen habe, hat sich mein Vorsatz, nicht in Selbstmitleid zu versinken, in Luft aufgelöst, und ich bin kurz vorm Ausflippen. Ich habe durch ungefähr hundert Fernsehprogramme gezappt, mir auf YouTube ein paar Videos übers Programmieren angeschaut, ein Nickerchen gemacht und mir ein Sandwich geschmiert. Eine Decke der Langeweile breitet sich immer weiter über mir aus, wie ein nebliger Regen, und das Gefühl durchweicht mich richtiggehend. Ich kann nur daran denken, dass die anderen Pavlićs Menschenhändlerring bald auffliegen lassen, während ich untätig hier rumsitze.

Ich gehe nach oben, klappe meinen Laptop auf und mache irgendwelche Musik an. Kopfhörer benutze ich keine, weil ich hören will, wenn Kit heimkommt, und das könnte jederzeit sein. Die Athena-Gründerinnen haben keine festen Arbeitszeiten; sie verbinden die Untergrundagentur mit ihren normalen Jobs. In Lis Fall bedeutet das, dass sie ihr Technologieimperium führt. An Peggy wenden sich immer noch viele Leute in London wegen wohltätiger Aktionen und diplomatischer Angelegenheiten. Und Kit engagiert sich weiterhin für Frauenrechte.

Aus reiner Gewohnheit, von der Langeweile einmal ganz abgesehen, versuche ich mich in das Kommunikationssystem von Athena einzuloggen. Es handelt sich um ein geschlossenes I2P-Netzwerk, und von außen kann man es wirklich kaum aufspüren oder überwachen, weil es keine externen Server und keine Software verwendet. Ich rufe die richtige URL auf und gebe meine Daten ein. Aber dann erscheint ein roter Totenkopf auf dem Bildschirm, um mir zu signalisieren, dass dieser Computer nicht länger dazu autorisiert ist.

Verärgert surfe ich ein bisschen im Internet, verwende jedoch ein VPN, um meine IP-Adresse zu verschleiern, und einen versteckten Browser. Nur falls Amber oder irgendeiner von ihren Tech-Typen persönlich überprüfen, was ich auf meinem privaten Computer so treibe. Ich suche nach Gregor Pavlić, aber es gibt kaum offizielle Informationen. Was ich wirklich will, sind die Athena-Dateien über ihn – die ganzen Recherchen, zu denen ich beigetragen habe.

Ich benutze Software, mit der ich vielleicht Kontakt zu den Athena-Servern aufnehmen kann. Dort habe ich genug unschuldig wirkenden Programmiercode belassen, der vielleicht nicht bei der wöchentlichen Festplattenreinigung in Lis Firmen gelöscht wird. Und tatsächlich, nach etwa zehn Minuten habe ich Erfolg.

Ein Programm auf dem Hauptserver hat Root-Zugriff bekommen, sodass es sich im Betriebssystem verstecken kann und erkennt, welche Eingaben gemacht werden. Einfacher ausgedrückt, muss ich jetzt darauf warten, dass sich eine autorisierte Person im Athena-Büro einloggt. Dann kann ich die neuesten Passwörter mitverfolgen – und sie benutzen.

Thomas loggt sich als Erster ein. Die Aufregung pulsiert in mir, während ich seine Online-Bewegungen verfolge. Und innerhalb ein paar weiterer Minuten bin ich drin, habe Zugang zum gesamten Recherchematerial zu Pavlić, seinen Finanztransaktionen, seinen Geschäftspartnern und allem anderen.

Zwei Stunden später ist immer noch nichts von Kit zu sehen, als ich nach unten gehe, um mir eine Schüssel Cornflakes zu holen – die habe ich seit Monaten nicht mehr gegessen. Als Teil unseres ständigen Trainings bekommen wir einen wöchentlichen Diätplan, den Li und ihre Ernährungsberaterin zusammen erstellen. Er ist bei jeder von uns ein bisschen anders, weil unser Körperbau, die Stoffwechselgeschwindigkeit und die ganzen anderen Dinge berücksichtigt werden, aber alle enthalten sehr viele Proteine aus fettarmen Quellen, riesige Mengen von Gemüse und einige komplexe Kohlenhydrate, die uns mit qualitativ hochwertiger Energie versorgen sollen. Zum Frühstück bekomme ich meistens Eier mit Avocado in irgendeiner Form, oder geräucherten Fisch, oder Sachen, die einem Proteine und außerdem Omega-Fettsäuren für die Hirnfunktion liefern. Es geht sicher darum, dass wir sowohl geistig als auch körperlich fit genug sind, um uns aus brenzligen Situationen befreien können.

Zwei Stunden später habe ich eine Ewigkeit damit verbracht, auf geradezu schmerzvoll langweilige Weise Gregor Pavlićs geheime Bankkonten zu durchforsten. Das ist nicht so sexy, wie es in Filmen immer aussieht – da drückt man auf ein paar Tasten, und dreißig Sekunden später hat man eine geheime Adresse gefunden, die bisher niemandem aufgefallen ist. So läuft das nicht. Ich überprüfe hier die Schmutzarbeit, die schon ein anderer Analytiker erledigt hat, und wie es aussieht, hat er seine Sache gut gemacht. Die Konten gehören zusammen, eins reiht sich ans andere. Daraus entsteht ein Muster wie eine Gänseblümchenkette, und es dauert ewig, es zu entschlüsseln, und dann ergibt sich doch nicht mehr als das, was wir schon wissen. Nach einer Weile wird mir klar, dass es eine Möglichkeit gibt, das Ganze zu beschleunigen. Ich erstelle ein kurzes Programm, mit dem sich die Links schneller identifizieren lassen. So ein Programm haben wir natürlich schon, aber das hier nimmt sich die Daten und betrachtet sie aus einer anderen Perspektive. Das klingt cool, aber so schwer ist es nicht, und es geht schneller, als ich das manuell schaffe. Ich habe das Programm schon eine Weile laufen lassen, aber bisher hat sich nichts ergeben. Und jetzt höre ich, wie sich an der Haustür der Schlüssel im Schloss dreht. Ich stelle die Helligkeit meines Bildschirms herunter, bis nichts mehr darauf zu sehen ist, und gehe nach unten.

Kit steht im Flur und tauscht die schicken Cowboystiefel gegen ein paar Akupunkturhausschuhe aus, die angeblich alles kurieren, während man sich im Haus bewegt.

Sie schaut zu mir hoch, als ich die Stufen hinunterkomme.

»Hi«, begrüßt sie mich. »Alles okay bei dir?«

Ich habe meinen Job verloren. Meinen ersten Menschen umgebracht, obwohl der mich nicht mal provoziert hat. Besser könnte es mir gar nicht gehen.

»Ja.«

Ich folge Kit in die Küche, wo sie sich aus dem Filterwasserhahn ein Glas eingießt.

»Ich komme um vor Hunger«, sagt sie. »Jeanette hat einen Auflauf in den Kühlschrank gestellt. Hast du ihn gefunden?«

Jeanette ist unsere Haushälterin, seit ich acht war, absolut loyal Kit gegenüber, und mit ihr habe ich in meinem ganzen Leben schon mehr Zeit verbracht als mit meiner Mutter.

»Nein.«

»Was hast du denn den ganzen Tag gegessen?«

»Ein Sandwich. Und Cornflakes.«

Kit macht ein missbilligendes Geräusch und nimmt das mit Alufolie bedeckte Gefäß aus dem Kühlschrank. Dann starrt sie den Ofen an, als wäre er ein riesiges Mysterium, das sie ergründen muss. Ich schalte ihn für sie ein.

»Ich habe keinen Hunger«, verkünde ich und gehe zur Tür. An Kits Gesicht kann ich erkennen, dass sie sich zurückgewiesen fühlt, deswegen lächle ich ihr kurz entschuldigend zu, aber damit gibt sie sich nicht zufrieden.

»Du willst einfach nicht mit mir reden«, setzt sie an.

Du merkst aber auch alles.

»Morgen früh brechen Caitlin und ich nach Belgrad auf«, fährt sie fort.

»So bald schon? Das Konzert ist doch erst am Wochenende.«

»Proben«, antwortet sie. »Ich bin schon eine ganze Weile nicht mehr aufgetreten. Die meisten Bandmitglieder sind neu, deswegen brauchen wir ein paar Tage. Und dann noch die Generalprobe mit allem Drum und Dran – Soundcheck, Lautsprecher, Equipment.«

Ich höre ihr zu, aber in Wahrheit hat das Ganze nichts mehr mit mir zu tun. Im Moment fühle ich mich nicht zum Kampf bereit, vielleicht bin ich auch einfach nur müde. Ich gehe weiter auf die Treppe zu.

»Also, wir sehen uns dann in ein paar Tagen«, sagt Kit, und jetzt ändert sich der Ton ihrer Stimme. »Bekomme ich keine Umarmung?«

Ich gehe durchs Wohnzimmer zu ihr, und sie umarmt mich rasch.

»Pass gut auf dich auf, Jess.«

»*Du* bist diejenige, die sich in die Höhle des Löwen begibt«, sage ich. »*Du* gibst ein Konzert für Gregor Pavlić.«

Ich mache mir Sorgen um sie, und sie spürt es. Sie schaut mich lange an, bis ich unruhig werde, mich unbehaglich fühle.

»Was ist?«

»Ich bin gar nicht böse, dass du mit der ganzen Sache nichts zu tun hast«, erklärt Kit. »Ich muss verrückt gewesen sein, dich überhaupt zu bitten, Athena beizutreten.«

»Warum hast du es dann getan?«

Das bringt sie aus der Fassung. Aber tatsächlich ist das eine gute Frage. Was für eine Mutter würde ihr Kind losschicken, damit es Gott weiß was für eine geheime Spionagevereinigung tut? Da müssen einem doch einfach ein paar Mutterinstinkte fehlen.

Kit zögert. »Ich dachte, es läge in meiner Verantwortung, dein Talent zu fördern«, lautet ihre lahme Erwiderung. »Und ich dachte, es wäre etwas, an das wir beide glauben.«

Was das betrifft, hat sie allerdings recht. Wir fanden es beide aufregend, Teil von etwas zu sein, mit dem wir wirklich etwas bewirken konnten. Aber ich sehe deutlich, dass Kit mit den Gedanken schon wieder woanders ist. Vielleicht stellt sie sich eine Zukunft vor, in der ich endlich einen ordentlichen Job habe, aus dem Büro nach Hause komme, um Nudeln zu essen und mit ihr ein bisschen fernzusehen, bevor am nächsten Tag alles wieder von vorne losgeht. Diese Zukunftsvision finde ich so erdrückend, dass mir fast die Luft wegbleibt. Ich verkünde, dass ich müde bin. Dann gehe ich nach oben in mein Zimmer, bevor sie noch irgendetwas sagen kann.

4. Kapitel

Am nächsten Morgen herrscht im ganzen Haus diese grässliche, leere, hallende Atmosphäre. Gestern Abend hatte ich Kit bitten wollen, nicht nach Belgrad zu fahren, weil es gefährlich ist, was sie da vorhat. Außerdem wollte ich nicht allein aufwachen. Aber so etwas sage ich ihr nicht mehr. Das habe ich getan, als ich jünger war. Ich weiß noch, wie ich sie mit acht oder neun Jahren angebettelt habe, wirklich richtiggehend angebettelt, nicht wegzugehen. Sie wollte gerade zu einer Tour durch die Vereinigten Staaten aufbrechen. Und ich erinnere mich so deutlich daran, weil es nicht einmal so aussah, als hätte sie deswegen ein schlechtes Gewissen. Sie hat mich einfach umarmt und sich mir dann entzogen, irgendwie verärgert, als würde sie sich Sorgen machen, dass ich ihre Kleidung in Unordnung bringe. Sie hat gesagt, ich würde mich schon daran gewöhnen. Und dann ist sie einfach gegangen. Die Tür fiel hinter ihr ins Schloss. Und da war einfach nur Stille. Vier Monate lang.

Ich schalte den Fernseher ein, um wenigstens jetzt die Stille zu unterbrechen. Jake Graham ist wieder auf dem Bildschirm, diesmal mit einer Geschichte über ein Mädchen aus Syrien, das man hierhergebracht hat, damit es eine medizinische Behandlung bekommt. Ich schaue mir das etwa zwölf Jahre alte Kind an, das es geschafft hat, durch Jahre des Krieges und der Kämpfe am Leben zu bleiben, und ich fühle mich wie ein undankbares Biest, weil ich mich darüber beschwere, allein in dieser riesigen Rockstarvilla aufzuwachen.

Ich bewege die Maus neben dem Laptop ein paarmal hin und her, damit er aufwacht. In der Zwischenzeit gehe ich ins Badezimmer und überlege mir, was ich alles über den Athena-Plan weiß. Um sechs Uhr hat ein Auto Kit abgeholt, das sie zum Flughafen bringt. Wie es aussieht, hat Pavlić eine Privatmaschine gechartert, um seinen Gaststar nach Belgrad bringen zu lassen. Caitlin, die sich als Kits Leibwächterin ausgibt, wird mit ihr fliegen. Peggy startet dann später heute Vormittag; wahrscheinlich hat man für sie einen normalen Platz in der Businessclass gebucht. Hala ist wohl schon in Belgrad, und wahrscheinlich trifft sie sich gerade mit einem von Lis Kontakten, um sich um die Waffen zu kümmern, die am Boden gebraucht werden. Kit und Peggy wohnen in einem gemieteten Haus, zusammen mit Caitlin. Sie haben Pavlićs Angebot abgelehnt, ihnen eine Unterkunft zu besorgen. Eine Villa mit Sicherheitsleuten und Rundum-Überwachung, organisiert von genau dem Kerl, den sie vor Gericht bringen wollen, ist wirklich das Letzte, was die beiden brauchen. Hala kommt wahrscheinlich in einem Zimmer oder Apartment woanders unter, obwohl sie Kits Unterkunft nach Wanzen absuchen wird. Außerdem wird sie die Security-Kameras außer Kraft setzen, falls es welche gibt, und Mobilfunksignale innerhalb des Hauses unterdrücken. Das kann sie gut, wirklich richtig gut. Ihr entgeht keine Sicherheitslücke und kein Schwachpunkt. Das ist jetzt wichtiger als jemals zuvor. Bisher ist keine der Athena-Gründerinnen während einer Mission auch nur in unsere Nähe gekommen. Es ist nicht gut, wenn man Verbindungen zwischen uns schafft, solange das nicht unbedingt nötig ist. Aber man kann wohl sagen, dass dieser Job eine Ausnahme darstellt.

Unten werfe ich aus Gewohnheit einen Blick auf meinen Diätplan und mache mir zum Frühstück Rührei, das ich mit Kaffee runterspüle. Als ich wieder in meinem Zimmer vor dem Laptop sitze, ist es noch nicht ganz acht Uhr. Zuallererst bemerke ich, dass mein Programm etwas gefunden hat. Etwas entscheidend Neues.

Gregor Pavlićs Finanz- und Firmennetzwerk befindet sich auf dem Balkan. Vielleicht hat er auch irgendwann mal mit Projekten in der Ukraine gespielt. Aber jetzt zeigen zwei seiner neuesten Briefkastenfirmen, dass Geld aus Moskau reinkommt. Und beide Firmen sind bei einer ganz bestimmten Kunstgalerie in Belgrad registriert.

Bei Athena weiß man schon von dieser Galerie. Sie wird von Pavlićs Tochter Paulina geführt. Aber ich glaube nicht, dass schon jemand die Verbindung zwischen diesen beiden Briefkastenfirmen hergestellt hat. Meine Finger fliegen nur so über die Tastatur und bringen das Foto einer jungen Frau auf den Bildschirm – eigentlich ist sie noch ein Mädchen, ein bisschen älter als ich. Paulina Pavlić. Sie hat hohe Wangenknochen, mandelförmige Augen und ein strahlendes Lächeln. Um die Wahrheit zu sagen, sieht sie fantastisch aus.

Ich brauche noch mehrere Stunden, aber irgendwann habe ich den Zusammenhang zwischen Paulinas Briefkastenfirma und einer größeren namens Lavit identifiziert. Dafür musste ich mir über diverse Umwege Zugang verschaffen, und ich kann immer noch nicht ganz sicher sein, dass es sich um die richtige Verbindung handelt, aber es fühlt sich so an. Die Namen, Bankdaten und Fake-Adressen fügen sich zu einem Muster zusammen.

Als Nächstes recherchiere ich alles, was sich über die Direktoren von Lavit finden lässt. Drei sind es. Einer lebt nicht mehr. Und zwar schon sehr lange nicht mehr, seit 1963. Seine Daten sind in der staatlichen serbischen Meldeliste erfasst. Kriminelle wie Gregor Pavlić verwenden häufig die Identität eines Toten, um Firmen zu gründen, die man dann nicht mehr aufspüren kann, aber das nimmt mir ein wenig den Wind aus den Segeln. Wenn sie alle tot sind, kann ich keinen Spuren nachgehen und werde auch niemanden finden. Ich versuche es mit der nächsten Person. Diesmal handelt es sich um eine Frau, Katarina Volim, auch Serbin, ich finde allerdings keine Angaben dazu, dass sie schon ins Gras gebissen hat. Stattdessen entdecke ich eine Facebook-Seite, aber die junge Frau, der sie gehört, ist erst etwas über zwanzig, und auf den Fotos posiert sie mit Sonnenbrille und Zigarette. Das ist sie wahrscheinlich nicht. Ich speichere den Link trotzdem ab, nur für den Fall der Fälle, und mache mich an den letzten Namen.

Diesmal dauert es länger, bringt mich aber zu unerwarteten Ergebnissen. Dieser Typ ist dreiundfünfzig, Russe und ein Geschäftsmann, aber zusammen mit Katarinas Namen taucht seiner auch an einer Stelle auf, die eine Bedeutung haben muss. Er und Katarina gehören zum Vorstand einer superelitären Privatklinik in einem Vorort von Moskau. Die Webseite gibt es nur auf Russisch, und sie sieht sehr schick aus. Bilder von glücklich wirkenden Männern und Frauen mittleren Alters, die Kinderwagen vor sich herschieben, und Säuglinge, die von blonden Pflegerinnen geknuddelt werden. Das Ganze sieht aus wie eine bizarre Anzeige für Designerbabys. Und deswegen frage ich mich: Woher kommen diese Kinder? Ich logge mich ganz aus und bringe den Laptop runter in den Safe im Erdgeschoss. Im Tresor sichere ich ihn noch mit einem Kabelschloss. Dann nehme ich mir eine Jacke und verlasse das Haus.

Seit man meinen Zugang zu Athena blockiert hat, muss ich warten, bis Thomas kommt und mich reinlässt. Er sieht wie immer tadellos aus, und ein Hauch von Rasierwasser schafft eine frische Atmosphäre um ihn herum, sogar so spät am Arbeitstag.

»Ich hoffe, du hast wirklich einen guten Grund für das hier, Jessie«, begrüßt er mich.

»Einen ganz außergewöhnlich guten«, gebe ich zurück.

»Li ist auf dem Weg hierher; sie beendet gerade ein Gespräch mit China.«

Ich nicke und verspüre Erleichterung darüber, dass sich Li bereit erklärt hat, mich zu sehen. Ich bin ein bisschen stolz auf die neuen Verbindungen, die ich hergestellt habe, und insgeheim hoffe ich, Li wird beeindruckt genug sein, um sich zu fragen, ob sie und die anderen mich nicht doch zu schnell gefeuert haben …

Höflich lässt mich Thomas als Erste aus dem Aufzug treten, aber dann geht er rasch an mir vorbei und führt mich in Lis Büro. Li ist auch gerade angekommen – sie streift ihren Blazer ab und hängt ihn auf einen gepolsterten Kleiderbügel hinter der Tür. Dann setzt sie sich an ihren Schreibtisch und bedeutet mir mit einem Nicken, Platz zu nehmen.

In wenigen Worten fasse ich zusammen, was ich über Lavit herausgefunden habe, die Firma, der die Galerie gehört, die Pavlićs Tochter führt.

»Paulina Pavlić ist durch und durch sauber«, sagt Thomas. »Wir haben sie ganz genau überprüft. Vor einem Jahr hat sie an einem der besten Internate hier im Vereinigten Königreich ihren Abschluss gemacht; außerdem ist sie eine talentierte Fotografin, deswegen die Galerie. Ihr Daddy kann es sich leisten, ihr alles zu geben, was sie haben will.«

Das finde ich interessant. Noch jemand, der früh seinen Schulabschluss gemacht hat. Wenn man deutlich jünger ist als die anderen in der Klasse, hat man es nicht leicht. Man bekommt davon einen Überlegenheitskomplex, aber meistens fühlt man sich ausgeschlossen, weil alle anderen befreundet sind und einen anschauen wie einen Freak. Natürlich teile ich nichts von diesen Gedanken mit Thomas oder Li. Außerdem ist Paulina für mich hier nicht der wichtigste Aspekt.

»Von Paulina einmal abgesehen – diese Firma, Lavit, hat eine Verbindung zu der Victory-Klinik in einem Moskauer Vorort.«

»Was für eine Verbindung?«, will Li wissen.

»Zwei der Firmendirektoren von Lavit sitzen im Vorstand der Victory-Klinik«, erkläre ich.

Li schaut Thomas kurz stirnrunzelnd an. »Wussten wir das schon?«

Er zögert, weil er den Gedanken unerträglich findet, dass er und die anderen etwas nicht gesehen haben könnten. Dann schüttelt er den Kopf. Genau davor hatte ich Angst. Wenn ihnen das entgangen ist, haben sie dann vielleicht auch andere Details übersehen?

»Und warum ist diese Victory-Klinik für uns von Belang?«, lautet Lis Frage. Ich ziehe einige Blätter hervor, die ich von der Webseite ausgedruckt habe, und schiebe sie über den Schreibtisch zu ihr hin.

»Das Ganze sieht aus wie eine gruselige Fabrik für Designerbabys«, fahre ich fort, begierig darauf, meinen Vorteil auszunutzen. »Ich glaube, Pavlić will sich auf etwas Neues verlegen. Ich glaube, er benutzt die Mädchen, mit denen er handelt, um diese Klinik mit Eizellen zu versorgen.«

»Hast du dafür Beweise, oder teilst du uns soeben reine Vermutungen mit?«, will Thomas wissen.

Teilst du uns soeben reine Vermutungen mit? Wer spricht denn bitte so? Inzwischen betrachtet Li nachdenklich erst die Ausdrucke, dann mich.

»Selbst wenn das stimmt – und konkrete Beweise gibt es wirklich nicht viele –, ändert das nichts an dem, was wir tun«, sagt sie schließlich. »Was auch immer Pavlić letztendlich vorhat, unser Plan lautet immer noch, dass wir ihn stoppen wollen.«

»Aber wenn ihn Aleks Jučić wegen der falschen Vergehen anklagt, kommt er vielleicht davon ...«

Li unterbricht mich. »Du arbeitest nicht mehr bei Athena.«

Danke, dass du mich daran erinnerst. Fast hätte ich das vergessen, wo ich doch hier sitze wie ein Schulmädchen, das sich dem Nachsitzen zu entziehen versucht.

»Ich will euch nur helfen«, sage ich.

»Wo hast du diese ganzen Informationen her?«

»Das ist doch egal.« Ich will von der Sache ablenken, bevor ihr einfällt, dass ich vielleicht die Athena-Server gehackt habe. »Ich kann euch bei dieser Mission helfen, darauf kommt es an.«

Aber Li hebt eine Hand. Ihre Wangen sind rot vor Ärger. »Jessie, du hast ohne Grund einen Mann getötet und uns alle in Gefahr gebracht.«

»Und du hast noch nie einen Fehler gemacht?« Ich klinge trotzig, sogar ich selbst finde das.

»Fehler macht jeder. Es kommt darauf an, was man hinterher tut.«

Ich erwidere ihren Blick, verkneife mir aber eine Antwort. Dieses eine Mal. Ich will sagen, dass ich weiß, dass ich etwas falsch gemacht habe und dass ich es jetzt wieder in Ordnung bringen will. Aber weil sie mich so anschaut, bringe ich nichts heraus. Sie hält den Blickkontakt.

»Thomas bringt dich nach draußen«, sagt sie.

Am nächsten Morgen brauche ich zum Aufwachen keinen Wecker, weil ich wegen Ahmed und meinem Meeting mit Li eine schlaflose Nacht hinter mir habe. Beim Herumwälzen frage ich mich, ob Leute wie Ahmed oder Gregor Pavlić jemals nicht schlafen können, weil *sie* Unschuldige umgebracht haben. Was soll das alles, wenn wir sie nur für kurze Zeit stoppen können, und dann entwickeln sie einen neuen Plan und kommen wieder, stärker als vorher? Ein Leben zu beenden, ist keine Kleinigkeit, aber habe ich mit dieser einen Kugel nicht viele Unschuldige gerettet? Vielleicht sind uns durch diese ganze Athena-Ethik – versuchen, das Richtige zu tun – einfach nur die Hände gebunden, und dadurch sind wir Männern gegenüber im Nachteil, die sich nicht um Ethik oder Moral scheren.

Außerdem habe ich über diese Verbindung zwischen Pavlić, Lavit und der Victory-Klinik nachgedacht – um fünf Uhr stehe ich schließlich auf und setze mich wieder an den Computer. Ich klicke mich durch die Klatschspalten der serbischen Medien und entdecke, dass Paulina die Verlobung mit einem schicken jungen Typen beendet hat, weil sie letztes Jahr ein Verhältnis mit einer anderen Frau hatte. Wenn man dem Presseecho glauben darf, hat das in den lokalen Klatschspalten einen ziemlichen Wirbel ausgelöst. Ich betrachte Pavlićs Tochter auf dem Bildschirm, und Paulina Pavlićs Augen lächeln mich an – schön und unergründlich.

Dass sie sich so mysteriös gibt, reicht nicht, damit ich Paulina wegen irgendetwas verdächtige, aber die Tatsache, dass ihre Galerie Lavit gehört und es eine Verbindung zwischen Lavit und der Victory-Klinik gibt, bereitet mir immer noch Kopfzerbrechen. Ich grabe weiter, und indem ich Fotos und Posts von Paulinas Konten in den sozialen Medien mit den Flügen abgleiche, die Pavlićs Privatmaschine unternommen hat (Athena hat sie für eine Weile überwacht), finde ich heraus, dass Paulina in den vergangenen vier Monaten zweimal nach Moskau gereist ist. Hat sie dort vielleicht die Victory-Klinik besucht? Und wenn ja, warum? Sie ist noch jung. Es ist sehr unwahrscheinlich, dass sie ein Kind haben will oder eine Behandlung braucht, wenn das der Fall sein sollte. Ich lehne mich im Stuhl zurück und denke nach. Wenn zwei Unwahrscheinlichkeiten einmal zusammenkommen, ist das wohl Zufall. Aber wenn man eine Briefkastenfirma hat, die große Summen entgegennimmt und die von denselben Leuten geleitet wird wie eine verdächtige russische Klinik, und die Tochter eines berüchtigten Verbrechers damit in Verbindung steht … Wenn Paulina Dreck am Stecken hat, besitzt sie vielleicht eine Kopie von den Dateien ihres Vaters über die Politiker in Serbien. Und damit könnte man vermeiden, dass Kit und Caitlin in gefährliche Situationen geraten.

Ich gehe alles noch einmal durch und ziehe in Erwägung, es ein weiteres Mal bei Li zu versuchen. Aber sie hat mich ziemlich formlos weggeschickt, und was ich hier habe, ist immer noch nicht genug, als dass Athena deshalb einen Kurswechsel vornehmen würde. Trotzdem fühlt es sich falsch an, diese ganzen neuen Entwicklungen zu ignorieren. Eines dieser losen Enden könnte dazu führen, dass man die Mission anpasst. Darum sollte sich mal jemand kümmern.

Es ist Viertel vor acht, und ich warte auf der Straße hinter dem riesigen Turm, in dem sich Chen Technologies befindet, während ich einen doppelten Espresso trinke, den ich mir im italienischen Café um die Ecke geholt habe. Den Blick habe ich auf die Gasse gerichtet, durch die ich früher das Gebäude betreten konnte. Adrenalin und Koffein schärfen meine Sinne beim Warten auf meine Zielperson. Ich atme ein paarmal tief ein und nehme den scharfen Geruch der Autoabgase und den Kaffeeduft wahr.

Als Amber oben an der Straße erscheint, ziehe ich mich in den Schatten zurück. Sie trägt einen blauen Rock, ein dünnes Hemd und einen sommerlichen Blazer. Die Spitzen von Ambers kurzem, stacheligem Haar sind gelb, als hätte sie sie in Blattgold getaucht, und ihre Haut leuchtet im Sonnenlicht des Morgens wie hellbrauner Kaffee. Amber war Jahrgangsbeste am Imperial College oder an irgendeinem anderen außergewöhnlichen Ort, hatte nach der Uni einen Sommerjob in Lis Firma und ist geblieben. Li kümmert sich um sie – nicht auf diese mütterliche Art mit vielen Umarmungen, wie das Peggy bei Caitlin tut, sondern mit fordernder, harter Liebe. Aber vielleicht zieht sich Li ja zu Hause Trainingshosen an und zeigt eine sanftere Persönlichkeit, wobei ich das ehrlich gesagt bezweifle.

Amber öffnet die Tür mit ihrem Fingerabdruck, und ich bin direkt hinter ihr, bevor sich das Metalltor wieder schließt.

Sie schreckt hoch, als ich sie an der Schulter berühre, dreht sich um und atmet bei meinem Anblick erleichtert auf. Wie gewöhnlich redet sie nicht lange herum.

»Du lauerst in einer dunklen Gasse Leuten auf? Das kann ja nichts Gutes bedeuten.«

»Ich habe Kaffee getrunken«, gebe ich zurück. »Und den schönen Tag genossen.«

Wir sehen uns an, und Amber wendet mit einem halben Lächeln den Blick ab. Dann fällt ihr wieder ein, dass ich nicht mehr hier arbeite.

»Was willst du?«, fragt sie.

»Vor einem Monat hat man mir ein paar Pillen gegen Depressionen gegeben, und ich habe sie vor dem letzten Job hiergelassen. In meinem Schließfach.«

»Du bist doch nicht depressiv«, gibt Amber zurück. Das ist eine Feststellung, keine Frage. Bei Amber ist das meistens so. Konkrete Ansagen, in einem klaren, vornehmen Akzent. Sie sieht aus wie eine Künstlerin aus Südasien, und sie klingt wie Mary Poppins.

»Woher willst du das denn wissen?«

»Ich weiß das gar nicht. Ich frage mich nur, ob es dein Charakter ist, wegen dem manche Leute so was denken.«

Ich unterdrücke ein Lächeln wegen dieses Urteils, denn Amber hat sich keinen Schritt weiterbewegt, und ich merke, dass sie mich abblockt.

»Jessie, ich kann dich nicht reinlassen«, erklärt sie. »Wir schicken dir Ende der Woche deine Sachen.«

Ich nicke, durch und durch verständnisvoll, und dann wende ich den Blick ab, als würde ich plötzlich von meinen Gefühlen überwältigt und müsste mich zusammenreißen.

»Ich habe eine ziemlich harte Zeit hinter mir, wenn ich

ehrlich bin«, sage ich und achte darauf, dabei leise zu sprechen. »Die Kleidung und das ganze andere Zeug sind mir egal – aber die Tabletten? Ich glaube, ich werde sie ziemlich bald ziemlich nötig brauchen.«

Als ich sie wieder anschaue, sehe ich echte Besorgnis in Ambers Blick. Deswegen fühle ich mich scheiße, weil ich hier so ein emotionales Drama abziehe. Aber dann denke ich daran, dass uns Athena genau das beigebracht hat. Wir müssen ständig und fast allen gegenüber unsere wahre Identität durch Lügen verbergen. Es ist wohl einfach ein bisschen schwerer, wenn es jemanden betrifft, den man mag.

Ambers Entschlossenheit gerät ins Wanken, und ich versuche, sie in die richtige Richtung zu schubsen.

»Zwei Minuten, dann bin ich wieder weg. Wahrscheinlich für immer.«

Die letzten Worte waren ganz plötzlich in meinem Kopf, aber auf einmal wird uns beiden klar, dass das wahrscheinlich stimmt. Und wahrscheinlich werden wir einander vermissen. Sie mag mich, und ich mag sie. Ich kann es nicht beschreiben. Freundinnen sind wir nicht direkt, aber wir verstehen einander. Sie setzt sich in Bewegung und deutet an, dass ich ihr folgen soll. Als wir erst mal im engen Aufzug stehen, lehne ich mich an die Wand, um Amber genug Platz zu geben, während sich der Raum mit dem Parfum füllt, das sie immer trägt. Etwas mit Blumen und Honig.

»Genießt du deine wiedergewonnene Freiheit?«, erkundigt sie sich.

»Und wie«, gebe ich zurück. »Ich mache Pilates. Und Origami.«

Amber muss lächeln, und nach dem Öffnen der Lifttüren bleibe ich dicht hinter ihr, als sie über eine App auf ihrem

Smartphone die Lichter einschaltet, eine Blumenvase richtig hinstellt und ihre Tasche auf den leeren Schreibtisch fallen lässt. Dann schaut sie mich endlich richtig an. Die Intensität ihres Blicks lässt mich ein paar Schritte zurückweichen.

»Du siehst aber auch schlimm aus.« Sie runzelt die Stirn. »Müde.«

»Dafür siehst du fantastisch aus«, gebe ich zurück. Das stimmt. Amber lächelt, wenn auch widerwillig.

Sie wendet sich ab und nimmt eine Schallplatte. Damit meine ich wirklich eine dieser großen runden Scheiben aus schwarzem Vinyl, die Musik abspielen. Amber, die Technologiefanatikerin, ist außerdem süchtig nach Vinyl. Sie hat eine ganze Wand davon hier in ihrer Tech-Höhle. Am liebsten mag sie alte Musik, alle Arten alter Musik. Hin und wieder hört sie sich Sachen aus diesem Jahrhundert an, aber viel weiter als bis 2010 kommt sie nicht, was bedeutet, dass auch Kit zu ihren Helden gehört. Das sagt Amber aber nicht offen, weil sie nichts an Professionalität einbüßen will. Ich schaue ihr dabei zu, wie sie die ausgewählte Schallplatte aus der Hülle holt und vorsichtig auf ihren sorgsam gehüteten Plattenspieler legt. Dann wischt sie die Platte sogar mit einem kleinen Mikrofasertuch ab, das sie nur zu diesem Zweck aufbewahrt. Und erst dann stellt sie den Ton an. »What A Difference A Day Makes«. Ein Tag, und alles ist anders. Damit könnte Dinah Washington durchaus recht haben. Amber wendet sich wieder mir zu.

»Warum lachst du so?«, will sie wissen.

Ich werde wieder ernst und schüttele den Kopf.

»Schon gut.«

Verärgert dreht sich Amber um und geht hinter einen langen Metalltresen, der uns von der Wand trennt, an der sich die Schließfächer für jede Agentin befinden. Sie liebt diesen Metalltresen; für sie stellt er eine unsichtbare Linie dar, die wir Agentinnen nicht überschreiten dürfen. Sie steht gern dahinter, teilt Waffen und Equipment aus, als würde sie uns in einem Laden bedienen.

Sie holt eine dünne Schlüsselkarte aus der linken Blazertasche und schiebt sie in eines der gesicherten Schließfächer – mein Fach. Es öffnet sich, und die Box fährt heraus. Ganz beiläufig, als wäre es mir fast nicht wichtig genug zum Hinschauen, trete ich hinter den Tresen und stelle mich neben Amber. Wir betrachten den Inhalt der Box.

Da drinnen liegt alles, was ich nur haben will, in sorgfältig organisierten Fächern geordnet. Pistolen, Pässe, mein abhörsicheres Smartphone, foliendünne Ohrhörer …

»Da sind doch gar keine Antidepressiva dabei.« Ambers Stimme unterbricht meine Gedanken. »So was aber auch.«

Ich kann gerade noch die Finger wegziehen, als Amber die Box zuschlägt.

»Gute Reflexe«, kommentiert sie trocken.

»Gute Reaktionsschnelligkeit«, sage ich. »Reflexe sind unwillkürlich …«

Sie wendet sich ab, zieht die Schlüsselkarte heraus und steckt sie wieder in ihre Jackentasche. Ich drehe mich zu ihr hin, ein bisschen dichter, als nötig wäre.

»Warte mal«, sage ich, als würde mir das plötzlich wieder einfallen. »Ich glaube, die Pillen sind bei meinen Kleidungsstücken.«

Ambers Blick schießt zu einer anderen Tür am Ende der Tech-Höhle. Dahinter liegt ein mit den modernsten Geräten ausgestattetes Fitnessstudio, mit Gesundheitsüberwachungsapparaten, Duschen und Spinden, in denen wir unsere

Kampfausrüstung aufbewahren. Armyhosen, Stiefel und andere Dinge, außerdem unsere eigenen Klamotten.

Amber zögert. Um sie zu ermutigen, gehe ich weit vom Tresen und ihren kostbaren Schließfächern weg und lasse mich in einen ergonomisch geformten weißen Stuhl fallen. Ich ziehe mein Smartphone hervor und rufe ein Spiel auf. Als würde ich warten und mich langweilen. Amber dreht sich um und gibt auf einem Tastenfeld einen Zahlencode ein, zu schnell, als dass ich etwas erkennen könnte. Cool. Gähnend kicke ich mir die Schuhe von den Füßen und warte, während sie durch die Tür zu den Spinden geht.

»Ich schaue nach«, verkündet sie. »Bleib du da sitzen. Ich habe den Alarm für die Schließfächer gerade scharf gestellt.«

»Vertrauen ist echt nicht so dein Ding.«

»Nur bei bestimmten Leuten.«

Ich lächle und schaue wieder auf mein Smartphone, höre dabei das saugende Geräusch, mit dem sich die Tür öffnet, dann Ambers Schritte, und die Tür schließt sich hinter ihr.

Das Geräusch ist noch nicht ganz verklungen, als ich schon auf den Füßen bin. Weil ich den Fußboden vermeiden muss, springe ich in einer fließenden Bewegung in Socken auf Ambers geliebten Tresen und ziehe mir den Gürtel von der Jeans. Mein Herz klopft wie wild, aber dadurch bekommt mein System genau die richtige Adrenalindosis, die ich brauche, um das hier zu erledigen. Ich werfe das Ende des Gürtels über die frei liegenden Belüftungsrohre, die an der Decke zwischen dem Tresen und den Schließfächern verlaufen. Die Schnalle verfängt sich zwischen den Rohren. Dann wickle ich mir das andere Ende des Gürtels ums Handgelenk, springe und packe die Oberseite der Fächer mit der anderen Hand. Gar nicht schlecht – obwohl Hala, die

Weltmeisterin auf diesem Gebiet, das sicher viel besser hinkriegen würde.

Kurz halte ich inne, lausche auf Geräusche von Amber, aber es sind erst dreißig Sekunden vergangen, und es ist nichts zu hören außer meinen eigenen mühsamen Atemzügen. Ich hole tief Luft, um mich zu beruhigen, dann suche ich festeren Halt an dem kühlen Metall und lehne mich nach vorne, bis ich fast mit dem Kopf nach unten hänge. In der anderen Hand halte ich die Schlüsselkarte, die ich gerade aus Ambers Blazertasche genommen habe. Ich schiebe die Karte in mein Fach. Es öffnet sich geräuschlos, und rasch nehme ich Kommunikationsgeräte, das Telefon, zwei Pässe und eine versiegelte Tüte mit einigen Ausweisen heraus. Kurz zögere ich und lasse die Hand über einer Pistole schweben, entscheide mich dann jedoch dafür, sie dort zu lassen.

»Du hebst aber wirklich eine ganze Menge Müll hier drin auf.«

Ambers Stimme, die aus dem Lautsprecher an der Decke direkt neben meinem Ohr kommt, erschreckt mich fast zu Tode – ich lockere den Griff um einen der Pässe. Ich sehe, wie er auf den alarmgesicherten Boden zufällt. Ich strecke mich nach unten und erwische ihn gerade so an einer Ecke. Schnaufend vor Anstrengung schaue ich wieder zum Lautsprecher. Natürlich benutzt Amber die Gegensprechanlage. Kameras zeichnen meine Bewegungen auf – ich kann mich sogar selbst in den Bildern auf Ambers Computermonitoren sehen –, aber bis sie daran denkt, zurückzuspulen und nachzuschauen, bin ich längst über alle Berge.

»Schau mal in der Lederjacke nach«, rufe ich zurück, und sie macht ein bestätigendes Geräusch; es klingt so, als hätte sie die Pillen gefunden. Schnell nehme ich mir, was ich noch brauche: eine kleine Plastiktüte mit einer einzigen blauen Kapsel. Dann schließe ich das Fach, ziehe mich hoch und springe wieder auf den Tresen. Dabei beeile ich mich so sehr, dass ich auf der anderen Seite fast ausrutsche, weil ich unbedingt in meinem Stuhl sitzen muss, bevor Amber wiederkommt, denn inzwischen ist sie sicher fast an der Tür. Ich hole den Gürtel von den Rohren und springe von dem Tresen, genau in dem Moment, als die Türklinke nach unten klappt. Ich habe keine Zeit mehr, mich hinzusetzen, ohne dass man mir die Bewegung ansehen würde, deswegen stehe ich einfach da, kratze mich am Arm und tue so, als würde ich den blöden Aquarium-Bildschirmschoner auf einem der Computer auf dem Schreibtisch betrachten.

Amber kommt rasch zu mir, in der Hand hält sie ein Fläschchen mit Tabletten.

»Nicht mal angebrochen hast du's«, meint sie.

»Ich mag keine Medikamente.«

Das sage ich mit einem Lächeln, aber Amber mustert mich jetzt ganz genau, als würde sie irgendetwas vermuten. Ich muss schlucken, fühle mich gestresst, weil sie mich immer weiter anstarrt. Aber dann hebt sie die Hand und berührt mich sanft an der Stirn. Auf meiner warmen Haut fühlt sich das kühl an, und wir stehen so dicht beieinander, dass ich ihren sanften Atem einen Augenblick lang auf meinem Gesicht spüre. Nahe genug, dass ich die Schlüsselkarte unauffällig zurück in ihre Blazertasche schieben kann.

»Du schwitzt ja«, sagt Amber besorgt. Abgesehen von den Neckereien, dem Flirten, den Witzen zwischen uns – Amber ist ein lieber Mensch. Kurz verengen mir Schuldgefühle die Kehle.

»Vielleicht habe ich mir irgendeinen Infekt eingefangen«, erwidere ich. »Danke für die Pillen.«

Ich halte sie hoch und stecke sie mir dann in die Jackentasche. Zu meiner Überraschung umarmt mich Amber, was mir irgendwie peinlich ist, weil ich nicht damit gerechnet habe. Ich erwidere die Umarmung, und dann macht sie sich brüsk los.

»Pass gut auf dich auf, Jessie«, sagt sie.

Meine Schuldgefühle wegen dem, was ich gerade getan habe, wachsen so schnell, dass ich ihre guten Wünsche nicht einmal erwidern kann. Ich nicke nur und lächle ihr flüchtig zu, und sie bringt mich zum Lift zurück. Mit dem Schließen der Türen hinter mir verschwinden die Schuldgefühle langsam und machen einem guten Gefühl Platz. Das Atmen fällt mir leichter, als der Lift nach unten fährt und mich in die Morgenluft entlässt, in die Freiheit.

5. Kapitel

Sobald ich mich einmal entschieden habe, handele ich schnell. Bald wird Amber herausfinden, dass ich auf den Athena-Servern herumgeschnüffelt habe, und dann wird sie begreifen, dass ich in mein Schließfach eingebrochen bin. Li wird toben vor Wut. Schon die Vorstellung ist schlimm genug; wenn es wirklich passiert, will ich lieber nicht in der Nähe sein.

Zu Hause suche ich Kleidungsstücke, ein paar Bücher und meine Kreditkarten zusammen. Für unsere Arbeit bezahlen sie uns ziemlich gut, aber ich werde auf dem Weg zum Bahnhof ein paar Dinge kaufen müssen und merke, dass ich gerade mehr in Kryptowährung habe als in richtigem Geld. Angesichts der Tatsache, dass ich mich undercover und ohne Waffen an einem Ort wie Belgrad bewegen werde, ist das vielleicht gar nicht so schlecht, aber ich brauche trotzdem etwas normales Geld. Ich gehe nach unten in Kits Büro, wo ihr großer iMac steht. Sie ändert jeden Monat ihr Passwort, aber das lässt sie immer mich erledigen. Wahrscheinlich, weil sie nie auch nur den geringsten Grund gehabt hat, mir nicht zu vertrauen. Ich war immer gut in der Schule, habe nie zu den Kindern gehört, die ihren Eltern Geld klauen, um Drogen auszuprobieren, Zigaretten oder sonst was zu kaufen. Ich hatte auch keine Freunde mit schlechtem Einfluss, die ich heimlich getroffen hätte. Tatsächlich kann ich mich daran erinnern, wie sich Kit einmal mit mir zusammengesetzt und darüber gesprochen hat, es wäre vielleicht gar nicht so schlecht, wenn ich ein bisschen rebellieren würde.

Allerdings glaube ich nicht, dass sie sich darunter das vorgestellt hat, was ich gerade tue. Ich suche den kleinen Passwortgenerator ihrer Bank, der in einer Holzschachtel in der untersten Schreibtischschublade liegt. Bevor ich ihn heraushole, fällt mir darunter etwas auf. Es kommt mir bekannt vor, aber ich kann es nicht einordnen. Zartblaues Papier mit einem Blumenmuster auf der Rückseite. Ich lege es auf den Schreibtisch und falte es auseinander.

Es ist eine Notiz, die ich vor zehn Jahren geschrieben habe, kurz bevor sie zu einer Tour aufbrach. Mit dem Datum oben links, wie man es uns in der Schule beigebracht hatte. Mit angehaltenem Atem lese ich den Text. Darin geht es darum, wie sehr ich Kit vermissen werde, wenn sie wieder zwölf Wochen auf Tour geht, aber dass ich mich um das Haus und um Jeannette kümmern und in der Schule bessere Noten bekommen wollte. Ich falte das Blatt wieder zusammen, aber etwas Nasses fällt darauf. Als ich den Tropfen wegwische, merke ich, dass ich Tränen in den Augen habe: Eine ist auf das Papier gefallen und eine andere auf den Schreibtisch. Ich wische mir mit den Händen übers Gesicht und reiße mich zusammen. Warum werde ich plötzlich sentimental? Liegt es an der Tatsache, dass ich irgendwann mal in der Lage war, so voller Bewunderung an meine Mutter zu schreiben, oder daran, dass sie solche Briefe von mir bekommen, mich aber trotzdem allein gelassen hat? Vorsichtig lege ich den Brief in die Holzschachtel zurück. Da sind auch ein paar Sachen – ein Ring, Schmuck, Nippes –, die ich ihr zum

Geburtstag oder zu anderen Anlässen gekauft habe. Es überrascht mich, dass Kit sie alle behalten hat.

Auf dem Bildschirm blinkt mir die Onlinebanking-App entgegen. Ich mache mich an die Arbeit und überweise ein bisschen von Kits Geld auf mein eigenes Konto. Gerade genug, um das Extramaterial zu kaufen, das ich auf meiner Reise vielleicht brauchen werde.

Als ich die Haustür hinter mir ins Schloss ziehe, zögere ich einen Augenblick. Ein Teil von mir fühlt sich rücksichtslos. Ich mache mich auf den Weg nach Belgrad, nur aufgrund der geringen Wahrscheinlichkeit, dass meine Instinkte wegen dieser neuen russischen Firma und Paulina Pavlić mehr sind als nur ein Gefühl. Und das, *nachdem* man mich gefeuert hat. Ironischerweise könnte ich, wenn ich immer noch Teil von Athena wäre, diesen Spuren folgen, bis ich etwas Konkretes hätte, das ich Caitlin und Hala zeigen könnte. Doch jetzt bleibt mir nichts anderes übrig, als auf eigene Faust zu handeln.

Und noch etwas stört mich. Meine Mutter einzusetzen, ist keine besonders gute Idee. Klar, Caitlin wird sie als vorgebliche Leibwächterin begleiten, und sie hat genug Training erhalten, um Kit in vielen Situationen beschützen zu können. Aber Caitlin muss auch in Pavlićs Arbeitszimmer einbrechen, während Kit auf der Bühne steht. Sie muss die Kameraaufnahmen ersetzen, Alarmanlagen deaktivieren und dieses ganze Zeug – während dieser Zeit ist Kit nicht ihre oberste Priorität. Vermutlich hoffen wir darauf, dass sich Pavlić persönlich um Kit kümmert. Weil er ihr ganz offensichtlich ein kleines Vermögen dafür zahlt, dass sie sich zu den Sängern gesellt, die private Auftritte für Millionäre und Milliardäre absolvieren. Solche Leute – meistens handelt es sich dabei um ehemalige Stars, habe ich festgestellt – verdienen mit der Arbeit einer einzigen Nacht Hunderttausende oder sogar Millionen, und das Geburtstagskind kann dafür vor seinen ganzen Freunden angeben. Ich weiß, dass Kit dieses Geld in ihre Stiftung zur Unterstützung benachteiligter Frauen stecken wird. Aber niemand sonst wird das wissen. Wenn das Ganze rauskommt, wird es aussehen, als hätte sie sich an einen Menschenhändler verkauft, um eine ordentliche Pension zu bekommen, weil sich ihre Platten nicht mehr verkaufen. Ich weiß nicht, wie ich mithelfen kann, meine Mutter – oder ihren Ruf – zu beschützen, indem ich ihr nach Osteuropa folge, aber ich will es wenigstens versuchen.

Nach diesen ganzen Gedanken fühle ich mich ziemlich gestresst, als ich den besten Elektroladen in der Tottenham Court Road erreiche. Im Bus dorthin habe ich fünf Minuten damit verbracht, ein Fake-Profil auf einer App mit Unterkünften von Belgradern anzulegen, die ihre Apartments vermieten. Ich weiß schon, in welcher Straße ich wohnen will, und dort gibt es nur ein einziges Zimmer. Ich buche es online.

Dann gehe ich zu dem Laden und suche mir die besten Kameras aus. Ein älterer Mann zeigt mir eine Spiegelreflexkamera in der mittleren Preislage, und ich schüttele den Kopf.

»Was ist das da?«, erkundige ich mich. Auf einem erhöhten Brett sieht man eine Kamera hinter Glas. Ich spüre, wie mich der Assistent mustert und dann den Kopf schüttelt. Vielleicht sind meine Cargohosen, das T-Shirt und der Rucksack für meine Zwecke nicht gerade ideal. Er denkt wahrscheinlich, ich hätte mich in der Abteilung geirrt und wollte mir eigentlich pinkfarbene Smartphone-Hüllen anschauen.

»Zeigen Sie mir bitte diese Kamera«, sage ich.

»Die kostet zweitausend Pfund.«

»Okay«, erwidere ich.

Es kommt zu einer Art Showdown, während dem er mich anstarrt und ich zurücklächle. Dann wendet er sich ab und braucht Ewigkeiten, um einen Wachmann zu finden, der einen Schlüssel für die Vitrine hat. Endlich holt er die Kamera raus und zeigt sie mir, als wäre sie der Heilige Gral.

»Ist das die beste Kamera, die Sie haben?«

»Gerade erst letzte Woche reingekommen. Ein brandneues Modell. Und das teuerste.«

Nett, dass er das noch mal so deutlich sagt.

»Die nehme ich«, erkläre ich und hole ein Bündel Scheine hervor.

Das bringt ihn aus der Fassung.

»Möchten Sie, dass ich Ihnen ein paar der Features zeige?«

»Nein, danke.«

»Und eine Tasche dazu?«

»Zweitausend Pfund und dann ohne Tasche?«, frage ich zurück. Wie sich herausstellt, will er mir eine schicke andrehen. Ich lehne alle Extras ab, bezahle die Kamera und verlasse den Laden. Ich darf schließlich meinen Zug nicht verpassen.

St Pancras. Durch die hohen Glasdecken fällt das späte Londoner Morgenlicht ins Eurostar-Terminal. Viele Passagiere schlendern herum, warten auf den Check-in, und ich hoffe, dass ich an diesem Ort unauffällig in der Menge verschwinden kann.

Unter den Dingen, die ich mir bei Amber habe besorgen können, war ein EU-Ausweis für eine Deutsche namens Helga Hess (manchmal hat Amber wirklich wenig Fantasie; falsche Namen gehören dazu), und das Foto darauf ist meins.

Mit diesem Ausweis komme ich bestimmt problemloser durch die Grenzkontrolle, als wenn ich einen der anderen Pässe benutze, die Amber sicher durch Flughäfen zurückverfolgen kann. Hier am Bahnhof scannen sie die ID normalerweise nicht ein, sie überprüfen sie nur. Ich schaffe es durch die Kontrolle und habe gerade noch genug Zeit, ein paar Zeitungen und ein Sandwich zu kaufen. Dann suche ich mir meinen Sitzplatz und mache es mir für die Reise gemütlich, etwas mehr als zwei Stunden bis nach Paris.

Ich schrecke hoch, als wir in den Gare du Nord einfahren. Mir bleibt eine halbe Stunde für den Transfer zum Gare de l'Est, aber es ist nur eine Haltestelle, deswegen entscheide ich mich fürs Laufen, statt auf einen anderen Zug zu warten. In den Straßen von Paris fällt ein leichter Sommerregen, und zwei Geschäfte leuchten mir entgegen, als ich an den schönen Gebäuden vorbeimarschiere. Eines ist ein McDonald's. Das andere eine kleine Bäckerei. Ich schlüpfe hinein und hole mir ein Schinken-Käse-Croissant (das würde definitiv nie auf einem von Lis Diätplänen erscheinen). Dann sitze ich sogar Minuten vor der Abfahrt im Zug nach München. Das ist die Heimatstadt von Helga Hess, meinem deutschen Alter Ego, darum versuche ich auszusehen, als würde ich mich darauf freuen, bald nach Hause zu kommen, obwohl ich noch nie in München war. Ich habe kaum Zeit für eine Bratwurst, bevor ich in den Schlafwagen nach Budapest steige. Von dort aus trete ich den letzten Teil der Reise an, südwärts, nach Belgrad. Endlich.

Über Belgrad scheint die Junisonne, aber dadurch wird die bröckelnde Schäbigkeit der grauen Apartmentblocks im neueren Teil der Stadt nur unterstrichen. Hier gibt es eine Art ehemaliges staatliches Krankenhaus, das Gregor Pavlić zu seiner Basis für den Menschenhandel gemacht hat, und laut Stadtplan muss es sich irgendwo in der Gegend befinden. Ich sitze auf der Rückbank eines alten Taxis und sehe durch das Fenster nach draußen zu den starrenden jungen Männern, die auf Mauern sitzen. Sie rauchen, verschicken SMS, kratzen sich an den Armen, lachen. Im Rückspiegel wirft mir der Fahrer einen raschen Blick aus seinen Augen unter den schweren Lidern zu, und sein Akzent ist sehr stark.

»Hier keine Arbeit. Nur Gangs.«

Ich schaue wieder nach draußen. Die hässlichen hohen Türme machen älteren Gebäuden Platz; auch diese sind heruntergekommen, besitzen aber eine altmodische Eleganz. Wir überqueren eine Brücke und gelangen in die Altstadt, und statt der schmalen Seitenstraßen fahren wir jetzt über größere. Trotzdem sind fast alle Mauern mit Graffiti beschmiert. Wir fahren einen beeindruckenden Boulevard entlang, und der Mann zeigt mir das Rathaus und das Parlamentsgebäude. Da, so vermute ich, verbringt Peggys Freund Aleks Jučić, der Justizminister, seine Arbeitszeit.

Einige Minuten später halten wir in einer ruhigen Seitenstraße, die sich kühl anfühlt, weil die Sonne den Weg zwischen den alten Backsteingebäuden hindurch nicht findet. Ich bezahle die Fahrt mit den serbischen Dinaren, die ich in der Wechselstube in Budapest bekommen habe, und klopfe an die Tür der Adresse für meine Onlinereservierung. Der Mann, der mir öffnet, wirkt überrascht, und er scheint kein Englisch zu sprechen – nicht gerade eine ideale Kombination. Aber als ich ihm die Buchung auf meinem Smartphone zeige, nickt und grinst er, wobei hinten in seinem Mund eine Goldkrone sichtbar wird. Meine Großmutter hatte so eine, bevor man auf weiße umstieg, die zu den übrigen Zähnen passten. Ich erinnere mich nur an ein paar Besuche in einem schäbigen Haus in Streatham. Sogar nachdem Kit berühmt geworden war und ihr ein richtig schickes Haus in unserer Nähe kaufen wollte, weigerte sich meine Großmutter, aus ihrer alten Umgebung und von ihren Freunden wegzuziehen. Wir saßen dann bei ihr am Küchentisch, der mit einer Wachstuchdecke überzogen war, und aßen selbst gemachten Kuchen mit Marmelade und Sahne. (Kit tat nur so, als würde sie essen, weil sie nicht gerade wild auf Kohlenhydrate oder Zucker war.) Geredet wurde nicht viel. Die ganzen schönen, teuren Dinge, die Kit ihrer Mutter kaufte, stapelten sich im Hinterzimmer, und das machte sie sehr wütend.

Mein neuer Vermieter bedeutet mir, einen Moment zu warten, deswegen gehe ich ein paarmal hin und her, um mir die Zeit zu vertreiben, und schaue währenddessen unauffällig in verschiedene Fenster. Als ich zu der Haustür zurückkomme, vor der er mich zurückgelassen hat, werfe ich einen kurzen Blick in sein verschmiertes Seitenfenster. Im Haus ist ein zweiter Mann, er ist dünn und hat seine Haare zurückgegelt. Er übergibt meinem Vermieter ein Bündel Scheine. Auf dem Tisch zwischen ihnen liegt eine Tasche mit Pistolen. Der dünne Mann zieht den Reißverschluss zu, und ich trete eilig zurück auf die Straße, damit sie nicht bemerken, dass ich etwas gesehen habe. Es geht doch nichts über mehrere Einkommensquellen. Warum sollte man sich aufs Zimmervermieten beschränken, wenn man auch mit Waffen handeln kann, um ein bisschen zusätzliches Geld einzunehmen?

Ein paar Sekunden später erscheint der Vermieter wieder mit einem großen Schlüsselbund. Er öffnet die Tür neben seiner, und ich werfe mir den Seesack über die Schulter und warte darauf, dass er vor mir her nach drinnen geht.

Das Treppenhaus sieht heruntergekommen aus – sogar jetzt, mitten am Nachmittag –, und es riecht nach verfaulendem Holz. Hinter ihm steige ich die Stufen hoch. Er trägt weite Jogginghosen und ein eng anliegendes T-Shirt. Der kleine, runde Kopf sitzt auf einem großen, ebenso runden Körper, wie bei einem schlecht angezogenen Schneemann. Auf dem Treppenabsatz im vierten Stock bleibt er müde stehen und hustet tief aus der Lunge heraus, zeigt dann nach oben. Ein Stockwerk höher muss ich noch.

Diskret wende ich mich von dem abgestandenen Atem ab und warte darauf, dass sich der Mann wieder auf den Weg nach oben macht. An der letzten Tür, an der wir vorbeigehen, riecht es nach Mittagessen, Fisch mit gebratenen Zwiebeln. Ich rümpfe die Nase, als wir das oberste Stockwerk erreichen, und warte, während der Vermieter am Schloss rumfummelt. Die Tür ist schwer und führt in ein Apartment mit abgewetztem Holzfußboden. Durch die schmutzigen Fenster fällt gerade genug Licht, dass ich die Kakerlake noch sehe, die sich unter der Kommode verkriecht. Bei ihrem Anblick stellen sich mir die Haare im Nacken auf, aber ich zwinge mich zum Wegschauen und gehe zum Fenster.

Was ich da sehe, lässt mich lächeln. Da unten, schräg gegenüber auf der anderen Straßenseite, befindet sich die

Kunstgalerie, die Gregor Pavlićs Tochter Paulina gehört. Das Gebäude hat einen ordentlichen Anstrich, und durch die riesigen Glasfenster kann man direkt hineinsehen. Sogar die ausgestellten Fotografien erkenne ich. Obwohl ich nicht vorhabe, hier zu sitzen und die Galerie anzuschauen, gefällt mir die Idee, dass ich das tun kann, wenn ich will. Im hinteren Teil des Gebäudes befindet sich eine lange, minimalistische Bar mit mehreren Tischen und Stühlen – ein schickes kleines Café, wo sich die wohlhabenden Einheimischen hinsetzen und zwischen den Kunstwerken an einem Cappuccino nippen können.

»Gut?«

Hinter mir macht der Vermieter mit seiner fleischigen Hand eine Geste quer durch den Raum, wie um sicherzustellen, dass mir auch kein einziger der Vorzüge dieser Wohnung entgangen ist. Ich gehe zum Bett und setze mich drauf. Wenigstens ist die Matratze hart.

»Ich mache Spray«, sagt der Mann als Reaktion auf mein Schweigen. »Gegen …«

Mit seinen fetten Fingern imitiert er die Bewegungen der Kakerlake. Ich nicke, stehe auf, um den Schlüssel entgegenzunehmen, begleite den Mann zur Tür und schließe sie hinter ihm. Dann werfe ich mich aufs Bett und strecke mich aus. Hier oben ist es ruhig. Bisher keine Geräusche von den Nachbarn; einige Etagen unter mir fährt nur wenig Verkehr vorbei. Ich mache die Augen zu. Ich bin gern allein, sagt meine Mutter über mich, aber ich fühle mich selten einsam. Jetzt in diesem Moment allerdings, hier in dieser fremden Stadt mit niemand anderem als einer Kakerlake als Gesellschaft, fühle ich mich plötzlich jämmerlich verlassen. Ich vermisse mein Team. Achtzehn Monate lang habe ich neben

Caitlin und Hala trainiert und gearbeitet und vorher mit den anderen Leuten im Programm.

Ich öffne die Augen wieder und nehme die unebenen beigen Wände in mich auf. Plötzlich erinnern sie mich an Halas Wohnung, nicht die, in der sie jetzt zu Hause ist, sondern die winzige Sozialwohnung in London, in die man sie verfrachtet hat, nachdem sie endlich Asyl bekommen hatte. Es dauerte Monate, bis Hala aus dem Zentrum kam, und dann musste sie fast zwei Wochen Befragungen über sich ergehen lassen, bis die Regierung davon überzeugt war, dass sie keine potenzielle Terroristin, sondern eine Überlebende des IS-Terrors in Syrien war.

Das Terrorismusbekämpfungsteam war von Halas einsilbigen Antworten frustriert gewesen und hatte irgendwann mich dazugeholt. Ich war für so etwas zwar nicht ausgebildet, aber mein Offizier im Programm war immer noch Teil der britischen Terrorismusbekämpfungsabteilung, und er hielt das für eine gute Idee. Ich hatte keine Ahnung, wie man jemanden befragte. Zu dieser Zeit verbrachte ich meine Tage damit, etwas über Schaltkreise, Drähte und Sprengstoff zu lernen, und es gefiel mir gar nicht, dass man mich plötzlich dort wegholte. Aber er war der Ansicht, ich als Mädchen – mehr oder weniger in Halas Alter – würde sie vielleicht dazu bringen können, sich zu öffnen.

Darum versuchte ich, freundlich zu sein, eine Beziehung zu Hala aufzubauen, so wie sie einem das in den ganzen Teamworkseminaren beibringen. Damit hatte ich null Erfolg. Dann versuchte ich es mit offiziellen Befragungen, und irgendwann verlor ich die Geduld. Nichts davon hatte auch nur die geringste Wirkung auf sie. Nicht mal ihr Gesichtsausdruck veränderte sich.

Sie saß einfach auf ihrem Metallstuhl hinter dem Metalltisch in dem Raum mit den grünen Wänden, und sie antwortete mit flacher Stimme, ohne irgendwelche Details preiszugeben. Als wäre es ihr völlig egal, was mit ihr passierte. Und vielleicht konnte sie auch gar nicht anders. Nach ein paar Tagen hatte ich begriffen, dass Hala, wenn sie wirklich die Wahrheit sagte, miterlebt hatte, wie ihre Eltern in Palästina alles verloren und zu Flüchtlingen wurden. Dann hatten sie sich ein neues Leben in Syrien aufgebaut, wo dann jedoch ein Bürgerkrieg ausbrach. Hala hatte dabei zusehen müssen, wie ihre Stadt und die Dörfer in der Umgebung dem Erdboden gleichgemacht und die Leute umgebracht wurden. Und wenn ihre Geschichte stimmte – wenn ihre Eltern vor ihren Augen von Soldaten des Kalifats ermordet worden waren und wenn sie einen dieser Männer mit einem Küchenmesser erstochen hatte –, dann würde ein arrogantes junges Mädchen, das sie anschrie, sie nicht in Angst und Schrecken versetzen.

Deswegen gab ich diese ganzen Strategien auf. Ich setzte mich einfach zu ihr. Kochte ihr Tee und redete. Über mich selbst, ein bisschen über die Schule, was mir daran gefiel und was nicht. Ich füllte die Leere und erwartete im Gegenzug nichts von Hala. Das Komische war, dass sie zu reden anfing, sobald es keinen Druck mehr gab. Immer ein bisschen, mit Pausen dazwischen. Ihr Englisch war nicht besonders, aber ganz okay. Ihre Eltern, beide Ärzte, hatten ihr und ihrem Bruder die Sprache beigebracht. Irgendwann gab sie genügend Details von dem preis, was geschehen war und wann; diese Details passten zu dem, was der Geheimdienst über sie herausgefunden hatte. Doch am lebhaftesten wurde sie, wenn sie über ihre Kletterfähigkeiten sprach. Darüber, dass sie den Spitznamen *il bisseh*, die Katze, getragen hatte. Diese Fertigkeiten hatte sie genutzt, um Wände hinaufzuklettern und so ihr eigenes Leben zu retten und zu entkommen, obwohl das bedeutete, dass sie sich von ihrem Bruder trennen musste. Die Geschichte zerriss mir ehrlich gesagt das Herz, und ich hörte zu, ohne ein einziges Wort zu sagen. Ich hatte Angst, ein Geräusch von mir zu geben, das sie zum Schweigen bringen würde, und außerdem wusste ich nicht, was ich zu jemandem hätte sagen sollen, der so viel Schmerz erlebt hatte.

Am Tag nach ihrer Entlassung besuchte ich sie in der Sozialwohnung, in der man sie untergebracht hatte. In der Wohnung mit den beigen Wänden. Das Apartment roch nach Bleiche und war porentief rein – und man fühlte sich so einsam dort. Hala ist eine hochgewachsene, starke junge Frau, aber in diesem Zimmer sah sie so klein und verloren aus. Ich weiß nicht, warum ich hingegangen bin. Ich musste einfach immer wieder an ihre Geschichte denken – vor allem nachts, wenn ich schlafen wollte. Ich versuchte, mich mit ihr anzufreunden, und sie verhielt sich höflich und bot mir Tee und Essen an. Daran erinnere ich mich, weil es Hummus und Gurkensticks waren. Das verursachte ein noch schlimmeres Gefühl in mir, als müsse sie Dinge im Supermarkt kaufen, nur um etwas Vertrautes zu finden. Ich versuchte ein bisschen Konversation zu machen, aber Hala hielt mich auf Distanz, und als ich ging, hatte ich das Gefühl, sie gestört zu haben. Danach besuchte ich sie nie wieder. Jedenfalls nicht mehr, bis ich Athena beigetreten war und man nach Leuten suchte, um das Team zu erweitern.

Diesmal verlief die Begegnung mit Hala anders. Ich traf sie auf dem Dach des Gebäudes an. Ihr alter Nachbar hatte mir erzählt, dass sie dort viel Zeit verbrachte. Als ich durch die Tür des Treppenhauses kam, sprang sie auf, rannte zur Ecke des Daches, blieb dort stehen und wartete auf mich. Sie war schon einen halben Schritt über dem Rand. Nur Zentimeter von einem Sturz ins Nichts entfernt.

»Lass mich in Ruhe! Ich habe Asyl«, schrie mich Hala an.

Langsam bewegte ich mich auf sie zu.

»Ich bin keine Terroristin!«

Ich blieb stehen und erklärte ihr, dass ich nicht gekommen war, um ihr zu schaden oder sie wieder mitzunehmen. Dass ich den Beruf wechselte und wollte, dass sie mit mir kam.

»Ich habe einen Job«, gab sie zurück, und das ließ mich lächeln, denn ich wusste, dass es der Wahrheit entsprach. Sie wusch in einem heruntergekommenen italienischen Restaurant zwei Straßen weiter das Geschirr.

»Komm jetzt vom Rand weg«, sagte ich. »Das macht mich total nervös.«

Sie tat es und landete wie ein Panther, völlig geräuschlos, ohne den Blick von mir abzuwenden.

Und dann wurde sie ein bisschen weicher. Als sie mir einen Tee anbot, nahm ich ihn an, um noch eine Weile bleiben zu können. Und irgendwann fragte sie mich dann auch, worum es bei dieser Arbeit denn gehe. Ich sagte es ihr, und der Gedanke daran schien etwas in ihr zu entfachen. So hatte ihre Zeit bei Athena angefangen. Seitdem hatte ich immer das Gefühl gehabt, es liege einfach an ihrem Charakter, wenn sie sich abseits hielt. Dass sie ganz tief in ihrem Inneren etwas für mich empfand, denn soweit ich das einschätzen konnte, war ich ihre engste Freundin. Und abgesehen von Caitlin wahrscheinlich ihre einzige Freundin.

Aber jetzt fühlt es sich so an, als wäre alles vorbei. Vielleicht hat uns ja auch nur Athena zusammengebracht: zwei introvertierte junge Frauen, zwei Menschen, die durch die Geheimnisse verbunden waren, die wir bewahren mussten, und durch die Notwendigkeit, einander bei jeder Mission unser Leben anzuvertrauen.

Ich lande wieder in der Gegenwart, in meinem einsamen Zimmer in Belgrad, weil unten ein Wagen mit Polizeisirene vorbeirast. Ich warte, bis er weg ist, denke an gar nichts, höre nur hin. Als es wieder ruhig geworden ist, herrscht im Raum Totenstille. Ich atme hörbar ein, nur um sie zu brechen, aber dann muss ich gähnen. Mehr als vierzehn Stunden bin ich unterwegs gewesen, und ganz plötzlich überfällt mich die Müdigkeit. Ich drehe mich auf die Seite und stürze in den Schlaf – so tief, dass ich keine Ahnung habe, wie lange ich weg war, als ich aufwache, weil jemand wie verrückt an die Tür hämmert.

6. Kapitel

Ein Adrenalinstoß durchfährt mich. Mit wild klopfendem Herzen springe ich auf und schaue mich nach etwas um, womit ich mich verteidigen kann. Von einem Seitentisch packe ich einen Lampenständer aus Metall, dann lege ich die Kette vor und schiebe die Tür stückweise auf.

Draußen steht mein Vermieter und hält eine Dose Insektenspray hoch. Schnell senke ich meine improvisierte Waffe und lasse ihn in die Wohnung. Er erzählt mir irgendwas auf Serbisch und legt sich dann auf den Boden, um das Zeug unter dem Bett zu versprühen. Dabei grunzt er zufrieden vor sich hin. Ich habe keine Ahnung, was er da unten entdeckt hat, aber er benutzt genug Chemikalien, um eine ganze Kolonie auszurotten. Ich stoße das Fenster auf und bedeute ihm durch Gesten, dass er seine Aufgaben als Kammerjäger für heute voll erfüllt hat. Dann dusche ich, ziehe mich an und gehe nach draußen.

Die Gebäude hier in Belgrad sind mit den Rückständen vom Smog und Ruß vieler Jahre bedeckt, viele Wände mit Graffiti verschmiert, sogar hier in der Stadtmitte. Die Kunstgalerie, die Paulina Pavlić gehört, hat allerdings eine helle, saubere Granitfassade. Die hohen Fensterscheiben sind blitzblank. Drinnen erkenne ich strahlend weiße Wände, an denen einige beeindruckende fotografische Arbeiten hängen. Der glänzende Boden sieht aus wie Marmor. Weiter hinten im Raum stehen die Tische, der lange Holztresen und eine Kaffeemaschine, die selbst aussieht wie ein Kunstwerk. Gregor Pavlić muss hier ein Vermögen für seine Tochter ausgegeben haben.

Während der Verkehr an mir vorbeirauscht, stehe ich auf dem Bordstein und betrachte die Galerie einige Minuten lang. Dann suche ich mir einen Weg durch den ständigen Strom der vorüberrasenden Autos und Mopeds, um die Straße überqueren zu können.

Als ich die Tür zur Galerie aufstoße, bin ich ein klein wenig nervös. Ich gehe an den Ausstellungsstücken vorbei, entscheide mich für einen kleinen Tisch und setze mich hin. Ich weiß noch nicht einmal, ob Paulina Pavlić überhaupt hier sein wird. Wenn einem der Vater zu Weihnachten, zum Geburtstag oder zu sonst irgendeinem Anlass eine Kunstgalerie schenkt, sind wahrscheinlich die ganzen weiteren Vorteile inklusive, auch das Personal. Man selbst braucht dann vor zwölf Uhr mittags gar nicht aufzustehen.

Ich bestelle mir etwas zu trinken. Wie in vielen Cafés hängen in der Galerie kleine Poster mit glücklich aussehenden kolumbianischen Kaffeepflückern und der Information, welche fair gehandelten Bohnen sie gerade ernten. Das ist natürlich gut zu wissen: Vielleicht betreibt er Menschenhandel mit Frauen in Osteuropa, aber Gregor Pavlić und seine Familie kümmern sich wirklich darum, dass es den Kaffeebauern gut geht. Als mein Espresso gebracht wird, erfüllt dieser allerdings die hohen Erwartungen. Der aufsteigende Dampf duftet lecker, und der Kaffee selbst ist gleichzeitig sanft und bitter. Ich genieße die Wärme, die sich in meinem Bauch ausbreitet, und schaue aus den riesigen Fenstern nach draußen. Freudig überrascht stelle ich fest, dass Paulina gerade aus einem rauchfarbenen Mercedes steigt. Für ihr Alter verfügt sie über einen guten Geschmack, was Autos betrifft. Sie hat auf einer doppelten gelben Linie draußen vor der Galerie geparkt. Sogar in Jeans und T-Shirt sieht sie ganz ohne Aufwand aus wie ein Fernsehstar, der auf einer Premierenfeier eintrifft. Mit einem Seitenblick stelle ich fest, dass ein Verkehrspolizist langsam auf sie zukommt; wahrscheinlich will er sie wegen ihres eigenmächtigen Parkens ermahnen. Sie begrüßt ihn aber wie einen alten Freund, mit einem lockeren, gut einstudierten Händeschütteln, das einen winzigen Augenblick zu lange dauert. Die Hand des Polizisten wandert direkt zu seiner Tasche; ganz unauffällig steckt er das Geld weg, das ihm Paulina so diskret überreicht hat. Dann geht er weiter und bleibt nur stehen, um für die anderen Autos Strafzettel auszustellen.

Jetzt betritt Paulina ihre Galerie, schwebt auf den hinteren Teil zu und wirft den Leuten, die gerade gehen, ein kurzes Lächeln zu, auch einem Mann, der eines der ausgestellten Fotos betrachtet. Sie hält auf den Tresen zu, auf den Tisch, an dem ich sitze. Als sie näher kommt und in mein Blickfeld gerät, schaue ich von meinem iPad auf, wie das jeder tun würde. Sie schenkt mir ein flüchtiges, strahlendes Lächeln, und einen Augenblick lang vergesse ich zu atmen. Paulina sieht noch unendlich viel besser aus als auf ihren besten Fotos. Makellose Haut, mandelförmige blaugrüne Augen und karamellbraunes Haar, in dem perfekte, offensichtlich teure Strähnchen in Honig und Gold leuchten. Ich ermahne mich dazu, zurückzulächeln, statt sie einfach nur wie ein Goldfisch anzustarren. Dann geht sie an mir vorbei, und ich zwinge mich, meine Aufmerksamkeit wieder den enthusiastisch präsentierten Informationen auf der Website über die wichtigsten historischen Sehenswürdigkeiten von Belgrad zuzuwenden. Aber natürlich lasse ich Paulina nicht aus den Augen. Sie wirkt entspannt und wie jemand, der alles unter Kontrolle hat. Kurz bleibt sie stehen, um etwas zu einem vorübereilenden Kellner zu sagen, dann wendet sie sich einem Paar zu, das offensichtlich zu ihrer Stammkundschaft gehört. Danach holt sie ihr Smartphone raus und tippt ein paar Minuten darauf herum.

Über mein iPad wähle ich mich ins Gratis-WLAN der Galerie ein und öffne eine App, über die ich den dazugehörigen Router lokalisieren kann. Dann bin ich bereit. Ich winke dem bärtigen Kellner in seiner Halbschürze zu, weil ich bezahlen möchte, und erledige das mit Bargeld. Als ich aufstehe, lasse ich meinen Stuhl absichtlich über den Boden schaben. Ich merke, dass sich Paulina in Richtung des Geräuschs umdreht. Im Aufschauen begegne ich ihrem Blick und nicke ihr zum Abschied zu, bevor ich die Galerie verlasse. Auf dem Weg in die Stadt bewege ich mich mit mehr Schwung als sonst. Vielleicht liegt es am Sonnenschein, vielleicht auch daran, dass ich bereits einen Kontakt zu Paulina habe herstellen können. Unterwegs besorge ich mir bei einer Autovermietung ein Motorrad; nichts Besonderes, aber mit ordentlich Power unterm Sattel und guter Beschleunigung.

In meiner Unterkunft wende ich mich wieder den Informationen zu, die ich mir über den Router der Galerie besorgt habe. Der ist nichts Besonderes. Wahrscheinlich Standard bei der Telefongesellschaft, als sie bei Paulina Leitungen verlegt haben. Ich brauche nur fünf Minuten, um die genauen Geräteeigenschaften zu finden und dann zu einer Website zu gelangen, die mir freundlicherweise die automatisch generierten Passwörter für die meisten Standardrouter zur Verfügung stellt. Ich rufe die App auf meinem Smartphone auf und gebe die Informationen ein, und damit gelange ich in den Router selbst. Jetzt kann ich mehr oder weniger sehen, welche Webseiten und Apps Paulina den ganzen Tag über benutzt. Natürlich erhalte ich gleichzeitig eine ganze Flut von unsinnigen Informationen darüber, was ihr Personal und ihre Kundschaft so online treiben – es wäre aber einfach noch zu riskant, direkt auf ihrem Smartphone ein Programm zu hinterlassen.

Ich räume eine Schale mit verstaubten getrockneten Blumen von dem kleinen Esstisch und stelle meinen Computer dort auf, dann falte ich einen Stadtplan von Belgrad auseinander und befestige ihn mit Reißzwecken an der Wand. Jetzt habe ich meine eigene kleine Einsatzzentrale.

Als Allerersten stelle ich eine starke VPN-Verbindung her, über die alle paar Minuten meine IT-Adresse geändert wird. Wenn Amber jetzt irgendwie meinen Laptop ortet, weil sie mich finden will, wird es aussehen, als wäre ich in Madrid und eine Minute später in Peking.

Als Nächstes wähle ich mich ins Kommunikationssystem von Athena ein. Aus meinem Schließfach bei Amber habe ich mir den foliendünnen Ohrhörer besorgt, aber sie hat meine Frequenz abgeschaltet, deshalb brauche ich eine andere zum Einloggen, zu der ich die Software habe. Jetzt kann ich ungefähr die Hälfte von dem hören, was mein Team untereinander kommuniziert. Die andere Hälfte geht in der Stille oder in statischen Geräuschen unter, aber es wird ausreichen, dass ich ihre Fortschritte mehr oder weniger mitverfolgen kann.

Als Letztes markiere ich wichtige Orte auf dem Stadtplan. Der rote Punkt steht für Pavlićs umfunktioniertes

Krankenhaus, das offensichtlich das Zentrum seiner Menschenhandelaktivitäten darstellt. Es befindet sich am Rand der Neustadt und ist von stillgelegten Fabriken auf der einen Seite und einem Waldgebiet auf der anderen umgeben. Nur eine Straße führt auf das Gelände. Außerdem habe ich eine Stecknadel an der Stelle positioniert, wo Gregor – mit Paulina – wohnt, auf dieser Seite des Flusses, in einem der schicken Vororte in der Nähe des Botschaftsviertels. Über meinen Ohrhörer weiß ich aus einem Gespräch zwischen Caitlin und Amber, dass sich Kit laut Plan gerade dort aufhält, alles für das Konzert überprüft und wahrscheinlich zum ersten Mal dem bösen Gregor Pavlić begegnet. Ich hoffe, sie wird ihren Charme spielen lassen.

Das gemietete Haus, in dem Kit, Peggy und Caitlin untergebracht sind, liegt nicht weit weg von Pavlićs. Nur Hala wohnt irgendwo allein in einem Apartment. Sie spioniert das Krankenhaus aus und versucht wahrscheinlich herauszubekommen, wie sie sich am besten fotografische Beweise davon beschaffen kann, was da drinnen vorgeht.

Während ich versuche, mehr über Pavlićs russische Firmen und die Direktoren der Victory-Klinik herauszufinden, schalte ich mich alle paar Minuten in die Athena-Kommunikation ein, nur um auf dem Laufenden zu bleiben. Ich erfahre, dass Peggy in ein paar Stunden mit Aleks Jučić zu Abend essen wird. Wo, sagt sie nicht, aber das Programm, das ich vor ein paar Wochen auf Jučićs Arbeitscomputer geschmuggelt habe, ist immer noch aktiv, und ich kann ohne Schwierigkeiten auf seinen Kalender zugreifen und herausfinden, in welchem Restaurant er einen Tisch für die beiden reserviert hat. Es gibt keinen besonderen Grund, warum ich Peggy im Auge behalten will, aber ich würde Aleks Jučić gern sehen, um einen persönlichen Eindruck von ihm zu bekommen.

Ich bin froh, dass ich dadurch bei der Arbeit unauffällig eine Mahlzeit einnehmen kann, denn ich habe Hunger. Ich reserviere einen Tisch fürs Abendessen und ziehe mich angemessen an. Ich trage eine schwarze Jeans und ein schickes Top. Aleks Jučić wird Peggy in eines der besten Restaurants der Stadt ausführen, so steht es jedenfalls auf den Tourismusinformationsseiten. Bevor ich mich auf den Weg mache, schaue ich mir noch schnell an, was Paulina so im Internet getrieben hat. Es gibt einige Instagram-Posts, ein paar WhatsApp-Nachrichten an Freunde, und sie hat sich auf einer Shoppingseite für Kunstbücher umgesehen. Und dann, unter meinen Augen, loggt sie sich bei ihrer Bank ein. Sie ruft Kontoauszüge auf (danke, Paulina), und sobald sie die auf ihr Smartphone heruntergeladen hat, kann ich alles ohne Probleme öffnen. Ein kurzer Blick zeigt mir einen beachtlichen Kontostand, einige Abbuchungen von Boutiquen – und dann ist da etwas Interessantes. Zwei große Überweisungen von einer Moskauer Bank, und zwar etwa zu der Zeit, als sich Paulina dort aufgehalten hat. Es handelt sich um mittelgroße sechsstellige Summen.

Vielleicht ist also meine Vermutung, Paulina könnte am Imperium ihres Vaters beteiligt sein, mehr als nur Wunschdenken.

Ein Teil von mir würde jetzt am liebsten Nachforschungen über die Bank anstellen, die Spur weiterverfolgen, aber das kann noch ein paar Stunden warten. Deswegen mache ich mich auf, um Peggy und Aleks beim Dinner zu beschatten.

Ich erreiche das Restaurant gut vierzig Minuten vor Peggys

Buchung. Ihr am Eingang zu begegnen, wäre sicher suboptimal.

Draußen herrscht ein sanftes, goldenes Sommerlicht, aber drinnen ist es richtig dunkel, was mir wahrscheinlich nützen wird, weil ich ja nicht will, dass mich irgendjemand bemerkt. Als sich meine Augen an das Dämmerlicht gewöhnt haben, erkenne ich, dass das Restaurant wirken soll wie eine Mondscheinkneipe aus den Dreißigerjahren des vergangenen Jahrhunderts. Es ist, als wäre ich plötzlich am Filmset von *Casablanca,* nur in Farbe. Nischen mit sattgrünem Lederbezug, Holztische, ein langer Zinktresen, Kellner in weißen Fräcken, Wandlampen mit Metallverzierungen – jedes einzelne Klischee ist berücksichtigt worden. Da sitzt sogar ein Typ an einem kleinen Flügel und spielt Jazz. Neben ihm steht ein kleines rundes Podest samt Mikrofon, vor dem eine blonde Frau in einem engen Kleid singt. Sie gibt einen alten amerikanischen Klassiker zum Besten, Gershwin, allerdings mit starkem osteuropäischem Akzent.

Der Kellner wirkt fast erschrocken darüber, dass ich allein esse, aber er überwindet seinen Schock und führt mich schnurstracks in den hinteren Raumteil, vorbei an Tischen, an denen schon Paare und Gruppen sitzen und trinken, zu einer kleinen Nische ganz in der Ecke. Dann überreicht er mir eine in Leder eingeschlagene Speisekarte mit mehr Seiten als Shakespeares *Gesammelte Werke.* Weil ich keine zwei Stunden damit verbringen möchte, die Karte von vorn bis hinten durchzugehen, entscheide ich mich sofort für das feste Menü auf der ersten Seite.

Gerade habe ich den gemischten Salat mit Mayonnaise und Nüssen geschafft und mache mich über meinen gegrillten Fisch mit Zitrone her, als ich Aleks Jučić bemerke. Er steht auf der anderen Seite des Raumes, von mir aus gesehen links, und zieht einen Stuhl für Peggy unter dem Tisch hervor. Er ist groß und schlank, und Peggy sieht in ihrem dunkelblauen Kleid einfach fantastisch aus. Instinktiv lasse ich mich tiefer in meinen Sitz sinken, aber sie hat mir den Rücken zugewandt; es ist also nicht sehr wahrscheinlich, dass sie mich entdecken wird. Ich winke meinen Kellner herbei und teile ihm mit, dass ich das Dessert auslassen und gleich die Rechnung haben möchte. Während ich warte, beobachte ich Aleks. Ihn kann ich besser sehen als Peggy. Er wirkt lebhaft und herzlich, und er lächelt oft. Viel sagt er nicht; er stellt Peggy einfach nur Fragen, und es macht den Eindruck, als würden ihn die Antworten wirklich interessieren, was tatsächlich gar nicht so oft vorkommt. Wie oft sitzt man in Unterhaltungen, in denen die Leute nur darauf warten, dass man zu reden aufhört, damit sie loslegen und ihre eigene Geschichte erzählen können, weil ihnen »etwas ganz Ähnliches« passiert ist.

Dann erscheint der Oberkellner und schüttelt Aleks die Hand wie einem lange verloren geglaubten Bruder. Er gestikuliert angeregt; vielleicht beschreibt er die ganzen exquisiten Gerichte, die der Chefkoch nur für die beiden zubereiten wird.

Dann verschwindet er, und ich bemerke, dass Aleks Peggys Hand auf dem Tisch mit seiner berührt. Ob es sich um eine romantische Geste oder eine rein freundschaftliche handelt, kann ich nicht beurteilen. Peggy erwidert die Berührung kurz und legt dann beide Hände in den Schoß. Ich durchschaue das Ganze nicht. Peggy hat ihren Mann verloren – er ist erst vor ein paar Jahren verstorben, und sie kann immer noch kaum über ihn sprechen, ohne dass ihre

Augen feucht werden. Aber vielleicht ist sie ja manchmal einsam. Ich meine, Aleks sieht immerhin ziemlich gut aus, und so alt ist Peggy nun auch wieder nicht.

Innerhalb von fünf Minuten kommt der Kellner an den Tisch zurück, hält den beiden eine Weinflasche hin und zelebriert das Öffnen-und-Kosten-Ritual. Dann stellt er die Flasche in einen Eiskübel auf einem Beistelltisch. Wie ich gehofft habe, entschuldigt sich Peggy und geht zur Toilette. Ich bin sicher, sie wurde von ihren Eltern gezwungen, ein ganzes Handbuch mit Benimmregeln zu verschlingen, und darin steht wohl, dass eine Lady zehn Minuten nach ihrem Eintreffen beim Dinner den Waschraum aufzusuchen hat.

Ich lege genug Bargeld auf den Tisch, um meine Rechnung zu begleichen, stehe auf und gehe, solange Peggy außer Sicht ist. Aleks' Kellner schaufelt immer noch Eis in den Kübel mit der Weinflasche. Während ich am Tisch vorbeigehe, tue ich so, als würde ich in meiner Handtasche nach etwas suchen, und hole auf der Fingerspitze ein winziges Mikrofon hervor. Am Tisch befestige ich es unauffällig am Fuß des Eiskübels und gehe weiter. Das Gefäß ist zwar feucht, aber Ambers Mini-Mikrofone haften überall.

In der nächsten Seitenstraße, in Sicherheit, stecke ich mir einen winzigen Empfänger ins Ohr und kann sofort den Kellner reden hören. Außerdem ist da ein Geräusch wie von einem Steinschlag, wahrscheinlich das Eis im Kübel. Nach ein paar Sekunden hört es auf, und ich höre, wie Aleks die zurückkehrende Peggy begrüßt. Ich stehe im verlassenen Eingang einer geschlossenen Metzgerei, wo neben mir im Schaufenster ein Lammkadaver hängt. Aufmerksam lausche ich. Ein typisches Gespräch zwischen alten Freunden, die einander eine Weile nicht gesehen haben.

»Was machen die Kinder?«, will Aleks wissen.

»Alice besucht das College in New York, und Joseph lebt inzwischen in Seattle, mit meinem ersten Enkelkind.«

Peggy klingt hochzufrieden.

»Einfach unglaublich. Bei deinem Anblick würde niemand auf die Idee kommen, dass du schon Großmutter bist.«

Was für ein Spruch. Darauf folgt Stille. Ich frage mich, ob er gleich wieder versucht, ihre Hand zu nehmen.

»Und dein Sohn?«, erkundigt sie sich.

»In den Staaten.«

Das stimmt; ich habe überprüft, wo sich Sascha aufhält. Er studiert in Minnesota.

»Und Maja?«, will Peggy wissen.

»Die Scheidung ist durch, endlich.«

»Das habe ich gehört. Es tut mir leid.«

Aleks schnaubt verächtlich. »Sie hat wieder geheiratet. Einen sogenannten Geschäftsmann, der sein Geld auf dem Schwarzmarkt verdient. Jetzt bekommt sie die ganzen Chanel-Handtaschen, die sie schon immer haben wollte.«

Auch dieses Detail stimmt mit dem überein, was ich über Aleks recherchiert habe. Er hat gegen diesen Kerl prozessiert, aber ein Richter hat im Verfahren zu seinen Ungunsten entschieden. Seltsamerweise ist er kurz darauf als Rentner auf die Bermudas gezogen. Und um das Ganze noch schlimmer zu machen, hat Aleks' Frau, ein ehemaliges Model, Aleks für seinen Gegner verlassen.

Danach sprechen die beiden ziemlich bald über Gregor Pavlić. Aleks senkt die Stimme fast zu einem Flüstern.

»Einfach nur widerlich, dieser Mann. Aber viele Leute sind von ihm abhängig, weil er sie erpresst.«

»Aleks, bitte halte mich nicht für dreist, aber hat er irgendetwas gegen dich in der Hand?«

»Drogen oder One-Night-Stands reizen mich nicht.«

»Entschuldige, ich musste das fragen.«

»Du brauchst dich nicht zu entschuldigen«, sagt Aleks. »In dieser Stadt Ordnung zu schaffen, war ein langwieriger Prozess. Einen dieser Mistkerle nach dem anderen musste ich hinter Gitter bringen. Und es gibt nur einen oder zwei Richter, denen das Ganze am Herzen liegt. Außerdem eine kleine Gruppe Polizisten. Ich treffe mich jede Woche mit allen, um sie bei der Stange zu halten. Aber wenn wir Pavlić drankriegen können, wäre das eine Botschaft an ganz Serbien. Warum interessierst du dich eigentlich überhaupt für ihn?«

»Das kann ich dir im Moment nicht sagen. Aber vielleicht habe ich demnächst einige nützliche Informationen für dich.«

»Nun, bei deinen Kontakten überrascht mich gar nichts. Aber pass auf, er ist gefährlich«, gibt Aleks zurück. »Du weißt, du bedeutest mir etwas.«

Du liebe Zeit. Flirtet er etwa mit ihr? Aber Peggy geht nicht darauf ein, sondern lenkt das Gespräch auf eine Wohltätigkeitsgala, die sie für Ende des Jahres organisiert. Alles, was ich unmittelbar von Aleks gehört habe, stimmt mit meinen Recherchen überein und lässt Peggys Vertrauen in ihre Freundschaft gerechtfertigt erscheinen. Ich beschließe, in die Wohnung zu fahren und mich um Paulinas Geld aus Russland zu kümmern, das wohl eine deutlich vielversprechendere Spur darstellt.

7. Kapitel

Am nächsten Morgen gehe ich erst mal laufen. Auf diese Weise lernt man einen Ort gut kennen, und ich habe mein übliches Training vernachlässigt. Unterwegs gehe ich ins Staatliche Hauptmeldeamt, um zu sehen, ob ich irgendetwas (idealerweise eine Adresse) über die Lavit-Direktoren in Erfahrung bringen kann, denn meine Onlinerecherchen haben nichts Neues ergeben. Ich frage nach Michail Rostow, dem Typen aus Russland, und Katarina Volim, der jungen Serbin, aber wie sich herausstellt, braucht eine Anfrage vierundzwanzig Stunden Vorlauf, bis die Akten zur Ansicht herausgegeben werden. Ernsthaft? Haben die hier schon mal von Computern gehört? Ich fülle die entsprechenden Formulare aus und vereinbare einen Termin für den nächsten Morgen.

Auf dem Rückweg kaufe ich Brot, Käse, Eier und ein paar andere Dinge, um mir selbst Frühstück machen zu können. Danach ziehe ich mein Lieblingsshirt an, ein weiches, blaues, und begutachte mich im Badezimmerspiegel mit den abgestoßenen Ecken. Mir ist Make-up nicht wichtig, und ich mache mir auch keine Arbeit mit meinen Haaren, aber heute möchte ich einigermaßen ordentlich aussehen. Ich sehe dunkles Haar, grüne Augen und Kits Nase, die sie als eins meiner besten Features bezeichnet – ganz anders als meinen Mund, denn der wirkt »verdrossen«, findet sie. Vielleicht habe ich den ja von meinem Vater.

Ich wende mich wieder meiner Aufgabe zu und lächle mein Spiegelbild an. Dadurch verändert sich mein ganzes Gesicht – zum Besseren, wie ich zugeben muss. Ich habe ein riesiges Lächeln, breit genug, dass ich mich deswegen unsicher fühle, aber alle sagen immer, sie mögen es. Mit »alle« meine ich die Typen, die mit mir ausgehen wollten. Einer an der Schule, einer in meinem Wochenendprogrammierkurs. Es ist wirklich unglaublich, wie viele Leute sich für einen interessieren, wenn man dieses Interesse überhaupt nicht erwidert.

Ich setze mich wieder an den Computer und versuche, ein bisschen Athena-Kommunikation zu verfolgen, aber anscheinend ist niemand online. Dann stehe ich am Fenster herum und warte darauf, dass Paulina in die Galerie kommt. Das tut sie auch, ungefähr zur selben Zeit wie gestern. Ich sehe, wie sie die bewährte Bestechungsroutine mit dem Verkehrspolizisten durchzieht. Dann gehe ich runter in die Galerie, lasse mich in aller Ruhe an einem Cafétisch nieder und wühle in meiner Tasche herum. Ich hole die teure Kamera heraus, die ich direkt vor meiner Abreise aus London gekauft habe. Gewollt achtlos stelle ich sie dicht am Tischrand ab. Dann werfe ich mein iPad an, gähne leise und fange an zu lesen.

Ein paar Minuten später erscheint ein höflicher Mann in einer Halbschürze neben mir. Verärgert schaue ich von meiner Lektüre auf und mache in wenig freundlichem Ton eine komplizierte Kaffeebestellung. Die bereitet ihm einiges Kopfzerbrechen, aber ich bin schon wieder ins Lesen vertieft, sodass ihm nicht viel anderes übrig bleibt, als zu dem Mann hinter der Theke zu gehen und das Ganze so gut wie möglich weiterzugeben.

Als er wiederkommt, schaue ich nur kurz auf und schüttele den Kopf.

»Das habe ich nicht bestellt«, erkläre ich.

»Einen Cappuccino mit zwei Shots?«, stottert der Kellner.

»Einen *Macchiato* mit zwei Shots«, gebe ich ein wenig zu laut zurück. Betont übertrieben probiere ich den Kaffee und verziehe angewidert das Gesicht. Mittlerweile sieht das Paar am Nebentisch zu mir, und aus den Augenwinkeln sehe ich, dass Paulina auf mich zukommt. Ich halte den Blick auf den Kellner gerichtet, der hastig die Tasse vom Tisch nimmt.

Aber Paulina kommt nicht bis ganz zu uns. Sie nähert sich nur so weit, dass sie dem Kellner etwas signalisieren kann, dann geht sie mit ihm zur Kaffeemaschine zurück, wo sie den Barista hinter der Theke hervorkommen lässt und den Kaffee selbst zubereitet. Durch und durch cool.

Ich tue überrascht, als die Tasse neben mir auf den Tisch gestellt wird. Ich hebe den Kopf, und Paulina sieht kühl auf mich herunter. Als wollte sie mir sagen: *Mach schon, versuch's mit einer weiteren Szene.*

»Dein Macchiato«, verkündet sie.

»Vielen Dank«, erwidere ich. »Tut mir leid wegen der Umstände.«

»Das gehört zu meinem Job.«

»Umstände haben?«, frage ich, und Paulina lächelt. Es ist, als bräche ihre äußere Beherrschtheit auf, und man bekäme so einen ganz kurzen Blick auf die wahre Person dahinter.

»Sicherzustellen, dass meine Gäste zufrieden sind«, erwidert sie.

Ich nippe an meinem Kaffee. Wie es aussieht, hat Paulina es überhaupt nicht eilig.

»Der schmeckt lecker«, sage ich.

»Ich weiß.«

Diesmal bin ich es, die lächelt. Über ihre Arroganz, das beeindruckende Selbstbewusstsein. Ein bisschen verunsichert fühle ich mich, wenn ich ehrlich bin – ich habe mich nicht halb so gut im Griff wie Paulina sich. Aber mir ist es lieber, wenn sie das nicht merkt. Ich schaue mich in der Galerie um, um mir Zeit zu verschaffen, die Kontrolle wiederzuerlangen.

»Gehört dir die Galerie?«, will ich wissen. Nach einem winzigen Moment des Zögerns nickt sie.

»Die Fotos sind fantastisch«, kommentiere ich. Nicht gerade genial, aber schließlich stehe ich unter Druck.

»Ich suche alle Ausstellungsstücke selbst aus«, sagt sie.

»Du hast einen guten Geschmack.«

Paulina lächelt. »Ich weiß.«

Ich schaue ihr direkt in die Augen, und genau das wollte ich erreichen; ohne dass wir auch nur ein Wort wechseln, scheinen sich Sekunden in eine Art stillschweigendes Einverständnis zu verwandeln, bis Paulina den Blick abwendet. Wie ich gehofft habe, bemerkt sie die Kamera auf dem Tisch, und ihr Gesicht leuchtet auf.

»Ist das eine Flex 1201?«, erkundigt sie sich.

Im Stillen danke ich dem Universum, weil es Paulina zu einer richtigen Fotografiebesessenen gemacht hat, nicht nur zu einem reichen Mädchen mit künstlerischen Neigungen. Ich reiche ihr das Gerät. Ihre Finger gleiten mühelos über die Knöpfe, als hätte sie schon einmal so eine Kamera in der Hand gehabt.

»Dieses Modell ist hier noch nicht erhältlich«, erklärt sie. »Bist du Fotografin?« Jetzt betrachtet sie mich mit völlig neuem Interesse.

»Fotografieren ist meine Leidenschaft«, lüge ich. »Nicht mein Beruf. Ich studiere noch.«

»Wo denn?«

»In London«, antworte ich reichlich vage, denn die London University besteht aus vielen verschiedenen Colleges überall in der Stadt, aber ich will so lange wie möglich warten, bevor ich Einzelheiten preisgebe.

»Ich vermisse London so sehr«, erklärt Paulina und lächelt sehnsüchtig. »Ich bin in England zur Schule gegangen, und damals war ich so oft wie möglich in der Stadt.«

Ich strecke ihr die Hand hin. »Jessie.«

»Paulina.«

Als sich unsere Hände berühren, überrascht mich das Knistern zwischen uns. Ganz kurz glaube ich, ich bilde mir das nur ein, denn ich muss zugeben, dass mich Paulinas Aussehen ziemlich beeindruckt. Aber als ich sie anschaue, weiß ich, dass auch sie es gespürt hat. Sie hört auf, sich so perfekt und kontrolliert zu geben, nur für den Bruchteil einer Sekunde. Dann stellt sie aber sofort die Kamera ab und lächelt mir kurz zu.

»Der Kaffee geht aufs Haus.«

»Das ist nicht …«, setze ich an, sage dann aber nichts mehr, denn Paulina verschwindet schon zwischen den Tischen in den hinteren Teil des Raumes.

Ich gehe zurück in die Wohnung und spiele das Gespräch mit Paulina immer wieder im Kopf ab. Was da passiert ist, als sie meine Hand berührt hat – der Gedanke daran ist aufregend, aber auch sehr, sehr verunsichernd. Sie ist die Tochter eines Kriminellen, und langsam entwickelt sie sich zu einer Hauptverdächtigen, zumindest was meine eigenen Ermittlungen betrifft. Ich will nichts empfinden, wenn ich an sie denke (höchstens Ekel). Ein paar Minuten lang tigere ich herum, dann mache ich mich an die Arbeit. Aber Paulina und ihr Blick und ihr Lächeln sind die ganze Zeit da, wo mein logisches Denken aktiv sein sollte.

Was ich über mein Studium gesagt habe, stimmt zum Teil. Ich bin (mit einem falschen Nachnamen) für einen Master immatrikuliert, an einem wirklich guten College in London. Es war garantiert nicht gerade ein Nachteil, dass diese Abteilung der Uni von Li tonnenweise neues Equipment als Spende bekommen hat. So habe ich ein Leben, von dem ich berichten kann, wenn mich irgendjemand fragt.

Hala ist als Reinigungskraft bei der Firma angemeldet, die sich um Lis Büroräume kümmert. Sollten die Leute von der Asylbehörde vorbeischauen, kann sie also eine ordentliche Beschäftigung vorweisen. Und Caitlin ist offiziell immer noch Peggys Assistentin.

Ich mache mich wieder an die Arbeit. Über die russische Bank, von der die Überweisungen an Paulina stammen, kann ich nichts Seltsames finden. Ein großes Geldinstitut, renommiert, kein offensichtlicher Geldwäschebetrieb für Gangster. Als Pausenbeschäftigung schaue ich mir Paulinas Instagram-Feed ein bisschen genauer an. Hier verbringt sie die meiste Zeit in den sozialen Medien, und ich finde es erfrischend, dass sie keine Schmollmundselfies hochlädt, sondern ganz viele Fotos von Kunstwerken. Außerdem folgt sie vielen Fotografen.

Am Fenster spähe ich so unauffällig wie möglich zur Galerie hinüber, aber von Paulina ist nichts zu sehen. Ich verlasse das Gebäude und spaziere herum, bis ich irgendwo ein kleines Restaurant entdecke, in dem man serbische Spezialitäten bekommt. Ich bestelle mir ein Steak und schaue zu, wie die Welt draußen an mir vorbeizieht, während ich esse. Später lächelt die Kellnerin beim Anblick meines leeren Tellers und fragt mich, ob ich den hausgemachten Pflaumenwein probieren möchte. Als ich ablehne, bringt sie mir stattdessen einen Kaffee und ein Stück Kuchen, obwohl ich nichts mehr bestellt habe. Sie ist freundlich, und sehr jung, vielleicht sechzehn. Bei ihrem Anblick würde Gregor Pavlić sofort kalkulieren, wie viel er wohl mit ihr verdienen könnte.

Der Gedanke verursacht mir Unbehagen. Mit jedem Tag, an dem wir ihn in Ruhe lassen, gehen ihm mehr junge Mädchen in die Falle. Wie viele, kann ich nicht genau sagen, denn der Einfluss eines solchen Mannes reicht weit. Ich trinke meinen Kaffee aus, zahle die Rechnung in bar und gebe ein großzügiges Trinkgeld. Dann gehe ich zurück in die Wohnung.

Als ich gerade in Pavlićs russische Kontakte vertieft bin, tut sich plötzlich etwas in meinem Ohrhörer. Nach etwas Knistern ist der Empfang besser als seit Langem. Halas Stimme, laut und deutlich, und sie spricht arabisch. Das ist sehr seltsam. Wenn sie ein persönliches Gespräch mit jemandem führt, warum über ihr Athena-Mikrofon? Oder hat sie es auf einen anderen Kanal eingestellt und redet einfach weiter, weil sie keine Lust hat, es aus dem Ohr zu nehmen? Wie auch immer, ihre Stimme klingt warm und froh. Zuerst glaube ich, dass sie irgendwo einen heimlichen Freund hat, aber dann fällt der Name Omar, und ich begreife, dass sie mit ihrem Bruder spricht. Einer ihrer Brüder war nicht zu Hause, als man ihre Eltern getötet hat. Aber soweit ich weiß, ist er immer noch in Syrien. Ich höre zu, verstehe aber nur ein paar winzige Einzelheiten. Jetzt hat sich Halas Stimme verändert. Sie klingt gestresst, unter Druck, während sie mit Omar redet. Ich aktiviere eine App auf meinem Computer, die eine Tonaufnahme des Gesprächs erstellt. Das dauert noch etwa fünfzehn Sekunden, dann beendet es Hala. Sofort lasse ich die Aufzeichnung durch ein Online-Übersetzungsprogramm laufen. Das hier kommt in etwa dabei heraus:

Omar: Wann fängst du an zu arbeiten?

Hala: Ich habe Nachtschicht.

Ihr Bruder glaubt, sie wäre eine Reinigungskraft, deswegen ist das ganz logisch, und ich finde, irgendwie stimmt es ja sogar, nur wird sie eben ganz tief in Pavlićs illegalem Menschenhandelring herumsuchen, während Omar davon ausgeht, dass sie irgendwo in einem Bürogebäude die Fußböden wischt. Aber dann verändert sich sein Tonfall.

»Du hast gesagt, du hilfst mir.«

»Ich brauche Zeit«, gibt Hala zurück. »Zeit zum Planen.«

Für den nächsten Teil ist die Übersetzung nicht gut, aber Omar fragt sie etwas, bohrt nach, setzt sie unter Druck. Rasch wimmelt ihn Hala ab und beendet das Telefonat.

Ich lehne mich im Stuhl zurück und starre eine Weile lang auf den Bildschirm. Dann setze ich Teewasser auf. Ich weiß nicht, was ich von diesem kurzen Gespräch halten soll. Wenn sie nicht so gestresst geklungen hätte, würde ich es einfach als irgendeine Belanglosigkeit einordnen. Vielleicht ist ja alles okay. Vielleicht setzt mir auch nur zu, dass irgendwann früher mal *ich* ihre Vertrauensperson gewesen wäre.

Ich stehe auf, strecke mich und versuche Hala zu vergessen. Ich lasse das Licht aus und schaue aus dem Fenster, während ich die Vorhänge schließe. Die Galerie liegt jetzt im Dunkeln, nur ein paar Scheinwerfer strahlen ein oder zwei Fotografien mit dramatischen Motiven an. Auf der Straße sind ein paar Leute unterwegs, und vor einem Café gegenüber sitzen vier Männer, die rauchen und sich unterhalten. Die Sommernacht ist kühl. Auf dem Motorrad wird es noch kühler sein. Deswegen ziehe ich meine Lederjacke an, bevor ich das Haus verlasse.

Als Erstes lande ich in einer von Belgrads angesagtesten Bars. Meine Onlineschnüffelei in Paulinas Smartphone hat ergeben, dass sie sich heute Abend hier mit ein paar Freunden trifft. Weil Belgrad eine ziemlich kleine Stadt ist und sich die coolen Ausgehgelegenheiten hauptsächlich in einem ganz kleinen Teil davon befinden, glaube ich nicht, dass sie es seltsam finden wird, wenn wir uns zufällig über den Weg laufen.

Als ich ankomme, füllt sich der Laden langsam. Ich lasse mich an der beeindruckenden Bar nieder, die vor einer Spiegelwand steht. Dadurch habe ich einen ausgezeichneten Blick über den ganzen Raum, Paulinas Tisch eingeschlossen. Ihrer ist wahrscheinlich der größte. Sie ist in Gesellschaft eines jungen Paares, das Händchen hält, und eines Mannes, der wahrscheinlich ein bisschen älter ist und den ich immer nur im Profil sehen kann. Diese Begegnung soll wie ein absoluter Zufall wirken, daher überstürze ich besser nichts. Ich bestelle mir ein Mineralwasser und wechsle ein paar Worte mit den zwei jungen Männern neben mir, um nicht aufzufallen. Sie sprechen gut Englisch, sind witzig und unterhalten sich gern, und das klappt so problemlos, dass ich zusammenzucke, als plötzlich jemand vorsichtig meinen Rücken berührt.

Ich drehe mich um und sehe Paulina vor mir.

»Jessie, stimmt's?«

Sie sieht umwerfend aus. Ein tiefrotes Shirt, ausgebleichte Jeans, eine dünne Goldkette um den Hals. Ich nicke, und auf ihrem Gesicht breitet sich ein strahlendes Lächeln aus, als hätte ich ihr den Abend gerettet, einfach nur, weil ich da bin. Sie erklärt, wer sie ist und woher wir uns kennen. Ich tue so, als würde ich mich jetzt erinnern.

»Ach ja, klar«, sage ich. »Lass mich dir einen Drink ausgeben.«

»Bist du allein hier?«, will sie wissen und wirft den beiden Typen, mit denen ich mich gerade unterhalten habe, einen kurzen Blick zu. Die beiden starren sie an. Ich versichere ihr, dass ich keine Begleitung habe, und wir durchlaufen diese Minischarade, in der sie mich auffordert, doch mit an ihren Tisch zu kommen, und ich entgegne, dass ich sie nicht stören will, und dann besteht sie darauf.

Ich gehe mit ihr zum Tisch.

»Jessie, das hier sind Leka und Maria, Freunde von mir, die gerade geheiratet haben …« Das Pärchen nickt mir zu und küsst sich weiter.

»Die beiden stecken noch in der romantischen Phase«, erklärt Paulina und lächelt mich an.

Dann schauen wir beide zu dem älteren Mann. Er ist schlank, sein Anzug sitzt perfekt, er hat ein paar graue Strähnen, die den scharfen Blick seiner blauen Augen unterstreichen. Ich spüre, wie mir der Magen in die Kniekehlen rutscht. Verdammte Scheiße, damit habe ich nicht gerechnet.

»Papa, das ist meine Freundin Jessie«, stellt mich Paulina vor.

Trotz des Schocks schüttele ich ihm ganz automatisch die Hand. Ich schaue auf die manikürten Finger von Gregor

Pavlić hinunter, während ich seine Hand mit meiner umklammere. Er sieht viel besser aus als auf Fotos. Außerdem ist er kleiner, als ich erwartet hatte, und er wirkt gepflegt. Kein muskelbepackter Riese, der in der Welt dieser verzweifelten Möchtegerns Karriere macht, wie ich ihn mir vorgestellt hatte.

»Schön, Sie kennenzulernen«, sagt er mit starkem Akzent auf Englisch.

Ich lächele höflich.

»Woher kommen Sie?«, fragt er.

»Aus London.«

»Auf Urlaub hier?« Seine blauen Augen lassen meinen Blick keine Sekunde lang los. Kalt sind sie. Natürlich.

»Ja.«

»Warum ausgerechnet Belgrad?«

Gute Frage, Gregor. Weil ich in den nächsten Tagen dich und dein dreckiges Geschäft vernichten will.

»Ich habe mir vorgenommen, alle osteuropäischen Hauptstädte zu besuchen, bis ich zweiundzwanzig bin«, lüge ich.

Er langweilt sich schon mit mir, steht auf, um mir seinen Platz anzubieten, und ich rutsche in die Nische. Dann nickt er uns zu, sagt etwas auf Serbisch und geht. Das Paar fordert ihn nachdrücklich zum Bleiben auf, aber er lehnt ab. Gott sei Dank.

»Mein Vater wollte nur schnell was mit mir trinken«, erklärt mir Paulina.

»Wir sehen uns sonst nie«, sagt er.

»Dabei leben wir im selben Haus«, kontert Paulina trocken.

Als Antwort sagt Pavlić etwas Liebevolles zu seiner Tochter und will ihr übers Haar streichen. Sie weicht zurück, ganz wenig nur. Ist sie von ihm angewidert oder nur verlegen? Er dreht sich um und geht davon, vor ihm her läuft ein Bodyguard in einem schwarzen Anzug. Hinter ihm folgt ein Oberkellner, der sich bemüht, mit ihm Schritt zu halten. Ich beobachte, wie man ihm an der Tür seinen Mantel aushändigt und er Trinkgeld verteilt, bevor er in eine wartende Limousine steigt. Als ich wieder Paulina ansehe, stelle ich fest, dass ihr Blick auf mich gerichtet ist.

»Dein Dad ist sicher ein smarter Typ«, sage ich. »Was macht er denn beruflich?«

»Alle möglichen Geschäfte. Ich weiß nichts Näheres darüber.« Sie holt tief Luft, als wäre sie plötzlich müde.

»Und die Galerie?«

»Die gehört mir«, antwortet sie. »Ich wollte schon immer was Eigenes haben.«

Von seinem Geld, denke ich.

»Warum?«, will ich wissen.

Sie zögert. »Eltern setzen einen unter Druck. Und mein Vater ist ein mächtiger Mann. Ich will unabhängig sein.«

»Sieht aus, als wäre in der Galerie immer was los«, sage ich ermutigend.

»Das liegt vor allem am Kaffee. Den eigentlichen Umsatz machen die Kunstwerke. Aber die verkaufen sich in Belgrad nur begrenzt. Nicht wie in Moskau. Oder in London.« Sie will mich offensichtlich in die Unterhaltung einbeziehen, aber dass sie Moskau erwähnt hat, macht mich ganz nervös. Ich muss mich zusammenreißen, nicht sofort darauf einzugehen. Stattdessen lasse ich eine kurze Stille entstehen, als wäre ich interessiert, aber eben nicht zu sehr.

»Was machen denn deine Eltern?«, erkundigt sich Paulina.

Ich nehme mir einen Moment Zeit, um Kit aus meinem Gedächtnis zu löschen und sie durch einen fiktiven Elternteil zu ersetzen, bei dem ich mich an Li orientiere.

»Meine Mutter hat mit Technologiezeugs richtig viel Geld verdient. Jetzt ist sie in Rente.«

Nach dem wenigen, was ich von Paulinas elitärer Welt kenne, kann ich mir vorstellen, dass sie sich wohler fühlt, wenn sie weiß, dass ich Wohlstand und Privilegien gewohnt bin und mich davon nicht zu sehr beeindrucken lasse.

Das Pärchen taucht kurz aus seiner endlosen Knutscherei auf, deswegen wendet Paulina den beiden ihre Aufmerksamkeit zu. Ein paar Minuten lang unterhalten wir uns zu viert und bestellen noch mehr Drinks. Danach lenke ich das Gespräch wieder zurück.

»Du hast gerade Moskau erwähnt. Da will ich auch noch hin …«

»Eine großartige Stadt«, sagt Paulina mit einem Lächeln. »Ich war schon zweimal dort dieses Jahr. Allerdings hauptsächlich für die Arbeit.«

»Welche Arbeit denn?«, frage ich nach und wundere mich, dass sie so offen darüber spricht.

Überrascht sieht sie mich an. »Für die Galerie.«

Dann fährt sie fort.

»Ich habe mich mit einigen Kunstgalerien in Moskau in Verbindung gesetzt, um sie für die jungen Fotografen aus Belgrad zu interessieren, die ich hier ausstelle.«

»Großartige Idee«, sage ich. »Und wie läuft das?«

»Richtig gut. Sie haben schon viele Kunstwerke gekauft, zu sehr hohen Preisen. Ich meine, es sind gute Preise – es sind auch gute Stücke –, aber manchmal haben Russen einfach mehr Geld als Verstand.«

Ich lächle, und Paulina hält meinen Blick, als würden wir zusammen über einen Witz lachen. Ein Teil von mir ist zutiefst erleichtert. Darüber, dass es eine echte, ehrliche Erklärung für die Reisen nach Moskau und für das ganze Geld auf ihrem Konto gibt. Und darüber, dass sie ganz eindeutig arbeitet, um ihren Lebensunterhalt zu verdienen, dass sie nichts mit den Firmen ihres Vaters zu tun hat. Paulina ist schön und selbstbewusst und wohlversorgt, aber trotz alldem mag ich sie. Ein Teil von mir ist erleichtert darüber, dass sie durch und durch sauber ist, wie Thomas gesagt hat. Ich schaue mich in der Bar um, weil ich Paulina nicht länger anstarren will. Denn der Anblick ist ziemlich umwerfend.

»Ganz gut besucht, der Laden«, kommentiere ich.

»Belgrad ist klein. Es gibt vielleicht zwei Clubs, in die man geht, wenn man etwas auf sich hält. Und das hier ist einer davon.« Wir unterhalten uns noch eine Weile, und Paulina beugt sich näher zu mir, damit ich sie trotz der lauten Musik, die im Hintergrund hämmert, gut hören kann. Ihre Wärme und ihr Duft lassen mich vergessen, warum ich eigentlich hier bin.

Ich entschuldige mich, vielleicht ein wenig zu abrupt, und gehe zu den Toiletten, kämpfe mich durch die immer größer werdende Menge. Ich lasse mir Zeit, um mich zu beruhigen und mich wieder in den Griff zu bekommen. Als ich die Toilettenkabine verlasse, wasche ich mir die Hände und überprüfe meinen Anblick im Spiegel. *Sei charmant, Jessie. Du hast alles unter Kontrolle. Und vergiss nicht, wer sie ist.*

Die Tür zu den Toiletten öffnet sich, und – ich Glückskind! – Paulina betritt den Raum. Ich lächle. Sie lächelt zurück. Ich warte darauf, dass sie eine Kabine betritt, aber das tut sie nicht. Sie bleibt einfach neben mir stehen.

»Was ist denn?«, frage ich ein bisschen verwirrt.

»Alles okay? Du bist so schnell aufgestanden.«

»Alles klar. Und bei dir?«

Sie steht ein bisschen zu nah bei mir. Nicht auffällig, aber doch in meinem persönlichen Distanzbereich. Nicht, dass ich das schlimm fände. Gar nicht.

»Du beantwortest jede Frage mit einer Gegenfrage«, sagt Paulina mit lächelnden Augen.

»Ach wirklich?« Wir müssen beide lachen.

Die Tür zu den Toiletten öffnet sich wieder, und komischerweise machen wir beide einen Schritt voneinander weg. Als hätten wir irgendwas vorgehabt, obwohl das gar nicht der Fall war. Die Frau, die gerade den Raum betreten hat, geht direkt auf die hinterste Kabine zu und schließt die Tür hinter sich. Ich sehe zu Paulina. Sie frischt gerade ihren Lippenstift auf. Aber ihr Blick begegnet meinem im Spiegel, und sie lächelt.

Der Nachtwind ist kühl, fast kalt, aber es fühlt sich gut an, draußen und allein zu sein, als ich aufs Motorrad steige. Zwanzig Minuten war ich noch in der Bar, dann habe ich mich gezwungen zu gehen. Ich habe eine Aufgabe zu erledigen heute Abend, und mit einer jungen Frau herumhängen, über die ich nichts Belastendes finden kann, ist wahrscheinlich kein ausreichender Grund, um meine Arbeit zu vernachlässigen.

Ich komme einigermaßen gut mit dem Motorrad klar, außerdem will ich ja auch keinen Geschwindigkeitsrekord aufstellen. Ich will nur da hin, wo Gregor Pavlić seinen schrecklichen Menschenhändlerring organisiert. Einige Autos fahren zwischen den Wohnblocks des neuen Stadtteils von Belgrad hindurch, aber außer ein paar Frauen, die in kurzen Röcken und Make-up an der Straße stehen und auf Kundschaft lauern, sind nicht viele Leute unterwegs. Es erfüllt mich fast mit Erleichterung, die Hochhäuser hinter mir zu lassen, dann durchquere ich ein kleines Vorstadtgebiet und fahre schließlich über eine Art Landstraße, vorbei an heruntergekommenem Ödland, das langsam bewaldeter wird.

Das dumpfe Röhren eines Motors hat etwas Beruhigendes. Ich fahre mit gleichmäßiger Geschwindigkeit, und das Geräusch hilft mir, einen freien Kopf zu bekommen. Für eine Weile ist Paulina ganz weit weg, ebenso wie Ahmed und alles, was in Afrika passiert ist. Und ich mache mir keine Sorgen mehr darüber, was diese Woche noch passieren wird. Dann verändert sich die rote Linie auf meinem Smartphone-Navi und zeigt eine abrupte Linkskurve an, und ich drossele die Geschwindigkeit, um die Stelle nicht zu verpassen. Als ich sie entdecke, einen schmalen Schotterweg, gleite ich darauf und fahre langsam durch den Wald, umkurve im Slalom Schlaglöcher. Auf einer kleinen Lichtung halte ich an und steige vom Motorrad. Vor mir erhebt sich eine Backsteinmauer über die Bäume, auf der Scheinwerfer und Stacheldraht angebracht sind. Von hier aus kann ich nur die oberen Stockwerke des verlassenen Krankenhauses sehen, die sich dahinter erheben. Die dunklen Fenster geben nichts preis, und der ganze Ort wirkt verlassen und strahlt Verzweiflung aus.

Zu Fuß gehe ich zur großen Straße zurück, von der ich hergekommen bin. Hinter mir höre ich ein Geräusch, und schnell drehe ich mich um. Aber da ist nichts. Überall im Wald knacken und brechen Zweige, und kleine Tiere rascheln zwischen den Sträuchern. Aber jetzt höre ich noch etwas – einen Motor, der über die Straße auf mich zukommt. Ich verstecke mich und sehe, wie der Wagen vorbeifährt. Weiß, ohne besondere Kennzeichen, ein ganz gewöhnlicher Lieferwagen. Ich versuche mir die Marke zu merken, während das Auto bis zum Ende der Straße fährt.

Ich habe mit Absicht die Kontaktlinse mit der Zoomfunktion eingesetzt, die wir in Kamerun benutzt haben, darum kann ich nach wenigen Malen Blinzeln viel besser sehen, was da los ist, ohne dass ich näher herangehen müsste. Der Lieferwagen wartet vor einem verrosteten Metalltor. Als es sich öffnet, werden vier Männer sichtbar, die herumstehen und die Umgebung beobachten. Sie haben Maschinengewehre in den Händen. Einfach so, sie bemühen sich nicht einmal, sie zu verbergen.

Warum sollte das aber auch notwendig sein? Hier draußen ist niemand, und die Polizei weiß wahrscheinlich genug – oder die Beamten sind korrupt und von Pavlić bezahlt –, um ausreichend Abstand zu halten. Ich versuche einen Blick auf das zu erhaschen, was hinter dem Tor vor sich geht, sehe jedoch nicht viel mehr als eine erleuchtete Ladezone und ein grünliches Licht in einem Flur. Der Komplex ist riesig, und ich frage mich, wie viele Frauen Pavlić da drinnen wohl gefangen hält. Und wohin entlässt er sie? In ein Leben in der Sklaverei, damit sie ihm den größtmöglichen Profit einbringen.

So leise wie möglich gehe ich zu meinem Motorrad, als ich plötzlich wieder ein Geräusch höre. Von oben, wie bei einem Vogel. Aber es ist Nacht, alle Vögel sollten schlafen. Als ich aufschaue, ist es schon zu spät. Etwas Großes, Schweres fällt auf mich herunter, und ich werde zu Boden gedrückt.

8. Kapitel

Ich habe Dreck im Mund. Feuchte Erde und Kiefernnadeln. Ich versuche mich zu befreien, aber mein Angreifer sitzt quer auf mir und drückt mir mit einem Arm den Kopf nach unten, sodass ich mich nicht bewegen kann. Das versetzt mich in Panik. Gleichzeitig ist irgendwo in meinem Kopf ein Gefühl der Vertrautheit. Die Hände, die meine festhalten, der Geruch der Person auf mir. Mein Gehirn stellt eine Verbindung her. Ich wehre mich nicht mehr und warte ab, weil ich gerade begriffen habe, wer das ist. Langsam reduziert Hala den Druck ihres Arms, und ich kann den Kopf drehen, um sie anzuschauen.

»Du hast mir gefehlt«, sage ich. Zack, drückt sie meinen Kopf wieder nach unten. Okay, vielleicht war ich ein kleines bisschen sarkastisch.

»Lass mich los«, murmele ich undeutlich in den Waldboden. Plötzlich gibt Hala wieder nach, und ich kann mich ohne große Mühe bewegen und sie abwerfen. Ich setze mich auf.

»Was machst du hier?«, frage ich und spucke ein paarmal aus, um die Erde in meinem Mund loszuwerden.

»Ich habe gerade eine Mikrodrohne auf dem Transporter da landen lassen.«

Jetzt ist mir alles klar. Sie wird eine Kamera von der Größe eines Insekts mitten in Pavlićs Zentrale schmuggeln und sich so Videomaterial davon besorgen, was da drinnen vor sich geht. Alles ferngesteuert, von ihrem Smartphone aus.

Aber als ich einen Blick auf ihr Display werfe, verschwindet das von der Drohne übermittelte Bild. Man sieht nur Linien, keine Videoübertragung. Alarmiert schaut sie mich an.

»Die müssen einen Störsender haben«, kommentiere ich.

Hala nickt, und ich laufe ihr schnell nach, denn sie hält auf das Krankenhaus zu.

»Was hast du denn vor?«

»Meinst du das da?«, will Hala wissen und ignoriert meine Frage. Sie deutet auf eine Antenne, die weit über die Mauer hinausragt, die das Gelände umgibt.

»Wahrscheinlich.« Wir senken die Stimmen zu einem Flüstern, weil wir jetzt nahe genug sind, um zu hören, wie sich die Wachen auf der anderen Seite leise unterhalten. Ich denke noch darüber nach, wie wir das Signal des Störers blockieren oder vielleicht die Drohne außer Reichweite bringen, als Hala schon die Mauer hinaufklettert, sich in dem bröckelnden Backstein winzige Stellen für Hände und Füße sucht.

»Bist du völlig verrückt geworden?«, zische ich leise, doch sie kann mich nicht hören, weil sie schon vier Meter über mir ist. Ein atemberaubender Anblick, und gleichzeitig fürchte ich, sie bewegt sich ihrem Tod entgegen. Die Wachen sind ganz nah, auf der anderen Seite, und sie haben Maschinengewehre. Man hört unterdrücktes Gelächter, als sie herumalbern.

Hala ist oben auf der Mauer, hält sich mit Leichtigkeit dort fest, als würde sie gerade am Strand entspannen. Aber sie kann nicht weiter hoch, um den Störsender zu blockieren, ohne dass die Wachen sie entdecken. Ein kurzer Blick nach oben reicht. Sie sieht zu mir nach unten. Ich breite die Hände aus. Was will sie denn jetzt von mir?

Hala holt einen kleinen Ball aus der Tasche und wirft ihn zu mir. Es ist eine Rauchbombe, die sich nach dem Einsatz selbst zerstört. So bleibt keine Spur, und umweltfreundlich ist das Ganze auch. Okay, kein schlechter Plan. Ich trete ein paar Schritte zurück, renne los und werfe die Bombe über die Mauer, so weit und mit so viel Kraft, wie ich nur kann.

Hala späht auf die andere Seite, ich stehe unter ihr und warte. Unruhe macht sich breit. Die Wachleute müssen gemerkt haben, dass plötzlich von irgendwoher Qualm aufsteigt, und sie gehen auf die Quelle zu. Ihre Stimmen entfernen sich von uns. Hala wirft mir das zu, was bei ihr als zufriedener Blick gilt (bei jedem anderen wurde man es wohl für ein Stirnrunzeln halten), und schwingt sich auf die Antenne. Während sie daran hängt, öffnet sie einen Kasten mit Drähten, die sie mit einem Schneidegerät durchtrennt. Zur Sicherheit reißt sie noch das Elektropanel raus.

Die Antenne ächzt und biegt sich quietschend unter ihrem Gewicht, aber Hala springt mühelos wieder auf die Mauer und macht sich an den Abstieg, während die alten Backsteine unter ihren Füßen zerbröseln. Das letzte Stück lässt sie sich fallen, und ich helfe ihr hoch.

Wir ziehen uns in den Schutz der Bäume zurück und hocken uns dort hin, um wieder auf ihr Smartphonedisplay zu schauen. Das Signal ist wieder da, und kurze Zeit später steuert Hala die Drohne tiefer ins Krankenhaus hinein, bis sie eine Station erreicht. Alte Metallbetten, zerrissene Vorhänge, und da liegen Frauen, einige an Infusionen. Es sieht aus wie in einem Horrorfilm.

Jetzt verursacht jedoch auch Hala selbst ein merkwürdiges Gefühl in mir, als würde sie mich genauso intensiv beobachten wie das Material. Das ist nicht gut.

»Warum hast du dich vorhin auf mich fallen lassen?«, will ich wissen. Sie gibt mir keine Antwort. Doch insgeheim kenne ich sie sowieso.

Ich renne los. Renne wie eine Verrückte. Über die Schulter versuche ich zu erkennen, wo Hala ist – und bleibe abrupt stehen. Sie hat eine Pistole gezogen. Und die ist auf mich gerichtet. Ich bin sprachlos. Fast.

»Du machst Witze«, sage ich.

Hala erwidert nichts, ist jedoch anständig genug, ein bisschen verlegen dreinzuschauen.

»Nimm sie runter«, sage ich. Aber nichts passiert.

»Betäubungspfeile«, antwortet sie.

Als würde das die Sache wirklich besser machen. Ich schaue in den Lauf einer Waffe, aber ihre Munition wird mich nicht töten, nur betäuben wie einen verrückten Hund. In gewisser Weise würde es mir besser gefallen, wenn es eine echte Pistole wäre, denn die Wahrscheinlichkeit, dass Hala mich erschießt, geht gegen null. Aber bei Betäubungspfeilen kann man nicht wissen, ob sie nicht vor lauter Stress doch abdrückt.

»Hala?«, sage ich. »Wir sind Freundinnen, oder?«

Der Blick ihrer dunklen Augen flackert. Aber sie sieht nicht freundlich aus, nur wütend.

»Meine Anweisung lautet, dich festzuhalten, wenn ich dich finde.«

»Du machst also, was man dir sagt – egal, worum es geht?«

»Das ist so bei Anweisungen!«, schreit sie zurück. »Du hast dich nicht an den Befehl gehalten und Ahmed getötet, und damit hast du unser Team kaputt gemacht.«

Sie hat recht. Ich hebe beide Hände und gehe langsam auf sie zu, geschlagen.

»Nimm das Ding runter. Ich komme auch so mit dir mit.«

Hala wirkt erleichtert, senkt den Lauf der Betäubungspistole jedoch nicht.

»Hast du ein Auto?«, frage ich sie.

»Ein Motorrad.«

»Willst du mich wirklich unter Drogen setzen, dann meinen leblosen Körper zu deinem Bike zerren und mich ohnmächtig durch die Straßen von Belgrad gondeln?«

Als ich sie erreicht habe, schiebe ich sanft die Pistole weg und warte darauf, dass Hala sie verstaut. Ich biete ihr sogar an, ihren Rucksack für sie zu tragen, das ist ja so üblich unter Freundinnen, aber das lehnt sie ab. Wir gehen zusammen zu ihrem Motorrad, das ganz in der Nähe von meinem steht – keine Überraschung, denn wir beide müssen über denselben Pfad aufs Gelände gekommen sein. Und dann gehe ich einen Schritt zurück und trete sie von hinten grob in die Kniekehlen. Als sie vor mir im Schmutz kniet, umrunde ich sie und schlage noch ein paarmal zu. Ich finde das ganz schlimm, wirklich, aber sie hat mir keine andere Wahl gelassen. Ein doppelter Schlag in die Magengrube und ein Stoß vom Bauch nach oben in die Rippen pressen die Luft aus ihr raus. Mehr will ich gar nicht – ich brauche nur Zeit zum Entkommen.

Sie ringt nach Luft, und ganz kurz zögere ich. In jedem anderen denkbaren Universum würde ich ihr jetzt helfen, nicht ihr wehtun.

»Es tut mir leid«, sage ich zu ihr, und das meine ich auch so.

Ich renne zu meinem Bike, starte den Motor und rase davon.

Auf dem Weg zurück in die Stadtmitte fällt mir etwas ein. Ich biege in die Gegend mit den Wohnblocks ein, und als ich sehe, dass niemand in der Nähe ist, halte ich neben einem dieser riesigen Müllcontainer. Ich ziehe meine wunderschöne, perfekt eingetragene Lederjacke aus, hole alles aus den Taschen und werfe sie weg, nur falls mir Hala einen Peilsender verpasst hat. Ambers Leute machen die Dinger so durchsichtig und dünn, dass ich nicht sicher sein kann, etwas zu finden, wenn ich mich selbst abklopfe.

Zurück in der Wohnung, lege ich mich hin, aber ich bin zu aufgeregt zum Schlafen. Ich kann nur an Hala denken, da draußen im Wald, wie sie nach Luft ringt. Und wie ich sie plötzlich angegriffen habe, wegen des Überraschungsmoments. Meinem Selbstwertgefühl tut das nicht gerade gut, aber die Alternative wäre, in ein paar Stunden im Athena-Haus aufzuwachen, mit lauter Drogen im Körper und ohne jede Kontrolle über mein Schicksal. Ich stelle den Fernseher an. Gerade läuft ein alter Film in serbischer Synchronfassung, und irgendwann schlafe ich ein.

Kurz nach acht Uhr morgens werde ich wach, muss ständig blinzeln und kriege die Augen kaum auf. Der Fernseher läuft noch. Ich stelle ihn ab und hole den Laptop für meine neue Morgenroutine, die Lokalzeitungen online durchzugehen. Das Einzige, bei dem sich heute Morgen das Übersetzen lohnt, ist ein Porträt von Aleks Jučić. In dem Artikel geht es darum, wie viele Festnahmen ihm gelungen sind, seit er Justizminister geworden ist, obwohl in einem Absatz auch verächtlich angemerkt wird, bisher habe er nur Kleinkriminelle erwischt. Trotzdem sieht das alles gut im Hinblick darauf aus, was Peggy von ihm will: Er soll den schlimmsten

Verbrecher von allen, Gregor Pavlić, seiner gerechten Strafe zuführen.

Als ich diesmal die Galerie betrete, setze ich mich nicht direkt in den Cafébereich. Stattdessen gehe ich langsam von Ausstellungsstück zu Ausstellungsstück, stelle mich vor jede einzelne Fotografie und betrachte sie gründlich. Gerade wird eine Serie mit Stadtimpressionen gezeigt, stark bearbeitet und so mit Farbe übersättigt, dass das Leben aus ihnen gesickert zu sein scheint, ohne dass irgendeine andere Bedeutung an seine Stelle getreten wäre. Vielleicht soll das Kunst sein, oder jemand versucht es einfach ein bisschen zu sehr. Während ich mir alles anschaue, spiele ich in meinem Kopf die anstehende Unterhaltung mit Paulina durch. Wie das Gespräch wohl anfangen und wie es enden könnte. Diese Angewohnheit habe ich schon lange. Mir vorher vorzustellen, was vielleicht passieren wird. Zum ersten Mal habe ich das getan, als mich der Gedanke nervös gemacht hat, meine Mutter nach Wochen der Abwesenheit wiederzusehen; dann wollte ich immer selbstbewusst und fröhlich wirken, nicht wie ein Nerd und angespannt – ich wollte eine Tochter sein, die Kit zu schätzen wüsste, sodass sie es bedauern würde, nicht mehr Zeit mit mir zu verbringen. Manchmal hatte das auch funktioniert, aber nach einiger Zeit machte es mich wütend, dass Kit immer wieder wegging, und ich versuchte nicht mehr so angestrengt, ihr zu gefallen.

Als ich alle Ausstellungsstücke betrachtet habe, nehme ich meine Tasche von der Schulter, lasse mich in einen Stuhl fallen und setze mich bequem hin. Endlich schaue ich zum Tresen. Mit einer Fernbedienung zappt Paulina auf dem großen Flachbildschirm über der Bar durch stumm geschaltete Fernsehprogramme, während sich eine Kellnerin eine schwarze Schürze umbindet und sich bereitmacht, an meinen Tisch zu kommen und mich zu bedienen.

Ohne die Augen vom Fernsehbildschirm zu nehmen, sagt Paulina etwas zu der Kellnerin, und die junge Frau bleibt sofort stehen. Paulina geht zur Kaffeemaschine und lächelt mir zu.

Während sie den Kaffee macht, sehe ich aus dem Fenster und zähle Fußgänger. So kann ich mich fokussieren. Nach kurzer Zeit steht Paulina vor mir, und ich erhebe mich halb, um die Tasse entgegenzunehmen, die sie mir hinhält.

»Dein Macchiato.«

»Danke. Du hättest ihn aber nicht selbst zu machen brauchen.«

»Ich will nicht, dass du mein Personal einschüchterst«, neckt sie mich.

»Tut mir leid, das mit gestern«, sage ich.

»In der Bar warst du viel entspannter. Es war cool, dich da zu sehen.«

Ich nicke zustimmend, und sie setzt sich zu mir an den Tisch, während ich einen Schluck Kaffee trinke.

»Gestern Abend habe irgendwie ich die ganze Zeit geredet«, fängt sie an. »Jetzt will ich mehr über *dich* wissen.«

Als ich nicke, schießt mir durch den Kopf, dass Paulina vielleicht nicht nur auf Konversation aus ist. Was, wenn sie gestern Verdacht geschöpft und die vergangenen zwölf Stunden damit verbracht hat, Pavlićs umfassendes Netzwerk von osteuropäischen Tech-Genies einzusetzen, um meine wahre Identität herauszufinden? Was, wenn sie weiß, dass ich alles andere als eine Studentin bin, sondern für eine unabhängige Organisation arbeite, die gerade alles daransetzt, ihren Vater fertigzumachen? Ich muss blinzeln und versuche, mich auf Paulinas lächelnde Augen zu konzentrieren.

»Was studierst du denn für ein Fach? An der Uni?«, erkundigt sich Paulina freundlich. Vielleicht ist sie es ja gewohnt, dass sich die Leute im Gespräch mit ihr wie nervöse Idioten benehmen.

»Elektroingenieurwesen«, sage ich und erhole mich langsam. »Stromkreise und Drähte und Programmieren finde ich einfach spannend.«

»Wow, das ist ja beeindruckend«, erwidert sie, und sie scheint es ehrlich zu meinen.

Ich wühle in meiner Tasche herum und hole ein kleines in Geschenkpapier gewickeltes Päckchen hervor. Sie zögert verwirrt.

»Ich will mich für den Kaffee gestern bedanken«, erkläre ich. »Und für die Drinks.« Obwohl ich dieses »Geschenk« ursprünglich mit Hintergedanken vorbereitet habe, stelle ich jetzt fest, dass es mir wirklich Freude macht, es Paulina zu geben.

Sie entfernt das Klebeband, schiebt das Papier so vorsichtig zurück, als würde sie es vielleicht eines Tages wiederverwenden, und holt ein Buch über Fotografie hervor. Ich beobachte, wie sie die Finger behutsam über den Schutzumschlag gleiten lässt und dann vorsichtig das Buch öffnet, als wären die Seiten womöglich aus Glas. Sie schaut zu mir auf.

»Das ist wirklich schön.«

»Freut mich, dass es dir gefällt.«

Irgendwie macht mich das Ganze verlegen, und ich sehe zu den Bildern an der Wand.

»Welche Fotografen findest du am besten?«, will ich wissen.

Sie nennt einige Namen, von denen ich keinen kenne, und ich frage sie ein bisschen darüber aus, wie sie ihre Leidenschaft fürs Fotografieren entdeckt hat. Es ist ganz offensichtlich, dass sie darüber und über Kunst sehr viel weiß. Irgendwann entsteht eine natürliche Pause in der Unterhaltung. Das ist meine Gelegenheit. Ich nehme meinen ganzen Mut zusammen.

»Wollen wir heute Abend vielleicht was trinken gehen?« Ich habe die Stimme gesenkt, damit mich die Bedienung nicht hören kann und auch nicht das ältere Ehepaar, das gerade das Café betreten hat.

Paulinas Blick begegnet meinem. »Ich kann nicht. Ich würde sehr gern, aber …«

»Macht nichts«, sage ich betont unbekümmert. Merkwürdigerweise bin ich trotzdem enttäuscht, obwohl ich nur zu gut weiß, dass sie heute Abend etwas vorhat. Paulina scheint mir das unbedingt erklären zu wollen.

»Ich muss zur Geburtstagsfeier meines Vaters.«

Was du nicht sagst.

Ich gebe mich betont desinteressiert und trinke einen Schluck Wasser.

»Klingt nach einem netten, ruhigen Abend.«

Da ist etwas Spöttisches in meinem Ton, und Paulina lächelt mir zu.

»Mein Vater hat viele Fehler – aber wie man eine gute Party schmeißt, das weiß er«, erklärt sie.

Ich schaue wenig überzeugt drein. »Dann ist ja gut.«

»Sagt dir der Name Kit Love was?«, fragt Paulina. Ganz offensichtlich will sie ihre Familienehre verteidigen. »Sie ist ziemlich gut. Und laut.«

»Wer soll das sein?«, frage ich.

Paulina schüttelt entgeistert den Kopf über meine Ignoranz.

»Komm doch heute Abend. Als mein Gast.«

Ich reagiere entsetzt. »Ist das dein Ernst? Das geht doch nicht! Es ist ein Familienfest!«

»Das macht doch nichts.«

Ich schüttele wieder abwehrend den Kopf.

»Wirklich, glaub mir«, sagt sie und versucht mit allen Mitteln, mich zu überzeugen. »Ich, mein Vater und fünfhundert seiner engsten Freunde. Der bemerkt dich nicht mal. Du musst einfach kommen.«

Sanft berührt Paulina meine Hand. Als sollte ich aufhören zu protestieren. Hat sie irgendeine Ahnung, was ihre Berührung in mir auslöst? Ich schaue sie an und begreife, dass sie es ernst meint. Sie lächelt. Und ich nicke, zögernd. Dann nehme ich ihre Einladung an. Paulinas Blick ist offen und direkt, und trotzdem kann ich ihn nicht deuten. Ganz kurz frage ich mich, ob ich mir gerade mehr Probleme eingehandelt habe, als ich bewältigen kann. Ich kann jetzt auf die Geburtstagsparty, auf der meine Mutter als Hauptattraktion auftritt. Aber der Gedanke verflüchtigt sich so schnell wieder wie Staub in einem Windstoß. Ich habe bekommen, was ich wollte.

Paulina und ich verabreden, dass wir uns heute Abend wieder hier treffen und ich mit ihr zusammen zum Haus ihres Vaters fahre. Dann gehe ich zum Hauptmeldeamt, wo sie hoffentlich endlich meine Akten ausgegraben haben.

9. Kapitel

Behördenkram nervt überall auf der Welt, aber das Meldeamt hier ist noch mal eine ganz eigene Nummer. Schon vor über einer Stunde bin ich zu einem Metalltresen gegangen, der wie ein Relikt aus den Sechzigerjahren aussieht, und habe mein Anliegen vorgetragen. Die Angestellte ist ungefähr hundert Jahre alt, hat aber platinblond gefärbtes Haar und eine Zigarette im Mundwinkel.

Sie lässt mich ewig warten, obwohl ich doch einen Termin hatte. Es riecht nach Kohlsuppe, und ein paar Leute kommen und gehen, aber so richtig viel Betrieb herrscht nicht. Während ich warte, muss ich plötzlich an die vielen Geburten, Todesfälle und Eheschließungen denken, die hier erfasst worden sind. Millionen im Lauf der Generationen, nur für diese kleine Stadt in diesem winzigen Land. Babys sind geboren worden, haben ihren ersten Atemzug getan, laufen gelernt, sind zur Schule gegangen, haben sich verliebt, selbst Babys bekommen, wie verrückt gearbeitet, um eine Hypothek und Lebensmittel bezahlen zu können, und dann sind sie gestorben. Plötzlich frage ich mich, ob ich selbst jemals Kinder haben möchte. Ich wäre gern jemand, zu dem sie aufschauen und dem sie vertrauen können. Nicht wie bei Gregor und Paulina. Obwohl er wahrscheinlich der Überzeugung ist, ihr ein gutes Leben zu bieten, und auf irgendeine Art muss sie ihn lieben. Auch wenn sie von ihm weg will.

Beim Gedanken an Paulina und Gregor fällt mir mein Vater ein. Nur ist da ein riesiges Vakuum, wo solche Gedanken sein sollten. Zuerst (also während der ersten fünfzehn Jahre meines Lebens) hatte mir Kit gesagt, er wäre gestorben, als ich zwei war. Im Kopf hatte ich eine ganze Geschichte über ihn, die ich mir als Kind ausgedacht hatte. Ich habe ihn mir immer wie einen langhaarigen Hippie vorgestellt, der Gitarre spielte und auf Tour eine kurze Affäre mit Kit hatte, bevor er an irgendeiner Krankheit starb, wahrscheinlich weil er eine empfindsame, der Poesie zugewandte Seele war, ein Mann, der sich in einen selbstsüchtigen Rockstar verliebt hatte, von dem er einfach so verlassen worden war.

Das machte die Sache definitiv erträglicher für mich, wenn wir im Unterricht Karten zum Vatertag basteln sollten. Ich machte stattdessen immer eine Karte für meine Mutter und spürte das stille Mitgefühl meiner Lehrer. Und das, man mag es kaum glauben, war Kits Rechtfertigung dafür, mein ganzes Leben lang bei dieser Lüge zu bleiben. Sie hatte gelogen, um die Sache für mich erträglicher zu machen. Dabei meinte sie in Wirklichkeit, erträglicher für *sie*.

Mit fünfzehn entwickelte ich die fixe Idee, sein Grab sehen zu wollen. Eine Weile wich Kit mir aus, versuchte das Thema zu vermeiden. Aber irgendwann bekam ich meine Geburtsurkunde in die Hände, und da sah ich es: In der Lücke für den Namen meines Vaters stand gar nichts. Danach gab Kit zu, dass mein Vater gar nicht gestorben war. Die ganze Zeit war er verheiratet gewesen (offensichtlich mit jemand anderem als Kit), und sie hatte ihm nie erzählt, dass es mich gab.

Zu sagen, dass ich enttäuscht war, wäre etwas untertrieben gewesen. Eine ganze Woche lang sprach ich kein Wort mit ihr. Der Betrug machte mich wahnsinnig. Dass sie mich mein ganzes Leben lang angelogen und nur damit aufgehört hatte, als ich sie dazu zwang. Nicht etwa, weil es das Richtige gewesen wäre.

Ich steigere mich so in meine Wut auf Kit, dass ich nicht höre, wie die Angestellte meinen Namen aufruft. Sie muss mich geradezu anschreien, um meine Aufmerksamkeit zu erlangen, und ich springe auf und nehme die Akten, die sie mir überreicht. Ich bekomme Unterlagen zu den beiden Direktoren der Firma, die sich mit Gregor Pavlić in Verbindung bringen lässt, und die laut meiner Recherchen noch am Leben sein müssten. Zwischen der dünnen Pappe erfahre ich nicht viel über den Russen, Michail Rostow; allerdings finde ich eine Geburtsurkunde und eine Sozialversicherungsnummer sowie einige grundlegende Informationen über das weibliche Vorstandsmitglied, Katarina Volim. Anhand der Urkunde rechne ich aus, dass sie dreiundzwanzig sein muss. Es könnte also dieselbe Frau sein, die ich auf Facebook gesehen habe, aber kann es sich bei ihr wirklich um die dritte Direktorin handeln?

Ich erkundige mich bei der Angestellten, ob es nicht doch noch eine Akte für denselben Namen gibt, aber sie beteuert, dass das nicht der Fall ist. Ich fotografiere die Geburtsurkunde, die Adresse und die restlichen Informationen mit dem Smartphone, gebe die Akten zurück und verlasse das Gebäude.

Die Adresse befindet sich in der Altstadt, in einer Gegend mit vielen kleinen Häusern, die eng zusammenstehen. Immerhin einige von ihnen sind frisch gestrichen, und bei manchen stehen Blumentöpfe auf den Fensterbrettern. Ich brauche eine

Weile, um den richtigen Ort zu finden, denn Straßennamen scheinen hier ein ziemliches Glücksspiel zu sein. Kit hält mir immer Predigten über die Kraft der Visualisierung: Stell dir etwas vor, und irgendwann wird es auch so kommen. Deswegen stelle ich mir beim Klopfen die junge Frau vor – die geheimnisvolle Direktorin der russischen Briefkastenfirma –, und in meiner Fantasie öffnet sie gleich die Tür und spricht perfekt Englisch. Stattdessen bekomme ich einen Mann von vielleicht fünfzig, der aber älter aussieht, weil er entsetzlich krank ist. Bleiche, aschfahle Haut und ganz dünnes Haar. Er starrt mich an, und seine angestrengten Atemzüge hängen zwischen uns. Bevor ich ein Wort herausbringe, hat er sich von der Tür zurückgezogen und Platz für eine plumpe, müde wirkende Frau gemacht. Der Mann schlurft zurück in ein Wohnzimmer mit einem gemusterten Teppich und einem kleinen Sauerstofftank neben seinem geblümten Sessel. Wahrscheinlich hat er ein Lungenemphysem. Trotzdem liegt neben ihm auf dem Tisch eine Packung Zigaretten.

Seine Frau wirkt freundlich, aber sie feuert einige serbische Fragen auf mich ab.

»Ich suche nach Katarina«, gebe ich auf Englisch zurück. »Ich bin eine Freundin.«

Ich kann nicht sagen, ob die Frau mich versteht, aber ich glaube, Englisch hilft mir hier mehr. Dann weiß sie wenigstens, dass ich nicht zur Polizei oder zur Steuerbehörde gehöre.

»Katarina Freundin?«, wiederholt sie.

Ich nicke ermutigend. »Kann ich ihre Adresse haben?«

Nichts.

»Wo ist ihr Haus?«, versuche ich es. Die Mutter (ich nehme an, es ist Katarinas Mutter) zögert.

»Du Arbeit für Katarina?«, fragt sie.

Hoffnung leuchtet in ihren Augen.

»Ja«, sage ich.

Die Frau verschwindet und lässt die Tür offen stehen. Der Vater bewegt sich in seinem Sessel und sieht mich kläglich an. Ich versuche ein Lächeln, aber er wendet sich wieder dem Fernseher zu. Das Geräusch von Spielshowbuzzern und Applaus dringt zu mir.

Katarinas Mutter kommt mit einem Blatt Papier zurück, auf dem eine sorgfältig niedergeschriebene Adresse steht; die Buchstaben sehen aus wie die, die man vor vierzig Jahren in der Schule gelernt hat. Ich lächle und danke ihr. Dann tritt sie einen Schritt zurück, als wollte sie mich hereinbitten, und sagt noch etwas, deutet mit der Hand Teetrinken an. Ich danke ihr wieder, zeige aber auf meine Uhr, damit sie versteht, dass ich es eilig habe. Enttäuscht steht sie im Türrahmen und winkt mir nach, während ich zu meinem Motorrad zurückgehe. Ich winke zurück und fahre davon, halte ein Stück weiter entfernt an und gebe die Adresse in das Navi ein. Katarina wohnt eine ganze Ecke von hier entfernt, drüben im neuen Teil von Belgrad.

Dort angekommen, dauert es nicht lange, bis ich begreife, dass hier die Prostituierten arbeiten. Vielleicht hat Pavlić hier eine Zweigstelle, aber ein rechtschaffener Firmendirektor wohnt hier ganz bestimmt nicht. Vielleicht ist es eine Briefkastenfirma, eine Fassade für etwas Illegales, im Zusammenhang mit dieser russischen Klinik.

Ich suche mir den Weg durch ein Labyrinth von nach Urin stinkenden Gassen, die an grauen Sozialwohnungsblocks entlangführen. Hier zieren leere Bierdosen die Straßen, und sogar die allgegenwärtigen Graffiti verraten weniger künstlerische Begabung.

Die gesuchte Adresse führt mich an eine offene Tür. Ein Pfeil auf einem Stück Papier an der Wand zeigt die Treppe nach oben. Über dem Pfeil steht etwas auf Serbisch und darunter das Wort »Service« in fleckig gewordenen Buchstaben. Ich vermute, man will sich die internationale Kundschaft nicht entgehen lassen. Als ich am Fuß der Treppe stehen bleibe, höre ich ein schnalzendes Geräusch. Hinter mir kehrt eine alte Frau die Stufen in der Türöffnung gegenüber. Sie trägt ein Kopftuch mit Gänseblümchen, ein Funken Frische an diesem deprimierenden Ort, doch sie betrachtet mich voller Misstrauen, schnalzt wieder mit der Zunge und lässt mich ihre Missbilligung spüren. Schnell gehe ich die Betonstufen hoch, nehme zwei auf einmal. Ehrlich gesagt, habe ich Angst. Ich war noch nie an einem Ort wie diesem hier, und ich weiß nicht, was ich zu erwarten habe.

Links in einem winzigen Flur finde ich die richtige Tür. Sie ist an einer Stelle zersplittert. Ich klopfe und streiche über die beschädigte Kante, konzentriere mich auf die rauen Holzsplitter unter den Fingerspitzen, während ich mir vorzustellen versuche, wie Katarina auf der Schwelle erscheint und mit mir redet. Die Tür öffnet sich, und ein riesiger Mann steht vor mir. Er ist nicht nur groß, sondern auch breit und sieht aus wie ein Megakühlschrank. Das mit der Visualisierung klappt bei mir einfach nicht.

»Ist Katarina da?«, erkundige ich mich.

Der Mann schaut mich wortlos an.

»Ich bin eine Freundin von ihr«, sage ich.

Eine Frau in meinem Alter zu sein, hat einen Vorteil:

Niemand nimmt einen als Bedrohung wahr. Oder in diesem Fall als Kundin.

Er streckt eine Pranke aus, um mir zu bedeuten, dass ich hier warten soll. Dann lehnt er die Tür an und zieht sich ins Apartment zurück. Als er wiederkommt, hat er jemanden bei sich. Mit einer raschen Bewegung des Handgelenks zieht ihn eine Frau zurück und tritt auf die Schwelle. Viel älter als ich kann sie nicht sein, aber sie scheint schon viel mehr vom Leben gesehen zu haben. Sie ist in einen indigofarbenen Polyestermorgenmantel gehüllt, der knapp über dem Knie aufhört. Das dunkle, verstrubbelte Haar fällt ihr über die vom Schlaf noch ganz trüben Augen.

»Katarina?«, frage ich.

»Wer bist du?«, gibt sie zurück, nachdem sie durch ein kurzes Nicken meine Vermutung bestätigt hat.

»Ich heiße Daisy«, sage ich, weil ich an die Gänseblümchen auf dem Kopftuch der alten Frau denken muss, die unten die Stufen fegt. »Hast du ein paar Minuten Zeit für mich?«

»Journalistin?« Katarina mustert mich gründlich.

»Nein. Es dauert nur ein paar Minuten. Versprochen.«

Ich versuche jung und unbedarft und freundlich auszusehen. Für die ersten beiden Eigenschaften muss ich mich nicht einmal verstellen. Aber viel Erfolg habe ich damit nicht.

»Ich kann dir Geld geben«, versuche ich es.

Das scheint zu wirken. Katarina winkt mir, ich soll reinkommen.

Ich folge ihr durch einen schmalen Flur, an einem Wohnzimmer vorbei, wo der bärenhafte Mann in einem Sessel sitzt und einen Zeichentrickfilm im Fernsehen anschaut. Wir biegen nach links in Katarinas Zimmer ab. Die Tapete ist weinrot und gold, und die Bettdecke, die sie erst vor Kurzem zurückgeworfen hat, ist ebenfalls weinrot, mit einem Rand aus Satin. In einer Ecke steht ein niedriger Sessel, in einer anderen verbreitet eine Bodenlampe ein warmes Licht. Katarina setzt sich müde aufs Bett. Ich lasse mich auf dem Rand des Stuhls nieder und überlege, wie ich das Gespräch anfangen soll.

»Deine Mutter hat mir deine Adresse gegeben«, sage ich.

»Warum?«, fragt Katarina in scharfem Ton.

Die Eltern zu erwähnen, war also keine gute Idee.

»Ich habe gesagt, ich hätte Arbeit für dich.«

»Und stimmt das?«

»Nein«, antworte ich. »Aber ich zahle dir Geld für deine Zeit.«

Darüber muss Katarina lachen, und ihr Lachen verwandelt sich in ein Husten, das sich wie die Folge Tausender billiger Zigaretten anhört. Ich fühle mich verunsichert, kann Katarina überhaupt nicht einschätzen. Daher beschließe ich, einfach weiterzureden und abzuwarten, was passiert. Dann ziehe ich zwei Fünfzigpfundscheine hervor und beuge mich nach vorn, um sie auf den Tisch neben dem Bett zu legen.

»Du willst nur reden?«, vergewissert sich Katarina.

»Ja, bitte.«

»Dann ist das da zu viel Geld.«

Ich schätze ihre Ehrlichkeit, lasse die Scheine aber liegen.

»Kennst du eine Firma namens Lavit?«, fange ich an.

Katarina schüttelt den Kopf, und ich glaube ihr.

»Du bist als Direktorin dieser Firma registriert.«

Katarina verlagert das Gewicht. »Nie davon gehört«, sagt sie.

»Und von Gregor Pavlić?«, frage ich weiter.

Sie zuckt die Schultern, aber diesmal weiß ich, dass sie lügt. Sie nimmt eine Zigarettenpackung und schüttelt eine Zigarette heraus. Mir bietet sie auch eine an, aber ich lehne ab. Ich schaue zu, wie sie die Zigarette anzündet und daran zieht, und ich muss an ihren Vater denken, wie er vor seiner Fernsehshow an einem Lungenemphysem stirbt. Wenn ich irgendetwas nicht ausstehen kann, dann ist das Rauchen. Man selbst stinkt, die Kleidung stinkt, der Mund wird zum Aschenbecher, und dann stirbt man einen frühen, schmerzhaften Tod. Die Sache mit dem Marketing haben die Tabakfirmen perfekt raus, das muss man ihnen zugestehen.

»Du kennst Gregor Pavlić«, hake ich nach.

Katarina seufzt. »Du bist dumm«, sagt sie zu mir. »Pavlić bringt dich um, wenn du über ihn schreibst.«

»Ich bin keine Journalistin.«

Wieder ein Schulterzucken.

»Ich kenne Pavlić nicht, und ich will ihn auch nicht kennenlernen«, fährt sie fort und dreht den Kopf von mir weg.

Langsam verliere ich die Geduld. »Jeder hier kennt ihn.«

Katarina seufzt wieder und schaut auf ihre Armbanduhr. »Seine Leute sind überall«, sagt sie.

»Machen sie dir Schwierigkeiten?«

»Dafür bin ich ihnen nicht wichtig genug. Es gibt viele Mädchen, die jung und dumm genug sind, ihnen ihre Geschichten abzukaufen.«

»Was denn für Geschichten?«, will ich wissen.

»Die üblichen. Sie verkaufen Träume. Geld, Champagner, reiche Typen in schicken Nachtklubs …«

Während sie erzählt, kratzt Katarina mit dem rechten Daumennagel den schwarzen Lack auf dem linken ab. Ich glaube nicht, dass das irgendwas bringt, aber wahrscheinlich handelt es sich um eine nervöse Angewohnheit.

»Und darauf fallen sie rein?«

Katharina wirft mir einen scharfen Blick zu. Zum ersten Mal nimmt sie mich wirklich wahr, meine Kleidung, meine Schuhe. Nicht gerade superteuer, aber auch nicht billig.

»Wenn man fünfzehn ist«, sagt sie, »und keinen Job hat, aber dafür einen Freund, der einen schlägt, dann fällt man auf alles rein.«

Das nimmt mir den Wind aus den Segeln. Katarina sieht zu Boden und kratzt weiter an ihrem Nagellack, bis winzige schwarze Splitter auf die Laken fallen. Ich weiß nicht, was ich als Nächstes tun soll, außer auf die unausgegorene Theorie anzuspielen, die mich verfolgt, seit ich die Webseite mit den Designerbabys gefunden habe.

»Pavlić hat was Neues entdeckt«, sage ich. Schon die Art und Weise, wie sie zu mir aufblickt, zeigt mir, dass ich auf der richtigen Spur bin. Ich warte ab, denn Peggy hat mir mal gesagt, dass die meisten Leute eine entstehende Stille irgendwann füllen werden. Aber Katarina hat diese Seite aus Peggys Benimmhandbuch wohl nie gelesen. Sie starrt mich einfach an und bearbeitet weiter ihre Nägel.

»Er nimmt den Mädchen ihre Eizellen weg, oder?«

Katarina wirkt fast erleichtert über meine Worte. Aber warum?

»Das gefällt ihnen besser«, erklärt sie. »Keine Drecksarbeit. Einfach Fruchtbarkeitsmedikamente nehmen und die Eizellen hergeben.«

»Was macht er mit den Eizellen?«

Katarina hebt den Kopf. »Woher soll ich das wissen? Wahrscheinlich verkauft er sie.«

»Nach Russland?«

Katarina sieht mich an. Aber sie sagt nichts.

»Die Firma, deren Direktorin du bist, hat ihren Sitz in Russland, und sie hat etwas mit der Victory-Klinik bei Moskau zu tun.«

Katarina steht auf, drückt ihre Zigarette aus und gibt mir die beiden Geldscheine zurück. Ich weigere mich, sie anzunehmen. Dann stehe ich auch auf, will nicht gehen. Was kann sie schon machen, mich rauswerfen? Dann fällt mir der Riese im anderen Zimmer wieder ein. Ich ändere meine Strategie.

»Bitte, Katarina«, sage ich. »Da kommt plötzlich eine ganze Menge Geld durch diese Firma rein. Wofür?«

Ich bin ein Stück größer als sie und stärker, aber ich will sie nicht einschüchtern.

»Arbeitest du für Pavlić?«

Sie sträubt sich weiter.

»Katarina, da stecken viele Mädchen in Schwierigkeiten. Du kannst ihnen helfen. Und sei bloß vorsichtig, denn wenn alles rauskommt, wirst du es sein, die im Gefängnis landet. Die Firma läuft auf deinen Namen.«

Sie schweigt immer noch. Aber ich spüre, dass sie langsam weich wird. Aus Herzensgüte oder aus Angst davor, in einem serbischen Gefängnis zu verfaulen – das weiß ich nicht, und es ist mir auch egal.

»Pavlić hat mich gehen lassen«, erklärt sie. »Er mochte mich. Erst war ich einfach eins von diesen Mädchen. Im Nachtklub. Ich habe mich mit einem wichtigen Politiker angefreundet, einem verheirateten Mann. Damit Pavlić Bilder von uns zusammen machen konnte. Und ich habe ihm gesagt, was dieser Politiker mir erzählt hat. Das hat Pavlić genutzt. Darum hat er mir geholfen. Er hat die Krankenhausbehandlung meines Vaters bezahlt. Und er hat mir gesagt, er wird mich in Ruhe lassen, nur noch meinen Namen benutzen. Für eine Firma.«

»Warum arbeitest du dann immer noch hier?«, will ich wissen. Das soll keine Beleidigung sein, aber der Gedanke an diese junge, zerbrechliche Frau hier im Zimmer mit einem Freier nach dem anderen ist für mich unerträglich.

»Ich bin gut in dem Job«, sagt sie mit einem kurzen Lachen.

Mir wird plötzlich übel, und alles erdrückt mich. Ich drehe den Kopf zum Fenster und denke nach. Ich kann einfach nicht begreifen, warum sie mir das alles erzählt hat. Hinter dem Netzvorhang berührt ein dünner Ast die Scheibe. Ein kleiner brauner Vogel landet darauf. Dieses Lebewesen wirkt hier fehl am Platz, weil sich alles andere wie tot anfühlt. Ich wende mich wieder Katarina zu. Sie lehnt den Kopf an die Wand und richtet den Morgenmantel über ihrem Oberschenkel.

»Diese neue Firma in Russland verkauft also unfruchtbaren Paaren Eizellen?«

»Ich weiß nicht, was Pavlić treibt.« Ihre Stimme wird lauter, panischer. »Er ist ein Teufel. Menschenhandel ist ihm nicht genug. Eizellen sind ihm nicht genug. Er will mehr.«

»Was denn zum Beispiel?«

Aber sie steht nur auf und öffnet die Schlafzimmertür.

»Willst du Sex?«, fragt sie in sachlichem Ton. »Du hast immerhin eine Menge bezahlt.«

Damit habe ich nicht gerechnet. »Nein danke«, lehne ich höflich ab.

Dann stehe ich wieder im Flur. Katarina erteilt auf Serbisch eine Anweisung. Ich nehme an, sie befiehlt dem Riesen, mich nach draußen zu bringen, aber stattdessen stapft er in Katarinas Zimmer. Nach zwanzig Sekunden ist er wieder zurück und kommt über den Flur auf mich zu. Er überreicht mir eine Visitenkarte. Ein dünnes, verknicktes Stück Pappe mit dem Umriss einer nackten Frau darauf und einer Telefonnummer.

Ich bin wieder im Treppenhaus, verwirrt und ein bisschen deprimiert von dem ganzen Vorfall. Als ich am Fuß der Treppe ankomme, verspüre ich Erleichterung, weil die alte Frau mit dem Gänseblümchenkopftuch und dem Besen nicht mehr da ist. Als ich Katarinas Karte umdrehe, sehe ich, dass sie mit schwarzem Stift etwas daraufgekritzelt hat. Schnell lese ich es. Sie hat eine Belgrader Adresse hinzugefügt und eine Uhrzeit, drei Uhr nachts. Ich schaue wieder zu den verschmierten Fenstern hoch, und sie starren blicklos zurück. Dann stecke ich die Karte in die Tasche und mache mich schnell davon.

10. Kapitel

Zurück in der Wohnung, überprüfe ich als Erstes die Adresse auf der Rückseite der Karte. Sie ist gar nicht weit von Katarinas Wohnung entfernt, nur ein paar Häuserblocks. Was da wohl mitten in der Nacht vor sich geht?

Dann versuche ich mehr über die Victory-Klinik in Moskau herauszufinden. Ich schaue neunzehn Seiten mit Weblinks durch. Ganz schön hartnäckig, und manchmal lohnt sich das ja auch. Ich stoße auf einen Blog, auf Chinesisch, mit einem Attachment. Der Blogtext sagt mir nicht viel, nicht einmal mit einem Übersetzungstool, aber der Anhang enthält ein Foto mit einem Artikel (auf Englisch) über die Victory-Klinik, und obwohl ein Teil davon fehlt, ist es ziemlich eindeutig, dass man dort als wohlhabender Chinese oder Russe Fruchtbarkeitsbehandlungen bekommen, eine Leihmutter mieten oder das perfekte Baby kreieren kann – wie es scheint, handelt es sich dabei größtenteils um Jungen. Ganz offensichtlich wurde der Artikel nicht zum Druck zugelassen. Aber Gregor Pavlić kann es sich ja wahrscheinlich auch leisten, hundert russische Hacker zu beschäftigen, die alles verschwinden lassen, was sie für schlechte Presse halten.

Jedenfalls entnehme ich diesem Artikel, dass ich mit meiner Vermutung wahrscheinlich gar nicht so falschgelegen habe. Dass Pavlić die Mädchen in dem verlassenen Krankenhaus gefangen hält, sie mit Drogen vollpumpt und ihnen dann Eizellen entnehmen lässt, die er nach Moskau schickt. Das passt auch zu dem, was ich auf Halas Handy von den Drohnenaufnahmen aus der Klinik gesehen habe. Und trotzdem … Ich erinnere mich wieder an Katarinas Worte – Eizellen sind nicht genug für Pavlić, hat sie gesagt. Was sie damit wohl gemeint hat?

Plötzlich fühlt sich meine kleine Wohnung dunkel und verlassen an. Ich lenke mich ab, indem ich mich wieder in die Athena-Kommunikation einklinke. Jetzt, wo die Geburtstagsparty unmittelbar bevorsteht, wird der letzte Teil des Plans in die Tat umgesetzt – es geht darum, in sein Arbeitszimmer einzubrechen und die Festplatte zu entwenden, auf der er die Daten aufbewahrt, mit denen er Polizeibeamte und Politiker erpresst. Caitlin spricht mit Amber, und ihr amerikanischer Akzent bringt mich zum Lächeln. Ich vermisse die beiden, sogar Halas Pessimismus. Sie sind wie eine Familie. Sie *waren* wie eine Familie.

»Sie hat zweimal geprobt und klingt großartig«, sagt Caitlin. Offensichtlich spricht sie über Kit.

»Ist sie nervös?«, will Amber wissen.

»Wie eine Katze kurz vorm Gewitter.«

Irgendwann mal will ich nach Kentucky und herausfinden, ob die Leute da wirklich so reden oder ob Caitlin das nur mit Absicht übertreibt.

»Und du?«, erkundigt sich Amber.

»Ich habe alles, was ich brauche.«

»Du musst die Minikamera als Allererstes installieren«, gibt Amber Caitlin Anweisungen. Sie liebt es, alles genau festzulegen.

»Geht klar.«

»Und pass auf, wenn du seinen Fingerabdruck nimmst. Du brauchst einen vollständigen, sonst kommst du nicht in sein Arbeitszimmer.«

Caitlin soll Pavlićs Fingerabdruck von einem Glas oder etwas anderem nehmen und ihn duplizieren, indem sie einen winzigen 3D-Drucker und Hautlösung verwendet, damit sie einen Abdruck über ihren eigenen Finger legen kann. Wir haben diese Methode schon getestet, aber noch nie bei einem Einsatz benutzt. Li ist superstolz darauf, weil man so einwandfrei identische neue Haut herstellt. Das Ganze klingt widerlich, aber eigentlich ist es ziemlich faszinierend.

»Verstanden«, sagt Caitlin.

»Gut.«

Eine andere Stimme schaltet sich ein.

»Seid ihr wirklich sicher, dass Aleks bereit ist?« Diese Frage kommt natürlich von Li. Wenn sie ein Wappen hätte, stünde als Motto »Vertraue niemandem« darauf. Und dann reagiert Peggy auf ihre Frage. Also eine komplette Athena-Konferenzschaltung, ohne Kit, die wahrscheinlich nervös vor ihrem Auftritt ist. Ob Hala teilnimmt oder nicht, kann ich nicht sagen, weil sie selten etwas von sich gibt, außer man stellt ihr eine direkte Frage.

»Aleks braucht noch ein bisschen Zeit, um seine Anklage gegen Pavlić komplett vorzubereiten, aber er ist dran«, erklärt Peggy.

»Und wo will er seine Beweise hernehmen?«

»Er geht davon aus, dass ich Kontakte zur CIA habe und dass die helfen will, Serbien zu stabilisieren«, gibt Peggy zurück. »Ansonsten vermutet er nichts.«

Li will von Amber wissen, warum es ihr noch nicht gelungen ist, mich aufzuspüren.

»Der Peilsender, den ihr Hala verpasst hat, hat zu einer Mülltonne geführt«, sagt Amber. Ich muss lächeln. Meine Lederjacke wegzuwerfen, war also eine gute Entscheidung. Aber die Anspannung in ihrer Stimme entgeht mir nicht. Es macht Li ganz irre, dass es Amber trotz der ganzen hochmodernen Technologie nicht schafft, mich zu lokalisieren. »Sie regelt alles übers Darknet, oder vielleicht ist sie auch einfach offline gegangen. Früher oder später muss sie eine Kreditkarte benutzen, oder ihre VPN-Verbindung funktioniert nicht mehr, und dann finde ich sie.«

Li gibt ein paar unzufriedene Geräusche von sich, aber Caitlin unterbricht sie.

»Hör zu«, sagt sie. »Ich muss los. In zwei Stunden steigt die Show, und ich muss mich noch in einen Bodyguard verwandeln.«

»Okay, dann Hals- und Beinbruch«, meint Peggy. »Hala wird draußen in einem unauffälligen Transporter warten, als Back-up für Amber, wenn sie das Material für die Überwachungskameras austauscht, oder falls ihr schnell abhauen müsst. Wir haben eine Person weniger in dieser Mission. Das gefällt mir nicht. Seid bitte ganz besonders vorsichtig, okay?«

»Du kannst dich darauf verlassen.«

Damit endet die Unterhaltung, und ich lehne mich in meinem Stuhl zurück. Mit der einen Person weniger bin natürlich ich gemeint. Und Hala können sie heute Abend nicht dazuholen, denn wenn etwas schiefgeht, soll sie helfen können, ohne in Pavlićs Haus festzusitzen. Irgendwie fühle ich mich besser, weil sie mich erwähnt haben. Und auch, weil ich heute Abend dort sein werde, auch wenn die anderen nicht davon ausgehen.

Die letzten Sonnenstrahlen durchziehen den Himmel, und während sich die Dunkelheit über den Abend senkt, tanzen in Gregor Pavlićs Garten die Flammen von Hunderten leuchtender Kerzen. Ich sage »Garten«, aber in Wirklichkeit gleicht das, was ich da vor mir habe, eher einem der größeren Parks in London. Ganz im Ernst, ich wette, das Gelände um den Buckingham Palace ist kleiner. Aber vielleicht kann man es sich in seiner Position ja leisten, das halbe Land zu kaufen, wenn man in Serbien wohnt.

Ich klettere vom Beifahrersitz von Paulinas Mercedes und warte, während sie die Schlüssel einem der Parkplatzwächter übergibt, die ihr Vater für diesen Abend angestellt zu haben scheint. Außer, sie arbeiten jeden Tag für ihn. Als wir weitergehen, baut sich ein riesiger Security-Typ in einem schwarzen Anzug vor mir auf und führt mich durch einen Metalldetektor. Dann muss ich ihm mein Smartphone aushändigen. Paulina wirkt verlegen.

»Kit Love will nicht, dass irgendjemand sie filmt.«

Ach was? Das würde ihr in den sozialen Medien nicht gerade viele Likes einbringen. Ich gebe dem Mann mein Smartphone, auch wenn es mir nicht gefällt.

Es ist das abhörsichere Telefon, das ich aus meinem Schließfach bei Amber gestohlen habe. Ein normales Telefon hat eine einzige, sich nie verändernde IMEI-Seriennummer, über die es sich identifizieren lässt, egal, wie oft man seine Nummer ändert. Aber das hier kann seine IMEI-Nummer wechseln und tut das, sobald auch nur das kleinste Anzeichen eines versuchten Eindringens vorliegt, selbst wenn man nur irgendeine App runterlädt. Es ist extrem schwer aufzuspüren, und ich gebe es nur sehr ungern her. Aber offensichtlich bleibt mir nichts anderes übrig. Das

Gerät wird mit einer Nummer versehen, in einem sicheren Minisafe verstaut, für den ich die Kombination aussuche, und kommt in ein bewachtes Häuschen, das nur zu diesem Zweck aufgestellt worden zu sein scheint.

Als das erledigt ist, schaue ich mich um. Mehrere Hundert Gäste sind gekommen, die meisten von ihnen in schwarzen Anzügen und Abendkleidern. Sie verteilen sich bereits über die makellose, wie mit der Nagelschere gestutzte Rasenfläche. Zweifelnd schaue ich an mir hinab. Enge schwarze Hosen und ein schwarzes Top, ideal für einen Abend zum Ausgehen, aber nicht gerade in derselben Liga wie die Outfits der anderen Frauen hier. Paulina, die Jeans und einen Blazer trägt, scheint meine Gedanken lesen zu können.

»Du siehst großartig aus, Jessie«, sagt sie herzlich. »Aber ich muss mich noch umziehen. Kommst du mit?«

Ich folge ihr zum Haus, weil ich unbedingt sehen will, wie sie lebt. Auf der einen Seite befindet sich ein von innen beleuchteter Swimmingpool, groß wie ein Olympia-Schwimmbecken, wie ein magisches Aquarium. Tiefblaues Wasser, das still daliegt. Vielleicht hätte es mir besser gefallen, wenn Pavlićs Haus dunkel und bedrohlich gewirkt hätte, aber tatsächlich erscheint der Ort mit seinen Kerzen und den ganzen kleinen Lichtern auf allen Bäumen wie verzaubert. Rechts hat man eine lange Bühne für Kit aufgebaut, über die ein weißer Baldachin wie eine riesige Welle gespannt ist. Zu beiden Seiten der Bühne hängen riesige Poster meiner Mutter, die sie bei einem Auftritt zeigen. Diese Bilder von ihr sind überall bekannt, mit Photoshop bearbeitet und ausgeleuchtet, sodass sie Glamour und Ruhm ausstrahlen. Ich senke den Blick, schaue hinter die Bühne, wo schmutzige Lastwagen mit Generatoren stehen und eine riesige Anzahl von Scheinwerfern und Lautsprechern mit Energie versorgen.

»Was meinst du?«, fragt Paulina.

»Du hast ein wunderschönes Zuhause.«

Sie führt mich über den Weg, der sich von den Gästen weg auf das Haus zuschlängelt. Es sieht aus wie ein Minischloss, samt ein paar Türmchen. In die grauen Steinmauern sind lange Fensterrahmen eingesetzt, die von innen beleuchtet sind.

»Sag mal, was macht dein Vater gleich noch mal beruflich?«, will ich wissen, als würden mich der Luxus und die Größe der Party einfach überwältigen. Paulina antwortet ohne jedes Zögern.

»Er hat ein paar Unternehmen. Klubs, Restaurants, solche Sachen.«

Dabei sieht sie absolut ehrlich aus, aber sie kann doch nicht wirklich glauben, dass das stimmt? Sie spürt meinen Blick auf sich und sieht mich mit einem sanften Lächeln von der Seite an.

»Dann muss er ein sehr kluger Mann sein«, sage ich.

»Das ist er, aber er gibt auch gern vor seinen Freunden an.«

»Um ihnen zu zeigen, dass er reich ist?«

»Und dass er es sich leisten kann, sich für einen Abend Kit Love zu kaufen.« Paulina lächelt. Ich grinse zurück und versuche damit, den Stich des Entsetzens zu verbergen, den ich bei diesen Worten verspürt habe.

»Sie soll doch aber nur für ihn singen, oder?«, frage ich. Ehrlich gesagt, gerate ich gerade ein wenig in Panik.

Paulina bleibt stehen und sieht mich mit fröhlich funkelnden blauen Augen an.

»Natürlich. Aber er hat die ganze Belgrader Society eingeladen. Und da beobachtet jeder jeden.«

»Wie in einem Goldfischglas?«, sage ich und finde so meinen Sinn für Humor wieder, aber Paulina senkt den Kopf und lehnt sich zu mir, dicht genug, dass ich ihren Atem an meinem Ohr spüren kann, als sie mir ins Ohr flüstert: »Wie in einem Haifischbecken.«

Dann geht sie weiter. Ich mag Paulina; mir gefällt, dass sie so geistreich ist. An der Hintertür des Hauses trägt man gerade eine riesige Eisskulptur in Form einer Meerjungfrau in den Garten. Paulina lässt alle vorbei und führt mich nach drinnen, durch eine Küche voller Servicekräfte und Köche und ein rückwärtiges Treppenhaus hoch.

Durch einige doppelte Glastüren schaue ich in den Hauptteil des Hauses und frage mich, wo Kit und Caitlin wohl gerade stecken. In weniger als vierzig Minuten wird das Konzert beginnen, und sie sind wahrscheinlich gerade dabei, sich Gregors Fingerabdruck zu besorgen und das Sicherheitssystem seines Arbeitszimmers außer Gefecht zu setzen. Das schafft Caitlin schon – es ist Kit, um die ich mir wirklich Sorgen mache. Sie hat schon seit einigen Jahren kein Konzert mehr gegeben, nur vor zwei Jahren im Sommer einen kurzen Wohltätigkeitsauftritt zusammen mit einigen anderen Bands im Hyde Park. Sie hat ihre Auftritte immer als Ausrede dafür genutzt, auf Tour ihren Feuchtigkeitshaushalt mit Wodka zu regeln. Jetzt, wo sie nicht mehr trinkt, frage ich mich, wie sie das Konzert überstehen wird.

Paulinas Schlafzimmersuite wirkt wie bereit für ein Fotoshooting einer vornehmen Modezeitschrift. Da hängen keine Kleidungsstücke über Stuhllehnen, keine Modejournale liegen herum. Auch keine Spur von einem Computer oder einem Laptop – und ganz bestimmt keine peinlichen Poster aus Teenagerzeiten. Nichts als geschmackvolle, gedeckte Farben, ein breites Bett mit Baumwolllaken, die seidenweich aussehen, teure Möbelstücke, Glasregale mit luxuriösen Bildbänden und einige unglaubliche gerahmte Drucke. Als Erstes legt Paulina die Schultertasche weg, holt das Fotografiebuch hervor, das ich ihr geschenkt habe, und platziert es auf einem Tisch vor dem Sofa. Dort liegt schon ein anderes, ganz eindeutig größer und teurer, aber sie nimmt es und stellt es in ein Regal, sodass nur noch meins übrig bleibt.

»Das sieht richtig schön aus«, meint sie.

Ich muss lächeln. Es ist sehr lieb von ihr, so viel Aufhebens um ein so kleines Geschenk zu machen. Nachdem sie versprochen hat, sich zu beeilen, verschwindet Paulina in einem kleinen Flur, von dem auf jeder Seite zwei weitere Türen abgehen. Sie nimmt die rechte, ganz eindeutig die ins Badezimmer; ich höre fließendes Wasser und wie Schränke geöffnet werden.

Während sie duscht, nehme ich jedes Detail des Zimmers in mich auf. Alles ist tadellos. Sogar der Nachttisch ist freigeräumt. Dann sehe ich aus dem Augenwinkel, wie sich etwas bewegt, und drehe mich um. Hinter mir nimmt eine imposante Fototapete die ganze Wand ein, und die hat sich gerade verändert. Ich hätte schwören können, als ich den Raum betreten habe, war es eine kahle, leere Landschaft, nur Himmel und niedrige Berge. Jetzt sieht man eine Schwarz-Weiß-Aufnahme von aufgespannten Regenschirmen, und im Hintergrund ein regenverschwommenes New York. Ich trete näher an die Wand heran. Das Bild befindet sich in einer Art flacher Box. Es muss knapp dreieinhalb Meter hoch sein. Von Nahem kann ich gerade so die Pixel erkennen. Ein riesiger digitaler Rahmen.

Innerhalb von fünf Minuten erscheint Paulina wieder, und mit ihr weht ein frischer Duft ins Zimmer. Sie trägt einen dicken Bademantel, einen von der Sorte, die man in Fünfsternehotels bekommt, und dann geht sie auf die Tür auf der anderen Seite des Flurs zu, bleibt jedoch kurz stehen, um ins Schlafzimmer zu schauen, wo ich verloren mitten im Raum stehe. Sie muss lachen.

»Setz dich doch! Fühl dich ganz wie zu Hause.«

Gehorsam nehme ich auf dem Sofa Platz. Ich werfe einen Blick über die Schulter, und die Aufnahme an der Wand hat sich wieder verändert. Jetzt ist ein staubiges Gebirge in Indien zu sehen, in der Ferne ein sich nähernder Bus. Verunsichert drehe ich mich wieder um.

»Ich bin gleich wieder da«, verkündet Paulina. Hinter ihr erhasche ich einen kurzen Blick auf einen begehbaren Schrank mit ganzen Reihen von perfekt angeordneten Kleidungsstücken. Kurz muss ich an meine eigenen Sachen in der Wohnung denken. Ich habe mir kaum die Mühe gemacht, den Seesack auszupacken. Ich nehme mir einfach immer raus, was ich brauche. Paulina lässt die Tür angelehnt, damit sie sich mit mir unterhalten kann, während sie sich anzieht.

»Warum bist du zu mir in die Galerie gekommen?«, will sie wissen.

Die Frage versetzt mir eine Art Stromstoß, aber ich bin inzwischen so daran gewöhnt, sparsam mit der Wahrheit umzugehen, dass ich kaum zögere, bevor ich ihr eine halbwahre Antwort gebe.

»Ich hatte im Internet darüber gelesen.«

Zumindest das stimmt. In einer kleinen Stadt mit nur wenigen besonderen Sehenswürdigkeiten sind die Fotografien und der spezielle Kaffee der Galerie außergewöhnlich genug, um es auf einige der Webseiten für Touristen zu schaffen, die ich beim Surfen gefunden habe.

»Und darüber bin ich froh«, gibt Paulina zurück. Das klingt absolut ehrlich, und ganz kurz verspüre ich ein Schuldgefühl. Ich benutze sie. Ich lüge, damit eine Beziehung zwischen uns entsteht, sie dagegen ist offen zu mir, hat mich in ihr Haus eingeladen, in ihr Leben – in ihr Zimmer.

Ruhelos stehe ich auf und gehe ans Fenster. Unten im Garten treffen immer mehr Gäste ein. Eine Jazzband spielt auf einer kleineren Plattform ein Stück von der Hauptbühne entfernt. Kellner in weißen Fräcken bieten den Gästen auf Tabletts Champagner und Kanapees an. Die Eisskulptur hat man neben eine riesige Bar gestellt, und die Leute lachen und halten Gläser unter den Mund der Meerjungfrau, aus dem in einem dünnen, nie versiegenden Strom eine klare Flüssigkeit läuft.

»Was kommt denn aus der Eisskulptur?«, will ich wissen.

»Wodka«, antwortet Paulina. »In ein paar Stunden werden die Leute keine Gläser mehr benutzen. Dann stehen sie einfach drunter und machen den Mund auf.« Ihre Stimme hat einen missbilligenden Unterton.

Ich betrachte weiter die Gäste. Um den Hals der meisten Frauen glitzern Diamanten. Die Männer haben sich in Fräcke und glänzende Schuhe gezwängt. Aber Paulinas Vater kann ich nirgends entdecken.

»Ich fühle mich ein bisschen fehl am Platz«, sage ich zu

Paulina. »Schließlich haben wir uns gerade erst kennengelernt.«

»Ich weiß«, gibt sie zurück. »Aber es fühlt sich so an, als würde ich dich schon lange kennen.«

Paulina kommt wieder ins Zimmer, schließt die Tür des Ankleidezimmers hinter sich, und einen kurzen Moment lang starre ich sie nur an. Sie trägt ein enges rotes Kleid, das sie elegant umschmeichelt und bis zum Boden fällt. Sie ist selbstsicher und entspannt und scheint dazu geboren, dass andere sie bewundern. Als würde sie mich zu einer Bemerkung auffordern, breitet Paulina die Arme aus.

»Du siehst fantastisch aus«, sage ich, und dann finde ich die Fassung wieder. »Ich meine, es ist ein wunderschönes Kleid.«

Supercool, Jessie. Gut gemacht. Versuch doch zur Abwechslung mal daran zu denken, was du eigentlich hier willst.

Paulina kommt auf mich zu, und an ihrem amüsierten Gesichtsausdruck sehe ich, dass sie genau weiß, ich habe sie gemeint und nicht das Kleid. Als sie vor mir steht, dreht sie sich um. Ich begreife überhaupt nicht, was sie von mir will, bis sie mit einer Hand ihr honigfarbenes Haar aus dem Nacken hebt und mir damit die tief aufklaffende Rückseite des Kleides zeigt.

»Machst du mir den Reißverschluss zu?«

Jetzt bin ich nervös. So ruhig ich nur kann, fasse ich nach dem Reißverschluss, der sich ganz unten am Ende von Paulinas Rücken befindet, und ziehe ihn hoch. Aus Versehen berühre ich kurz Paulinas Hals, als sie sich umdreht. Für den Bruchteil einer Sekunde stehen wir zu dicht beieinander. Ich spüre, wie sie auf meine Lippen schaut, ich kann das Parfüm an ihrem Hals riechen – und dann mache ich einen Schritt zurück.

Nur einen ganz winzigen Schritt, gerade genug, um wieder klar im Kopf zu werden. Ich kann Paulina nicht in die Augen sehen, deswegen wende ich den Blick ab, hin zur Fotoinstallation an der Wand.

»Einfach unglaublich ist das«, sage ich, und meine Stimme klingt seltsam, belegt – schwer von der Anstrengung, diesen intimen Moment zu ignorieren.

Der digitale Rahmen an der Wand zeigt eine weitere Schwarz-Weiß-Aufnahme, die die indische Landschaft ersetzt. Aber die ist nicht so künstlerisch gelungen wie die anderen Bilder. Sieht eher aus wie ein Familienfoto. Eine Frau in einem schlichten weißen Kleid, in einem Wohnzimmer, die ein kleines Mädchen umarmt.

»Wer ist das?«, erkundige ich mich.

»Meine Mutter. Zu meinem letzten Geburtstag hat mir mein Vater eine Speicherkarte mit allen Fotos darauf gegeben, die er von ihr finden konnte.« Paulina ist ernst geworden. Während sie spricht, verschwindet das Foto ihrer Mutter und macht einer winterlichen Szene Platz.

»Es wäre zu viel, sie immer anzuschauen«, redet Paulina weiter, und sie spricht so leise, dass ich sie kaum hören kann. »Darum habe ich sie mit anderen Fotos vermischt.«

Das Ganze ist so traurig, aber auch ein bisschen seltsam. Paulina geht zu ihrem Nachttisch und zieht eine Schublade auf. Sie holt ein paar Diamantohrringe heraus.

»Was ist mit deiner Mutter passiert?«

Paulina legt die Ohrringe mithilfe eines Spiegels an.

»Sie bekam Nierenversagen. Sie brauchte Medizin und Equipment, das man damals nur in Amerika bekommen konnte«, sagt sie. Ihre Stimme ist flach – so klingt es, wenn Leute zu verbergen versuchen, was sie gerade empfinden.

»Warum konnte sie das nicht hier bekommen?«

»Die Versorgungslage war nicht gut«, erklärt Paulina. »Auf dem Schwarzmarkt gab es zwar alles, doch das konnte sich mein Vater nicht leisten. Damals nicht.«

Paulina dreht sich um. Die Ohrringe hat sie eingesetzt, aber in ihren Augen ist ein gequälter Blick, und im Lampenlicht erkenne ich darin ein tieferes Blau.

»Das tut mir leid.«

Tausende von Jahren der Sprache und Literatur, und wir haben es zu nicht mehr gebracht als zu diesen mickrigen vier Worten – »Das tut mir leid« –, wenn wir unser Beileid ausdrücken wollen. Vielleicht liegt es daran, dass wir tief in unserem Inneren wissen: Nichts, was wir auch sagen, kann jemandem in seinem Leid helfen. Ich räuspere mich und fühle mich völlig unzulänglich, während Paulina einen Ring aus einer schweren Kristallschale auf ihrem Schreibtisch nimmt und ihn sich überstreift.

»Mein Vater musste zusehen, wie sie starb«, fährt sie leise fort. »Und da hat er sich geschworen, nie wieder arm zu sein.«

Das ist natürlich eine berührende Geschichte, und als sich Paulina am Fenster neben mich stellt, muss ich mir ins Gedächtnis rufen, dass Gregor Pavlić möglicherweise irgendwo im tiefsten Inneren seines verrottenden Herzens ein Mensch ist, darüber aber allzu viele Schichten der verbrecherischen Rücksichtslosigkeit liegen, als dass ich auch nur im Entferntesten Mitgefühl für ihn empfinden könnte. Für Paulina dagegen empfinde ich das, sehr stark.

»Es ist seltsam«, sagt sie leise und schaut mich von der

Seite an. »Ich kann mich kaum an meine Mutter erinnern. Aber ich weiß, dass nichts sie jemals wird ersetzen können.«

Sie geht zu dem digitalen Rahmen, der nun ein Foto der drei zeigt. Paulina als Kind, ihre Mutter und Gregor, der die Arme um sie beide geschlungen hat. Mit einer Fernbedienung aus einem durchsichtigen Glashalter auf dem Tisch schaltet Paulina alles aus. Das Foto verschwindet, und der große Bildschirm wird schwarz. Es ist, als hätte dieser eine Knopfdruck alle Emotionen aus dem Zimmer gesogen.

»Wenn ich die Bilder anlasse, kann ich nicht schlafen«, erklärt sie.

Vom Fenster aus sehe ich jetzt nur noch die riesigen Poster von Kit. Stilisierte Aufnahmen, die der Mutter ähneln, die ich als Kind verehrt habe, als ich ihrem Ruhm, ihrem Stil, ihrer Anmut gegenüber mit Ehrfurcht erfüllt war.

Aber während der vergangenen drei Jahre – wahrscheinlich seit meiner Teenagerzeit – habe ich diese Seite von Kit nicht gesehen. Vielleicht habe ich mich auch dafür entschieden, sie nicht zu sehen. Ich habe mein Leben damit verbracht, die Zeit zu hassen, wenn sie auf Tournee war oder im Studio arbeitete, wegen ihres Trinkens angewidert und ziemlich rücksichtslos zu sein, wenn es darum ging, an dem Schorf auf Kits emotionalen Narben herumzupulen. Ich wollte einfach, sie wäre anders, und vielleicht wusste ich auch, ganz tief in meinem Inneren, dass sie *mich* anders haben wollte. Cooler, künstlerischer veranlagt, weniger kritisch ihr gegenüber vielleicht. Weniger wie einen Nerd, der Computer und Stromkreise mochte und immer wieder ihre Aufmerksamkeit verlangte. Wenn wir stritten, sagte Kit oft zu mir, sie habe es satt, mir gefallen zu wollen, was ich immer von mir wies, weil ich nie bemerkt hatte, dass ihr jemand anderes wichtig war als sie selbst. Vielleicht hatte sie es aber nur satt, dass die ganze Zeit über sie geurteilt wurde. Wäre ich lieber ohne eine Mutter aufgewachsen, wie Paulina? Ich kenne die Antwort, deswegen versuche ich dankbar zu sein, während ich auf Kits Bilder da draußen schaue. Nur dieses eine Mal.

Auf unserem Weg zur Party nehmen wir die Haupttreppe in der Mitte des Hauses. Ich sage wieder voller Bewunderung, wie schön Paulinas Zuhause ist, und weil meine Begeisterung sie ermutigt, führt sie mich kurz herum. Wir betreten nicht jedes Zimmer – dafür gibt es einfach zu viele –, aber sie zeigt mir die wichtigsten Wohnzimmer, das Esszimmer, das Heimkino (inklusive Decken mit Monogramm und einer Bar). Als wir endlich den Garten betreten, zeigt sie zur obersten Etage des Hauses – an der Vorderseite befinden sich ein Fitnessstudio und eine Sauna, an der Rückseite ist Gregors Büro. Ich präge mir alles genau ein.

Mir fällt es leicht, mir Orte und Positionen zu merken. Wenn ich mir einmal den Grundriss eines Hauses angeschaut habe, finde ich mich ohne Probleme darin zurecht. Mit meinem Orientierungssinn ist es dasselbe. Alles erscheint mir einfach logisch, und dass Kit so oft nicht zum Auto zurückfindet, macht mich ganz wahnsinnig. Aber ich habe ja gar nicht vor, mich in Pavlićs Haus rumzutreiben, vor allem nicht, weil wir auf jedem Flur mindestens sieben Bodyguards in schwarzen Anzügen begegnet sind. Caitlin wird bei ihrem Einbruch in Gregors Arbeitszimmer ganz schön aufpassen müssen, auch wenn sich Amber um die

Überwachungskameras kümmert und sie Gregors Fingerabdruck haben. Diese Männer in Schwarz sehen aus, als wären sie vor Kurzem aus einem osteuropäischen olympischen Ringerteam ausgeschieden.

Sobald wir langsam auf die Gäste zugehen, wird Paulina alle paar Schritte von jemandem angesprochen. Sie zieht die Blicke auf sich, als sie sich durch die Grüppchen von Partygästen bewegt, wie das Prominente tun. Auf einer Party, auf der alle davon besessen zu sein scheinen, Luftküsschen zu verteilen, hält Paulina die Gäste mit einem zarten Händeschütteln auf Abstand. Einige von ihnen werfen interessierte Blicke in meine Richtung, doch Paulina ignoriert sie. Irgendwann erreichen wir eine ruhigere Stelle auf der Terrasse, und Paulina wendet sich mir zu.

»Es tut mir leid, ich habe dich überhaupt niemandem vorgestellt.«

»Das macht nichts.«

»Es lohnt sich sowieso nicht, diese Leute zu kennen.«

Während sie noch spricht, werden wir vom Geburtstagskind persönlich unterbrochen. Gregor zieht Paulina in eine herzliche Umarmung, dann schiebt er sie von sich, um ihr Outfit zu begutachten. Sie tauschen einige Blicke aus; die rasche, wortlose Verständigung zweier Menschen, die einander gut kennen. Diese Nähe macht mich plötzlich angespannt. Irgendwie hat mir bisher der Gedanke gefallen, dass Paulina eine emotionale Distanz zu ihrem Vater entwickelt hat. Sie wechseln ein paar Worte auf Serbisch. Wahrscheinlich sagen sie zueinander, wie gut sie aussehen, denn Paulina mustert ihren Vater kritisch, pflückt eine nicht existente Fluse von seinem weißen Frack und lächelt ihn wohlwollend an. Dann sprechen sie offensichtlich voller Absicht auf Englisch weiter.

»Vater, du erinnerst dich sicher an Jessie?«

Er interessiert sich überhaupt nicht für mich. Er schüttelt mir kurz die Hand, und ich muss das Bedürfnis unterdrücken, sie mir danach an meinen Sachen abzuwischen.

»Ich habe Markus für dich eingeladen«, erklärt er Paulina mit Nachdruck. Wie aufs Stichwort erscheint ein teuer gekleideter junger Mann, der Paulina mit einem schwindelerregend strahlenden Lächeln und einer höflichen Verbeugung begrüßt, was meiner Ansicht nach ein bisschen übertrieben wirkt. Mir wirft er einen raschen Blick zu, und diesmal stellt mich Paulina vor.

»Das ist meine Freundin Jessie«, teilt sie Markus mit. Er mustert mich und versucht wohl herauszufinden, ob ich wichtig bin oder nicht, aber schließlich streckt er mir die Hand entgegen. Dann lächelt er und sagt etwas auf Serbisch zu Paulina – vermutlich ein schmieriges Kompliment über ihr Kleid.

»Am besten nutzt du die Gelegenheit, dein Englisch zu üben, Markus«, meint Paulina überheblich. »Dann kann Jessie unsere Unterhaltung auch verstehen.«

Ich schätze es, dass sie gute Manieren hat und sich um mich kümmert, doch weder Markus noch Gregor scheinen von ihren Worten besonders begeistert. Weil die Atmosphäre hier zum Schneiden dick ist, wende ich mich ab und tue so, als würde ich den Pool bewundern, wo sich gerade ein Blatt auf der unbewegten Wasseroberfläche niedergelassen und damit ein paar ganz sanfte Wellen ausgelöst hat. Inzwischen bemüht sich Markus vergeblich, etwas auf Englisch herauszubringen. Das Ganze wird ein bisschen stressig.

»Ich besorge mir etwas zu trinken«, verkünde ich. »Wenn Sie mich bitte entschuldigen wollen.«

Ich lächle Paulina zu, um ihr zu versichern, dass alles in Ordnung ist, und gehe schnell weg. Zum einen bin ich froh, mich diesem kleinen Verkupplungsversuch zu entziehen, zum anderen hat mich die zweite Begegnung mit Pavlić gestresst. Ich mache mir Sorgen, er könnte mich erkennen. Trotz Ambers großer Anstrengungen gibt es immer noch ein paar Fotos von mir als Kind und Jugendlicher im Internet, zusammen mit Kit. Paparazzi haben uns aufgenommen, wenn wir aus Restaurants im Westend kamen, solches Zeug. Einen anderen Nachnamen als meine Mutter habe ich offensichtlich. »Kit Love« war der Künstlername, den sich Kit ausgedacht hatte, weil sie Kathy Archer nicht für exotisch genug hielt. Damit hatte sie wahrscheinlich sogar recht. Und aus meinem Vornamen ist statt Jennifer, meinem Taufnamen, Jessica geworden, weil ich mit neun oder zehn Jahren darauf bestanden habe. In meinen ganzen offiziellen Dokumenten heiße ich allerdings immer noch Jennifer, von der Geburtsurkunde bis hin zum Pass. Und für die meisten alltäglichen Angelegenheiten, wie an der Universität oder wenn ich Autos miete, benutze ich einen frei erfundenen Namen und einen von Ambers gefälschten Ausweisen.

Ich suche mir eine ruhigere Stelle, hole ein winziges Stück Goldfolie aus meiner Jackentasche und stecke es mir tief ins Ohr. Caitlin sollte jetzt jede Minute in Pavlićs Arbeitszimmer einbrechen, während Kit auf der Bühne steht. In meiner Handtasche befindet sich ein winziger Empfänger, in einem Tampon versteckt, denn damit wollen sich meistens nicht einmal die eifrigsten Security-Leute befassen. Mit ein bisschen Gefummel finde ich das Signal, das ich suche, und kann – hoffe ich zumindest – vermeiden, selbst geortet zu werden. Innerhalb von ein paar Sekunden höre ich, wie Amber mit Caitlin spricht. Deren amerikanischer Akzent klingt wunderbar vertraut, und ich entspanne mich ein wenig. Aber kurz darauf wird mir klar, dass hier etwas nicht in Ordnung ist. Ganz und gar nicht in Ordnung.

11. Kapitel

In meinem Ohr höre ich, wie Amber ausflippt.

»Du hast das Mikrofon nicht richtig angebracht«, sagt sie zu Caitlin. »Ich komme nicht an die Kameraaufzeichnungen. Funktioniert es bei dir, Hala?«

»Nein«, lautet Halas knappe Antwort.

Caitlin schweigt. Wahrscheinlich, weil sie nicht allein ist.

»Du musst zurück in den Kameraraum«, drängt Amber.

Jetzt mach mal halblang, Amber, denke ich. Lass Caitlin doch ganz kurz Zeit zum *Nachdenken.*

»Verdammt«, sagt Caitlin zu den Leuten um sie herum. »Kit will ein neues Kamerasystem, und ich wollte euch längst fragen, welches Panel ihr benutzt.«

Kurze Stille. »Zurück in den Kameraraum?«

Eine männliche Stimme mit Akzent. Wahrscheinlich einer der Security-Typen, der sie überallhin begleitet.

»Nur ganz kurz. Kit bringt mich sonst um …«

Als Entschuldigung ist das ziemlich lahm, aber ich stelle mir vor, dass Caitlin gleichzeitig ihr strahlendes Südstaatenlächeln aufgesetzt hat und dabei alles gibt.

Plötzlich finde ich mich im hinteren Teil des Hauses wieder. In der Tasche habe ich ein sogenanntes dynamisches Seil, mit dem man perfekt Wände hochklettern kann. Dünn, schwarz, diskret. Meine Finger sind schon darum geschlossen, als ich die hintere Wand von Pavlićs Haus erreiche, die

Stelle, wo sich sein Arbeitszimmer befindet. Eine Beleuchtung gibt es hier nicht. Ich habe zwar keine Ahnung, was um alles in der Welt ich hier tun könnte, um Caitlin zu helfen, aber mein Instinkt sagt mir, dass ich hier sein will, nur für den Fall der Fälle.

Ich höre, wie Caitlin den Kameraraum wieder betritt und dort die Security-Leute begrüßt, die das hereinkommende Kameramaterial kontrollieren. Sie spult noch mal das Märchen ab, dass sie wissen will, wie hier die Überwachungskameras funktionieren.

»Ist das ein Magnum-Panel?«, fragt sie.

»Ja. Chinesische Technologie.«

»Mit Gesichtserkennung?«

Der Security-Typ wird ganz aufgeregt, weil er merkt, dass sie Ahnung hat.

»Genau, und mit Wärmesensoren, hier …«

Jemand bellt etwas auf Serbisch. Der Wachmann hält jetzt den Mund und hört auf, das System als Vorwand für einen Flirt mit Caitlin zu nutzen.

»Tut mir leid«, sagt Caitlin entschuldigend und mit breitem Akzent. »Ich finde das Equipment so faszinierend, da werde ich einfach mitgerissen …«

Es muss ihr gelungen sein, das Mikrofon zu aktivieren, denn im nächsten Moment kann ich Amber wieder hören.

»Okay, jetzt klappt's. Danke.«

Caitlin verabschiedet sich von ihren Small-Talk-Partnern, und ich bleibe, wo ich bin, denn jetzt scheint alles wieder wie geplant zu laufen. Außerdem habe ich gerade einen von Pavlićs Gorillas entdeckt – noch so einen Muskelmann im schwarzen Anzug, und der kommt um die Hausecke auf mich zu. Bisher bin ich ungefähr zwanzig von diesen Schränken begegnet. Im Haus habe ich sieben gezählt, und wahrscheinlich sind da noch ein oder zwei mehr, die ich nicht gesehen habe. Zusammen mit dem netten Kerl hier habe ich draußen zwölf registriert; ein paar am Eingang, drei im Bühnenbereich, einen, der nie den Blick von Gregor abwendet, und die anderen sind auf die verschiedenen Eingänge verteilt. Der da ist weit genug weg, dass ich unauffällig um die andere Ecke biegen kann, und so komme ich zurück zur Party.

Ich bin so in meine eigenen Gedanken versunken, dass ich vor Schreck zusammenzucke, als plötzlich ein lautes Rauschen erklingt und die Bässe zu wummern anfangen. Scheinwerferstrahlen in allen Regenbogenfarben zucken über die Bühne. Zu den Drums kommen elektrische Gitarren und ein Keyboard. Kits Band ist schon da und macht die Menge wild, die sich jetzt in einer Welle aus Fräcken und bunten Kleidern nach vorn bewegt. Die Leute lassen sich auf den Polsterstuhlreihen vor der Bühne nieder.

Ich sehe zum Haus, denn wenn die Band schon losgelegt hat, muss Kit auch gleich kommen. Und ja, da geht eine Gruppe von Leuten rasch seitlich auf die Bühne zu. Irgendwo in ihrer Mitte befindet sich Kit. Sie kommt in einer schützenden Umhüllung aus anderen Körpern auf die Bühne zu. Ich erkenne zwei Frauen, die schon einmal als Background-Sängerinnen für Kit aufgetreten sind, aber die anderen habe ich noch nie gesehen. Wahrscheinlich sind darunter auch welche, die sich um ihre Frisur, ihr Make-up und ihr Outfit kümmern, falls sich Kit zwischen den Nummern umziehen muss. Caitlin geht direkt neben ihr her. Und um sie herum ziehen drei von Pavlićs Gorillas in schwarzen Anzügen ihre Kreise. Sie mustern ihre Umgebung, als würden sie jede Sekunde mit einem Mordanschlag rechnen. Himmel, was für eine Ironie. Der gefürchtetste, rücksichtsloseste Mann im ganzen Land lässt meine Mutter schützen. Ich erhasche nur einen ganz kurzen Blick auf Kit, als die Gruppe auf den Pfad zum hinteren Teil der Bühne einbiegt. Sie wirkt ernst und sieht zu Boden. Wahrscheinlich ist sie furchtbar nervös. Und dann ist sie verschwunden.

Oben auf der Bühne spielt die Band jetzt die ersten Akkorde von Kits bekanntestem Song, einer Nummer, die immer alle von den Stühlen reißt und die sie sich normalerweise für die letzte Zugabe aufhebt. Für diese Party hat sie sich wohl eine fulminante Eröffnung ausgesucht. Immer wieder spielt die Band die ersten Akkorde, heizt das Publikum auf, und ich sehe gebannt zu, wie die Menge immer lauter wird, immer aufgeregter, bis sie schließlich wie aus einem Mund Kits Namen rufen, immer wieder.

Ich gehe ein bisschen näher ran, halte mich aber im Dunkeln, bis ich Paulinas rotes Kleid entdecke. Sie sitzt in der ersten Reihe neben ihrem Vater, zusammen mit dem eifrigen Markus. An Paulinas anderer Seite ist ein Platz leer geblieben, und es erfüllt mich mit Schuldgefühlen, dass der wohl für mich gedacht war. Ein anderer junger Mann nähert sich, schüttelt Gregor die Hand. Er wirft begehrliche Blicke auf den Platz neben ihr, aber Paulina wehrt ihn ab und lässt nicht zu, dass er sich hinsetzt. Ein heftiges Gefühl der Dankbarkeit ihr gegenüber durchströmt mich. So große Solidarität jemandem gegenüber, den sie noch gar nicht lange kennt.

In meinem Ohr spricht Caitlin mit Amber.

»Ich bin jetzt wieder im Haus. In zehn Sekunden bin ich drin.«

»Das hat mein Freund letzte Nacht auch zu mir gesagt«, lautet Ambers freche Antwort, und ich muss lächeln. Von

Caitlin kommt allerdings keine Reaktion. Sicher ist sie gerade damit beschäftigt, den Abdruck auf dem Scanner anzubringen.

»Das mit dem Abdruck funktioniert nicht«, sagt sie gestresst.

»Ist er feucht?«, fragt Amber.

»Was?«

»Du brauchst ein kleines bisschen Feuchtigkeit. Versuch's mit etwas Spucke.«

Das funktioniert offensichtlich, denn jetzt kommen zufriedenere Geräusche von Caitlin.

»Ich bin drin.«

Jetzt, wo ich weiß, dass sie es bis in Pavlićs Arbeitszimmer geschafft hat, kann ich mich entspannen. Ich gehe auf Paulina zu, will wieder Kontakt zu ihr aufnehmen – aber Kit da auf der Bühne lässt mich wie angewurzelt stehen bleiben. Meine Mutter ist nicht größer als einen Meter siebzig, also fast zehn Zentimeter kleiner als ich. Aber jetzt, in diesem Augenblick, wo sie in einer Wolke aus beleuchtetem Nebel erscheint, wirkt sie wie eine Riesin.

Gregors Gäste rasten förmlich aus. Alle sind aufgesprungen, klatschen, pfeifen, jubeln – und sie hat noch keine einzige Note gesungen. Sie steht einfach nur da und lässt sich von allen bewundern. Dann summt sie die erste Zeile des Liedes. Die Menge gebärdet sich noch verrückter. Kit summt weiter. Genau im richtigen Augenblick nickt sie der Band zu und fängt an zu singen. Der Applaus erstirbt, und alle hören wie verzaubert zu. Kein einziges Augenpaar hat sich von der Bühne abgewendet. Ich beobachte meine Mutter, und ich muss zugeben, es ist verblüffend. Welche Macht sie über diese Leute hat, denen sie noch nie zuvor begegnet ist. Eine lange tiefe Note, und sie werden still. Eine Gebärde, die Leute sollen tanzen, und alle springen auf. Ich schaue in die Gesichter der Menge. Begeisterung, Freude, Lächeln überall.

Bevor ich mich Paulina weiter nähern kann, nehme ich jedoch größeren Stress in Caitlins Stimme wahr.

»Hier stimmt was nicht, Amber.«

»Bist du am Safe?«

»Ja.«

»Sag mir, was du vor dir hast.«

»Eine winzige schwarze Kiste. Sieht gar nicht wie eine Festplatte aus. Sie hat eine Digitalanzeige. Mit Buchstaben und Zahlen, die sich ständig verändern.«

Mir wird klar, dass das nicht die Festplatte ist. Sondern ein Decoder. Sofort drehe ich mich um und gehe aufs Haus zu. Unterwegs nehme ich mir ein Glas Champagner vom Bartresen, damit es so aussieht, als wollte ich einfach nur einen Drink. Sobald ich um die hintere Hausecke gebogen bin, werfe ich es weg. Der Typ im schwarzen Anzug läuft zum Glück in die andere Richtung. Ich warte, bis er außer Sicht ist.

»Klingt nach einem Decoder«, sagt Amber zu Caitlin.

»Wofür denn?«

»Wahrscheinlich zum Auslesen von verschlüsselten Dateien auf der Festplatte …«

Während die beiden herumrätseln, werfe ich das Seil und mache mich daran, die Wand hochzuklettern. Am Dachrand ragen winzige Babytürme empor, wie bei einem Cinderellaschloss. Ein komisches Design, außer man ist auf den Disneylandlook aus. Oder man glaubt, dass eine mittelalterliche Armee einen angreifen wird. Mir fällt es so jedenfalls leicht, den Metallhaken am Ende der Kletterschnur dort zu befestigen. Innerhalb von elf Sekunden bin ich oben. Das kann ich genau sagen, denn jetzt treibt mich das Adrenalin an, und alle Sinne laufen auf Hochtouren. Ich kann jede vergehende Sekunde zählen, ohne darüber nachzudenken; ich kann mich ohne Schwierigkeiten bewegen; ich kann alles viel besser hören und sehen als normalerweise. Manchmal denke ich, es wäre fantastisch, wenn man diese geschärften Sinne immer hätte – nur würden einen die ganzen Stresshormone wahrscheinlich umbringen, sobald man sich nicht mehr bewegt.

Das Dach ist fast flach. Während ich auf das Ventilationsgitter zurenne, verschwimmt die Bühne in meinem Sichtfeld. Kit hat das Publikum voll im Griff. Ich öffne das Gitter und lasse mich in die Öffnung fallen. Überall ist Staub und Schmutz, der sich angesammelt hat, weil Luft angezogen und wieder ausgestoßen worden ist. Ich ignoriere das Ganze und kämpfe mich vorwärts.

»Ich sehe sie nirgends«, sagt Caitlin, die wohl immer noch nach der verdammten Festplatte sucht. »Brauchst du denn den Decoder?«, fragt sie dann ungeduldig.

»Kann ja nie schaden«, gibt Amber zurück.

Caitlin sagt, sie wird ihn mitnehmen. Dann flucht sie – und das tut sie so selten, dass mir sofort klar ist, etwas stimmt da nicht.

»Gerade habe ich den Decoder rausgezogen«, sagt Caitlin zu Amber. »Aber darunter ist ein Timer. Verdammt, da läuft jetzt ein Countdown …«

Ich habe das Ende des Klimaanlagentunnels erreicht. Der Raum unter mir ist völlig dunkel, aber ich glaube, ich kann einen flackernden Lichtschein und Caitlins Kopf von oben erkennen. Ich drücke auf das Gitter. Caitlin reagiert nicht auf das Geräusch, weil sie völlig außer sich ist.

»Ich habe zwei Minuten«, sagt sie. »Scheiße! Zwei Minuten, und dann?«

Amber antwortet mit Grabesstimme.

»Bestenfalls wird dann ein Alarm ausgelöst. Schlimmstenfalls explodiert der Safe, und du gehst mit hoch. Was kannst du sehen?«

»Was ich sehen kann?! Eine Minute und fünfzig Sekunden, die ich noch habe.«

Caitlin keucht fast vor Angst. Ich schlage mit der Hand auf das Gitter.

Jetzt hört sie mich.

»Was zum Teufel ist das?«, sagt sie zu Amber.

Ich ziehe schließlich das Gitter zur Seite und schaue runter. Sehen kann ich Caitlin nicht, bis sie sich bewegt und ihre Pistole auf mich richtet. Ich schiebe die Beine nach unten, und Caitlin nimmt mich auf die Schultern, um mir ins Zimmer zu helfen.

»Wo kommst du denn her?«, fragt sie atemlos.

Ich ignoriere sie, weil wir im Moment wirklich keine Zeit für ein gegenseitiges Update haben. Sie führt mich direkt zum Safe. Der Timer zeigt eine Minute und dreiundzwanzig Sekunden. Ich schaue mir alles an. Das hier *ist* eine Bombe. Keine große, aber groß genug, um uns in die Luft zu sprengen, wenn wir einfach nur weiter dastehen und sie anstarren. Wenn wir jetzt losrennen, wird uns die Explosion verraten, und das auch nur, wenn uns nicht vorher diese Armee in Zivil erschießt, die durch Pavlićs Haus patrouilliert. Gregor würde sofort begreifen, dass Caitlin sich eingeschleust hat, und dann würde er Kit verdächtigen …

Während diese Gedanken durch meinen Kopf rasen, taste ich mit einer Hand unter dem Timer herum. Der Safeboden fühlt sich stabil an, aber als ich darauf herumklopfe, klingt es in einer Ecke hohl. Eine Minute und vier Sekunden.

»So ein Teil hast du schon mal entschärft, oder?«, fragt mich Caitlin.

»Ja.«

»Was war denn deine Bestzeit?«

Ich zögere kurz. »Acht Minuten.«

Sie stöhnt verzweifelt auf.

»Messer«, sage ich.

Blitzschnell holt Caitlin eins aus ihrem Stiefel. Ich nehme es und stochere damit an der hohlen Stelle herum.

Wir sehen auf die Uhr. Noch fünfundvierzig Sekunden. Jetzt gibt der Safeboden unter der Klinge nach. Ein Fortschritt, und ich spüre, wie mich Caitlin anspornt – es gibt aber immer noch eine Menge zu tun, und ich weiß nicht, ob ich es schaffen werde.

»Taschenlampe. Und den Drahtschneider«, sage ich.

Sie reicht mir beides, und ich spähe ins Dunkel hinein, versuche mir einen Überblick über die Geräte zu verschaffen. Es ist seltsam, aber wenn man sich beeilt, vergeht die Zeit schneller. Das habe ich im Training gelernt. Dann gerät man in Panik und macht Fehler. Deswegen zwinge ich mich dazu, mich auf die Aufgabe zu konzentrieren. Mein Gesicht tut weh, weil es unter dem Druck verzerrt ist. Der Schweiß läuft mir über die Nase. Ich berühre die Drähte. Versuche sie zurückzuverfolgen. Nicht, dass einem das Sicherheit garantiert. Bomben halten sich nicht an Sicherheitsbestimmungen. Jemand hat sie gebaut, und solche Leute haben Freude daran, mit Konventionen herumzuspielen.

Noch dreißig Sekunden.

»Was meinst du?«, will Caitlin wissen.

»Dass ich in meinem verdammten Zimmer hätte bleiben sollen. In London.«

Ich drücke den Drahtschneider in die Lücke, wo er über den drei Drähten schwebt.

»Dreiundzwanzig Sekunden«, sagt Caitlin.

»Was bist du, die automatische Zeitansage?« Ich habe wirklich die Schnauze voll.

»Ist es nicht normalerweise der rote Draht?«

Im Ernst jetzt?

»Herzlichen Dank, du Genie, die sind alle schwarz«, antworte ich gereizt.

Einen kann ich ausschließen. Von den anderen beiden ist es bei einem viel wahrscheinlicher, dass er zur Detonation führt. Ich bewege den Schneider auf den anderen Draht zu. Aber was, wenn ich mich irre?

»Caitlin?«, sage ich. »Tut mir leid, dass ich gerade so grob war. Deine Freundschaft hat mir immer viel bedeutet.«

»Shit«, gibt sie zurück. »Dann sterben wir jetzt.«

Ich drücke den Drahtschneider fest zusammen, und der Draht wird zweigeteilt.

Die Uhr läuft nicht mehr.

Zwei Sekunden.

Keine von uns beiden atmet.

Aber wir leben noch.

12. Kapitel

Ich schaue auf die Sohlen von Caitlins Schuhen, während sie auf dem Rückweg durch den Lüftungsschacht der Klimaanlage vor mir kriecht. Der Decoder befindet sich in ihrer Jackentasche. Hochzukommen ist ein ganzes Stück schwieriger als runter, und der viele Staub bringt uns zum Husten, was wir so gut wie möglich unterdrücken.

»Los, Cait, wir haben's gleich geschafft«, ermutige ich sie und versuche, sie vorwärtszustoßen.

Langsam werde ich ruhiger. Die letzten paar Minuten haben wir damit verbracht, im Safe und im Arbeitszimmer Ordnung zu schaffen, bis keine Spur mehr von uns übrig war, und wir hoffen, dass unsere Drahtschneideraktion niemanden alarmiert hat. Aber dann wäre schon längst jemand aufgetaucht. Und ohne das Security-System außer Kraft zu setzen, kann niemand außer Gregor (oder Caitlin mit ihrem falschen Fingerabdruck) in das Arbeitszimmer. Er hört sich aber gerade Kits Konzert an, deswegen sollten wir noch ein bisschen Zeit haben.

Es fühlt sich gut an, auf dem Dach zu stehen und die kühle Nachtluft einzuatmen. Caitlin bückt sich, um mir hinaufzuhelfen. Wir können den oberen Teil der Bühne sehen und Kit singen hören. Keine von uns beiden sagt etwas. Ehrlich gesagt, sind wir ziemlich fertig. Dieser ganze Stress, die ganze Planung, wir sind fast gestorben, und gebracht hat uns das Ganze gar nichts. Pavlićs Festplatte war nicht da, also können wir nicht beweisen, wie er die wichtigsten Leute hier in der Region erpresst, um selbst nicht in Schwierigkeiten zu geraten. Ein Versagen auf der ganzen Linie.

Amber meldet sich in unseren Ohren.

»Ich habe mehr über den Decoder herausgefunden. So was wird benutzt, um verschlüsselte Informationen zu decodieren, die in JPEG-Dateien eingebettet sind.«

»Wie Fotos meinst du?«, fragt Caitlin.

»Ja, oder Scans. Das bedeutet, wahrscheinlich bewahrt Pavlić die Informationen in verschlüsselten Dateien auf, die völlig harmlos aussehen.«

Caitlin klopft auf die Tasche mit dem Decoder, als wollte sie sich vergewissern, dass er noch da ist.

»Wissen wir denn gar nichts darüber, wo diese Dateien sind?«, fragt sie Amber.

»Nein.«

Caitlin seufzt. Sie ist sauer, weil Amber sie auf diese Mission ins Arbeitszimmer geschickt hat und es dort nichts zu holen gab, aber sie sagt nichts.

Ambers Stimme ertönt wieder in unseren Ohren: »Caitlin?«

»Ja?«

Eine Pause. Amber zögert und fährt dann unsicher fort:

»Jessie hat Equipment und Ausweise gestohlen. Li hat angeordnet, sie festzunehmen und zurückzubringen.«

Caitlin sieht zu mir, und ich starre zurück. Ich kann es nicht glauben. Gerade habe ich ihr das Leben gerettet. Caitlin bewegt ruckartig den Kopf in meine Richtung. Ich soll abhauen.

»Wie stellt sich Li das denn vor?«, erkundigt sich Caitlin

trocken. »Soll ich Jessie bewusstlos schlagen und mir über die Schulter werfen, wenn ich jetzt gleich wieder meine Rolle als Kits Bodyguard spiele?«

Während sie spricht, nehme ich meine Tasche, die ich versteckt habe, bevor ich in den Lüftungsschacht gesprungen bin. Ich schiebe meinen Kopf und eine Schulter durch den Träger, bis er stramm sitzt. Zwischen den Türmchen halte ich nach Sicherheitsleuten Ausschau und entdecke fast direkt unter mir einen Gorilla in Schwarz, der sich gerade entfernt. Ich warte, bis er weg ist. Im Ohr höre ich, wie sich Amber mit Li berät, und Caitlin wirft mir einen Blick zu – *los*. Ich mache sie mit Gesten auf die Security-Leute aufmerksam, und Caitlin nickt. Sie lässt die Hand zu ihrer Tasche wandern, und ich weiß, dass sie jetzt ein paar ihrer Pillen gegen Angstzustände aus der Folie drückt. Ich wende mich ab, schaue diskret über die Kante nach unten. Der Wachmann verschwindet um die Ecke, und ich habe freie Bahn.

»Ist sowieso schon zu spät«, sagt Caitlin. »Sie ist weg. Und ich muss wieder zu Kit.«

Ich lasse mich langsam an der Wand runter.

»Viel wichtiger ist doch was ganz anderes«, meint Caitlin und verleiht ihrer Stimme einen verärgerten Ton, um von mir abzulenken. »Warum hast du mich reingeschickt, wenn da überhaupt keine Festplatte ist?«

Amber klingt ratlos. »Das ergibt überhaupt keinen Sinn. Bis heute Abend kamen Hinweise auf Datenbewegungen aus diesem Gebäudeteil. Aus seinem Arbeitszimmer.«

Als ich Amber das sagen höre, halte ich auf halbem Weg nach unten inne. Über mir, in der obersten Etage, befindet sich Gregors Arbeitszimmer. Darunter, genau darunter, ist Paulinas Schlafzimmer. Im selben Teil des Hauses wie das

Arbeitszimmer. Könnten die Hinweise auf die Daten von dort kommen? Ich hänge an der Gebäudewand, und zwar genau neben einem der Fenster. Nicht dem, durch das ich vorher mit Paulina nach draußen gesehen habe, am vorderen Teil des Hauses, sondern neben dem auf der Rückseite, wo sich der begehbare Schrank befindet. Aber dort hatte sie keinen Computer. Vielleicht hat sie irgendwo einen Laptop ordentlich in einer Schublade verstaut. Wo sonst könnte man PDFs oder JPEGs aufbewahren? Und dann begreife ich es plötzlich.

Ich schaue wieder nach oben zum Dach, weil ich wissen will, ob Caitlin zu mir sieht, ob ich ihr ein Zeichen geben kann, aber außer einem tiefschwarzen Himmel mit einem perfekt wie eine Fingernagelsichel geformten Neumond ist nichts zu erkennen. Unter mir muss innerhalb der nächsten Minute der Wachmann wieder erscheinen. Ich presse die Fußsohlen gegen die Wand und arbeite mich zu Paulinas Fenster vor, das nicht ganz geschlossen ist. Warum auch nicht? Es ist eine warme Sommernacht, um das Haus steht ein Zaun, überall sind Überwachungskameras und Security-Leute. Ich brauche nicht lange, um den Spalt zu erweitern und durchs Fenster nach drinnen zu gleiten.

Als Erstes ziehe ich mir die Schuhe von den Füßen. Die sind in einen mindestens fünf Zentimeter dicken, weichen Teppich eingesunken, und ich will den Schmutz aus dem Lüftungsschacht nicht überall in Paulinas tadelloser Suite verteilen. Zum Glück sind alle Lichter gelöscht. Mir war eine winzige Überwachungskamera in einer Ecke des Schlafzimmers aufgefallen, nicht aufs Bett gerichtet (sogar Menschenhändlerfamilien haben ein Anrecht auf ein Privatleben, nehme ich an), aber im Schrank kann ich keine Kamera entdecken. Wenn ich irgendwo erfasst werde, verlasse ich mich darauf, dass Amber immer noch die internen Kameras kontrolliert und alle aktuellen Vorgänge durch Aufzeichnungen von vorher ersetzt. Schnell begebe ich mich ins große Schlafzimmer. Darin ist es stockdunkel, aber das flackernde Licht vom Konzert reicht mir. Der ganze Raum riecht nach Paulina, nach einem warmen Zitrusduft, der nur ihr gehört.

Mit den Fingern fahre ich über den unteren Rand des digitalen Bilderrahmens – und finde, was ich suche. Eine kleine Tür, die sich öffnet. Dahinter liegt die SD-Karte. Ich packe sie mit den Fingerspitzen und ziehe sie raus. Was jetzt? Die Karte will ich nicht mitnehmen, weil Paulina ihr Verschwinden sofort bemerkt, wenn sie den Rahmen einschaltet.

Ich gehe in Paulinas angrenzendes Bad. Jemand mit so perfekten Augenbrauen muss einfach eine Pinzette besitzen. Ich finde sie und schiebe einen Teil zwischen die Ecken der Karte. Dann kann ich das Plastikgehäuse auseinanderziehen und den Chip rausholen, auf dem sich die Fotos befinden. Ich stecke den Chip in die Tasche und füge die Karte wieder zusammen, sodass sie wie vorher perfekt in den Rahmen passt. Wenn man sie nicht herausnimmt und untersucht, kommt man nie darauf, dass etwas damit nicht stimmt. Dann benutze ich die Pinzette, um einen der Drähte rauszuziehen, die zum Rückteil des Rahmens führen. Jetzt müsste die Stromzufuhr unterbrochen sein, und der Rahmen kann sich gar nicht einschalten. Hoffentlich werden sie Zeit damit verschwenden, die Verkabelung zu reparieren, bevor sie überhaupt daran denken, die Karte zu überprüfen. Hastig räume ich alles an seinen alten Platz zurück und verschwinde auf demselben Weg, wie ich gekommen bin.

Draußen suche ich mir eine ruhige Route zu den im Garten aufgestellten Toiletten, die Pavlić für seine Gäste bereithält. Weil alle das Konzert genießen, sind sie völlig verlassen, was mir sehr entgegenkommt. Ich bin schmutzig von Kopf bis Fuß – Staub und Dreck aus dem Lüftungsschacht bedecken meine Arme und Beine. Mein Haar sieht schrecklich aus, und mein Gesicht wirkt, als hätte ich die stressigsten Minuten meines Lebens durchschwitzt, was ja auch stimmt, aber so ungestylt kann ich mich nicht auf der Party sehen lassen.

Die Toiletten riechen wie blumiges Desinfektionsmittel. Die Wände sind pink, die Waschbecken sind pink, auf den Türen sind pinkfarbene Blumen. Und im Hintergrund dudelt geistlose Aufzugmusik. Die *klingt* sogar pink.

Caitlin und Li haben sich in meinem Ohr ausgetauscht, und jetzt ist Caitlin zur Bühne zurückgekehrt, um nach Kits Konzert direkt vor Ort zu sein. Amber versucht herauszufinden, warum sich die Dateien, die wir brauchen, nicht in Pavlićs Arbeitszimmer befinden.

Ich nehme die Folie aus dem Ohr. Wenn sie glauben, sie schaffen das ohne mich, sollen sie doch. Mir ist nicht klar, wie sie allein einen fantastischen Erfolg aus diesem Plan machen wollen, und ehrlich gesagt bin ich immer noch angefressen, weil mich Li wie eine Aussätzige behandelt. Wenn ich nicht vor Ort gewesen wäre, wäre Caitlin höchstwahrscheinlich in die Luft gesprengt oder von einem der Security-Gorillas erschossen worden.

Ich verbringe einige Minuten damit, auf meiner Hose herumzuklopfen, bis sie wieder einigermaßen anständig aussieht. Dann ziehe ich mein Shirt aus und wasche mir mit Handseife Gesicht, Hals, Arme und Unterarme. Nachdem ich alles abgespült habe, fühle ich mich schon viel besser. Abgekühlt, und ganz eindeutig sauberer. In meiner Tasche steckt ein weiteres Shirt. Ich habe immer ein Ersatzoberteil, falls ich mich mal bekleckere. Saft, Tee, Blut – man kann ja nie wissen. Es ist dasselbe wie das vorige. Shopping hasse ich total, deswegen kaufe ich immer mehrere Exemplare, wenn mir ein Teil gefällt. Und heute habe ich dadurch den Vorteil, dass meine Umziehaktion Paulina nicht auffallen wird.

Als ich wieder in den Bühnenbereich komme, versuche ich mich seitlich zu halten, hinter den ersten Stuhlreihen. Ich hoffe, wenn Paulina sich auf ihrem Platz in der ersten Reihe bei ihrem Vater umdreht, wird sie glauben, ich hätte ruhig zugeschaut und nicht stören wollen. Ich lasse den Blick über die Menge schweifen. Alle sind begeistert vom Konzert.

Ich erkenne den Song, den Kit als Nächstes singt. Wie aus einem Reflex heraus trete ich ein Stückchen weiter in die Dunkelheit. Sie steht allein am Mikrofon. Die Backing-Sängerinnen sind weg, und es gibt nur eine akustische Gitarre und eine leise Schlagzeuguntermalung als Begleitung. Eine Folge von vertrauten, sich immer wiederholenden Akkorden verwandeln sich in »Baby Mine« – dieses Lied hat Kit für mich geschrieben. Die Begleitung wird langsamer, damit sie anfangen kann zu singen. Als sie die ersten Töne anstimmt, hält das Publikum kollektiv einen Moment den Atem an. Manchmal klingt sie einfach großartig. Das fällt den Leuten nicht so auf, wenn das Ganze zusammen mit Beats und Musik präsentiert wird, aber selbst mit nichts als einer Gitarre im Hintergrund trifft sie jede einzelne Note, und sie hat diese coole belegte Stimme, als hätte sie mit Rasierklingen gegurgelt. Sie geht voll in dem Lied auf; es fühlt sich so an, als meinte sie jedes einzelne Wort.

It took too long for me to understand
But like a tree that just won't bend
I will be here till the end
Baby of mine …

Eine Sekunde lang schließe ich die Augen, weil ich spüre, wie sie zurückkommt: diese Erinnerung, die mich normalerweise nur in Träumen überfällt, weil ich damals so klein war. Fünf, vielleicht sechs. Früher, bevor ich zur Schule ging, als sie mich manchmal mitgenommen hat. Wir sitzen ganz hinten im Tourbus. Da ist nur ihre Stimme und das beruhigende Brummen des Straßenbelags unter den Rädern des Busses. Sie hält mich in den Armen, und sie singt dieses Lied für mich. Ihr langes Haar hängt mir ins Gesicht, schützt mich vor den Lichtern des Highways, die draußen vorbeirasen.

»Jessie, wo warst du denn?«

Als ich die Augen öffne – brutal aus der Vergangenheit herausgerissen –, steht Paulina vor mir. Sie sieht besorgt aus. Hinter ihr gibt Kit alles.

»Ich bin ein paar Leuten begegnet«, sage ich. »Dann hat das Konzert angefangen, und ich wollte dich nicht stören … Du hast doch da bei deinem Dad gesessen …«

»Ich dachte, dir wäre was passiert.«

Na ja, ich bin ins Arbeitszimmer deines Vaters eingestiegen und habe die Bombe entschärft, mit der er seinen Decoder beschützt. Und dann habe ich im Dunkeln in deinem Schlafzimmer rumgeschnüffelt.

Ich lache. »Nein, was hätte mir denn passieren sollen?«

»Sie ist fantastisch, oder?« Paulina richtet den Blick auf Kit da oben auf der Bühne.

»Besser, als ich dachte«, stimme ich zu.

»Sie ist alt.« Paulina nickt. »Aber sie hat immer noch das gewisse Etwas.«

Ich stelle mir vor, wie sich Kit mit ihren Mitte vierzig bei diesen Worten wohl fühlen würde. Wahrscheinlich würde sie Paulina erwürgen wollen. Ich unterdrücke ein Lächeln.

»Komm doch mit und setz dich zu uns.«

»Ich will wirklich nicht stören – es ist doch der Geburtstag von deinem Dad.«

»Aber ich will dich dabeihaben«, sagt sie ernst.

Das ist ihr einfach rausgerutscht, und sie senkt verlegen den Blick.

Wieder steht sie ein bisschen zu nahe, aber diesmal mache ich keinen Schritt zurück. Dann, als Kit den Song beendet und die Menge in Beifall ausbricht, nimmt Paulina meine Hand und führt mich zurück zur ersten Reihe. Irgendwo auf dem Weg dahin lässt sie mich beiläufig los, und wir erreichen unsere Plätze, als sich Kit auf der Bühne zum großen Finale bereitmacht. Ich bin nervös. Weil mich Paulina berührt hat, weil Gregor kurz nickt, als er sich umdreht und mich sieht, und weil mich Kit jetzt sicher hier erwischen wird, denn trotz der grellen Scheinwerfer bin ich einfach zu dicht bei ihr, als dass sie mich übersehen könnte.

Wenn kleine Kinder Verstecken spielen, machen sie immer die Augen zu, weil sie glauben, dann entdeckt sie niemand. Das versuche ich jetzt ein bisschen mit Kit. Ich schaue auf einen Punkt hinter ihr, über die Seitenflügel der Bühne hinweg, wo die Trucks mit den Generatoren stehen, aber dort sehe ich nur Techniker – und Caitlin, die ihre

Position als Kits Bodyguard wieder eingenommen hat. Bei ihrem Anblick fällt mir ein, dass ich ihr die SD-Karte zuspielen muss, damit sie die später mit dem Decoder ausprobieren kann.

Aber jetzt fängt Kit mit ihrem letzten Song an, alle springen auf und tanzen, und sie konzentriert sich auf Gregor, schenkt dem Geburtstagskind ein bisschen Extra-Aufmerksamkeit. Sie lächelt strahlend, und ich kenne sie gut genug, um zu wissen, dass es ein falsches Lächeln ist. Aber Gregor saugt es förmlich auf, nickt den aufgeregten Freunden um ihn herum zu. Als Kits Blick meinem begegnet, beeindruckt sie mich. Sie zeigt nicht die geringste Regung, sondern konzentriert sich so darauf, alle zu unterhalten, dass ich mich ganz kurz frage, ob sie wirklich erfasst hat, dass ich es bin, die da neben Gregor Pavlić und seiner Tochter sitzt. Aber dann sieht sie wieder in meine Richtung, und ich begreife, dass sie es weiß.

Das Konzert endet in einem Rausch aus Lichtern und Musik, und dann wird die Bühne dunkel. Irgendwie unterstreicht die Schwärze den Lärm der klatschenden, jubelnden Menge. Ein paar Sekunden lang flackern die Lichter wieder auf, und Kit verbeugt sich ein paarmal, aber dabei bleibt es. Sie sieht mich nicht mehr an. Obwohl das Publikum lauthals eine Zugabe verlangt, erlöschen die Scheinwerfer ein letztes Mal, und die Silhouette meiner Mutter bewegt sich in den hinteren Bühnenbereich. Es ist komisch, aber wenn man sein ganzes Leben mit jemandem verbracht hat, weiß man, wie sich dieser Mensch fühlt, sogar aus der Entfernung, sogar im Dunkeln. Und während sich Kit den Blicken aller entzieht, weiß ich, dass sie wütend ist. Es hat ihr schon nicht gefallen, für Gregor Pavlić singen zu müssen. Mein Anblick zwei Sitze von ihm entfernt hat bei ihr wahrscheinlich einen völligen Ausnahmezustand ausgelöst.

Als sich die Menge langsam verläuft, bewege ich mich von der Bühne weg, aber Paulina hält mich zurück. Während Gregor Glückwünsche wegen des fantastischen Konzerts entgegennimmt – als wäre er es gewesen, der gesungen hat –, hält sich Paulina in der Nähe ihres Vaters.

»Wir machen ein paar Fotos«, erklärt sie. »Mit Kit. Im Backstage-Bereich.«

Na gut. Wenn man so viel in ein Konzert von fünfundvierzig Minuten Länge investiert, kann man wohl auch erwarten, dass sich die Künstlerin ein paar Minuten mit einem hinstellt und grinst, damit man einige Schnappschüsse fürs Familienalbum bekommt.

»Dann warte ich hier«, erkläre ich. Jetzt will ich auf keinen Fall in Kits Nähe kommen oder riskieren, dass sich Pavlić noch mehr von mir gestört fühlt. Paulina zögert kurz, nickt aber dann. Doch sie wirft mir einen Blick zu. Als wollte sie sagen, ich soll bloß nicht weglaufen.

»Ich rühre mich nicht von der Stelle«, beruhige ich sie.

Dann schaue ich zu, wie sie sich mit den anderen auf den Backstage-Bereich zubewegt. Dort posieren sie für Fotos, während ich mich Caitlin nähere. Sie überblickt alles, drängt ein paar vereinzelte Gäste an die Seite, benimmt sich wie ein Bodyguard und erteilt dem Fotografen hin und wieder eine Anweisung.

Ich komme ein bisschen näher an sie heran, als sie zwei Teenagermädchen wegführt.

»Kit Love gibt heute keine Autogramme«, sagt sie zu ihnen.

Mich ignoriert Caitlin völlig. Aber ich habe den Metallchip schon in ihrer Blazertasche deponiert.

»Probiert den zusammen mit dem Decoder aus«, murmele ich, bevor ich mich wieder an die Seite stelle.

Die Fotosession ist vorbei, und Kit unterhält sich mit Paulina, die ihren ganzen Charme spielen lässt und ihr Komplimente wegen des Konzerts macht. Ich sehe, dass Caitlin hin und wieder mit der Hand ihre Blazertasche berührt, aber mich ignoriert sie völlig. Und dann dreht sich Paulina um und kommt auf mich zu.

Zusammen entfernen wir uns vom Bühnenbereich. Auf unserer rechten Seite dreht jemand einen tiefen Bass auf, der die Tanzfläche unter uns erzittern lässt. Viele Leute tanzen schon, immer noch high vom Konzert. Wenn sich jemand wie Kit zur Musik bewegt, sieht es einfach aus, aber die meisten Leute haben nicht ihr Rhythmusgefühl.

Paulina folgt meinem Blick. »Willst du auch tanzen?«

»Das ist nicht so mein Ding«, sage ich.

»Meins auch nicht.«

Bleibt die Frage, was wir jetzt machen sollen. Es ist Mitternacht. Also noch etwas Zeit bis zu dem Dreiuhrtermin, den mir Katarina auf die Karte gekritzelt hat. Ich sollte mich wirklich davonmachen, weg von Paulina, von Gregor, von seiner Festung mit bewaffneter Security. Aber ich bin noch nicht bereit, Paulina zu verlassen.

»Komm«, fordert sie mich auf, und ich folge ihr zu einer kleinen Terrasse neben dem Pool. Gartenmöbel stehen überall in Gruppen herum, und sie sucht sich einen der ruhigsten Tische aus. Wir holen uns ein paar Kissen und lassen uns auf einem Sofa nieder. Vor uns stehen silberne Eiskübel mit Wodkaflaschen, Retro-Champagner und teurem

Mineralwasser. Jeder Tisch in Sichtweite ist ähnlich ausgestattet. Paulina gießt uns Wasser ein.

»Schon besser hier«, meint sie. »Man kann sich kaum unterhalten, wenn es so laut ist. Alle werden immer betrunkener. Und immer weniger amüsant.«

Ich werfe einen Blick zu den Gästen. An einer Ecke der Tanzfläche lacht Gregor laut. Zu der Männergruppe, die ihn umgibt, gehört Markus. Ein anderer Typ mit einem riesigen Bauch lässt eine Magnum-Champagnerflasche über eine Gruppe junger Frauen spritzen, die in der Nähe tanzen. Sie lachen hysterisch, und die Leute um sie herum klatschen Beifall. Angewidert schaue ich weg, und ehe ich den missbilligenden Ausdruck von meinem Gesicht verschwinden lassen kann, sieht mich Paulina an, als könnte sie verstehen, was ich empfinde. Sie zuckt die Schultern.

»So verhalten sich die Leute, wenn sie viel Geld haben.«

Vielleicht stimmt das in Paulinas Welt. Aber Lis Firma ist Milliarden wert. Ich möchte wetten, dass sie viel mehr Geld hat als diese ganze Gruppe zusammen, aber ich kann mich nicht daran erinnern, Li je betrunken feiern und dabei Männer anmachen gesehen zu haben, die jung genug waren, um ihre Söhne zu sein. Auch Peggy und Kit haben eine bessere Investitionsquelle für ihr übriges Geld gefunden. Trotzdem nicke ich jetzt einfach nur zustimmend.

Paulina kickt sich die High Heels von den Füßen und zieht die Beine aufs Sofa. Ihr Parfüm riecht genauso wie der Zitronenduft in ihrem Schlafzimmer. Plötzlich bin ich müde und fühle mich, als könnte ich sofort wegdämmern, wenn ich die Augen zumache, eingehüllt in diesen Duft. Stattdessen zwinge ich mich dazu, mich aufzusetzen und zu konzentrieren.

»Aber dein Vater? Der findet doch, du solltest Zeit mit Markus verbringen?«

»Es ist mir egal, was er findet«, sagt Paulina scharf, und dann dreht sie den Kopf, sodass sie noch näher bei mir ist. »Ich will nicht, dass du Teil seiner Welt bist. Nur Teil meiner Welt.«

Sie senkt die Stimme, und ich spüre, wie ich bei ihren Worten rot werde. Wirklich. Paulina ist ebenfalls verlegen, denn sie setzt sich aufrecht hin, rückt ein bisschen von mir ab und trinkt einen Schluck Wasser. Ihre andere Hand liegt neben meiner auf dem Sofa, aber ich traue mich nicht, sie zu berühren.

»Das finde ich schön«, sage ich.

Das Gelächter von Gregors Gruppe kommt näher. Zehn der Männer gehen zurück zum Haus. Drinnen schreien sie dem Personal eine Menge Befehle zu.

»Jetzt werden sie bis zum Sonnenaufgang Poker spielen«, erklärt Paulina und klingt davon wenig begeistert.

»Ich glaube, ich sollte mich aufmachen«, sage ich.

»Bitte bleib«, gibt sie zurück.

Hoffnungsvoll schaut sie mich an. Wie sie da so zusammengerollt auf der Bank hockt, wirkt sie jung und einsam. Ich weiß, sie möchte, dass ich jetzt bei ihr bleibe, aber wenn ich das tue, kann nichts Gutes dabei herauskommen. Plötzlich ist alles so deprimierend. Diese Party voller Leute, die tanzen und trinken, nur damit sie etwas fühlen, irgendetwas. Das Echo von Kits Song hallt immer noch in mir nach. Und dann ist da die schreckliche Tatsache, dass Gregor Pavlić nur wenige Hundert Meter von mir entfernt ist. Und seine Tochter, zum Berühren nah, und eine starke Vertrautheit, die ich zu leicht zulasse.

Ich stehe auf – ein wenig abrupt –, und Paulina blinzelt zu mir hoch.

»Es war sehr nett von dir, mich einzuladen«, sage ich. Das klingt ein bisschen förmlicher als beabsichtigt.

»Wann fährst du nach Hause?«, will sie wissen.

»In ein paar Tagen.«

»Nach London?«

Ich nicke.

»Zurück an die Uni.«

»Genau. Wenn der Sommer vorbei ist.«

Sie glaubt so hundertprozentig alles über mich und mein angebliches Studium. Lange sieht sie mich mit einem stillen Lächeln an.

»Vielleicht komme ich eines Tages nach London und besuche dich«, sagt Paulina.

Ich stelle mir das vor. Einerseits wäre das ein Desaster, ein ganzes Netz aus Lügen, das ich aufrechterhalten müsste. Andererseits würde ich sie sehr gern wiedersehen. Und mit ihr zusammen sein, länger als diese paar Stunden und Tage, die zu dieser Mission gehören.

»Das fände ich schön«, antworte ich.

Das stimmt, und ich fürchte mich vor meinen eigenen Gefühlen. Es ist Zeit für mich, so schnell wie möglich die Party zu verlassen, und Paulina.

13. Kapitel

Nachdem ich im Eingangsbereich von der Security mein Smartphone zurückbekommen habe, sorgt Paulina dafür, dass mich einer von Pavlićs Fahrern zurück in die Stadt chauffiert. Ich nenne ihm das Metropol Palace Hotel als Adresse, weil mir lieber ist, wenn niemand von Pavlićs Leuten weiß, wo ich wirklich wohne. Die ungestörte Fahrt zurück in die Stadt, allein auf dem luxuriösen Rücksitz, ist nach diesen intensiven letzten Stunden eine Erleichterung. Seltsam, aber insgesamt empfinde ich diese eine Minute, in der ich den Decoder beim Herunterzählen des Countdowns zur Explosion beobachtet habe, noch als am wenigsten belastend – jedenfalls im Moment. Ich gehe aber davon aus, dass sie mich später in schweißgebadeten Albträumen verfolgen wird.

Den Wirrwarr an Gefühlen, den das Zusammensein mit Paulina in mir ausgelöst hat, kann ich allerdings nicht abschütteln. Ihre Hand auf meiner. Ihre Augen, die mich anlächeln. Und Kits Song, mein Song – und die raue Stimme meiner Mutter, die mir Erinnerungen zurückgebracht hat, die so surreal wirken, dass ich mich frage, ob sie wirklich je passiert sind oder ob ich sie nur erfunden habe.

Es ist fast halb zwei Uhr morgens, und mir bleibt noch etwa eine Stunde, bevor ich mich zu der Adresse aufmachen muss, die Katarina auf die Rückseite ihrer Visitenkarte gekritzelt hat. Dann betrete ich die Lobby des Metropolitan

Palace. Ein Angestellter schaut auf, aber ich gehe völlig cool sofort zu den Damentoiletten, verlasse sie wieder und betrete die Bar, von der aus man über einen Seiteneingang auf die Straße kommt. Bis zu meiner Wohnung sind es nur zehn Minuten Fußweg.

Dort angekommen, leere ich meine Schultertasche und räume die Ohrfolie und das Kletterseil weg. Auf dem Dach war mir durch den Kopf geschossen, mir Caitlins Pistole aus dem Holster auf ihrem Rücken zu schnappen, während sie mit Li diskutierte. Mit ein bisschen Schutz hätte ich mich sicherer gefühlt, wenn ich jetzt mitten in der Nacht zu diesem unbekannten Ort aufbreche. Aber ich wollte Caitlin nicht in Schwierigkeiten bringen und vor allem sie und Kit nicht ohne Waffe in Pavlićs Welt zurücklassen. Jetzt allerdings wünschte ich mir, eine zu haben. Ich weiß nicht, was sich im gefährlichsten Teil der Stadt um drei Uhr morgens abspielen wird, aber ich gehe nicht davon aus, dass es sich um ein Messdienertreffen handelt.

Ich ziehe Jeans, leichte Turnschuhe und ein T-Shirt an. Eine Jacke ist sicher auch eine gute Idee, darin kann ich Sachen verstauen, und vielleicht wird mir ja kalt, wenn ich da rumstehe. Jetzt komme ich fast um vor Hunger. Auf der Party habe ich mir ein paar Kanapees genommen, aber ehrlich gesagt liefern ein bisschen scharf angebratener Thunfisch mit Sesamkörnern und ein paar Wachteleier mit irgendeinem Dressing nicht gerade viel Energie. Ich schaue aus dem Fenster, um mich zu versichern, dass wirklich alles geschlossen ist – und tatsächlich sehe ich nur dunkle Fensterscheiben um mich herum. Nicht einmal der schäbige Burgerladen ganz am Ende der Straße hat noch auf. Was ist das nur mit diesen spätnächtlichen Hungerattacken, bei denen man sich nach Essen sehnt, das man bei Tag nicht einmal in die Nähe seines Mundes lassen würde? Aber dann finde ich ein bisschen Brot von gestern und noch ein paar Scheiben Käse. Die esse ich und spüle alles mit einer Tasse Tee runter. Danach verlasse ich die Wohnung.

Ich bin davon ausgegangen, mich noch einmal zwischen den deprimierenden riesigen Wohnblocks wiederzufinden, und das stimmt auch, aber in diesem winzigen Teil der Stadt ist irgendetwas anders. Es fühlt sich ganz einfach falsch an. Ich parke ein ganzes Stück von der angegebenen Adresse entfernt, denn ich will keine Aufmerksamkeit auf mich ziehen, indem ich mit laut röhrendem Motorrad hier ankomme. Jetzt regnet es ein bisschen, dabei war der Abend so schön und klar. Wie angenehm für Gregor, dass der Wettergott auf seinen Geburtstag Rücksicht genommen und die Wolken bis zum Ende der Party zurückgehalten hat.

Katarina hat mich nicht zu einem bestimmten Apartment geschickt, sondern in eine kleine Straße zwischen einigen riesigen Hochhäusern. Ein paar Straßenlaternen leuchten, und bei meinem Ziel wurden sie wohl absichtlich beschädigt oder ausgeschaltet. Das kommt mir als Erstes komisch vor; es ist grässlich dunkel in den Straßen, zumindest hier an dieser Stelle. Aber einige Fenster sind erleuchtet, deswegen habe ich ein paar Orientierungspunkte, während ich einen kleinen Pfad zu meinem Ziel nehme.

Das Licht in den Fenstern ist die zweite Merkwürdigkeit. Jeder Wohnblock hat acht kleine Fenster pro Stockwerk, und die Gebäude sind vielleicht zwanzig Stockwerke hoch. Viele davon, besonders in den unteren sechs oder sieben Etagen, sind erleuchtet. In einiger Entfernung stehen weitere Wohnblocks, und um diese Zeit liegen alle im Dunkeln; alle Leute schlafen.

Im Näherkommen werde ich langsamer, lausche in die Stille. Und dann höre ich plötzlich etwas hinter einem Müllcontainer. Ich balle die Hand zur Faust. Noch mehr Lärm, eine Flasche fällt scheppernd auf den Boden – und ein streunender Hund kommt auf mich zu. Seine Augen leuchten im Dunkeln. Sie sind geschlitzt wie bei einem Fuchs und sehen unheimlich aus. Ich beobachte den Hund, bis er an mir vorbei und weit weg ist.

Dann gehe ich weiter. Es ist nicht schwierig, sich im Dunkeln zu halten, denn jetzt gibt es überhaupt keine Straßenbeleuchtung mehr. Ich habe den ersten Wohnblock fast erreicht. Hinter der Haustür leuchtet ein dumpfes, grünliches Licht – eine dieser deprimierenden Notbeleuchtungen –, aber niemand ist zu sehen. Ich schaue wieder rauf zu den erleuchteten Fenstern. Noch etwas ist merkwürdig: Kein einziges Fenster steht offen. Und nichts deutet darauf hin, dass es da drinnen Klimaanlagen gibt. Normalerweise lassen die Leute im Sommer ihre Fenster geöffnet. Und obwohl ich immer wieder Schatten sehe, spüre, dass da Leute sind, gibt es keine Anzeichen von normalem, alltäglichem Leben. Also das Übliche: Post im Eingang, das Flackern eines Fernsehgeräts in einem dunklen Zimmer. Es gibt nicht einmal Mülltüten, die die Leute einfach weggeschmissen haben. In Katarinas Wohnblock und den benachbarten Häusern hatte man das Gefühl, dass dort Menschen lebten. Egal, wie heruntergekommen ein Ort ist; irgendjemand stellt immer eine Pflanze ins Fenster oder hängt auf dem Balkon die Wäsche auf. Hier gibt es nichts davon. Das Gebäude fühlt sich an wie benutzt, aber nicht bewohnt.

Das Geräusch eines Motors lässt mich aufschrecken. Dann kommt ein zweiter hinzu. Ich schaue mich um, aber ich bin in einem Labyrinth aus kleinen Straßen zwischen Wohnblocks, deswegen kann ich die Fahrzeuge nicht sehen. Sie kommen definitiv auf mich zu. Ich verlasse die Straße und trete in einen kleinen Treppeneingang an der Gebäudeseite.

Ursprünglich wollte ich in einiger Entfernung irgendwie aufs Dach gelangen und mir die Gegend mit einer von Ambers Kontaktlinsen anschauen. Ein sicherer, cleverer, intelligenter Plan. Ich versuche mich daran zu erinnern, warum um alles in der Welt ich mich nicht daran gehalten habe, während ich mich an die Wand hinter den Stufen presse, wo es riecht, als hätten ungefähr hundert Leute diesen Ort vor Kurzem als Toilette benutzt.

Etwas Warmes, Weiches berührt mich am Knöchel, läuft dann über meine Füße. Eine Ratte huscht im Dunkeln vorbei. Die Härchen in meinem Nacken stellen sich auf. Ich bin nicht empfindlich, aber Ratten kann ich nicht ausstehen. Zum Glück werde ich sofort von der Widerwärtigkeit der Situation abgelenkt, weil ich höre, wie sich von der Seite Reifen über den nassen Straßenbelag nähern. Zwei große weiße Lieferwagen – natürlich ohne Aufschrift – erscheinen vor dem Wohnblock gegenüber.

Ich lehne mich ein kleines Stück aus dem Treppenaufgang heraus, um zu sehen, was da vor sich geht. Der Sommerregen trifft meinen Kopf und läuft mir in kleinen Rinnsalen übers Gesicht. Ich wage nicht, mich zu bewegen, nicht einmal, um das Wasser wegzuwischen. Ein paar Typen springen aus den Wagen, und vier weitere kommen aus dem Wohnblock. Sie stoßen zur Begrüßung die Fäuste gegeneinander und schütteln einander machohaft die Hände. Einer von ihnen telefoniert auf seinem Handy. Ein anderer bewegt sich zur Seite, etwas näher hin zu mir, und pinkelt gegen die Wand. Alle sind mit Schulterholstern und Pistolen bewaffnet.

Meine Aufmerksamkeit richtet sich auf einen höher gelegenen Teil des Gebäudes, wo ein paar Lichter ausgegangen sind. Und jetzt erscheinen zwei weitere bewaffnete Kerle in der grünlich beleuchteten, heruntergekommenen Lobby. Ihnen folgt eine lange Reihe von Frauen. Ich sage Frauen, aber eigentlich sind es Mädchen – in meinem Alter, vielleicht sogar jünger. Ich hatte mir überlegt, dass hier die meisten der Frauen, mit denen Gregor Pavlić handelt, ihre Arbeit erledigen. Aber diese Mädchen wirken nicht so, als wüssten sie schon, was man von ihnen erwartet. Noch nicht. Verängstigt und müde sehen sie aus. Ich erhasche vereinzelte Blicke auf Gesichter, als sie durch die Lobby und dann hinaus in den Regen trotten. Wirklich erschreckt mich aber, dass sich unter ihnen auch ein paar Jungen befinden – junge Männer, vielleicht achtzehn oder neunzehn; sie sind klein und still. Zusammen mit den Mädchen werden sie in den ersten weißen Lieferwagen geschubst. Als der voll ist, führen die Männer die anderen zu dem zweiten Wagen. Niemand wehrt sich. Tatsächlich verhalten sich die bewaffneten Gorillas sogar ermutigend, als würden sie widerspenstige Kinder zusammentreiben, um mit ihnen einen wunderschönen Ausflug ans Meer zu machen.

Hinter mir höre ich etwas – wahrscheinlich noch ein Tier, das sich durch den Schmutz dem Treppenhaus nähert, aber ich zwinge mich, es zu ignorieren und mich darauf zu konzentrieren, was um mich herum geschieht. Ich versuche zu berechnen, wie schnell ich zu meinem Motorrad zurückkommen kann, um die Transporter zu verfolgen, als ich etwas spüre. Ich wünschte, es wäre eine Ratte oder irgendwas anderes: Doch der kalte Stahl eines Schalldämpfers wird gegen meinen Hinterkopf gedrückt.

Es muss der Typ sein, der gerade gegen die Wand gepinkelt hat. Er ist nicht mehr bei der Gruppe auf der anderen Straßenseite am zweiten Wohnblock. Ich hebe die Hände und drehe mich um, aber er befiehlt mir, still stehen zu bleiben. Obwohl er es auf Serbisch sagt, habe ich eine ziemlich genaue Vorstellung davon, was er mir mitteilen will.

Ein harter Stoß der Pistole gegen meinen Kopf treibt mich vorwärts. Ich suche nach einem Ausweg, nach einer Waffe, aber ich erkenne bald, dass ich nichts tun kann. Ich bin schneller als die meisten Leute, und ich beherrsche Kampftechniken, mit denen ein Mädchen von meiner Größe und meinem Gewicht gute Chancen gegenüber einem doppelt so großen Mann hat, aber sie alle beruhen auf einem winzigen Augenblick, einem ganz kurzen Überraschungsmoment, in dem ich mich umdrehe, zuschlage, und diese Gelegenheit bietet sich mir nicht. Nicht mit einer Kugel wenige Zentimeter von meinem Gehirn entfernt. Es ist verrückt, aber jetzt muss ich an Ahmed denken. Wie er ausgesehen hat, nachdem ich ihn erschossen habe. Dass ich auch so aussehe, wenn dieser Abzug betätigt wird.

Als wir uns durch den Sprühregen den Lieferwagen nähern, schaut einer der anderen Kerle auf. Er fragt den Mann hinter mir, was los ist, und sie reden längere Zeit miteinander. Der Typ, der mich mit vorgehaltener Pistole eskortiert, scheint davon auszugehen, ich wäre im Gebäude gewesen und hätte versucht zu entkommen und mich zu verstecken.

Ich bin im selben Alter wie die anderen und ähnlich angezogen. Sie schütteln missbilligend die Köpfe, und ich schlucke die in mir aufsteigende Panik runter. Was, wenn sie jetzt an mir ein Exempel statuieren wollen und mich vor den anderen erschießen?

Die Türen des ersten Transporters werden zugeschlagen, und der zweite ist fast voll. Ich werde vorwärtsgeschubst, und bevor ich irgendetwas dagegen unternehmen kann, bin ich in dem zweiten Wagen. Man stößt zwei weitere Mädchen hinter mir hinein, dann schließen sich die Türen mit einem lauten Knall, sodass wir von völliger Dunkelheit umgeben sind. Draußen wird ein Schlüssel im Schloss umgedreht, und das Geräusch von Metall in Metall hat etwas sehr Endgültiges. Sekunden später startet der Motor. Der Wagen fährt an. Ich sitze hier drin mit dreißig anderen fest, und ich habe keine Ahnung, wohin man uns jetzt bringt.

14. Kapitel

Mit Angst geht man am besten um, indem man das Adrenalin für etwas nutzt, das einem helfen kann, zum Beispiel für einen genialen Plan. Das Problem ist nur, dass mir das im Moment nicht so leichtfällt. Tatsächlich kostet es mich sehr viel Mühe, meine flache Atmung langsamer werden zu lassen. Während der Lieferwagen über Schlaglöcher holpert, werden wir alle herumgeworfen, aber wir sind so eng zusammengepresst, dass sich niemand viel bewegen kann. Wie Sardinen in der Büchse zusammengepfercht, und es riecht nach Stress, Schweiß und ungewaschener Kleidung.

Als sich meine Augen an das Dunkel gewöhnt haben, schaue ich mich um. Das Weiße in den Augen meiner Mitgefangenen leuchtet in der Schwärze, aber die meisten starren geradeaus und begegnen meinem Blick nicht. Außer einem Mädchen. Ich schätze sie auf sechzehn, vielleicht siebzehn. Sie hat noch ein Kindergesicht und kurzes, stacheliges dunkles Haar. Ich lächle ihr kurz zu, und sie erwidert das Lächeln. Aber dann füllen sich ihre Augen mit Tränen – in dem wenigen Licht sehe ich, wie sie glitzern. Ich schüttle den Kopf, und sie reißt sich zusammen. Ich versuche, ermutigend zu wirken. *Keine Angst*, sage ich in meinem Kopf zu ihr. *Ich bin eine ausgebildete Agentin, ich handele schnell und denke schnell. Ich könnte jeden in diesem Lieferwagen beim Schach und in mindestens zwei Kampfsportarten schlagen.*

Aber damit kommen wir nicht hier raus. Die Männer, die uns eskortieren, wirken ziemlich durchtrainiert. Und Waffen haben sie auch. Selbst wenn es mir gelingt, zwei von ihnen auszuschalten, liege ich hier keine drei Sekunden später in meinem eigenen Blut. Und niemand sonst weiß, wo ich bin. Außerdem hat Pavlić die Polizei sowieso unter Kontrolle …

Ich zwinge mich, diese Gedanken zu stoppen. Vielleicht liegt es auch daran, dass der Lieferwagen plötzlich anhält. Draußen reden unsere Bewacher miteinander, und man hört, wie sich Torflügel öffnen. Dann setzen sich die Fahrzeuge wieder in Bewegung, langsamer diesmal, und innerhalb von ein paar Sekunden bleiben wir wieder stehen.

Die hinteren Türen des Lieferwagens werden aufgerissen, und ich muss mich an das gleißende weiße Licht gewöhnen. Ich blinzele, während ich mit den anderen in eine Art Entladezone oder Warenannahme gezogen werde. Vor uns sind große Schwingtüren. Über die Schulter werfe ich einen Blick zurück und versuche zu erkennen, wo wir sind: Weiter oben, in einiger Entfernung, sehe ich eine Mauer mit Stacheldraht am oberen Rand. Dahinter stehen Kiefern.

Nein. Bitte nicht.

Wir werden durch eine Reihe von Korridoren getrieben. Die Wände waren einmal weiß, sind aber jetzt gelblich und fleckig, und an ihnen hängen alte, abgeblätterte Hinweisschilder. Mit medizinischem Hintergrund: Röntgen, Erste-Hilfe-Symbole und andere, deren Bilder international bekannt sind. Insgeheim habe ich befürchtet, wir würden hier landen. An dem Ort, den ich von den Wäldern aus zusammen mit Hala gesehen habe. In Gregor Pavlićs umfunktioniertem Krankenhaus.

In Krankenhäusern bin ich sowieso nicht besonders gern, und das hier wirkt wie die ideale Kulisse für eine Irrenanstalt aus viktorianischen Zeiten. Die anderen Gefangenen und ich werden wie Vieh durch eine andere Tür getrieben, über dunkle Flure mit vereinzelten Stellen von fluoreszierendem Licht. Ich schaue in jede Türöffnung, an der wir vorbeikommen. Einige Zimmer sehen aus wie alte Labore, in anderen stehen Betten. Es sieht aus, als wäre jedes von ihnen von Mädchen wie uns belegt, nur wirken sie noch müder und hoffnungsloser als wir. Meine Eizellenerntetheorie ist also wahrscheinlich richtig. Aber dann denke ich an die wenigen Jungen, die sich unter uns befinden. Was sollen die hier?

Das Mädchen, mit dem ich im Lastwagen Blicke getauscht habe, hat zu weinen angefangen, und einer der Kerle blafft sie an, sie soll still sein. Sie versucht es, bekommt aber trotzdem einen Schlag auf den Rücken ab, sodass sie in mich reinstolpert. Im Weiterlaufen greife ich nach ihrer Hand. Der Typ, der sie so brutal geschubst hat, marschiert jetzt vor uns, damit an der Spitze keine Verlangsamung entsteht. Ich berühre meine Brust und sage meinen Namen. Meinen neuen serbischen Decknamen:

»Daisy.«

»Dascha«, flüstert das Mädchen.

Ich drücke ihr ermutigend die Hand und lächle schwach. Dann lockere ich die Finger, um ihre Hand loszulassen, aber sie klammert sich an mich, als hinge ihr Leben davon ab. Und dann lächelt sie. Sie sieht so optimistisch aus, und das macht mir Sorgen. Wir stehen in einem engen Flur, aber hinter uns ist ein Notausgang. Dascha schaut immer wieder hin, dann zu mir. Als wollte sie sagen, das schaffen wir. Ich schüttele den Kopf. Es sind zwanzig Schritte bis zu dieser Tür, wenn wir rennen, und man würde uns sofort niederschießen. Ich muss einen Weg hier raus finden, ganz ohne Frage, aber durch diesen Notausgang führt er nicht. Doch Dascha begreift das nicht; sie ist zu sehr auf ihr Entkommen fixiert. Außer sich vor Panik ist sie, rastlos, und als ich fester nach ihrer Hand fasse, um sie zu beruhigen, lässt sie los. Dann rennt sie auf die Tür zu.

Ich kann nicht glauben, was ich da sehe. Sie ist schnell, aber die Kerle sind schneller. Innerhalb einer Sekunde haben sie begriffen, was da vor sich geht, und verfolgen sie. Sie packen Dascha an der Jacke, als sie gerade die Tür aufstößt, und sie wird so brutal in den Flur zurückgeschleudert, dass sie auf dem Boden landet. Ich gehe zu ihr hin und will ihr aufhelfen, aber einer der Kerle stößt mich rüde zurück. Instinktiv hole ich nach ihm aus, und er versetzt mir einen Schlag. Ich weiche aus, was ihn überrascht, doch ein harter Klaps von einem Kerl hinter mir reicht aus, um mich innehalten zu lassen. Mir klingeln die Ohren davon, aber die Hände halte ich noch hoch erhoben, kampfbereit. Da höre ich Gelächter. Die anderen Männer verspotten mich, versuchen mich herauszufordern, es mit einem von ihnen aufzunehmen. Die anderen Mädchen bilden einen entsetzten Ring um mich herum. Alle Männer haben Pistolen, die sie locker in den Händen halten, und ich besitze gerade noch genug gesunden Menschenverstand, um zu erkennen, dass meine Chancen hier gleich null sind. Ich weiche zurück und gebe mich geschlagen. Dascha wird am Kragen hochgezogen, und ihr Blick begegnet meinem. Sie schaut mich an, als hätte ich sie verraten, und ich wende mich ab.

Wir werden in einen Lift gestoßen, und interessanterweise

verhalten sich da drin alle, sogar die Wächter, wie Leute in Aufzügen überall auf der Welt: Schweigend starren wir auf das Display, während wir uns drei Etagen nach oben bewegen. Dort gelangen wir in einen dunklen, leeren Flur und werden ins Treppenhaus getrieben. Zwei Stockwerke weiter oben landen wir in einem längeren, erleuchteten Flur, von dem mehrere Türen abgehen.

Ich bin wieder an der Spitze der Gruppe, und zusammen mit einigen anderen werde ich von einem der Bewaffneten herausgezogen, ausgesondert. Er eskortiert mich ein paar Schritte den Flur runter, öffnet eine Tür und stößt mich in ein Zimmer.

Während die Tür hinter mir zugeschlagen wird, schaue ich mich um. Ich bin im Zimmer eines Arztes. Als Erstes bemerke ich, dass ein Song im Radio läuft, ein Oldie. Dusty Springfields »You Don't Own Me«, »Du gehörst mir nicht«, und ich finde das irgendwie absurd, weil wir alle hier gefangen gehalten werden.

Als Nächstes entdecke ich einen Untersuchungsstuhl. Einen von denen, bei dem man die Rückenlehne nach hinten verstellen kann. Und am anderen Ende sind Steigbügel, wie beim Gynäkologen. Bei diesem Anblick will ich einfach nur um Hilfe schreien.

Ein Arzt befindet sich auch im Raum. Oder zumindest ein Mann in einem grünen Kittel. Er muss etwa sechzig sein, und er hat ein gütiges Gesicht. Lächelnd sagt er etwas auf Serbisch zu mir. Ich wende mich um und lege die Hand auf die Klinke. Die lässt sich ohne Weiteres runterdrücken. Ich öffne die Tür und trete langsam raus in den Flur, aber da patrouillieren zwei von diesen Ringkämpfern. Einer kommt auf mich zu, deswegen gehe ich schnell in den Raum zurück. Der Arzt eilt hinzu, sagt etwas Beruhigendes zu dem Gorilla und macht die Tür hinter uns zu. Dann schließt er ab.

Er deutet auf den Untersuchungsstuhl. Ich sehe ihn nur an. Was für ein Mensch muss man sein, um mit so etwas sein Geld zu verdienen? In Serbien gibt es kaum private Krankenversicherung, deswegen verdienen beim Staat angestellte Ärzte wahrscheinlich sehr schlecht. Er wird wohl keine Lust mehr gehabt haben, jeden Monat zu wenig Geld zu bekommen, und hat dann Pavlićs Angebot im Hinblick auf seine Pension angenommen. Er bittet mich um etwas, aber ich weiß natürlich nicht, was er meint, und irgendwann wird ihm klar, dass ich kein Wort von dem verstehe, was er da sagt.

»Ich kein Roma«, sagt er und deutet auf sich selbst. »Du Englisch?«

Ich nicke. Er glaubt also, ich bin eine Roma. Eine von diesen fahrenden Leuten, die man früher »Zigeuner« genannt hat. Willkommen scheinen sie nirgendwo in Europa zu sein, und ich wette, die Ausweispapiere, die die meisten Leute haben, gibt es für sie nicht. Damit stellen sie eine leichte Beute für Schweine wie Gregor Pavlić dar.

»Zieh das aus.« Er bedeutet mir durch Gesten, was ich tun soll.

Jetzt wünschte ich wirklich, ich hätte mir Caitlins Waffe genommen. Langsam knöpfe ich meine Jeans auf und schiebe sie mir über die Hüften. Dabei habe ich mich von ihm abgewandt, als ginge es mir vor allem um Diskretion, aber so habe ich auch einen Moment Zeit, mögliche Fluchtrouten zu finden. Vielversprechend sieht das nicht aus. Es gibt keine Fenster; nur eine weitere Tür, die in ein Badezimmer führt. Das Geräusch von Gummi erregt meine Aufmerksamkeit, und als ich mich herumdrehe, sehe ich, wie der Mann sich Handschuhe überzieht. Jetzt wird mir übel. Der Arzt – diese empfindsame Seele – meint wohl, ich wäre nervös. Er nimmt eine Spritze und bereitet eine Injektion vor.

»Zur Entspannung«, sagt er und lässt sich in seinen Stuhl fallen, als wäre er ohnmächtig, nur um mir begreiflich zu machen, dass ich bald unter Drogen stehen und nichts spüren werde.

»Dann du happy.« Er lächelt.

Das bezweifle ich stark. Aber mir kommt eine Idee. Vorsichtig steige ich auf den Stuhl und warte, während er die Injektion ausprobiert. Ein dünner Strahl entspannender Glücksdroge spritzt hoch. Er lächelt mir zu und greift nach meinem Arm, den ich ihm gehorsam hinhalte. Ich mache sogar eine Faust, damit er besser eine Vene findet. Er lehnt sich über meine Ellbogenbeuge. Klopft auf die dünnen Venen. Und ich donnere ihm die Faust auf die Nase, so fest ich nur kann.

Blut spritzt, aber darauf achte ich gar nicht. Mir geht es um die Nadel. Ich packe die Spritze, und während der Arzt nach Atem ringt und sich die blutende Nase hält, ramme ich sie ihm in den Hals.

Er hatte recht. Das Zeug entspannt wirklich. Er sinkt in sich zusammen, und ich fange ihn schnell auf und lasse ihn sanft auf den Boden gleiten.

Die Tür zum Flur ist immer noch von innen verschlossen. Rasch ziehe ich mir die Jeans wieder an und gehe ins Bad. Das hat keine Fenster, nur eine kleine dreieckige Lichtöffnung über mir. Aber nichts, womit man sie öffnen könnte.

Ich nehme ein paar alte graue Handtücher von einem Stapel unter dem Waschbecken und binde mir eins davon um den Kopf. Dann umwickle ich mit zwei weiteren meine Hände und steige auf den Toilettensitz. Mit der Faust zertrümmere ich das Glas, so leise ich kann, und entferne die übrigen Splitter. Dann erwecke ich meine innere Hala und stemme einen Fuß gegen die Wand, und es gelingt mir gerade so, mich hoch und durch das Fenster zu ziehen.

Auf dem Dach umgibt mich kühle Luft, hier ist es frischer als in dem muffigen Gestank im Haus. Sprühregen fällt immer noch, und das macht es sehr schwer, die Umgebung deutlich zu sehen. Ich bin auf einem schmalen Dachfirst fünf Stockwerke über dem Boden, und irgendwo unter mir höre ich Wachmänner reden. Halb gebückt krieche ich das Dach entlang. Die ersten paar Dachfenster, an denen ich vorbeikomme, führen in Badezimmer.

Ich krieche weiter, bis ich zu einigen dunklen Fenstern komme, die aussehen, als führten sie auf größere Stationen. Flach auf dem Bauch liegend versuche ich hineinzuspähen. Jetzt bin ich fast völlig durchnässt, und ich zittere. Um so viel wie möglich sehen zu können, wische ich mir das Gesicht ab.

Unter mir befindet sich eine Krankenstation, eine größere als die, an der ich schon vorbeigekommen bin, und ganze Reihen von Frauen sind dort zusammengepfercht. Einige von ihnen hängen an Infusionen, und aus Plastikbeuteln tropft irgendwelches Zeug in sie hinein. Die meisten von ihnen scheinen zu schlafen, oder sie sind betäubt. Ein Wachmann patrouilliert zwischen ihnen herum.

Vor mir sehe ich eine kleine Feuerleiter. Ich krieche darauf zu und versuche, auf dem dünnen First den Halt nicht zu verlieren. Mit einem Fuß teste ich die Leiter, und sie fühlt sich wackelig an, sehr verrostet, aber eine bessere Option habe ich wohl nicht, deswegen wage ich es und mache mich an der Gebäudewand entlang an den Abstieg. Ich bin im Stockdunklen, was mir nur nützen kann, weil ich nicht von den Wächtern entdeckt werden will. Als ich am schlecht beleuchteten Fenster der Station vorbeikomme, kann ich erkennen, dass eine oder zwei der Frauen wach sind, jedoch mit leerem Blick ins Nichts starren.

Als ich es bis in den dritten Stock geschafft habe, komme ich an einem erleuchteten Fenster vorbei. Der obere Teil ist geöffnet, und im Raum dahinter unterhalten sich Leute. Ich halte inne. Die Leiter knarrt. Teile des rostigen Metalls brechen unter meinen Fingern ab, aber ich halte mich weiter fest. Eine andere Möglichkeit habe ich auch nicht.

Wenn ich mich sehr anstrenge, kann ich die Unterhaltung gerade so hören, aber das bringt mir nichts, weil sie größtenteils auf Serbisch geführt wird. Und dann verstummen die Leute. Ich warte kurz und gehe dann das Risiko ein, mich zu strecken und ins Zimmer zu schauen. Zwei Leute verlassen den Raum. Eine Person trägt einen Arztkittel, die andere Jeans und ein Schulterholster. Bei dem Raum selbst handelt es sich um ein altes Labor mit tiefen Porzellanbecken, dunklen Holzregalen und hohen alten Labortischen. Auf einem von ihnen befinden sich ein Stapel Dokumente und ein neuer Desktop-Computer. Der ist eingeschaltet. Er wartet nur darauf, dass ich herausfinde, was hier vor sich geht – denn je mehr ich hier entdecke, desto mehr wächst meine Überzeugung, dass ich mit meiner Theorie über die Eizellen nicht einmal an der Oberfläche kratze.

Allerdings wird es nicht einfach sein, in den Raum zu kommen. Ich schaue nach unten. Wenn die Leiter jetzt nachgibt, falle ich drei Etagen in die Tiefe, und unter mir ist nichts als Asphalt. Da ist es ziemlich wahrscheinlich, dass ich mir aus dieser Höhe einen Arm oder einen Knöchel breche. Aber ich kann es genauso gut riskieren.

Ich wische mir an der Schulter ein bisschen Regen aus dem Gesicht und werfe mich gegen das offene Fenster. Ich greife zu, rutsche jedoch fast sofort ab, sodass ich jetzt an der quietschenden Feuerleiter hänge. Sie ächzt und gibt immer weiter nach. Verzweifelt ziehe ich mich wieder hoch, suche mit dem Fuß nach etwas Halt an der Wand. Ich schaffe es mit ein paar Fingern aufs Fensterbrett, und dann stoße ich mich mit dem Fuß ab und schiebe so viel von meinem Arm wie möglich ins Fenster. Wenn jetzt irgendjemand wieder ins Zimmer kommt, bin ich geliefert, aber daran darf ich gerade nicht denken. Ich ziehe die Füße über das Fensterbrett und strecke eine Hand aus, um den Griff des größeren Fensters umzudrehen. Das erweist sich als ziemlich schwierig, weil es wahrscheinlich seit 1974 nicht mehr geöffnet wurde, aber es ist schon erstaunlich, wie hartnäckig man sein kann, wenn man an einem Gebäude hängt, das ein paar Etagen tiefer von Bewaffneten umstellt ist.

Ich habe schon einen Krampf in der Hand, weil ich so fest an dem Griff ziehe – dann öffnet sich das Fenster endlich mit einem Quietschen. Und ich bin im Labor, kauere oben auf dem Tisch. Bevor ich runterspringe, orientiere ich mich einen Augenblick. Das hat funktioniert, als in Pavlićs Safe der Countdown lief – diese zwei Sekunden des Wartens fühlen sich an wie ein ganzes Leben, aber das sind sie nicht.

Ich hole tief Luft und lausche, gewöhne mich an den Geräuschpegel im Zimmer. Es ist eine andere Welt als draußen, wo der Regen und der dumpfe Wind alles geschluckt haben, sodass nicht einmal das ständige Quietschen der Leiter deutlich zu hören war.

Geräuschlos springe ich vom Tisch und gehe auf Zehenspitzen zum Computer. Der ist mit einem Passwort geschützt, sonst gibt es aber keine Verschlüsselung – fast genieße ich es, ihn zu hacken. Etwas mehr als dreißig Sekunden brauche ich dafür, nicht meine Bestzeit, aber dicht dran.

Mit der anderen Hand durchsuche ich die Innentasche meiner Jacke und finde einen USB-Stick. Drei Dinge trage ich in jeder Jacke mit mir herum: einen USB-Stick, ein Taschenmesser und die blaue Kapsel, die uns Amber normalerweise gibt, wenn wir eine Mission beginnen, und die ich diesmal aus meinem Schließfach gestohlen habe.

Ich stecke den Stick in den Computer und kopiere den Dokumentenordner darauf. Während die Dateien rüberflattern, sehe ich mir die offenen Dokumente an. Russisch und Englisch, auf einigen Seiten befindet sich ein Logo, und da ist ein Name in kyrillischen Buchstaben. Dieses Logo erkenne ich von der Webseite der Victory-Klinik wieder. Also ehrlich, so arrogant kann man doch wohl nicht sein? Ich meine, wenn ich irgendetwas Illegales vorhätte, würde ich doch nicht mein Firmenlogo überall hinkleben. Aber vielleicht ist das den Klinikleuten ja egal. Vielleicht stehen sie über dem Gesetz. Ich wende mich ab. Wenn ich es hier raus schaffe, werde ich genug Zeit haben, mir die Dateien anzuschauen. Jetzt richte ich meine Aufmerksamkeit auf die Papiere auf dem Tisch: Sie sind in Englisch mit russischer Übersetzung.

Komplettspenden – Dauer ca. 7 Stunden

Herz

Lunge

Nieren

Leber

Netzhäute

Eierstöcke

Nicht verwertete Überreste sind innerhalb von zwei Stunden nach der Organentnahme einzuäschern …

Mir läuft es kalt den Rücken runter. Ich blättere die restlichen Seiten nach mehr Informationen durch, und es ist schwierig, so schnell so viel aufzunehmen, aber ich begreife, dass diese »Spenden« heute Nacht beginnen sollen.

Ich falte die Papiere zusammen, die am eindeutigsten von Nutzen sein werden, und schiebe sie in die Gesäßtasche meiner Jeans. Dann bewege ich die Computermaus, um zu sehen, wie lange die Datenübertragung noch dauert. Es fehlen noch neunzig Sekunden, doch jetzt ertönen draußen auf dem Flur Schritte, direkt vor der Tür. Ich bete, dass sie sich wieder entfernen. Aber das tun sie nicht. Und dann öffnet sich die Tür zum Labor.

15. Kapitel

Jemand hat den Raum betreten. Ich kann nicht erkennen, ob es sich um einen Arzt oder um einen bewaffneten Wachmann handelt, weil ich mich schnell hinter den Tresen habe fallen lassen. Allerdings muss meine Kleidung dabei ein Geräusch von sich gegeben haben. Das weiß ich sicher, denn die eintretende Person bewegt sich nicht zielgerichtet. Sie hält an der Tür inne, als würde sie spüren, dass hier etwas nicht stimmt. Dann kommen kräftige, schwere Schritte auf den Computer zu, und auf mein Versteck.

Bitte, lass es einen Arzt sein, denke ich – aber nein, es ist einer von Pavlićs bewaffneten Gorillas. Er starrt mich an. Ich liege auf dem Boden, mit hängenden Augenlidern, als stünde ich unter Drogen. Es ist eine oscarreife Vorstellung, auch wenn ich mich damit selbst lobe, gut ausgeführt und professionell, und er bleibt überrascht stehen. Dann zieht er seine Waffe und zielt auf mich, aber ich reagiere überhaupt nicht. Meine Hände liegen schlaff neben mir, mit offenen Handflächen, nichts ist darin verborgen. Er zögert, greift dann mit einer Hand nach unten, um mich hochzuziehen. Unsicher und leicht schwankend komme ich auf die Beine.

In missbilligendem Tonfall stellt er mir eine Frage. Wahrscheinlich will er wissen, wie ich hier reingekommen bin. Meine Antwort besteht aus einem kräftigen Stoß mit der Schläfe gegen seinen Hals. Dann drücke ich ihm die Finger in die Augen und ramme ihm das Knie in die Magengrube. Nicht viel anders als das, was sie einem in Selbstverteidigungskursen beibringen, aber wenn man das Überraschungsmoment auf seiner Seite hat, funktioniert es ganz großartig. Während er sich krümmt und nach Luft schnappt, reiße ich ihm die Pistole aus der Hand und ziehe sie ihm über den Schädel, dann noch einmal, bis er bewusstlos ist.

Ich stecke mir die Waffe in die Jeans und zerre den Mann aus dem Blickfeld hinter den Tresen. Als Nächstes hole ich meinen USB-Stick aus dem Computer. Vom Fenster aus kann ich die Feuerleiter sehen, sie ist fast in Reichweite, nur hängt sie jetzt wirklich bloß noch an einem bisschen Rost. Wenn ich jetzt wieder draufspringe, muss ich davon ausgehen, dass ich innerhalb von ein paar Sekunden abstürze. Außerdem unterhalten sich draußen Wachmänner. Ich drehe mich um und gehe zur Labortür.

Auf dem Flur entfernt sich ein Arzt von mir, der gerade am Zimmer vorbeigegangen ist. Rasch ziehe ich mich wieder zurück und warte ab, mache mich dann auf den Weg zu einer Feuertür ein Stück weiter den Flur entlang. Sie ist geöffnet, das Treppenhaus dunkel und ohne Bewacher. Doch dann höre ich Kampfgeräusche und Geschrei aus einem anderen Zimmer auf dem Flur, den ich gerade verlassen habe. Dascha könnte in Gefahr sein. Aber das sind sie alle, all diese Frauen; ich kann mich jetzt nicht einmischen. Ich schiebe mich durch die Feuertür, und sie fällt hinter mir zu. Aber die Schreie dringen sogar durch das dicke Metall, und sie zerreißen mir das Herz.

Irgendwie schaffe ich es wieder durch die Tür und gehe auf den Lärm zu. Er kommt aus einem Raum auf der rechten Seite, und wie ich vermutet habe, schreit da wirklich

Dascha um Hilfe – ganz offensichtlich versucht sie immer noch zu entkommen.

In einer Ecke kauern drei Mädchen und schauen völlig verängstigt zu, aber eines muss man Dascha lassen: Sie wehrt sich mit aller Kraft. Sie tritt um sich, schreit, beißt den Kerl sogar, aber leider kann sie das nicht lange durchhalten, und er hat sie schon fast überwältigt. Obwohl er eine Waffe bei sich trägt, benutzt er sie nicht. Die Organe sind sicher zu wertvoll, als dass die Wachleute diejenigen erschießen dürften, die sich wehren. Aber er ist wütend; sein Gesicht ist rot, der Mund zu einer Grimasse verzogen, und er schiebt Dascha gegen eine Wand und lehnt sich auf sie, schreit dabei auf sie ein. Ich will gar nicht wissen, welche Lektion er ihr erteilen wird, deswegen mache ich mir das Chaos zunutze und baue mich hinter ihm auf. Als ich die gestohlene Waffe entsichere, klickt es leise, aber zusammen mit dem Lauf aus Metall, der jetzt seinen Schädel berührt, reicht das, um ihn zum Schweigen zu bringen. Er hält in der Bewegung inne.

»Laisse-la partir.«

Warum ich ihm auf Französisch befehle, sie gehen zu lassen, weiß ich nicht genau. Aber er soll nicht merken, dass ich Britin bin. Jedenfalls lässt er Dascha los, und mit meiner freien Hand ziehe ich sie zu mir. Sie versucht, die Tränen zu unterdrücken, klammert sich an meinen Arm. Ich bringe den Mann dazu, die Waffe sinken zu lassen, und am liebsten würde ich ihm einen Schuss verpassen, nur ins Bein, nur genug, dass er uns nicht folgen kann – allerdings will ich nicht, dass das Geräusch des Schusses hundert von seinen Freunden alarmiert. Doch wie es aussieht, hat Dascha das bereits mit ihrem Geschrei erledigt, denn auf uns kommen Schritte zu, und ein weiterer Wachmann betritt eilig den Raum.

Ich ziele und schieße, treffe den Neuankömmling in die Schulter, dann ins Bein. Er lässt die Waffe fallen, und ich befördere sie mit einem Fußtritt aus seiner Reichweite. Als ich herumwirbele, fällt der erste Wachmann schon über mich her. Ich bin wütend auf mich selbst. Wenn ich ihn einfach erschossen hätte, als ich die Gelegenheit dazu hatte, wären wir schon hier draußen. Er entwindet mir die Waffe, reißt sie mir mit seiner Riesenpranke aus der Hand, aber er ist voll darauf konzentriert, sodass ich ganz kurz ein Bein frei bekomme und ihn fest vor die Brust treten kann. Die Waffe schlittert über den Boden.

Dann werfe ich mich auf ihn, und wir kämpfen mit bloßen Händen. Viel größer als ich ist er nicht, aber stämmig und breit. Als ich ihn am Hals treffe, spüre ich pure Muskeln, als hätte ich gegen eine Wand geboxt. Aber ich bin schneller als er. Ich komme tiefer, drehe und wende mich, trete immer wieder zu, so schnell, dass es ihn verwirrt. Er holt nach mir aus, verfehlt mich aber. Ich erwische ihn ordentlich in der Leistengegend. Das tut weh, und er krümmt sich gerade kurz genug, dass ich ihm einen Schlag gegen die Luftröhre verpassen kann. Jetzt habe ich definitiv die Oberhand, aber seine wild nach einem Ziel suchende Faust trifft mich so hart an der Brust, dass mir kurz die Luft wegbleibt. Ich taumele zurück und stehe mühsam auf, aber jetzt ist Dascha dem Kerl auf den Rücken gesprungen und hat ihm die Finger in die Augen gerammt.

Ich schnappe mir die Waffe und versetze ihm einen kräftigen Schlag zwischen die Beine. Als er zusammenbricht, folgt ein weiterer auf seinen Kopf. Dann greife ich nach Daschas Hand, und wir rennen los. Der Flur ist leer, doch am anderen Ende werden die Doppeltüren schnell aufgestoßen.

Zwei weitere Bewacher stürmen auf uns zu. Ich schubse Dascha durch die Feuertür, und wir rennen die Treppen nach unten. Auf dem Weg schalte ich die Lichter aus, und sobald ich höre, wie sich die Tür in der Etage über uns öffnet, ziehe ich Dascha durch eine andere. Schüsse werden ins Treppenhaus hinter uns abgefeuert, prallen pfeifend von den Metallgeländern ab.

Die Etage, in der wir landen, liegt im Stockdunkeln; sie wird nicht benutzt. Mit Dascha direkt hinter mir wende ich mich nach rechts und renne weiter. Auf halber Länge des Flurs befindet sich ein Operationssaal mit einem Waschbecken. Ich drehe das Wasser auf. Dann rennen Dascha und ich schnell zurück in die andere Richtung.

Wir hetzen über den Flur und erreichen eine leere Krankenstation. Nur ein wenig Mondlicht dringt durch die Dunkelheit, und die Schatten des alten Equipments und der Infusionsständer erschrecken uns beide, denn in unserer entsetzlichen Angst halten wir sie für Wachmänner. Ich packe Dascha bei den Schultern und versuche sie zu beruhigen, denn wenn das nicht klappt, wird man uns schon wegen ihres panischen Keuchens finden. Zum Glück reißt sie sich schnell zusammen. Wenn ich auf meiner Flucht schon jemanden mitnehmen muss, bin ich froh, dass sie es ist, denn sie hat ganz offensichtlich Mut.

Wir rennen zum Fenster, doch es lässt sich nicht öffnen. Viel weiter oben ist noch ein kleines Fenster mit einem Griff. Ich bedeute Dascha durch Gesten, sie soll eine Räuberleiter für mich bilden, und sie hilft mir nach oben. Der Griff sitzt fest und rührt sich nicht.

Hinter uns im Flur hören wir, wie sich im Treppenhaus die Feuertür öffnet. Einer der Wachmänner schleicht leise herein, versucht uns zu finden. Er lauscht. Er hört das fließende Wasser plätschern und entfernt sich wieder. Froh lächelt mir Dascha zu, aber ich bin zu angespannt, um auch so zu reagieren. Ich versuche zu entscheiden, was wir jetzt tun sollen. Fliehen und dabei Geräusche machen? Oder uns auf ein Versteckspiel in diesem Krankenhaus der Hölle einlassen? Ich denke nicht, dass wir irgendwie gewinnen können, nicht mit so vielen Wachmännern um uns herum.

Ich wende mich wieder dem Fenster zu, bedecke den Lauf der Waffe mit einem alten Laken von einem der Wagen und versuche das Glas einzuschlagen, wobei ich so wenig Lärm mache wie möglich. Glas und Rahmen geben langsam nach. Mit einem heftigen Stoß öffne ich das Fenster, lasse mich dann auf den Boden fallen. Jetzt helfe ich Dascha hoch, und sie zwängt sich durch die Öffnung, während ich einen Wagen zu uns heranziehe. Das metallische Quietschen ist durchdringend genug, um Tote aufzuwecken, und sofort höre ich, wie die Schritte des Wachmanns auf mich zueilen. Ich springe auf den Wagen und ziehe mich hoch. Draußen lässt sich Dascha in ein paar Büsche fallen. Mit den Beinen bin ich halb aus dem Fenster, als der Wachmann im Türrahmen erscheint. Im Dunkeln ist nur schwer zu erkennen, was hier vor sich geht, aber diesmal kann ich ihn *spüren*. Ich drehe mich um, ziele tief und schieße. Er geht zu Boden.

Ich lande sicher auf den Füßen, und Dascha wartet schon auf mich. Ich packe sie am Arm, und wir rennen zu der Mauer. Um uns herum knacken Funkgeräte, und die Kerle schreien sich Dinge zu. Sie jagen uns mit allen verfügbaren Kräften. Vor mir erscheint ein Wachmann um die Ecke des Gebäudes. Wir laufen noch schneller, aber er ist zu nah bei uns, als dass wir ihm entkommen könnten. Ich drehe mich um, hebe die Waffe und ziele auf sein Bein. Er fällt hin. Da spüre ich, dass Daschas Hand aus meiner gerissen wird. Als ich mich umdrehe, hat sie ein anderer Kerl im Schwitzkasten und zerrt sie zurück in das Krankenhaus. Im Dunkeln kann ich nicht auf ihn schießen, ohne das Risiko einzugehen, Dascha zu treffen.

Sie schreit, aber als sie immer weiter weggebracht wird, begreife ich, dass sie mich nicht um Hilfe anfleht. Sie ruft, ich soll rennen. Ich schüttele den Kopf und bewege mich auf sie zu.

»Nein!«, brüllt sie. »Weg! *Cours!*«

Du lieber Gott, sie versucht sogar, mir das auf Französisch begreiflich zu machen, weil sie gehört hat, wie ich drinnen diese Sprache benutzt habe. Ich höre, wie die Männer von der Geländegrenze her auf mich zusprinten. Ich wende mich vom Krankenhaus weg – weg von Dascha – und renne um mein Leben. Den Gedanken, sie hier zurückzulassen, finde ich unerträglich, aber wenn sie mich kriegen, werden all die Frauen dort drinnen ab heute Nacht sterben, weil keiner eine Ahnung davon hat, in welche Abgründe sich Gregor Pavlić aus Geldgier begibt.

Meine Füße fliegen förmlich über das verkümmerte Gras und den Asphalt, diagonal bewege ich mich auf die Mauer zu. Es ist dunkel, und es regnet immer noch, dadurch sieht man mich nicht so gut, aber auf der Mauer sind große Scheinwerfer angebracht, und als ich mich umwende, entdecke ich einen weiten Halbkreis von Taschenlampen, die mich umzingeln.

Ich halte mich rechts und renne weiter, auf die dunkelste Stelle an der Mauer zu. Jetzt wünsche ich mir wirklich, ich hätte mein Kletterseil bei mir, denn wenig überraschend sind Mauern, hinter denen Leute festgehalten werden, nicht gerade leicht zu bezwingen. Meine ganze Hoffnung konzentriert sich auf einen Baum, der genau daneben wächst. Ich erklimme ihn, suche in der Dunkelheit verzweifelt mit Händen und Füßen nach Halt in der rauen Rinde. Die Taschenlampen kommen näher, sie bilden eine lange Reihe, mit deren Hilfe die Wachmänner den größten Teil der Mauer innerhalb von dreißig Sekunden werden absuchen können. Hinter ihnen ragt dieses verfluchte Krankenhaus in die Nacht wie ein riesiges Grabmal.

Als ich ganz oben am Stamm bin, setze ich mich rittlings auf einen Ast,, der über die Mauer ragt, und ziehe mich darauf entlang. In geringer Entfernung von mir lassen bereits zwei Wachmänner ihre Taschenlampen über die Mauer gleiten. Kurz bleibe ich still auf dem Ast liegen, und als sie miteinander sprechen, bewege ich mich bis ans Ende, ziehe die Jacke aus, wickle sie mir um die Arme und springe.

Stacheldraht reißt den Stoff kaputt, und ich trage eine gezackte Wunde am Arm davon, aber das merke ich kaum. Ich habe es bis ganz oben auf die Mauer geschafft. Ich benutze die Jacke als Schutz vor dem Draht. Nun hängen meine Beine schon über der Seite, die die Freiheit bedeutet, und ich lasse mich auf Gras und Kiefernadeln fallen. Es tut weh, als ich auf dem Boden aufkomme, aber darum kümmere ich mich nicht. Ich bin draußen, und ich renne, weg von dem Tor, das sich jetzt öffnet, um Männer rauszulassen, die mich finden sollen. Ich verschwinde im Wald und renne und renne. Erst als ich tief zwischen den Bäumen bin, vielleicht fünf Kilometer entfernt, ganz tief im Gehölz, bleibe ich stehen, um Atem zu holen und mich zu orientieren. Ich habe keine Ahnung, in welcher Richtung sich die Straße befindet.

Plötzlich spüre ich, dass mein Arm von der Stacheldrahtwunde schmerzhaft pulsiert, und meine Hüfte tut weh, seit ich von der Mauer gesprungen bin.

Das Geräusch, das da plötzlich aus meinem offenen Mund dringt, klingt wie ein Weinen, und ein paar Sekunden lang kann ich nicht aufhören. Vielleicht ist es die Erleichterung oder einfach der aufgestaute Horror wegen dieses grauenhaften Krankenhauses, und der Gedanke daran, wie man Dascha wieder reingezerrt hat, während sie mich anflehte, sie zurückzulassen und zu rennen. Und die Vorstellung, was sie vielleicht gerade mit ihr machen. Ganz kurz wird mir so übel, dass ich mich vorbeuge und darauf warte, mich zu übergeben, doch ich würge nur trocken. Ich lasse mich auf die Knie fallen und presse die Stirn auf den Boden, denn für einen winzigen Moment kann ich mich nicht bewegen. Und selbst wenn ich es könnte, wüsste ich nicht, wohin.

16. Kapitel

Nach ein paar Minuten reiße ich mich zusammen. Denn das Risiko ist zu groß, wieder von Pavlićs Gorillas in das Krankenhaus gezerrt zu werden, wenn ich zu lange hier im Schmutz knie und mir selbst leidtue. Langsam breitet sich ein bleiches Morgengrauen am Ende des Himmels aus. Allein das Versprechen, dass es bald hell wird, macht alles besser, als könnte das all die Schatten wegwischen, die ganze Nacht, die ganzen Albträume, die einen ersticken wollen, wenn die Welt in Schwärze getaucht ist. Ich bin ein paarmal stehen geblieben und habe gelauscht, aber jetzt verfolgt mich niemand. Erschöpft ziehe ich mich noch einmal einen Baum hoch, um eine Vorstellung davon zu bekommen, wo ich mich befinde. Meine Arme sind schwer wie Blei. Hala muss Bizepse aus Stahl haben, weil bei ihr so viel Klettern so einfach aussieht. Diesmal bekomme ich zur Belohnung die Aussicht auf eine Reihe von Dächern. Ihre roten Ziegel leuchten vor dem graublauen Morgenhimmel. Ich klettere vom Baum und gehe auf sie zu.

In meinen Kopf herrscht Chaos – die Ereignisse spielen sich immer wieder ab. Seit Pavlićs Party scheint ein ganzes Leben vergangen zu sein. In Gedanken bin ich bei Dascha und den anderen Mädchen, die ich zurücklassen musste. Ich muss zum Athena-Team und alles berichten, was ich herausgefunden habe.

Die Dächer gehören zu einer kleinen heruntergekommenen und chaotisch wirkenden Häuserreihe. Die Vorhänge sind überall noch zugezogen, und vor jedem Haus steht ein kleines Auto. Bei einem fehlen die Reifen, aber die anderen sehen okay aus. Ich entscheide mich, bevor ich mich zwischen den Bäumen hervorwage und rasch die Straße überquere. Zuerst habe ich es auf den Maschendrahtzaun an der Seite des letzten Hauses abgesehen. Ich reiße ein kleines Stück des lockeren Geflechts ab und biege es gerade, mit einer Art Haken am Ende. Dann schleiche ich zu den Autos.

Das älteste von ihnen ist hellblau, eine serbische Marke, von der ich noch nie gehört habe, und so alt, dass man die Tür mit einem Schlüssel öffnet, nicht mit einer Fernbedienung. Deswegen fällt es mir relativ leicht, die Gummidichtung am Fenster wegzudrücken, das Stück Metall zwischen Fenster und Tür zu schieben und die Verriegelung hochzuziehen. Drinnen darf ich wieder mit Drähten spielen, aber ein Auto dieses Alters kurzzuschließen ist viel leichter, als eine Bombe zu entschärfen, und ich habe es im Handumdrehen geschafft. Dann fahre ich los. Ein Blick in den Rückspiegel sagt mir, dass noch niemand das fehlende Auto bemerkt zu haben scheint. Ich fühle mich nicht gerade toll deswegen, weil die Leute es wahrscheinlich brauchen, um zur Arbeit zu fahren, und ich bin ziemlich sicher, dass sie sich kein neues leisten können, aber im Moment fällt mir keine andere Möglichkeit ein, um von hier wegzukommen.

Das Auto fährt sich wie ein schlechter Einkaufswagen, aber ich tue mein Bestes und halte an einem müde wirkenden Laden irgendwo an der Straße an, wo ich Desinfektionsmittel und Verbandsmaterial kaufe, mit dem ich meine Wunde versorge. Der Typ an der Kasse schaut kaum auf, sondern sieht sich auf einem alten Fernsehgerät einen Film an. Im Hinausgehen bemerke ich ein altes Münztelefon an der Wand. Ich benutze das Wechselgeld, das ich gerade bekommen habe, und rufe Peggy auf ihrem Privathandy an. Sie antwortet nach dem ersten Klingeln.

»Ich komme zu euch, jetzt gleich.«

»Was ist los? Alles in Ordnung mit dir?«

Ihre Stimme ist schwer vom Schlaf. Ich muss sie geweckt haben.

»Ich habe euch sehr viel zu erzählen.«

Über eine ungesicherte Leitung werde ich nicht mehr sagen, das ist Peggy klar.

»Ich werde unseren Wachleuten Anweisung geben, sie sollen nach dir Ausschau halten.«

Ich beende das Gespräch. Zwei Anläufe brauche ich, um das Auto zu starten, aber irgendwann erwacht es hustend zum Leben, und ich fahre weiter zu dem Haus, in dem Peggy, Kit und Caitlin untergebracht sind. Mein Kopf hämmert. Währenddessen mache ich mir Sorgen um die Mädchen im Krankenhaus, aber ich denke auch an Paulina. Früher an diesem Abend habe ich vergessen, dass sie nur als Mittel zum Zweck diente, und beim Gedanken an sie wurde ich ganz aufgeregt. Jetzt jedoch herrscht in mir das Unbehagen vor. Wie viel weiß sie? Was blendet sie bewusst aus? Aber ich bin mir ziemlich sicher, dass *niemand* Pavlićs neuen Plan kennt, Leute wegen ihrer Organe abschlachten zu lassen. Ich stelle mir ein Gespräch vor, in dem ich Paulina davon berichte, welches neue Geschäft ihr Vater jetzt betreibt. Würde sie irgendetwas tun, um ihn zu stoppen? Würde sie mir denn glauben? Und wenn sie es versuchen würde, würde ihr Vater ihr überhaupt zuhören?

Es ist peinlich, was für seltsame Gedanken einem in den Kopf kommen, wenn man nicht geschlafen hat. Als ich das eingezäunte Haus erreiche, bin ich erleichtert. Ein schlanker Typ in einem schwarzen Anzug nähert sich mir. In dieser Stadt hat fast jeder in einem großen Haus Security-Personal, deswegen wirkt das nicht ungewöhnlich, und wenn man Dinge treibt wie Athena, will man sicher keinen Besuch von irgendwelchen ungeladenen Gästen riskieren. Ich verbringe fünf Sekunden damit, nach dem Knopf für das Fenster auf der Fahrerseite zu suchen, bis ich begreife, dass ich es mit einer Kurbel runterdrehen muss. Wirklich retro.

Ungeduldig warte ich darauf, dass der Wachmann von seinem Handy aufsieht und mich durchwinkt. Peggy muss ihm ein Foto geschickt haben. Ein anderer schlanker Kerl kontrolliert mich auf der anderen Seite des Tors. Keiner von beiden wirkt sehr stark, aber wenigstens sind sie bewaffnet. Vielleicht hat Pavlić die ganzen Ringer, Boxer und Gewichtheber der Gegend angeheuert. Beim Parken bemerke ich Halas Motorrad an der Tür. Ich berühre im Vorbeigehen den Motor. Er ist noch warm. Vielleicht hat Peggy sie gerade erst herbeordert.

Sobald man mich in die Küche des Hauses führt, ist mir zum Weinen zumute. Nachdem ich die Nacht mit Verbrechern verbracht habe, von bewaffneten Männern gejagt worden bin und in diesem Horrorkrankenhaus festgesessen habe, erfüllt mich der Anblick dieser großen, sauberen Küche und von Peggy, die am Herd steht und Kaffee kocht, mit Dankbarkeit. Ich bin nicht sicher, wofür. Einfach, weil ich hier sein kann, nehme ich an – anders als Dascha und die anderen Mädchen, die ich zurückgelassen habe.

Peggy dreht sich um, sobald sie mich hört. Ihre Augen

wirken müde, aber Haare und Kleidung sitzen tadellos, als wäre sie schon vor Stunden aufgewacht. Einen Augenblick lang schauen wir einander nur an, dann kommt sie rasch auf mich zu und nimmt mich in die Arme. Sie riecht nach Duschgel und dem Parfüm, das sie immer trägt. Ich weiß nicht, warum, aber mir kommen die Tränen, und ich zwinge mich, sie runterzuschlucken. Ich bleibe ein wenig zu lange in dieser Umarmung, aber ich brauche die Zeit, um meine Fassung wiederzuerlangen.

Dann zieht sich Peggy zurück und untersucht mein Gesicht, dann meinen Arm, durch dessen Verband ein bisschen Blut sickert.

»Was ist passiert?«, fragt sie. Sie gießt mir Kaffee ein und macht ein paar Scheiben Toast. Ich sitze an der Bar und zögere. Ich habe ihr so viel zu erzählen, dass ich nicht richtig weiß, wo ich anfangen soll. Und doch weiß ich es.

»Pavlić handelt nicht mit den Mädchen, um sie zur Prostitution zu zwingen oder um ihnen Eizellen entnehmen zu lassen. Er will ihre Organe.«

Peggy starrt mich an, als hätte ich ihr das Ganze gerade auf Japanisch erklärt.

»Woher willst du das denn wissen?«

Die Stimme meiner Mutter hinter mir ist eine Überraschung. Ich drehe mich um. Kit klingt nicht wütend oder vorwurfsvoll, nur besorgt. Die Haare hat sie zu einem lockeren Pferdeschwanz zusammengebunden, und sie trägt eine Trainingshose und ein enges T-Shirt von einer ihrer früheren Konzerttourneen. Hinter ihr erscheint Caitlin. Sie trägt auch Trainingsklamotten, aber sie sieht aus, als wäre sie gerade erst aufgewacht, während Kit wirkt wie ein Superstar in seiner Freizeit.

»Ich war vor etwa zwei Stunden da. In dem alten Krankenhaus.« Alle im Zimmer halten die Luft an, und dann werden meine Augen wieder feucht. Vielleicht ist alles einfach zu frisch, oder vielleicht liegt es daran, dass ich nicht geschlafen habe.

Peggy bewegt sich als Erste, sie kommt zu mir und legt einen Arm um mich. Kit betritt das Zimmer. Caitlin bleibt im Türrahmen stehen, und ein Stück hinter ihr erkenne ich Halas Silhouette.

»Schon gut«, sagt Peggy. »Lass dir Zeit.«

Aber wir haben keine Zeit mehr zu verlieren. Auf Bitten von Kit schaltet Caitlin Li über ein iPad telefonisch dazu. Dann hole ich kurz Luft und berichte von Katarinas Tipp: Was im Wohnblock passiert ist, wie ich erwischt und mit den anderen Mädchen und den Jungen weggebracht wurde und, am wichtigsten, was ich im Labor über die Pläne herausgefunden habe, allen Gefangenen Organe zu entnehmen und sie in die Victory-Klinik zu schicken. Als ich fertig bin, übergebe ich den anderen die Papiere, die ich gefunden habe, und den USB-Stick mit den heruntergeladenen Dateien.

Während der ganze Horror langsam ins Bewusstsein der anderen dringt, bleibt es einen Augenblick ruhig in der Küche.

»Da werden Unschuldige abgeschlachtet, damit niemand lange auf Organe warten muss? Wer kauft die denn?«, fragt Peggy entsetzt.

»Er verdient bestimmt mindestens eine Million pro Mädchen«, sagt Caitlin leise.

Kit starrt mich nur an und greift nach meiner Hand. Sie hält sie so fest, dass sie mir kurz Angst einjagt.

»Du hättest eins von ihnen sein können.« Ihre Stimme ist nicht mehr als ein Flüstern.

»Das bin ich aber nicht«, rufe ich ihr in Erinnerung. Ich muss es noch einmal sagen, nur damit sie sich beruhigt. »Aber diese Entnahmeoperationen sollen heute Nacht anfangen. Wir müssen sofort etwas unternehmen.«

»Können wir da einbrechen?«, will Kit von Caitlin wissen.

Man muss Caitlin zugutehalten, dass sie mich ansieht. Schließlich war ich dort, nicht sie.

»Dort sind eine Menge bewaffneter Wachmänner. Mindestens vierzehn oder fünfzehn. Nach meiner Flucht gilt da bestimmt die höchste Alarmstufe.«

»Überwachungskameras?«, erkundigt sich Caitlin.

»Keine. Wahrscheinlich wollen sie nicht, dass irgendetwas von den Vorgängen da drinnen aufgenommen wird.«

»Dann könnten wir vielleicht …«, setzt Caitlin an, doch Peggy schüttelt den Kopf.

»Es ist zu gefährlich. Drei von euch gegen Pavlićs ganze Armee. Und selbst wenn ihr es schaffen würdet, könnte Pavlić einfach irgendwo anders neu anfangen, mit einem neuen Hauptquartier und neuen Opfern.« Peggy wägt alles ab. »Ich muss gleich heute Morgen zu Aleks.« Sie hält den USB-Stick und die Unterlagen hoch. »Das hier sollte ihm nutzen«, sagt sie.

»Kann Aleks so schnell handeln?«, will Kit wissen.

Peggy nickt. »Wenn er das nicht tut und das Ganze bekannt wird oder diese Mädchen sterben, wäre das fatal für die serbische Regierung. Mit seiner Karriere als Justizminister wäre es wahrscheinlich vorbei.«

Eine kurze Stille senkt sich über uns herab, während wir nachdenken. Jetzt rieche ich den Toast, und mir wird bewusst, wie hungrig ich bin. Ich nehme mir eine Scheibe, schmiere ein bisschen Marmelade aus einem Glas auf dem Tresen darauf und schlinge alles runter.

»Was ist mit der SD-Karte?«, frage ich noch kauend.

Jetzt redet Caitlin. »Damit hast du den Jackpot geknackt. Auf der Karte sind die Informationen, die wir brauchen. Tonnenweise Schmutzwäsche von vielen Politikern, Polizeibeamten, Richtern … Ich zeig's dir.« Sie nickt in Richtung des Wohnzimmers, und ich will gerade mit ihr gehen, als uns Kit unterbricht.

»Jess – wo hast du sie gefunden? Die SD-Karte?«

»In Paulina Pavlićs Zimmer.« Ich weiche dem scharfen Blick meiner Mutter aus, während ich alles erkläre. »Über Ambers Tipp zu dem Decoder, der mit Bilddateien arbeitet, bin ich darauf gekommen.«

»Aber woher wusstest du, dass die Karte dort sein würde?«

Ich zögere. Um ehrlich zu sein, weiß ich nicht, wie ich erklären soll, wodurch ich das begriffen habe oder was ich überhaupt in Paulinas Zimmer zu suchen hatte. Aber Kit scheint mich sowieso zu verurteilen.

»Diese SD-Karte war ein Geburtstagsgeschenk von Gregor, und – soweit Paulina weiß – sind nur Bilder von ihrer Mutter darauf.«

Kit kommt auf mich zu, viel zu nahe.

»Was ist?«, frage ich abwehrend.

»Paulina *Pavlić*?«, fragt sie. »Woher kennst du sie überhaupt? Wie hast du's auf die Party geschafft? Kennst du denn überhaupt keine Grenzen?«

Ich werte diese ganzen Fragen als rhetorisch, deswegen sage ich nichts. Ich sehe, wie Peggy Kit einen Blick zuwirft, sie soll sich beruhigen, und meine Mutter holt tief Luft und senkt die Stimme.

»Jess, Paulina ist *Pavlićs* Tochter. Du kannst ihr nicht vertrauen. Und du darfst ihr nicht zu nahe kommen.«

Dieser letzte Kommentar klingt reichlich doppeldeutig. Zumindest lässt die Art und Weise, wie Kit ihn ausspricht, sowohl Caitlin als auch Peggy den Blick senken. Und Hala bewegt sich aus dem Türrahmen weg, wo sie gestanden und zugehört hat. All das lässt mich wütend auf Kit werden.

»Es ist doch egal, ob ich ihr vertraue oder nicht«, gebe ich zurück. »Ich habe es geschafft, ihr die Karte zu stehlen, weil sie *mir* vertraut hat.«

Trotzig starre ich meine Mutter an, doch sie scheint nur darauf zu warten, dass ich mich weiter rechtfertige. Aber es gibt keine Möglichkeit zu erklären, warum mein Bauchgefühl sagt, dass Paulina nicht dieselbe Art Mensch wie ihr Vater ist. Warum ich sie mag – und ja, ihr sogar vertraue; genug, um mich schuldig zu fühlen, weil ich sie benutzt habe. Deswegen versuche ich es gar nicht erst.

»Tolles Konzert«, sage ich stattdessen. Das bringt Kit aus der Fassung.

»Danke. Ich habe ›Baby Mine‹ für dich gesungen.«

»Allerdings konntest du vorher nicht wissen, dass ich da sein würde.«

Eine peinliche Stille entsteht. Aber das tut mir nicht leid. Es macht mich einfach wütend, dass sie so tut, als hätte sie für mich gesungen, und dass sie so hartnäckig Paulinas Unschuld bezweifelt, nur weil Gregor Paulinas Vater ist. Ich wende mich ab und folge Caitlin ins riesige Wohnzimmer, das mit sehr modernen weißen Möbeln eingerichtet ist. Ein ganzes Stück besser als meine Ungezieferbehausung. Caitlin lässt sich in einem Sessel vor einem gigantischen Flachbildschirm nieder, und Hala tigert verdrossen durchs Zimmer, in Jeans und einem Shirt. Ihre Lederjacke hat sie auf einen der weißen Sessel geworfen. Ihr Blick begegnet meinem, und ihr Gesicht hellt sich ein wenig auf.

»Bist du okay?«, fragt sie.

»Ja, danke.«

Wir schauen zurück in die Küche; dort wird leise gemurmelt. Kit und Peggy (und Li, über die Videoschaltung) entscheiden wahrscheinlich, was als Nächstes zu tun ist. Inzwischen sitzen auch Amber und Thomas in London vor dem Bildschirm. Dort ist es fünf Uhr. Und Thomas trägt *immer noch* einen Anzug. Sie müssen eine Nachtschicht damit verbracht haben, die SD-Karte zu entschlüsseln.

»Da sind sie«, sagt Caitlin und sieht zu mir. »Die Informationen, die Pavlić über all seine erpressten Freunde hat. In jedem Foto ist in der Ecke ein Teil davon eingebettet.«

»Ich habe einiges rüberkopiert, von hier aus«, meldet Amber. Nur damit wir nicht vergessen, wie effizient sie arbeitet.

Caitlin berührt den Bildschirm dort, wo sich an der unteren Ecke eines Fotos eine Unregelmäßigkeit befindet. Ein kleines Fenster öffnet sich und gibt Informationen preis, und daran hängen weitere Bilder. Daten, Zeitangaben, winzige Fotos eines dicklichen älteren Mannes, wahrscheinlich irgendein Richter oder Politiker, mit einer jungen Frau. Hala und ich beugen uns vor, um mehr sehen zu können.

Aber trotz allem wird mein Blick ganz kurz von dem eigentlichen Bild angezogen. Es ist verblasst und zeigt ein kleines Mädchen – ein hübsches Kind, vielleicht sechs Jahre alt – bei seiner Mutter auf dem Schoß, die Arme um ihren Hals geschlungen. Paulina als Kind. Sie sieht in die Kamera, lugt jedoch scheu über die Arme hinweg, klammert sich an ihrer Mutter fest, als hänge ihr Leben davon ab. Die Augen der Frau sind geschlossen, sie genießt die Umarmung, und ihr Mund ist zu einem leichten Lächeln verzogen. Ich zwinge mich zum Wegschauen und bemerke, dass Caitlin mich beobachtet. Ich wende mich ab, ignoriere das nächste Foto, das Caitlin aufruft. Stattdessen richte ich die nächsten Worte an Amber und versuche, den richtigen Ton zu treffen, indem ich ihr sage, dass mir der Einbruch in mein Schließfach leidtut.

»Deine falschen Entschuldigungen will ich nicht hören«, unterbricht sie mich eiskalt.

Ich verstumme.

Inzwischen wendet sich Thomas an Hala. *»Marhabah«,* begrüßt er sie. Das heißt Hallo auf Arabisch. Sehr geschickt.

Hala wirkt überrascht, erwidert jedoch den Gruß. Thomas lächelt wie ein Idiot.

Peggy ruft nach mir, und ich stapfe wieder in die Küche. Sie schließt die Tür hinter mir und gießt mir eine frische Tasse Kaffee ein. An der Bar sitzt Kit. Li ist per Video zugeschaltet, ihr Gesicht füllt den Bildschirm des Tablets, das Peggy neben sich aufgestellt hat.

»Wir schulden dir sehr viel«, sagt Peggy, und das klingt gut. »Aber gleichzeitig«, fährt sie fort, »kann das so nicht laufen bei Athena.«

Das klingt wiederum nicht gut. Und Kit meidet immer noch meinen Blick. Ich trinke einen Schluck zu heißen Kaffee und warte darauf, dass Peggy weiterredet.

»Du hättest da getötet werden können. Festgehalten in diesem Krankenhaus voller Bewaffneter, voller Männer, die ohne Weiteres zu töten bereit sind …«

»Die Mädchen sind zu wertvoll. Man hat die Kerle darauf trainiert, sie nicht zu erschießen.«

»Darum geht es nicht«, sagt Peggy scharf. »Und dass du dich unter falschem Namen bei Pavlić eingeschlichen hast? Hast du überhaupt daran gedacht, was er wohl mit dir anstellen würde, wenn er das herausgefunden hätte?«

»Peggy, alles, was wir tun, könnte böse enden«, erkläre ich. »Wenn wir uns über jedes kleine Detail Sorgen machen, sind wir wie gelähmt.«

Jetzt mischt sich Kit ein. »Wir *müssen* uns aber Sorgen über die Details machen, Jessie. Wir müssen uns auf einen Plan einigen. Es muss eine Vereinbarung geben, eine Art festes Regelwerk für diese Organisation. Begreifst du das denn nicht?«

»Wenn ich letzte Nacht nicht in dem Krankenhaus gelandet wäre, wären bis heute Abend Hunderte von Mädchen tot.«

Kit wendet den Blick ab. Weil ich recht habe und weil sie keine Gegenargumente hat. Peggy schüttet behutsam ihren Kaffee in den Abfluss. Dann verbringt sie eine Minute damit, die Tasse in die Spülmaschine zu räumen. Sie will sich beruhigen.

»Du hättest dich mit diesen Informationen an uns wenden sollen, als du sie von Katarina bekommen hast«, sagt Li vom Bildschirm aus.

»Ich wusste doch nicht, ob diese Spur überhaupt etwas hergibt oder ob man Katarina trauen kann. Und als ich euch beim ersten Mal von den Informationen über die Victory-Klinik und Lavit berichtet habe, hast du mich auflaufen lassen. Du hast gemeint, die Beweislage wäre zu dünn.«

Peggy seufzt leise, und mit einem leichten Heben ihrer Augenbrauen deutet sie an, dass sie mein Dilemma nachvollziehen kann.

»Jessie, hier geht es darum, dass wir Leute zur Rechenschaft ziehen wollen, die sonst mit schrecklichen Untaten davonkommen, gegen die sonst niemand etwas unternimmt, zum Beispiel Menschenhandel. Aber niemand kontrolliert *uns*«, fährt Peggy fort. »Wir müssen sicherstellen, diese Macht nicht zu missbrauchen. Und das geht nur, wenn wir als Team zusammenhalten – Entscheidungen als Gruppe treffen.«

Jetzt wende ich mich der Spülmaschine zu. Ich stelle meinen Teller und die Tasse hinein; schweigend. Aber nicht lange. Denn mir ist schon klar, wohin dieses Gespräch läuft.

»Ihr habt mich gebraucht, um diese Mission zu beenden«, sage ich. »Ich habe euch Pavlićs Erpressungsdateien besorgt und herausgefunden, was er wirklich treibt. Ich gehöre zu diesem Team, und ich will wissen, ob ich wieder richtig dabei bin.«

Peggy schaut mich ernst an, dann wandert ihr Blick zu Li auf dem Bildschirm.

»Ich bin dagegen«, fährt Li fort. »Aus den Gründen, die Peggy gerade genannt hat. Wir sind schon eine unabhängige, eigenständige Gruppe. Wir können keine Agentin gebrauchen, die sich unberechenbar verhält. Das gibt nur Chaos.«

Das ist ein Schlag für mich. Ich wende mich Peggy zu.

»Siehst du das auch so?«, will ich wissen.

Peggy schüttelt den Kopf. »Nein. Ich will dich zurück. Unter der Bedingung, dass du dich bereit erklärst, dich an Befehle zu halten, oder du bist raus.«

Ich nicke. Ich begreife es; ich kann mich mehr anstrengen, ich bin ja keine Idiotin. Und ganz ehrlich, so gefalle ich mir auch nicht. Ich will kein Mensch sein, der einen Mann in Handschellen töten kann. Ich will mich nie wieder so verhalten.

Aber die Stimmung im Raum ist immer noch angespannt. Ich sehe zu Kit in der Ecke. Sie hat die entscheidende Stimme.

Ihr Blick flackert, sie wendet sich von mir ab, während sie den Kopf schüttelt.

»Ich glaube nicht, dass du bereit bist, Jess. Menschen ändern sich nicht über Nacht.«

Meine Schultern werden schlaff, und für einen Moment schließe ich die Augen. Unter den Lidern fühlen sie sich rau und erschöpft an. Meine eigene Mutter – die Frau, die mich gebeten hat, für Athena zu arbeiten – drängt mich aus der Organisation. Was für ein Verrat. Die Frustration, die plötzlich in mir aufsteigt, ist heftig und erfüllt mich sofort mit Energie. Aber ich will nicht, dass sie recht bekommen, wenn ich jetzt zeige, dass ich mich nicht unter Kontrolle habe. Und vor allem soll Kit nicht merken, wie sehr sie mich damit verletzt, dass sie sich gegen mich wendet. Und das nach allem, was ich gerade getan habe.

In die Stille hinein ertönt das Signal, dass auf Peggys Smartphone eine Nachricht eingegangen ist. Sie starrt darauf.

»Aleks wird mich in einer Stunde empfangen«, sagt sie. »Jessie, warum ruhst du dich nicht ein paar Tage aus? Der Himmel weiß, dass du das nötig hast.«

Aber ihre Stimme klingt distanziert. Mein Kopf hämmert, weil ich mich so anstrengen muss, die Wut zurückzudrängen, die Erschöpfung, die Sorge um Dascha und die anderen.

Ich wende mich zum Gehen. Hinter mir sagt Kit etwas, aber ich kann es nicht hören, und ich will es auch nicht hören. Ganz verschwommen nehme ich wahr, dass Peggy ihr etwas zuflüstert, sie davon abhalten will, mir zu folgen. Zur

Haustür muss ich durch einen hohen Flur, über einen Boden aus poliertem Granit, und ich brauche Ewigkeiten.

Draußen hole ich tief Luft. Die Wolken reißen auf und lassen ein wenig Morgensonne durch, die es bis auf mein Gesicht schafft. Ich schließe ein paar Minuten die Augen und spüre einfach nur Wärme und Weichheit.

Und dann dringt Halas Stimme aus einem Fenster rechts von mir durch die Morgenluft. Ich wünschte, sie hätte sich für mich eingesetzt, als mich Kit gerade wegen Paulina angegriffen hat, statt sich im Hintergrund zu halten. Ganz offensichtlich ist sie am Telefon, und sie spricht zu leise, als dass ich viel von dem verstehen könnte, was sie sagt. Doch sie wirkt angespannt – so hat sie geklungen, als ich das Gespräch mit ihrem Bruder zufällig belauscht habe. Ich mache ein paar Schritte aufs Fenster zu. Leise, ganz leise.

»Ich weiß, du musst vorsichtig sein …« Dann etwas Längeres auf Arabisch. Ich bin sicher, Hala merkt jetzt, dass ich mich da draußen bewege, denn sie beendet hastig das Gespräch. Was auch immer mit ihr los ist, es ist ein völliges Geheimnis. Und so, wie die Dinge momentan zwischen uns stehen, kann ich nicht einmal mit ihr darüber reden.

Was ihr Bruder wohl von ihr will? Ist sie in Schwierigkeiten? Oder er? Ich gehe zurück zur Auffahrt, zu meinem gestohlenen blauen Auto. Als ich die Tür öffne, werfe ich einen Blick zurück und sehe, dass mich Hala von ihrem Fenster aus beobachtet. Wir schauen uns lange an, und aus einem Impuls heraus hebe ich die Hand zu einem halben Winken. Ich hoffe auf ein Lächeln, einen Blick, einfach nur ein Nicken. Aber sie wendet sich ab und zieht die Vorhänge zu, schließt mich aus.

17. Kapitel

Ich fahre das blaue Auto zu dem Ort zurück, an dem ich letzte Nacht das Motorrad abgestellt habe. Obwohl der in einem Stadtviertel mit einer extrem hohen Kriminalitätsrate liegt, ist das Motorrad noch da, deswegen parke ich das Auto am Straßenrand und steige um. Ich will nicht, dass die Polizei das gestohlene Fahrzeug bis vor meine Haustür zurückverfolgt. Ich fahre zurück zu meiner Wohnung. Es ist komisch, wie schnell man sich an eine Routine gewöhnen kann, an einen bestimmten Ort, und eine Verbindung dazu aufbaut. Obwohl ich aus einem riesigen, hellen Haus voller Leben komme, bin ich erleichtert, jetzt wieder in einem Zimmer zu sein, das schäbig, aber meins ist und wo ich niemandem eine Antwort schuldig bin.

In der Wohnung dusche ich ausgiebig und heiß, dann lege ich mich hin. Ich bin schon weg, bevor mein Kopf das Kissen berührt, und es ist ein Zustand wie unter Drogen. Keine Träume, keine Erinnerungen – nur schwarzer, fester Schlaf.

Bis ich plötzlich aufwache und nach Luft ringe, während ich mich aufsetze. Ich bin verwirrt. Mit einer Hand greife ich nach meinem Smartphone, weil ich wissen will, wie viel Uhr es ist. Gerade mal eine halbe Stunde vergangen. Als Erstes erinnere ich mich daran, was vorhin im Haus passiert ist: dass mich Kit nicht zurück ins Team lassen wollte. Dann denke ich an Dascha und an das Krankenhaus. Und an Gregors Party. Und an Paulina.

Während ich mich anziehe, schaue ich durch die Netzvorhänge vor dem Fenster. Die Tür zur Galerie steht einen Spalt offen, und drinnen bewegt sich jemand. An der Straße parkt Paulinas Mercedes. Es ist noch nicht ganz neun Uhr. Ich dachte, sie würde nach der Feier ihres Vaters bis mittags schlafen, denn die Party schien noch in vollem Gange, als ich sie verlassen habe. Allein bei dem Gedanken, dass da jemand ist, mit dem ich reden kann, fühle ich mich besser. Aber zuerst gehe ich in die Apotheke zwei Straßen weiter und kaufe mir Wundcreme und ein paar Pflaster. Zurück in der Wohnung, verarzte ich den Schnitt an meinem Arm. Dann ziehe ich die Ärmel meines Shirts herunter und knöpfe sie zu, damit nichts davon sichtbar ist.

Als ich die Galerie betrete, kommt Musik aus den Lautsprechern. Es duftet nach frischem Kaffee, und das Sonnenlicht fällt auf die Wände. Paulina sitzt allein an einem Tisch und tippt auf ihrem iPad herum. Sie ist lässiger gekleidet als an jedem anderen Tag bisher: Sie trägt ausgewaschene Jeans und ein enges weißes T-Shirt. Das erfüllt mich mit Erleichterung. So ist sie mir näher als in ihren Partyklamotten, umgeben von den Fake-Freunden ihres Vaters.

Natürlich entdeckt sie mich, sobald ich in der Tür stehe, und sie bewegt sich nicht, sondern schaut nur vom Display auf. Sie sitzt einfach da, sieht mich mit einem schwachen Lächeln an, und unter ihrem ruhigen Blick werde ich ganz verlegen. Ich schaue weg, auf den Flachbildschirm an der Wand, wo stumm geschaltete Nachrichten laufen.

»Jessie«, sagt sie endlich. »Ich bin so froh, dich zu sehen.«

Das finde ich ziemlich erstaunlich. Ich kann mich gar

nicht an das letzte Mal erinnern, als jemand meinen Namen benutzt hat und es nicht darum ging, mich zu kritisieren oder mir gute Ratschläge zu geben. Diese Worte sagen sich so leicht, *Ich bin so froh, dich zu sehen*, aber wie oft sagt man sie eigentlich zueinander? Sie kommt auf mich zu, zieht mich an sich und küsst mich auf die Wange. Durch ihre Freundlichkeit und Zuneigung scheint alles Böse im Hintergrund zu verschwinden. Zumindest für den Moment.

Paulina bedeutet mir, ich solle mich hinsetzen, dann geht sie hinter die Theke und macht mir einen Kaffee. Ich schaue mich um, betrachte die Fotografien an den Wänden, das Morgenlicht, das sich im polierten Glas der Fenster spiegelt, und den glatten, sauberen Marmorfußboden. Dabei kann ich nur daran denken, wie anders es hier ist als in dem alten Krankenhaus. Und daran, dass das Geld für die Galerie aus den »Firmen« ihres Vaters stammt.

»Dein Macchiato.«

Eine Tasse mit perfekt geschäumtem Kaffee wird vor mich hingestellt. Ich betrachte Paulinas Finger mit den sorgfältig manikürten Nägeln auf der Untertasse; ich blicke auf zu ihren perfekten Lippen und in ihre Augen – Augen, deren Farbe sich so leicht von Blau zu Grün und wieder zurück verändert. Sie ist so schön. Und ich frage mich, wer sie wirklich ist.

»Was hast du?«, will sie wissen.

Ich schüttele den Kopf. »Nichts.«

»Du siehst müde aus.«

»Ich hatte ein paar Albträume«, antworte ich.

Sie braucht ja nicht zu wissen, dass ich während allen von ihnen wach war.

»Ich konnte lange nicht einschlafen, nachdem du gegangen bist«, sagt sie.

Während ich auf eine Erklärung warte, lächelt sie kurz und schaut dann zu Boden, entzieht sich meinem Blick.

»Ich musste immer wieder alle Partygäste durch deine Augen betrachten. Wie ein Außenseiter. Sogar meinen Vater und seine Freunde. Die haben heute Morgen immer noch Karten gespielt. Ich konnte den Lärm nicht ertragen, die schmutzigen Witze. Sie sind so …« Sie beendet den Satz nicht, deutet aber mit einem Kopfschütteln ihre Unzufriedenheit an.

Ich gehe nicht davon aus, dass es mir zusteht, mich an der Kritik an Pavlić oder seinen Gästen zu beteiligen, deswegen sage ich nichts, sondern betrachte Paulina einfach nur. Sie hält den Blick aber immer noch gesenkt, und sie runzelt die Stirn. Als würde sie nach Worten suchen. Als sie endlich etwas sagt, spricht sie so leise, dass ich mich vorbeugen muss, um alles zu verstehen.

»Ich weiß, wir haben uns gerade erst kennengelernt. Aber im Moment fühlt es sich an, als wärst du in meinem ganzen Leben am realsten.« Ich muss lächeln. Oberhalb ihrer Wangenknochen erscheint eine zarte Röte. Deswegen glaube ich, dass sie sogar wirklich meint, was sie sagt.

»Mein Leben ist so kompliziert, Jessie. Ich wünschte, ich könnte es dir erklären.«

Ihre Hand liegt auf dem Tisch, ganz nah an meiner, und ihre Finger bewegen sich ein winziges Stück, gerade genug, um meine zu berühren. Es ist, als gäbe es nichts anderes mehr auf der Welt. Langsam beugt sie sich zu mir, noch ein Stückchen näher, und dann richtet sie den Blick auf meine Lippen, ihre eigenen kommen näher, bis sie meinen Mund ganz leicht mit ihrem berührt –

Und dann steht jemand an der Tür. Einer ihrer Kellner,

glaube ich. Mein Herz klopft schon so wild, dass mich der Anblick völlig aus der Fassung bringt. Aber Paulina ist völlig cool. Ganz natürlich, ohne jede Steifheit und ohne den Eindruck zu vermitteln, gerade bei etwas erwischt worden zu sein, steht sie auf und geht zur Tür. Sie spricht entspannt mit dem Typen, lacht und witzelt dabei herum, und er betritt die Galerie und geht in den hinteren Teil, um mit seiner Arbeit anzufangen. Inzwischen sehe ich blinzelnd hoch zum Fernseher, versuche mich zu erholen und mein inneres Gleichgewicht wiederzufinden.

Aleks Jučić erscheint auf dem Bildschirm. Es ist keine Liveübertragung, sondern ein Bericht. Aufnahmen, auf denen Aleks leidenschaftlich auf eine ihm bewundernd lauschende Menge einredet, dazwischen Bilder von Männern, die verhaftet werden, und Polizeiautos in einem heruntergekommen wirkenden Viertel.

Paulina tritt wieder an den Tisch.

»Ich hatte gar nicht gemerkt, wie spät es ist«, sagt sie entschuldigend. »Es tut mir leid, dass wir unterbrochen worden sind.«

Als ich daran denke, was wir in diesem Augenblick gemacht haben, ist mir das peinlich, und ich wende den Blick wieder zum Fernseher, damit nicht noch mal eine intime Atmosphäre zwischen uns entsteht. Paulina wendet sich ebenfalls dem Bildschirm zu.

»Wer ist denn der Typ da?«, frage ich, um eine Unterhaltung in Gang zu bringen. Gleichzeitig versuche ich, klar zu denken, aber das gelingt mir nicht.

»Jučić?«, fragt sie zurück. »Ein Betrüger ist das.«

»Sieht aus, als wollte er in Belgrad Ordnung schaffen.«

Paulina lacht auf. »Machst du Witze?«

Ich sehe zu ihr und versuche so entspannt wie möglich zu klingen. In Wirklichkeit wird mir aber gerade ganz anders. »Was meinst du damit?«

»Jučić interessiert sich nur für eine einzige Sache auf der ganzen Welt.«

»Wofür denn?« Panik steigt in mir auf.

»Für Geld. Die Kerle, die er festnimmt, zahlen ihm einfach nicht genug. Er gehört zu den Schlimmsten von allen. Zu denen, die so tun, als wollten sie etwas gegen die Korruption unternehmen.«

Paulina steht wieder auf und geht hinter die Theke, denn ihr Smartphone klingelt in ihrer Tasche. Ich folge ihr, weil sie sich bestimmt irrt, was Aleks betrifft. Aber das muss ich unbedingt ganz genau hören.

»Woher weißt du das?«

»Er versucht immer wieder, meinem Vater Geld für seine Nachtklubs abzuknöpfen«, erklärt Paulina sachlich. »Und er lässt sich immer in Kryptowährung bezahlen. In einer von den weniger bekannten – Alexa.« Sie wühlt in ihrer Tasche nach dem Handy. »An den Namen kann ich mich erinnern, weil er seinem eigenen so ähnlich ist.«

Von Alexa habe ich schon gehört: Es kommt im Darknet sehr oft zum Einsatz. Alexa erscheint nicht in den üblichen Krypto-Wallets, und man kann diese Währung nur mit einem ausgedruckten Schlüssel benutzen. Sogar die PDF-Dateien zerstören sich nach einer festgelegten Zeit von selbst. Ob mir etwas entgangen ist, als ich Aleks' Computer durchsucht habe? An Vorgänge mit Kryptowährung kann ich mich erinnern, aber da war nichts Größeres, und ich dachte, er würde nur Aktiengeschäfte machen … *Bitte, Jessie – du darfst es nicht komplett verbockt haben.* Die Angst sitzt mir wie ein klebriger Klumpen ganz tief im Bauch, weil ich an Peggy denken muss. Wenn sie nur nicht in Schwierigkeiten steckt!

Inzwischen hat Paulina ihren Anruf entgegengenommen, und ganz offensichtlich ist etwas nicht in Ordnung. Sie spricht schnell auf Serbisch. Die aufgebrachte Stimme am anderen Ende der Leitung gehört zweifellos Gregor.

Während Paulina noch redet, hole ich mein eigenes Smartphone raus und schicke Peggy eine SMS.

Vorsicht bei Aleks. Gefahr. J

Den Anfangsbuchstaben meines Namens füge ich hinzu, weil Peggy diese Handynummer nicht als meine erkennen wird. Ich weiß nicht, was ich denken soll oder von welcher Gefahr ich überhaupt ausgehe. Aber die ganze Sache ist mir einfach nicht geheuer. Wenn ich daran denke, wie Aleks und Peggy neulich zusammen zu Abend gegessen haben, wie sehr sie ihm vertraut …

Vielleicht irrt sich Paulina ja – vielleicht hat ihr Gregor ein Lügenmärchen darüber erzählt, wie schrecklich Aleks doch ist.

Aber jetzt muss ich mit irgendeiner Ausrede kommen, damit ich das Ganze näher untersuchen kann. Zu meinem Glück sieht es aus, als müsste auch Paulina schnell weg. Sie beendet das Gespräch, schaltet den Fernseher aus und wirft sich die Tasche über die Schulter. Ihrem Gesichtsausdruck ist deutlich zu entnehmen, dass sie unter Stress steht.

»Was ist denn los?«

»Mein Vater hat festgestellt, dass etwas aus seinem Arbeitszimmer fehlt«, erklärt sie. »Ich muss zu ihm.«

»Was ist denn weggekommen? Geld?«, erkundige ich mich. Als hätte ich nicht die geringste Ahnung.

Paulina schüttelt den Kopf. Und dann bleibt sie plötzlich stehen. »Ich will dich nicht alleinlassen«, sagt sie.

Ich werfe einen Blick auf mein Smartphone, aber Peggy hat noch nicht auf die SMS reagiert. Ich muss einfach hier raus.

Wir gehen zur Tür.

»Wollen wir uns später noch mal treffen?«, schlage ich vor. »Einfach wieder hier?«

Sie nickt eifrig und berührt kurz meine Hand. Ich schaue zu, wie sie in ihr Auto steigt, dann gehe ich zu meinem Motorrad. Unterwegs schicke ich Peggy noch eine SMS und rufe sie an, bekomme aber keine Antwort. Im Fahren versuche ich es auch bei Amber.

»Ich wollte gerade nach Hause und ein bisschen schlafen«, sagt sie. »Ist es was Wichtiges?«

»Ich brauche Aleks' Adresse.«

»Ich bin nicht befugt, dir …«

»Peggy ist in Gefahr.«

»Dann gebe ich Caitlin Bescheid …«

»Amber, dafür haben wir keine Zeit.« Sie zögert. Ich versuche es noch mal. »Wirst du es dir jemals verzeihen können, wenn etwas passiert?«

Ich höre, wie sie auf einer Tastatur herumhämmert.

»Wo bist du?«

»Bei Paulinas Galerie.«

»Gib mir Zugang zu deinem Smartphone-Navi und fahr nach Norden«, sagt sie. »Ich lotse dich hin.«

18. Kapitel

Warum muss in einer so kleinen Stadt gerade die Straße, die ich dringend benutzen will, durch einen Pendlerstau verstopft sein? Ich fahre Slalom, schramme fluchend an anderen Fahrzeugen vorbei, suche mir so gut wie möglich den Weg zwischen den Autos hindurch, aber ich steuere auf einen Engpass zu, an dem alle dicht beieinanderstehen. Verzweifelt schaue ich zum Bürgersteig. Der ist mehr oder weniger frei, von ein paar Cafétischen abgesehen. Weil mir Kit immer sagt, dass Hindernisse nur existieren, um überwunden zu werden, nehme ich mir ihren Ratschlag zu Herzen, verlasse die Straße und fahre über den Bürgersteig. Ich rase mit lautem Motorengeräusch am Verkehr vorbei, was ein paar Passanten aufschreckt. Hinter mir ertönt empörtes Hupen, und wütende Autofahrer schütteln aus den Fenstern heraus die Fäuste nach mir, aber ich wandle den Stress in Energie um, die mich anspornt. Als ich erst mal an dem Stau vorbei bin, lotst mich Amber durch viel ruhigere Wohnstraßen.

»Umzubringen brauchst du dich aber auch nicht gleich bei der Aktion«, sagt sie in den Bluetooth-Ohrhörer meines Telefons.

Ich reagiere nicht darauf.

»Wenn du tot bist, kannst du Peggy auch nicht helfen.«

Sie gibt einfach keine Ruhe.

»Danke für den Hinweis. Daran hatte ich gar nicht gedacht.«

Sie sagt, ich soll an der nächsten Kreuzung rechts fahren, dann bin ich auf der Straße, in der Aleks wohnt. Die Tore kann ich schon sehen, und davor stehen zwei bewaffnete Soldaten, die den sogenannten Helden der Anti-Korruption bewachen.

Ich biege in die Straße ein und vermeide ganz knapp die Kollision mit einem davonrasenden Krankenwagen. Ich lehne mich nach rechts, fast bis auf den Boden, es reißt mich vom Bike, doch ich schaffe es gerade so aus dem Weg. Ich stehe auf, schnappe mir das Motorrad. Die Tore zu Aleks' Grundstück stehen weit offen. Von hier kam der Krankenwagen. Die Blaulichter rotieren, und die Sirene beginnt zu heulen, als der Wagen um die Ecke verschwindet. Durch die Torflügel sehe ich Aleks in der Auffahrt stehen. Eine Frau in Dienstbotenuniform neben ihm ringt die Hände. Mir rutscht das Herz in die Hose. Denn wenn er hier draußen steht, muss das in dem Krankenwagen Peggy sein. Aleks schaut auf und entdeckt mich – eine fremde junge Frau mit einem Helm auf dem Kopf, auf einem Motorrad, auf der Straße vor seinem Haus. Ich zögere eine Sekunde lang, als sich die Tore zu schließen beginnen. Dann wende ich und folge dem Krankenwagen.

Bis zur Notaufnahme des Krankenhauses brauche ich sechs quälend lange Minuten. Ich lasse das Bike direkt neben dem Krankenwagen stehen und renne mit, als die Sanitäter die Trage auf Rollen mit Peggy darauf ins Gebäude und einen Flur entlangschieben.

Jemand sagt etwas auf Serbisch zu mir und will mich dazu bringen zurückzubleiben, aber ich lasse mich nicht abschütteln, und wenn sie nicht stehen bleiben wollen, können sie nicht viel dagegen tun, bis sie Peggy auf ein Bett heben und die Vorhänge zuziehen. Dann hört die diensthabende Ärztin Peggys Brust ab und schaut zu mir auf. Sie sagt schnell etwas auf Serbisch, und ich frage sie, ob sie Englisch spricht.

»Kennen Sie diese Frau?«, will sie wissen.

»Ja.«

»Wir brauchen Platz, damit wir unsere Arbeit tun können.«

Ich nicke wieder. Ich halte Peggys Hand, die jedoch nicht auf meine Berührung reagiert. Ihre Augen sind geschlossen, und ihr Atem geht leicht und flach, kaum wahrnehmbar.

»Bitte«, wiederholt die Ärztin sanft. Ich weiß, dass sie recht hat. Widerwillig lasse ich Peggys Hand los und ziehe mich zurück, während weitere Ärzte den Raum betreten. Ein Ruck eines grünen Vorhangs, und ich sehe Peggy nicht mehr.

Mittlerweile sind auch die anderen eingetroffen, und wir warten in der Krankenhauskapelle, weil Kit zu verzweifelt war, als dass sie auf dem nach Desinfektionsmitteln riechenden Flur hätte bleiben können, wo ständig Patienten hin und her geschoben werden.

Das hat allerdings den Nachteil, dass man hier in der Kapelle extrem mit Weihrauch eingenebelt wird, und außerdem starren mich die aufgemalten Holzaugen einer weinenden Marienstatue an. Wenn einem damit Trost und Frieden vermittelt werden sollen, funktioniert das bei mir nicht ganz so gut wie erhofft.

»Jess, bitte nicht.«

Kit sitzt auf dem Stuhl neben mir. Sie wendet sich mir zu und legt eine Hand auf meine nervös trommelnden Finger.

In ihren Augen stehen Tränen. Aber ich spüre, dass die Hand meiner Mutter nicht nur da liegt, weil sie mich an der Bewegung hindern will. Sie möchte mich auch trösten, und vielleicht sucht sie selbst nach Trost. Ich denke, wir beide müssen uns an irgendetwas festklammern, während wir auf Neuigkeiten warten. Die erste Diagnose war sehr lückenhaft – man vermutet einen Schlaganfall. Peggy lebt noch, gerade so, aber sie reagiert nicht.

In der Stuhlreihe vor uns sitzt Caitlin, ganz allein. Ihre kräftige Gestalt ist in sich zusammengesunken, den Kopf lässt sie hängen. Ich beuge mich vor und lege ihr eine Hand auf die Schulter, und sie dreht den Kopf ein wenig, damit ich weiß, dass sie die Berührung spürt, aber sie schaut mich nicht an.

Die Tür zur Kapelle öffnet sich, und Hala steht vor uns. Das grelle Licht aus dem Krankenhausflur umgibt ihre Silhouette. Sie winkt uns zu, und wir stehen gleichzeitig auf und folgen ihr nach draußen.

»Der Arzt ist da«, verkündet sie und geht vor uns her.

Der Spezialist ist ein hochgewachsener, schlanker Mann mit dicken, von silbernen Strähnen durchzogenem Haar. Er trägt einen grünen Kittel und sieht gar nicht so viel anders aus als der Arzt, der mich in Gregors Klinik untersuchen wollte. Ich frage mich, ob er wohl jemals ein Angebot bekommt, dort zu arbeiten, und was er in diesem Fall tun würde.

»Wer von Ihnen ist die nächste Angehörige?«, will er wissen.

»Wir alle«, erklärt Kit bestimmt.

Der Arzt zögert, als er uns mustert. Wir sehen sicher aus wie ein ziemlich schräger Haufen. Eine dunkelhaarige Britin, eine Südstaatenblondine, eine Araberin und ein Popstar. Keine von uns passt so richtig zu Peggys ganz offensichtlich afroamerikanischer Abstammung. Ich merke, dass er Kit erkennt, auch wenn er spontan nicht genau weiß, wo er sie hinstecken soll. Kit ihrerseits denkt wahrscheinlich, dass es besser ist, jetzt nicht zu erwähnen, dass Peggy in den Vereinigten Staaten zwei erwachsene Kinder hat – jedenfalls nicht, wenn wir uns hier Auskünfte erhoffen. Sie stellt rasch hintereinander mehrere Fragen, bevor der Arzt noch länger nachdenken kann. Und weil er ihren vor dem Oberkörper verschränkten Armen und ihrem ganzen Auftreten nichts entgegenzusetzen hat, fängt er an zu reden.

»Sie weist keines der üblichen Symptome eines Schlaganfalls auf«, erklärt er. »Ihre Herzwerte sind schlecht, aber zu einem Herzanfall wollen sie nicht passen.«

»Könnte sie das Opfer eines Überfalls geworden sein?«, frage ich. Er starrt mich verständnislos an.

»Könnte man ihr etwas verabreicht haben?«, präzisiert meine Mutter.

»Die Ergebnisse des Bluttests müssten sehr bald eintreffen.«

»Wie bald?«, fragt Hala in gebieterischem Ton.

Der Arzt erschrickt, weil wir alle so über ihn herfallen.

»Etwa in zwanzig Minuten«, gibt er zurück. »Im Moment sorgen wir vor allem dafür, dass sie sich nicht schlecht fühlt. Sie liegt in einem Privatzimmer, wie Sie erbeten haben.«

Er nimmt uns mit nach rechts, in einen kleineren Flur, der zu einem Zimmer mit einer Glastür führt. Durch die Scheibe sehen wir die bewusstlose Peggy. Im normalen Leben wirkt sie so imposant, aber auf diesem schrecklichen Bett mit seinem Metallrahmen sieht sie einfach nur winzig aus. Bei ihrem Anblick würde ich am liebsten in Tränen ausbrechen, reiße mich aber zusammen. Aus dem Augenwinkel sehe ich, wie Kit die Hand vor den Mund schlägt. Schnell gehe ich rein und setze mich an Peggys Bett. Caitlin lässt sich auf einen Stuhl neben mich sinken. Kit und Hala stellen sich auf die andere Seite.

Neben mir höre ich einen unterdrückten Laut. Vielleicht liegt es am Anblick von Peggy, die wie eine Leiche vor uns aufgebahrt liegt, Caitlin kann jedenfalls nicht mehr aufhören zu weinen. Eine Hand habe ich auf Peggys gelegt, die warm, aber leblos ist. Mit der anderen streichle ich Caitlin über den Rücken und versuche sie zu beruhigen. Sie steht Peggy näher als irgendjemandem sonst von uns. Peggy ist die Mutter, die Caitlin nie hatte. Herzlich, fürsorglich, immer hat sie ein freundliches Wort und ein Lächeln für einen übrig. Und Caitlin verspürt gegenüber Peggy so große Loyalität wie Amber gegenüber Li. Wie Amber hat sie keinen Augenblick gezögert, als man sie aufforderte, Athena beizutreten und für den Rest ihres Lebens ewiges Schweigen zu geloben.

Hilflos sitzen wir da und hören dem dauernden Piepsen der Maschine zu, die Peggys Vitalfunktionen überwacht. Caitlin beruhigt sich ein bisschen, und ich schaue über das Bett hinweg zu Kit.

»Aleks hat etwas mit der ganzen Sache zu tun«, verkünde ich. Ich schlucke, weil ich meine Angst kaum in Worte fassen kann, dass mir irgendwann bei der Vorbereitung für diese Mission ein Fehler unterlaufen ist. Die Recherchen zu Aleks habe hauptsächlich ich durchgeführt. Wenn mir dabei etwas entgangen ist, trifft mich die Schuld daran, dass Peggy jetzt hier liegt, kaum noch am Leben. Niedergeschlagen setze ich zu einer Erklärung an, aber Kit legt einen Finger an die Lippen und bedeutet mir zu schweigen. Im gleichen Moment greift Hala in ihren kompakten Rucksack und holt etwas heraus, das wie ein normaler USB-Stick aussieht, aber daran befindet sich ein Schalter, den sie umlegt. Es ist ein Audio-Blocker, der Rauschen verbreitet und es so unmöglich macht, uns abzuhören. Wir brauchen nicht davon auszugehen, dass man das Krankenhaus verwanzt hat, aber uns ist klar, dass unsere Mobiltelefone jederzeit über eine App oder einen Virus abgehört werden können.

Sobald uns Hala durch ein Nicken signalisiert hat, dass wir jetzt sprechen dürfen, wendet sich Kit an mich.

»Wie kommst du darauf, was Aleks betrifft?«

»Paulina sagt, er ist korrupt. Und warum ist er jetzt nicht bei Peggy, wenn er sich Sorgen um sie macht?«

Hala wirft mir einen Blick zu. »Soll das heißen, wir glauben jetzt *Pavlićs* Tochter?«

Ich ignoriere den Sarkasmus in ihrer Stimme und berichte, was Paulina mir erzählt hat. Kit sieht mich forschend an.

»Jess, vielleicht sagt sie die Wahrheit, aber wir brauchen mehr …«

Ich gebe keine Antwort. Beim Anblick des Audio-Blockers habe ich an Smartphones denken müssen, und jetzt suche ich nach Peggys Handtasche. Sie steht in einer kleinen Nische am Fußende ihres Bettes.

»Was machst du da?«, will Kit wissen.

»Ich schaue nach, ob Peggy meine Nachrichten bekommen hat.«

Peggys Handy liegt auf dem Boden ihrer Tasche, ordentlich auf einem Make-up-Beutel, Feuchttüchern und Stiften. Es ist ihr »Sozialkontakte«-Gerät, das sie im Alltag verwendet. Ihr geheimes Telefon hätte sie bestimmt nicht zu einem Treffen mit Aleks mitgenommen. Wie Li und Kit benutzt sie das zweite Handy nur sehr selten, wenn unser Athena-Netzwerk aus irgendeinem Grund nicht funktioniert. Auf dem Display befindet sich eine Aufnahme-App, die durch Blinken anzeigt, dass die maximale Zeit erreicht ist. Komisch. Einer Eingebung folgend gehe ich ein Stück zurück und drücke auf Play. Man hört Flüstern auf Serbisch, Geräusche, Bewegungen – und die Sirene in einem Krankenwagen. Die Aufnahmen müssen entstanden sein, als man sie hierhergebracht hat. Ich gehe noch weiter zurück und höre Aleks, dessen Stimme gelangweilt und monoton klingt.

»Vielleicht in Monaco. Irgendwo, nur nicht hier.«

Dann jemand mit spanischem Akzent. »Mr. Jučić, was ist passiert?«

Aleks' Stimme hat sich völlig verändert.

»Elena! Ich dachte, Sie wären in der Kirche! Gott sei Dank, dass Sie da sind. Mrs. Delaney ist zusammengebrochen.«

Dann hört man, wie er längere Zeit voller Panik nach einem Krankenwagen telefoniert.

Ich halte die Aufnahme an, und wir alle tauschen atemlos Blicke aus, während ich eine weitere Minute zurückgehe, ganz an den Anfang. Dieser Teil der Aufnahme ist kaum zu ertragen. Ganz offensichtlich bekommt Peggy kaum Luft. Sie muss die Aufnahme aktiviert haben, als sie merkte, dass sie sich schlecht fühlte.

Aleks: »Geht es dir nicht gut?«

Peggy: »Was hast du mir gegeben?«

Keine Antwort. Dann ein Geräusch, vielleicht Peggy, die zusammenbricht. Schwere Atemzüge.

Peggy: »Warum?«

Aleks: »Mein Sohn hat Krebs und braucht eine Behandlung, Peggy. Weißt du, was das in der Mayo-Klinik kostet? Mit dieser Festplatte kann ich Pavlić erpressen und ihn zu einer weiteren Zusammenarbeit zwingen. Dann gehe ich in Pension. In der Schweiz, vielleicht in Monaco. Irgendwo, nur nicht hier.« Wir haben die Stelle erreicht, an der wir ursprünglich eingeschaltet haben, und ich stelle das Gerät ab. Es ist einfach zu schrecklich, mit anhören zu müssen, wie Peggy leidet. Ich fühle mich entsetzlich. Aleks' Sohn studiert angeblich an der Universität in Rochester, Minnesota. Und genau dort befindet sich die Mayo-Klinik – sie gilt als eine der besten der Welt, was die Krebsbehandlung betrifft. Wie hat mir da ein Zusammenhang entgehen können?

»Wir müssen herausfinden, was er Peggy verabreicht hat.«

Caitlins Stimme klingt ganz heiser, und ihr Gesicht ist verzerrt und bleich. Mein Instinkt sagt mir, dass nicht sie sich jetzt auf die Suche nach Aleks machen sollte. Hala denkt ganz offensichtlich dasselbe, denn sie nickt mir zu und steht auf. Gleichzeitig geht Kit zu Caitlin und bringt sie dazu, sich hinzusetzen.

»Du und ich, wir bleiben hier bei Peggy«, sagt sie zu Caitlin. »Vielleicht wacht sie ja auf.«

Caitlin zögert, und das gibt Hala und mir genug Zeit, zusammen den Raum zu verlassen. Kit folgt uns auf den Flur.

»Was habt ihr vor?«, will sie von uns wissen.

»Wir bringen ihn zum Reden«, antworte ich.

»Und dann bringe ich ihn um.«

»Da bin ich dabei«, sage ich zu Hala.

»Hört auf damit!«, ruft Kit. Sie starrt uns wütend an. »Schluss mit dieser dummen Angeberei! Ihr müsst aufhören, euch wie Kinder zu benehmen, die mit Pistolen herumrennen. Euer Hirn einschalten müsst ihr«, zischt sie uns zu.

Wir halten den Mund und warten ab.

»Aleks ist immer noch unsere größte Hoffnung, wenn wir die Mädchen lebendig aus Pavlićs Klinik bekommen wollen«, erklärt sie.

»Er will mit Pavlić zusammenarbeiten …«, setze ich an, aber Kits Blick bringt mich zum Schweigen.

»Und du wirst dafür sorgen, dass er das nicht tut«, befiehlt sie mir.

19. Kapitel

Ich nehme Hala hinten auf meinem Motorrad mit. So kommen wir am schnellsten zu Aleks' Haus, und ich kann nur hoffen, dass er sich noch dort aufhält und nicht schon dabei ist, ein neues Bankkonto in der Schweiz zu eröffnen oder einen Erste-Klasse-Flug in irgendeine Steueroase zu buchen. Wir müssen kurz in der Athena-Zentrale hier in Belgrad anhalten, um einiges mitzunehmen, und das gibt mir genug Zeit, die ganze Aleks-Geschichte im Kopf durchzugehen.

Schon die Tatsache, dass sein Sohn in den USA studiert, hat mich alarmiert, weil amerikanische Colleges so unglaublich teuer sind. Aber Aleks hatte einige Ersparnisse und ein paar Investitionen gemacht, über die er regelmäßige Dividenden erhielt, deswegen ist uns das durchs Athena-Netz geschlüpft. Durch *mein* Netz. Doch eine private Krebsbehandlung würde ganz andere finanzielle Dimensionen erreichen. Da geht es möglicherweise um Hunderttausende von Dollar, und das über einen unabsehbar langen Zeitraum. Ich bin so wütend auf mich selbst, weil mir diese Informationen über die Gesundheit von Aleks' Sohn entgangen sind. Ein entsetzlicher Fehler. Ich fühle mich schuldig und fürchte, dass Peggy jetzt genauso wegen mir an der Schwelle des Todes steht wie wegen Aleks.

Bei diesem Gedanken trete ich noch fester aufs Gas. Hala verstärkt ihren Griff um meine Taille und lehnt sich zusammen mit mir in die Kurven. Unter der Jacke hat sie die Pistole mit den Betäubungspfeilen dabei, mit der sie mich neulich abends im Wald bedroht hat. Und ich trage eine kleine Spritze bei mir.

Als wir uns Aleks' Haus nähern, zieht mich Hala kurz an der Jacke. Ich soll anhalten. Wir sind noch etwa dreißig Meter entfernt. Ich gehorche und stelle das Motorrad in einer kleinen Seitenstraße hinter irgendeinem Haus ab, sodass wir zu Fuß weitergehen können. Wir tragen Baseballcaps und Schals, die wir uns gleich übers Gesicht ziehen werden.

Sobald wir die Ecke von Aleks' Haus erreichen, lässt sich Hala auf ein Knie sinken und hilft mir über die Mauer in seinen Garten. Die ist knapp vier Meter hoch, und ohne Halas Räuberleiter hätte ich das nie geschafft. Auf der anderen Seite lasse ich mich fallen und halte mich dabei an einem Ast eines kleinen Apfelbaums fest. Hala ist direkt hinter mir, und es tut mir kurz leid, dass ich von dieser Seite aus nicht beobachten kann, wie sie ohne Hilfsmittel eine so hohe Mauer überwindet. Selbst beim Abstieg besiegt sie die Schwerkraft. Sie benutzt nicht wie ich den Baum – sie bewegt sich, als würde sie an der Mauer kleben, und als sie sich knapp zwei Meter über dem Boden befindet, springt sie und landet geräuschlos neben mir.

Im nächsten Moment ist sie schon vor mir. Durch das Gebüsch können wir eine kurze Auffahrt erkennen, auf der zwei Wachmänner in Anzügen herumstehen. Hala zieht einen kleinen Ball aus der Tasche und lässt ihn unter Aleks' Auto rollen, das dicht am Gebäude geparkt ist. Rauch quillt hervor, und irgendwann bemerken ihn die Wachmänner.

Als sie sich umdrehen und mit gezogenen Waffen auf den Wagen zurennen, schleicht sich Hala geräuschlos hinter sie, hebt die Pistole und schießt beide in die Bewusstlosigkeit. Sie sinken mitten auf der Auffahrt in sich zusammen. Hala sucht ihre Taschen ab und findet die Autoschlüssel. Sie öffnet den Wagen und beugt sich hinein, um dort einige winzige Wanzen zu deponieren, hauchdünne Mini-Mikrofone, die niemals jemand finden wird. Dann verschließt sie das Auto wieder und verstaut die Schlüssel an ihrem ursprünglichen Platz.

Inzwischen bin ich auf dem Weg zur Hintertür des Hauses. Hala holt mich ein und geht neben mir her. Die Holztür hat vier kleine Glasscheiben, und durch sie sehe ich Aleks' Haushälterin am Herd stehen. Das muss Elena sein, die den Rettungswagen gerufen hat – wahrscheinlich früher, als es Aleks lieb war. Sie sieht nicht in meine Richtung, sondern schaut beim Kochen auf einem Laptop irgendeine Fernsehshow. Leise versuche ich die Klinke herunterzudrücken und stelle fest, dass die Tür verschlossen ist. Als ich Hala einen Blick zuwerfe, nickt sie mir zu. Ich schlage die unterste Glasscheibe heraus, strecke die Hand durch das Loch und öffne die Tür von innen.

Wir bewegen uns schnell und stehen zu beiden Seiten von Elena, bevor sie überhaupt Zeit hat, sich nach dem Geräusch von zerbrechendem Glas umzudrehen. Ich verpasse ihr eine kleine Dosis in den Arm. Sie verliert ziemlich schnell das Bewusstsein, und Hala fängt sie auf, lässt sie vorsichtig zu Boden sinken. Dann nimmt sie ein Kissen vom nächsten Küchenstuhl und schiebt es Elena unter den Kopf.

Ich bin schon auf dem Weg in Aleks' Arbeitszimmer, in dem sich die üblichen Klischees von Holzvertäfelung und ganzen Regalreihen politischer Bücher finden. Ich verteile zwei Wanzen, eine unter dem Tisch, eine weitere unter dem

Stuhl. Dann ziehe ich alle Bilder von der Wand und suche nach einem Safe. Wie sich herausstellt, befindet er sich in der untersten Schreibtischschublade. Eine sehr simple Angelegenheit, und mit einem Gelpad, das bei der Explosion einen schwarz geschmolzenen Ring auf dem Boden der Schublade hinterlässt, bekommen wir den Safe leicht auf. Das Loch ist groß genug, dass ich eine Hand hindurchschieben und ein Bündel Papiere herausziehen kann. Einiges davon ist Geld – US-Dollar, die ich auf den Boden werfe. Beim Rest handelt es sich um die Dokumente, die ich suche – gedruckte Schlüssel oder lange Reihen von Buchstaben, Symbolen und Zahlen. Nur damit werden wir an Aleks' Kryptowährungsvorrat kommen. Ich schiebe mir alles in die Tasche und renne zurück in die Küche, denn Aleks ruft von oben nach Elena.

Als sie nicht sofort herbeieilt, hört man seine Schritte über die Treppe nach unten kommen.

»Elena?«, ruft er. »Wo sind Sie denn?«

Er spricht Englisch, nicht Serbisch, deswegen vermute ich, dass Elena aus Süd- oder Mittelamerika stammt – nicht gerade ein Geniestreich, denn die Soap, die sie sich auf dem Laptop angeschaut hat, war eine spanische. Hala nimmt sich die Zeit, zum Computer zu gehen und den Videostream abzustellen, als Aleks den Raum betritt. Wahrscheinlich gefällt ihr der Gedanke, dass Elena nicht viel verpasst hat, wenn sie wieder zu sich kommt. Dann schaut sie zu Aleks auf, durch und durch cool und beherrscht.

»Was … Wer seid ihr?«, fragt er und sieht von Hala zu mir. »Dieses Haus wird bewacht.«

Sein Blick wandert zum Fenster, offensichtlich hofft er auf Rettung von draußen.

»Die Herren machen ein kleines Schläfchen«, erkläre ich.

Aleks gerät in Panik. Auf der Theke neben ihm liegt ein großes Küchenmesser, direkt neben seiner Hand. Ich trete einen Schritt auf ihn zu, damit er nicht einmal auf die Idee kommt, es zu nehmen, aber er packt die Klinge und bewegt sie in meine Richtung, um mich abzuwehren. Er weiß noch nicht einmal, wie er sie ordentlich halten muss.

Inzwischen holt Hala die Aufnahme von Peggys Smartphone raus: »Mit dieser Festplatte kann ich Pavlić erpressen und ihn zu einer weiteren Zusammenarbeit zwingen. Dann gehe ich in Pension.«

Wir haben keine Zeit, ihm alles vorzuspielen, deswegen schaltet Hala die Aufnahme wieder aus, und ich mache noch einen Schritt auf Aleks zu.

»Was hast du Peggy gegeben?«, will ich wissen.

Aleks weigert sich zu antworten. Ich trete näher, und er fuchtelt hektisch mit der Klinge herum, als würde er Gemüse in der Luft zerschneiden. Innerhalb einer Sekunde habe ich sein Handgelenk gepackt. Dann versetze ich ihm einen Schlag an die Schläfe, noch einen in die Magengrube, und nehme ihm das Messer aus der Hand. Er beugt sich vor, um sich von dem Schlag zu erholen, stützt sich mit beiden Handflächen auf der Theke ab und ringt nach Luft.

»Was hast du ihr gegeben?«, frage ich noch einmal, und ich verliere langsam die Geduld.

Er zögert immer noch. Stoßweise holt er Luft, und das Geräusch erinnert mich an Peggy, wie sie verzweifelt nach Atem gerungen und Aleks einfach nur zugesehen hat, wie sie leiden musste. Der Gedanke daran, an sein verlogenes Gesicht, wie er so getan hat, als wäre er Peggys Freund, während er ihr Gift verabreicht hat, bringt mein Blut zum Kochen. Ich schaue auf seine Finger auf der Theke. Diese Finger, die so unbedingt Peggys berühren wollten, an dem Abend im Restaurant … Wie konnte er nur? Ich nehme das Messer und ramme die Spitze in die Theke. Durch Aleks' Hand hindurch.

Kurz starrt er auf seine festgenagelte Hand. Dann fängt er an zu schreien wie ein kleines Kind. Rasch nimmt Hala ein zweites Messer aus dem Holzblock am Herd und drückt Aleks' andere Hand auf die Theke, als wollte sie mit ihr dasselbe tun. Er rastet völlig aus.

»Im Schrank hinter mir, ganz oben. An der Seite festgeklebt.«

Hala lässt das Messer fallen, nimmt ein Geschirrtuch und überprüft seine Angaben. Sie findet eine kleine Flasche mit Flüssigkeit, die sie in eine Plastiktüte fallen lässt. Ich stehe so dicht bei Aleks, dass ich sehe, wie ihm der Schweiß über die Stirn läuft, bevor er seine grau melierten Koteletten erreicht. Er atmet angestrengt vor Angst, und die Schnittwunde tut sicher auch weh.

»Und das Gegenmittel?«, fordere ich.

Er zeigt auf einen weiteren Schrank: Dort ist noch eine Flasche festgeklebt. Die reinste Apotheke ist das hier. Während Hala die Flasche sichert, informiere ich Aleks über unseren Plan.

»Du wirst Gregor Pavlić sofort verhaften lassen. Mit sofort meine ich noch heute Morgen«, befehle ich ihm. »Und seine Geschäfte wirst du nicht übernehmen. Du wirst die Mädchen freilassen und die Klinik schließen.«

»Das geht nicht so leicht.«

»Das ist bei allen wichtigen Dingen so.«

Hala hat alles, was wir brauchen, und sie deutet mit einer Kopfdrehung an, dass wir verschwinden sollten. Ich werfe Aleks einen letzten Blick zu.

»Wenn du es nicht schaffst, kommst du wegen versuchten Mordes ins Gefängnis, wahrscheinlicher ist allerdings, dass wir dich vorher umbringen. Hast du das kapiert?«

»Ja.« Angstvoll starrt er auf die Klinge in seiner Hand. Ich ziehe das Messer raus und werfe es auf die Theke. Er hebt seinen blutenden Handteller und stöhnt vor Schmerzen.

»Wir sehen ja dann, was passiert. Wir behalten dich nämlich im Auge«, sage ich zu ihm, als wir die Tür erreichen.

»Wer seid ihr?«

Meint er das ernst? Was denkt er – dass ich eine Visitenkarte aus der Tasche ziehe und ihm hinwerfe? Ich kann seinen Anblick nicht mehr ertragen. Vor Hala gehe ich aus dem Zimmer und höre voller Befriedigung, wie sie die Tür hinter uns ins Schloss wirft.

Sobald wir die Flaschen bei Peggys Arzt abgegeben haben, melden sich Hala und ich bei Amber, um sicherzustellen, dass sie alles hat, was sie für Aleks' Überwachung braucht. Die Wanzen, die wir in seinem Haus und in seinem Auto deponiert haben, zusammen mit dem bereits bestehenden Zugang zu seinem Arbeitscomputer, funktionieren ohne Probleme. So wird sie sicherstellen können, dass er dem Versprechen nachkommt, das wir ihm abgerungen haben. Doch jetzt wissen Hala und ich nicht, was wir mit uns anfangen sollen. Diese Art Arbeit setzt viel Energie frei – wahrscheinlich wegen des Adrenalins –, und nachdem wir Aleks' Wachmänner überwältigt, ihn zur Zusammenarbeit gezwungen haben und dann zum Krankenhaus zurückgerast sind, fällt es uns schwer, einfach abzuschalten.

Hala schafft das natürlich. Sie zieht sich in ihre eigene Welt zurück, während wir uns ins Wartezimmer setzen.

Wenn man mit Hala zusammen ist, ist man die Hälfte der Zeit allein. Sie zeigt nicht viele Emotionen und fordert keine Energie von irgendjemandem in ihrer Nähe. Sie ist sich ganz einfach selbst genug, und meistens bin ich dafür auch dankbar. Wieder mit ihr zusammenzuarbeiten, Aleks Gift und Gegenmittel abzunehmen, hat sich gut angefühlt – als hätten wir etwas repariert, das zwischen uns kaputtgegangen war. Während ich über alles nachdenke, tigere ich nervös herum, eine Angewohnheit, die Kit nicht ausstehen kann, deswegen schickt sie mich nach unten, damit ich ihr einen Tee hole, und ich winke Hala, sie soll mich begleiten.

Als wir im Erdgeschoss ankommen, klingelt Halas Handy. Sie zieht es aus einer Tasche ganz tief in ihrer Lederjacke, wirft einen Blick darauf und sagt dann, sie müsse zur Toilette.

»Ist es dein Bruder?«, frage ich. Ich finde einfach, diese ganze Geheimnistuerei um die Anrufe hat lange genug gedauert. Bisher habe ich mich nur damit abgefunden, weil es immer etwas Dringenderes zu tun gab.

»Das geht dich gar nichts an«, sagt sie. Einer ihrer Lieblingssätze, aber sie meidet meinen Blick, und es wirkt eher wie eine Ausrede als wie die übliche Abwehr.

Ich drehe mich um und gehe in Richtung Cafeteria, während Hala zu den Toiletten verschwindet. Ich besorge mir einen Pappbecher und wähle Grüntee für Kit, aber dann halte ich inne. Vielleicht liegt es an dem Adrenalinstoß, den ich gespürt habe, als wir uns mit Aleks auseinandergesetzt haben, aber mein Gefühl sagt mir, dass wir das Ganze erst klären müssen. Ich lasse den Tee auf der Theke stehen und folge Hala.

20. Kapitel

Als ich die Toiletten betrete, hoffe ich, einen Teil des Gesprächs zwischen Hala und ihrem Bruder zu hören, oder mit wem auch immer sie gerade redet. Aber sie steht gegen ein Waschbecken gelehnt da und schreibt eine Nachricht. Alles um sie herum ist weiß, von den Fliesen bis hin zu den Türen – blitzsauber geschrubbt und antiseptisch. Eine andere Frau kommt aus einer Kabine und wäscht sich die Hände. Hala und ich stehen herum, bis sie den Raum verlassen hat.

»Hör auf, mir ständig nachzurennen«, sagt Hala.

»Sieht eher so aus, als würde dir Omar ständig nachrennen.«

Vielleicht war das nicht die beste Taktik. Man darf niemals die Eltern, Geschwister, den Ehepartner oder die Kinder einer anderen Person kritisieren – nicht einmal, wenn sie das selbst tun. Das ist eine ziemlich gute Faustregel, aber ich denke nie an sie, wenn ich sie brauche. Hala schlägt mit der flachen Hand gegen den Spiegel, sodass er in seiner Befestigung erzittert.

»Darf ich vielleicht kein Privatleben haben?«, fragt sie.

»Ich will einfach nur wissen, was vor sich geht. Ich habe dich gehört. Zweimal. Ihr habt über Pläne gesprochen. Setzt dich dein Bruder irgendwie unter Druck?«

»Was fällt dir ein, meine Gespräche zu belauschen!«, tobt

Hala. »Du hast einfach keinen Respekt vor dem Privatleben anderer Leute.«

Hala stößt mich zur Seite und will den Raum verlassen. Aber ich halte sie zurück, indem ich sie am Arm packe. Das überrascht sie, und mich auch. Aber eigentlich geht mir nur der entsetzliche Gedanke durch den Kopf, dass ich bei der Rekrutierung von Hala vielleicht etwas übersehen habe. Wie bei Aleks. Ihr Bruder hält sich immer noch in Syrien auf. Woher will ich wissen, dass er kein militanter Islamist geworden ist oder sie wegen Geld erpresst oder vielleicht …

Hala windet sich aus meinem Griff, und plötzlich wird das Ganze zu einem Kampf. Ich komme mir dumm vor, weil das schon wieder passiert, aber wir sind bereits mittendrin und beide zu arrogant, als dass wir der anderen die Oberhand lassen würden.

Aber dann legt sich ein Schalter in meinem Kopf um, und ich begreife, dass es nicht so sein muss. Ich lasse die Arme sinken und stehe einfach nur still da, hebe bloß beschwichtigend eine Hand: Ich will, dass sie ruhig wird. Und sie tritt einen Schritt zurück, atmet schwer, immer noch in Abwehrhaltung.

»Was ist?«, fragt sie.

»Du gehörst nicht zu den Leuten, mit denen ich jemals kämpfen sollte.«

Ich wende mich ab und wasche mir die Hände. Und Hala versucht nicht, den Raum zu verlassen. Eine lange Pause entsteht, als würde sie nach Worten suchen. Als müsste sie entscheiden, welche Lügen sie mir erzählen soll, oder einfach ihren Widerwillen überwinden, ihre Gedanken mit einem anderen Menschen zu teilen. Ganz sicher bin ich mir da nicht. Dann fängt sie leise an zu sprechen.

»Ich möchte erreichen, dass mein Bruder nach London kommt. Und mit mir zusammen dort leben kann.«

»Was?«

»Er hat es aus Syrien rausgeschafft, nach Pakistan. Aber es ist praktisch unmöglich, nach Großbritannien zu kommen. Hier, sieh mal.«

Sie tippt auf ihrem Smartphone herum und reicht es mir. Ich sehe mehrere eingescannte Briefe vom Innenministerium, alle aus den letzten paar Monaten. Ganz am Ende ist eine Ablehnung von Omars Asylgesuch.

Wenn ich mich jemals wie eine Idiotin gefühlt habe, dann jetzt. Ich konfrontiere sie und greife sie an, dabei will sie nur ihren Bruder wieder, den sie schon Jahre nicht mehr gesehen hat.

»Warum wollen sie ihn nicht ins Land lassen?«, frage ich ruhig und mache einen Schritt zurück, um ihr mehr Raum zu geben.

Hala sieht mich vorwurfsvoll an.

»Aus denselben Gründen, aus dem sie die meisten jungen Männer aus dem Nahen Osten abweisen. Weil sie Angst haben, er wäre ein Terrorist. Das hast du doch auch gedacht. Gerade eben.«

Damit hat sie natürlich recht, und ich kann ihr nicht einmal in die Augen sehen. Und dann streite ich es ab, weil ich möchte, dass sie sich ein bisschen besser fühlt. Wirklich eine lahme Ausrede, das gebe ich gern zu. Hala dreht sich einfach um und geht aus dem Raum. Man hört nur noch das Echo der zuschlagenden Tür, das von den kalten weißen Fliesen widerhallt.

Ich beuge mich über ein Waschbecken und spritze mir Wasser ins Gesicht, um etwas zu tun zu haben, während ich damit kämpfe, an ihr gezweifelt zu haben – noch schlimmer, ich habe sie *spüren* lassen, dass ich an ihr gezweifelt habe. Sicher könnte Peggy irgendetwas tun, um Halas Bruder zu helfen – sie kennt doch jeden. Aber dann fällt mir wieder ein, dass Peggy ein Stockwerk höher im Koma liegt. Vielleicht könnte Li Omar finanziell unterstützen, ihm eine Stelle anbieten … Aber da klammere ich mich an Strohhalme.

»Du blöde Idiotin«, sage ich zu meinem Spiegelbild und trete gegen den Fuß des Waschbeckens, aber nur halbherzig. Ich habe genug von mir selbst und von meiner großen Klappe. Ich bin es leid, mich immer bei allem zu irren. Ich will es besser machen, ich will jemand sein, von der alle wissen, dass sie das Richtige tut. Und jemand, der Befehle befolgt. Denn vielleicht, ganz vielleicht, weiß ich doch nicht über alles Bescheid.

Ich trockne mir die Hände ab und holte tief Luft. Von außen betrachtet wirkt vieles von dem, was ich heute Morgen getan habe, mutig. Aber für mich erfordert es den meisten Mut, nach oben ins Wartezimmer zu gehen und Hala wieder unter die Augen zu treten. Und ich brauche ein paar Minuten, bis ich den Willen aufbringen kann, es auch zu tun.

Wir sitzen immer noch in dem Wartezimmer mit seinen grauen Wänden. Natürlich mussten die Substanzen, die Hala und ich aus Aleks' Haus geholt haben, im Labor getestet werden, bevor man überhaupt in Erwägung ziehen kann, sie Peggy zu verabreichen. Jetzt hat man ihr das Gegenmittel gegeben, doch die Ergebnisse stehen noch aus. Wir ertragen die Situation kaum noch, unsere Nerven sind zum Zerreißen gespannt, während wir warten.

Zu unserer Unterhaltung gibt es einen Fernseher, auf dem BBC World läuft, und ein serbisches Frauenmagazin mit einem Bild von frisch zubereitetem Fleisch mit Kartoffeln auf dem Cover. Caitlin steht ein Stück von uns entfernt, starrt durch die innere Glasscheibe auf Patienten, die draußen über den Flur gefahren werden. Kits Bein zuckt nervös. Hala ignoriert mich. Obwohl ich allen aus dem Weg gehen will – vor allem Hala –, kann ich einfach nicht so lange still sitzen. Dazustehen und herumzulaufen fühlt sich besser an, als sinnlos herumzusitzen. Kit schaut auf, als ich von einer Seite des Zimmers auf die andere und wieder zurück wandere.

»Bitte, lieber Gott, mach, dass dieses Gegenmittel hilft«, sagt sie zu niemandem im Besonderen.

»Glaubst du wirklich, dass es einen Gott gibt?«, faucht Hala plötzlich mit gesenktem Blick.

Auf der Liste der Berufe, für die Hala ganz und gar ungeeignet ist, dürfte Trauerbegleitung ziemlich weit oben stehen. Zusammen mit Talkmasterin und Cheerleaderin. Ich will gerade zu einem Kommentar ansetzen, als Caitlin über sie herfällt.

»Halt den Mund, Hala«, ruft sie. Ich glaube nicht, dass ich Caitlin je zuvor so mit jemandem habe reden hören. Aber sie starrt Hala an, bis die ihrem Blick ausweicht. Sie wirkt blass und matt. Die Spannung im Raum wird langsam unerträglich.

»Können wir einfach alle damit aufhören?«, bittet uns Kit. »Ich habe gerade wirklich nicht die Kraft dafür.«

Als ich das höre, ist bei mir alles vorbei.

»Aber klar doch«, gebe ich zurück. »Hier geht es natürlich einzig und allein um dich. Nicht um Peggy, die gerade um ihr

Leben kämpft. Wir stehen ihr alle nahe, weißt du, nicht nur du. Sie ist für uns alle da gewesen, wann immer wir sie gebraucht haben.«

Ich weiß gar nicht, was in mich gefahren ist, aber es fühlt sich gut an, etwas davon herauszulassen, selbst wenn ich damit die falsche Person angreife.

Kit starrt mich an. »Was soll denn das heißen? Dass ich nicht für dich da war, wenn du mich gebraucht hast?«

Kit spricht jetzt so laut, dass die anderen verstummen. Caitlin und Hala schauen zu ihr, und ich überlege es mir zweimal, ihr zu antworten. Kit erhebt sich und sieht mir direkt in die Augen.

»Mir reicht es endgültig«, erklärt sie. »Ich habe genug von deinen Vorwürfen und deinem Gejammer. Ich war nicht da, als du aufgewachsen bist. Kannst du dir nicht vorstellen, dass mir das jeden einzelnen Tag meines Lebens leidtut? Ich habe versucht, es wiedergutzumachen, aber was ich auch tue, nie ist es gut genug. Ach, weißt du was? Entweder du hältst mir das für immer und ewig vor, oder du wirst verdammt noch mal endlich erwachsen!«

Ich bin wie vor den Kopf geschlagen. Dieser Angriff kam unerwartet, diese ganzen Dinge über uns, wo ich doch über Peggy gesprochen habe. Gleichzeitig spüre ich, wie mir die Röte ins Gesicht schießt. Denn mir ging es eigentlich gar nicht um Peggy. Ich habe sie als Vorwand benutzt, um meine Mutter kritisieren zu können. Und ich schäme mich zu Tode, weil sie das alles vor Hala und Caitlin gesagt hat. Genau in diesem Augenblick erscheint Peggys Arzt im Türrahmen. Er sieht so fertig aus, dass ich einen Moment lang absolut sicher bin, Peggy ist tot. Mir bleibt fast das Herz stehen, und wir alle starren ihn an.

»Was ist passiert?«, bringt Caitlin mit Mühe heraus.

Der Mann senkt den Blick. »Es geht ihr schlechter. Sie atmet noch, aber nur noch mit Unterstützung. Es tut mir leid.«

Im Raum herrscht Stille.

»Ist der Spezialist aus London inzwischen eingetroffen?«, will Kit schließlich wissen.

Li schickt jemanden im Privatflugzeug, der sich wie niemand sonst mit dieser Art der Vergiftung auskennt.

»Ich werde Sie informieren, sobald er hier ist.«

Wir verlassen das Wartezimmer und folgen ihm durch die Flure, die zu Peggys Zimmer führen. Wegen der Sorge um Peggy ist unser Streit vergessen. Ich schaue durch die Scheibe, durch die Schmierflecken, die wir – und vielleicht andere Familien vor uns – mit unseren so verzweifelt gegen das Glas gepressten Handtellern dort hinterlassen haben. Peggy liegt da, sie hat den Mund leicht geöffnet, ihre Haut wirkt trocken und wie Pergament. Ihr Haar, das immer so tadellos sitzt, liegt auf dem Kissen ausgebreitet. Sie wirkt nicht lebendig, obwohl uns der Monitor, der neben ihr piepsende Geräusche von sich gibt, bestätigt, dass sie noch lebt.

Wir gehen rein und versammeln uns um Peggys Bett. Im Schockzustand stehen wir einfach nur da, unfähig, einander anzusehen. Kit rechts neben mir holt einige Male tief Luft und wischt sich die Augen.

»Ich muss euch etwas sagen«, setzt sie an. »Li und ich haben uns darüber verständigt, Athena zu beenden.«

»Was?«

Ich reiße mich von Peggys Anblick los und schaue Kit an.

»So wie jetzt sollte es niemals werden.« Sie deutet auf Peggy.

»Sie würde wollen, dass wir weitermachen«, rufe ich. »Athena ist ihr Vermächtnis!« Ich sehe zu Caitlin auf der anderen Bettseite, weil ich mir von ihr Hilfe erhoffe, aber sie wirkt völlig überfordert.

»Jessie, wegen dir hat man überall in der Presse über unsere letzte Mission berichtet. Und dann bist du ganz allein losgezogen … Du hättest getötet werden können. Ganz ohne Weiteres. Und jetzt ist Peggy …« Sie bringt es nicht heraus. *Jetzt ist Peggy fast tot.* »Es reicht«, fügt Kit entschieden hinzu. »Hier muss das Ganze ein Ende haben.«

Völlig schockiert wende ich den Blick von Kit ab. Langsam mache ich einen Schritt nach vorn und berühre Peggys Stirn mit den Lippen. Plötzlich halte ich es nicht mehr aus, so dicht bei den anderen in diesem bedrückenden Raum, wo wir Peggy anstarren wie ein Ausstellungsstück. Wo wir darauf warten, dass sie stirbt. Die Wände schließen sich immer enger um mich. Ich verlasse den Raum, wie auf Autopilot, und betrete den Aufzug. Dort riecht es wie immer, nach Desinfektionsmittel und gebratenem Essen. Ich weiß nicht, wo ich hin soll, deswegen gehe ich runter in die Cafeteria, wo sie gerade ein paar Sandwiches in Plastikfolie auslegen, die wie die traurigste Mahlzeit auf der Erde wirken. Ich kaufe einen wässrigen Kaffee und einen Schokoriegel. Aber ich rühre nichts davon an. Stattdessen lasse ich alles auf einem der Plastiktische am Fenster zurück. Draußen erzittern die Bäume unter einer Windböe, ein Vogel stößt sich von einem Zweig ab, ein junges Paar geht händchenhaltend vorbei. Nichts ändert sich. Wir durchleben unsere Krisen, und die Welt wird sich weiter drehen, egal ob Peggy lebt oder stirbt. Das ist so unfair und willkürlich: Alles, was Peggy jemals getan, jeder Mensch, dessen Tag sie mit ihrer Güte verbessert, jedes Mädchen, das sie vor einem Leben in Gefangenschaft gerettet hat – das alles wird vergessen sein, wenn sie nicht mehr hier ist, und alles wird genauso wie vorher weitergehen.

Abgesehen davon, dass es keine Athena mehr geben wird, um irgendjemandem zu helfen oder irgendetwas besser zu machen. Ich verlasse die deprimierende Cafeteria, gehe raus auf die Straße und entferne mich schnell vom Krankenhaus. Es macht mich wütend, aber nicht auf eine höhere Macht, sondern auf Gregor Pavlić, wegen seiner widerlichen »Geschäfte«, und auch auf Aleks Jučić. Für mich kommt er viel zu glimpflich davon. Selbst wenn es ihm gelingt, Pavlić ins Gefängnis zu bringen, wo bleibt da die Gerechtigkeit für Peggy? Das ist es doch, was Athena ausmacht – sie ist die Göttin der Gerechtigkeit. Aber Athena, unsere Organisation, liegt im Sterben. Ebenso wie Peggy. Eine furchtbare Vorstellung.

Ich laufe immer weiter. Der wolkenverhangene Himmel hat etwas Bedrohliches. Die ganzen bunten Graffiti wirken nicht mehr cool und spannend – jetzt verleihen sie der Stadt einfach eine schmutzige, chaotische Atmosphäre. Ich gehe an einer Mauer mit aufgesprühten Tags und Bildern von zähnefletschenden Hunden vorbei und biege in die Straße ein, die sich auf verstörende Weise wie ein Zuhause anfühlt.

Oben in meiner Wohnung bemerke ich einen sauren Gestank aus der Küche. Ich schalte den Fernseher ein und suche nach der Ursache. Die Milch im Tetrapak ist sauer, weil ich sie auf der Anrichte habe stehen lassen. Ich muss sie letzte Nacht nach dem Teetrinken dort vergessen haben. Ich entsorge die Packung und setze Wasser auf. Dabei will ich nicht mal Tee, aber vielleicht ist das die Macht der Gewohnheit. Wenn man in England aufgewachsen ist, setzt man in Krisensituationen Tee auf. Heißes Wasser hilft immer. Im Hintergrund spuckt der Fernseher einen aufgeregten Kommentar aus, von dem ich kein Wort verstehe, bis ich das Wort *Pavlić* höre.

Schnell gehe ich wieder ins Wohnzimmer, und da erscheint es auf dem Bildschirm – das Horrorkrankenhaus. Das Ganze wirkt wie ein Livebericht, und hinter dem Reporter erkenne ich einen Übertragungswagen, mehrere Polizeiautos und ein Spezialeinsatzkommando. Wenigstens hat Aleks die Geistesgegenwart besessen, die Medien dazuzuholen, damit er sicher sein kann, dass wir auch sehen, was er da tut. Ich setze mich auf den Bettrand. Schließlich wird ein ganzer Strom von Männern, von Gregor Pavlićs Leuten, in einer langen Schlange und mit erhobenen Händen aus dem Gebäude geführt. Man stößt sie in die Polizeiwagen.

Zum aufgeregten Kommentar des Reporters wird nun ein anderer Ort gezeigt; jetzt sieht man von einem Helikopter aus ein Privatgrundstück. Beim Anblick des Swimmingpools und der Türmchen erkenne ich sofort Pavlićs Haus. Wieder sind überall Polizisten. Der Reporter gerät ganz außer sich, er stößt einen lauten Wortschwall auf Serbisch hervor, von dem ich wieder kein Wort verstehe. Aber dann erscheint ein Bild von Gregor Pavlić auf dem Bildschirm, darunter eine Zeile mit den Worten: *Pavlić je ubijen.*

Ich setze mich gerade hin. Plötzlich hört man eine Audioaufnahme, immer wieder wird das Polizeiradio abgespielt. Und die ganze Zeit ist das Haus live zu sehen, deswegen gehe ich davon aus, dass es sich um eine Aufnahme von dem Zugriff handelt. Es sind Schüsse zu hören. Menschen schreien, es wird wieder geschossen. Dann Stille. Ich gebe

Pavlić je ubijen in mein Übersetzungstool auf dem Smartphone ein – es bedeutet *Pavlić wurde getötet.*

Was zur Hölle geht hier vor sich? Und wenn Pavlić wirklich tot ist, wo ist dann Paulina? Könnte sie ins Kreuzfeuer geraten sein? Was, wenn man sie erschossen hat? Ich stelle den Fernseher lauter, lausche angestrengt, ob ihr Name erwähnt wird, aber ich verstehe einfach nichts. Aufgewühlt renne ich ans Fenster, weil ich hoffe, unten vor der Galerie ihr Auto stehen zu sehen, aber die Straße ist leer.

Das entspricht nicht unserem Deal mit Aleks. Aber vielleicht hätten sich Pavlić und seine Leute nie ohne einen Kampf ergeben, oder möglicherweise hat Aleks ihn provoziert, weil er wusste, es wäre einfacher, den Gegner so loszuwerden, statt dass der sich irgendwie seinen Weg aus dem Gefängnis erkämpft. Gregor Pavlićs Tod kann für seine Opfer und ihre Familien nur eine Erleichterung sein, aber trotzdem ist und bleibt er Paulinas Vater, und sie ist sicher am Boden zerstört.

Im Fernsehen wird die Live-Aufnahme unterbrochen; jetzt sieht man ein Porträt von Gregor Pavlić mit Sonnenbrille auf einer Seite des Bildschirms und Aleks Jučić auf der anderen, einander gegenüberstehend wie Boxer vor einem Kampf. Die Aufregung darüber, was Jučić durch den Triumph über Pavlić alles erreicht hat, kennt keine Grenzen. Wahrscheinlich hat niemand auch nur im Entferntesten geglaubt, dass man jemanden wie Pavlić überhaupt je stoppen könnte. Jetzt sieht man das Parlamentsgebäude. Wenn ich es richtig verstehe, wird Aleks dort am späten Nachmittag eine Pressekonferenz abhalten.

Jetzt zeigt man wieder das umfunktionierte Krankenhaus, wo die Mädchen, mit denen ich gefangen gehalten wurde, aus dem Gebäude geholt und in Busse verfrachtet werden. Ihre Gesichter hat man verfremdet, deswegen kann ich nicht erkennen, ob sich Dascha unter ihnen befindet. Ich lasse den Fernseher im Hintergrund weiterlaufen und gehe ans Fenster, um zu sehen, ob sich in der Galerie irgendetwas tut, aber da ist immer noch nichts los. Paulina muss zu Hause gewesen sein, als man kam, um ihren Vater zu stellen, und wahrscheinlich ist sie gerade völlig außer sich. Ich bete zu Gott, dass sie nicht beim Versuch, ihn zu beschützen, verletzt worden ist – oder schlimmer.

Ich drehe mich vom Fenster weg. Auf dem Bildschirm erscheint das Studio, und im Hintergrund, hinter dem Nachrichtensprecher, läuft eine Reihe von Clips mit Aleks Jučić in Zeitlupe ab. Der strahlende Held. Und vielleicht Peggys Mörder. Das Ganze macht mich krank. Im wahrsten Sinne des Wortes. Ich spüre, wie sich mein Bauch verkrampft, und renne ins Bad.

Über das angeknackste, befleckte Porzellan der Toilettenschüssel gebeugt, stehe ich da und warte darauf, dass der Krampf sich legt. Währenddessen schaue ich ins Wohnzimmer auf den Fernsehbildschirm. Der Bericht zeigt die ekstatischen Reaktionen der Leute auf der Straße. Schon versammelt sich eine Menge vor dem Parlamentsgebäude.

Wir haben Gregor Pavlić besiegt. Warum fühlt sich trotzdem alles so falsch an? Peggy liegt im Sterben, Hala wird nie ihren Bruder zu sich holen können. Gute Menschen müssen leiden. Wir arbeiten wie die Verrückten, riskieren alles, um andere Frauen zu retten, aber wir erleben nicht, dass den Leuten Gerechtigkeit widerfährt, die uns am nächsten stehen.

Seit ich diese entsetzliche Aufnahme von den letzten Momenten gehört habe, in denen Peggy bei Bewusstsein war, hat sich etwas in meinem Hinterkopf festgesetzt. Die ganze Zeit habe ich versucht, es wegzuschieben – dass wir nicht beschlossen haben, böse Menschen wie Pavlić zu bekämpfen, indem wir nur unwesentlich weniger bösen Menschen wie Jučić zu mehr Macht verhelfen. Dafür bin ich Athena nicht beigetreten. Aber Athena wird bald nicht mehr bestehen. Und Peggy ist nicht hier, und vielleicht wird sie nie wieder hier sein. Also gibt es niemanden, der mir sagen kann, was ich zu tun habe oder wie ich es tun soll. Wut und Adrenalin durchströmen mich plötzlich, und ich muss mich wieder bewegen, etwas tun, die Sache hier so beenden, wie sie beendet werden sollte. Ich werfe mir eine Jacke über, stecke mein Haar unter eine Mütze und gehe nach draußen.

21. Kapitel

Auf der Straße vor meiner Wohnung bleibe ich stehen, um nachzudenken. Dann gehe ich nach nebenan zu meinem Vermieter. Er scheint nicht daheim zu sein, aber ich hämmere trotzdem gegen die Tür. Es dauert eine Minute, bis er mir öffnet. In Shorts und einem zerrissenen Tanktop steht er vor mir – nicht gerade ein ansprechender Look – und schaut mich verschlafen an. Dann greift er hinter sich, holt eine Spraydose vom Tisch und hält mir das Insektenschutzmittel hin. Er glaubt, ich bin gekommen, um mich über das Ungeziefer zu beschweren.

»Ich will ein Gewehr.«

Er reibt sich die Augen und starrt mich an. Vielleicht hilft es mir nicht gerade, dass ich, fast noch ein Teenager, eine Waffe von ihm fordere. Oder vielleicht glaubt er, ich würde die Kakerlaken erschießen wollen.

»Ich brauche ein Gewehr«, wiederhole ich.

Er schnüffelt kurz und schüttelt den Kopf, als hätte er keine Ahnung, wovon ich spreche.

»Ich habe alles gesehen, an meinem ersten Tag hier.« Ich deute ins Zimmer hinein, an die Stelle, wo sein Besucher eine ganze Tasche mit Pistolen vom Tisch genommen hat, als würde er gerade seinen Wocheneinkauf erledigen.

Er reißt die Augen weiter auf. Und die Tür auch. Ich gehe rein, und die Tür wird hinter mir zugeschlagen, der Knall hallt im Raum wider, und durch die Luftbewegung vibriert die Glasscheibe des Fensters. Auf dem Tisch stehen eine Bierflasche, ein Glas und eine kleine Büchse, deren Inhalt er wohl lieber geheim halten möchte, denn er lässt sie rasch in einer Schublade verschwinden.

»Gewehr?«, grunzt er. Jetzt kommen wir endlich weiter.

»Eins für Heckenschützen«, präzisiere ich.

Er runzelt die Stirn. Ich kann nicht mit Sicherheit sagen, ob er mich nicht versteht oder einfach nur findet, dass das ganz schön anspruchsvoll ist. Ich hole mein Smartphone raus und halte es ihm hin – auf dem Display sieht man ein Bild von der Waffe, die ich mir vorstelle. Er seufzt.

»Ja oder nein?«, frage ich ihn.

Er reibt die Wurstfinger aneinander, um Bargeld anzudeuten.

»No easy. Big price. Teuer.«

Warum überrascht mich das nicht?

»Wie viel?«, will ich wissen.

Er nennt einen Betrag.

»Pfund?«, frage ich ungläubig. Ich wende mich der Tür zu.

»Dollars«, erklärt er hastig.

Ich gehe zu ihm zurück, achte aber darauf, ihm nicht zu nahe zu kommen, weil ich seinen schlechten Atem noch nicht vergessen habe.

»Ich brauche sie heute. In einer Stunde.«

Er protestiert ein bisschen, stimmt dann zu, aber natürlich kostet ein solches Schnellverfahren wie in der Reinigung extra. Wir vereinbaren, wann ich wiederkommen soll, und ich mache mich auf den Weg ins Krankenhaus.

Peggys Zustand ist unverändert. Die einzige Überraschung für mich besteht darin, dass Li persönlich nach Belgrad gekommen ist. Während sich ihr Spezialist von den Ärzten draußen auf den neuesten Stand bringen lässt, steht Li mit vor dem Oberkörper verschränkten Armen an Peggys Bett. Als ich den Raum betrete, wirft sie mir einen Blick zu, sagt jedoch nichts. Die anderen sind wieder im Warteraum, aber ich setze mich neben Peggy, nur ganz kurz. Lis Anwesenheit macht mich noch deprimierter, denn es fühlt sich so an, als wäre sie gekommen, um für immer Abschied zu nehmen. Ich beobachte Peggy genau, wünsche mir ganz fest, dass sie gleich die Hand bewegt oder dass ihre Augenlider zittern und sie wie durch ein Wunder zu uns zurückkehrt. Aber nichts geschieht. Das Geräusch der Beatmungsmaschine zerrt an meinen Nerven.

Ich stehe auf und will gehen, um meinen Plan in die Tat umzusetzen. Aber Lis Stimme hält mich zurück.

»Athena ist außer Kontrolle geraten«, sagt sie.

Was genau sie damit meint, weiß ich nicht. Ich glaube allerdings deutlich herauszuhören, dass sie mich zu einem großen Teil dafür verantwortlich macht.

»*Ich* bin außer Kontrolle geraten, meinst du?«, gebe ich zurück. Wir sollten wirklich auf den Punkt kommen.

»Kontrolle ist entscheidend. In einer Organisation und bei jeder Person, die einen Teil von ihr ausmacht.«

Lis Art zu reden – wie diese Kalender mit weisen Sprüchen – geht mir schon in guten Zeiten ein wenig auf die Nerven. Aber sie schaut mich an, und in ihrem Blick liegt keine Verurteilung (ausnahmsweise mal nicht). Es ist eher, als hätte sie mir eine einfache Frage gestellt und wollte eine Antwort. Vor nicht allzu langer Zeit habe ich zu Peggy gesagt, sie könne nicht verstehen, wie das ist, wenn man da draußen arbeitet, tagein, tagaus, Angst hat, kämpft, verzweifelt ist. Darum habe ich gar nicht erst versucht, es zu erklären. Aber jetzt finde ich die nötigen Worte.

»Du willst Kontrolle«, sage ich. »Aber wenn wir kämpfen, kommen andere Seiten an uns zutage. Seiten, von denen die meisten Leute nicht zugeben wollen, dass sie sie in sich tragen. Dass sie wild und brutal sein, anderen wehtun und sie töten können.«

Ich halte inne, weil ich höre, wie unsicher meine Stimme klingt. Li sieht mich schweigend an. Ich räuspere mich und spreche weiter.

»Wir alle glauben an das, was wir für Athena leisten. Aber ein Teil davon ist schmutzige Arbeit. Und vielleicht sollten wir aufhören, so zu tun, als wäre das nicht so.«

Peggys Brustkorb hebt und senkt sich mit der Luft, die von der Maschine neben ihr in sie hineingepumpt wird. Li sagt nichts. Ich berühre zum Abschied Peggys Hand, wende mich um und gehe.

Als ich die Haustür meines Vermieters erreiche, erklingt laut altmodische Country-Musik von drinnen, deswegen klopfe ich so fest an die Tür, dass die dünne Fensterscheibe daneben vibriert. Die Musik wird leiser, und der Vermieter öffnet mir. Er grinst und bittet mich herein, schließt dann die Tür fest hinter uns ab. Als Nächstes führt er mich durch einen Flur, dessen Läufer einmal grün war, jetzt jedoch fast schwarz ist vor Schmutz, und in ein kleines Schlafzimmer mit dicken Eisenstäben vor dem einzigen Fenster. In der Ecke befindet sich eine winzige Pritsche. Das Ganze sieht genau wie eine Gefängniszelle aus, abgesehen davon, dass das Bett mit pinkfarbener Prinzessinnenbettwäsche bezogen ist und etwa eine Tonne Plüschtiere darauf liegt.

»Sie haben eine Tochter?«, frage ich. Ich gehe davon aus, dass nicht einmal heutzutage viele Männer über das Selbstbewusstsein verfügen, das Schlafzimmer eines Sohnes ganz und gar in Pink auszustatten.

Er nickt. »Scheidung«, sagt er. Ich denke, damit meint er, dass das Kind nicht die ganze Zeit bei ihm lebt. Ich sehe mein eigenes Schlafzimmer bei Kit vor mir, in dem sich auch viele Plüschtiere befanden, als ich sehr klein war – Geschenke, von denen mir Kit immer jede Menge mitbrachte, wenn sie von einer Tournee zurückkam.

Wenigstens hat Kit aber kein Waffenversteck in einer verschlossenen Schublade in meinem Zimmer eingerichtet. Mein Vermieter kniet sich neben das pinkfarbene Bett und zieht die Schublade hervor, in der sich ein Heckenschützengewehr befindet. Es ist besser ausgestattet, als ich zu hoffen gewagt habe. Ich knie mich zu ihm, begutachte die Einzelteile und überprüfe sie.

»Gut?«, will er wissen.

»Ja, gut.«

Er steht auf und beschwert sich über seine Knieschmerzen. Dann hält er mir sein Smartphone hin, auf dem der Betrag in Kryptowährung steht, den ich ihm als Bezahlung überweisen soll. Ich zeige ihm den Nachweis auf meinem Display, der dann auch auf seinem erscheint. Dann deute ich an, dass ich eine Tasche brauche, um die erworbene Waffe zu transportieren, und er zieht einen richtigen Waffenkoffer hervor, was ich nicht gerade ideal finde. Da könnte auch gleich »Hier nach illegalen Waffen suchen« draufstehen.

Ich schaue mich im Zimmer um. In einer Ecke steht ein schwarzer Gitarrenkasten mit pinkfarbenen Prinzessinnenaufklebern. Ich deute fragend darauf, und er zögert, aber der Anblick einer Fünfzigpfundnote hilft ihm bei der Entscheidung. Vorsichtig nehme ich die Gitarre aus dem Kasten und lege sie aufs Bett. Dann packe ich die Waffenteile ein und bedecke sie mit einem Bettlaken, dann noch einem, damit sie beim Tragen nicht klappern. Ich schaue auf die Uhr meines Handys. Ich habe keine Zeit zu verlieren, deswegen nicke ich meinem Vermieter zum Abschied zu und mache mich auf den Weg.

Während ich mit dem Gitarrenkasten in der Hand durch Belgrad laufe, habe ich ständig diesen Song aus *The Sound of Music* im Kopf:

»Ich liebe Ponys und mag Apfelstrudel
Cremetorten, Kirschtorten, Schnitzel mit Nudeln.«

Das hat mir Kit manchmal vorgesungen, als ich noch ganz klein war. Ich habe diesen Song geliebt, diese Liste mit Lieblingssachen, von denen das ganze Lied handelt. Obwohl mir Ponys egal waren und ich Lego lieber mochte; obwohl ich noch nie Apfelstrudel gegessen hatte – das Ganze *klang* einfach so nach Glück, und Kits raue Stimme, die mir vorsang, *war* für mich das Glück.

Zum Glück ist meine Wohnung nicht einmal fünfzehn Minuten vom Parlamentsgebäude entfernt, das hier »Haus der Nationalversammlung« heißt. Ein guter Name dafür, was heute da draußen vor sich geht. Schon aus einigen Hundert Metern Entfernung kann ich die Aufregung in der Luft spüren, das leise Murmeln der Menge hören. Ich bleibe in einigem Abstand von den Stufen stehen, in sicherer Entfernung von der lockeren Polizeikette und weit weg von den Überwachungskameras, die am Gebäude angebracht sind. Kinder sitzen auf den Schultern ihrer Eltern, Leute warten, unterhalten sich, kämpfen um gute Aussichtspositionen, wollen sicher sein, Aleks auch gut sehen zu können, wenn er erscheint und seine Rede hält. Die Atmosphäre erinnert ein wenig an eine Königshochzeit in Großbritannien, wie ein freier Tag. Helden wie er werden wohl überall gebraucht. Alle wollen jemanden, der die Sachen übernimmt, vor denen sie selbst zu große Angst haben. Jemanden, der es mit einem Gregor Pavlić aufnimmt, was auch immer die Konsequenzen sind.

Voller Abscheu und mit einem bitteren Geschmack im Mund betrachte ich die Menge. Bis jetzt war es ihnen recht, dass die Dinge einfach weitergehen wie bisher; sie haben weggesehen, obwohl sie wussten, dass Pavlić ein Krimineller ist, dass er mit Frauen handelt. Was, wenn diese ganzen Leute hier nicht weggeschaut hätten? Sie haben Ideale und Werkzeuge. Sie können darüber schreiben, was Männer wie Gregor Pavlić tun. Sie können demonstrieren, die schlechten Politiker abwählen, Unterkünfte für die Mädchen errichten, die ihrem Leben in der Versklavung entkommen wollen. Sie können dafür sorgen, dass ihre Teenager weiter zur Schule gehen, statt sich auf der Straße herumzutreiben, wo Leute wie Pavlić sie ausnutzen und für ihre Zwecke anheuern können.

Aber nichts von alldem ist leicht. Und meistens hat man auch nicht das Gefühl, dass diese kleinen Dinge, diese kleinen Opfer, überhaupt einen Unterschied machen. Aber was, wenn das doch so ist? Wenn genug Leute solche Entscheidungen treffen? Vielleicht brauchen wir eher jeden Tag

Tausende von kleinen Helden als hin und wieder einen großen.

Ich wende mich um, sodass ich das Parlamentsgebäude im Rücken habe. Dann halte ich inne und sehe mich um. Genau gegenüber, auf der anderen Seite der breiten Straße mit der Nationalversammlung, ist eine große Grünfläche, und hinter diesen Park befindet sich das Rathaus. Ich werde nicht viele Möglichkeiten haben, dort ohne Weiteres hineinzukommen. Aber rechts vom Rathaus führt eine kleine Straße mit einigen Gebäuden und ein paar Läden vorbei, über denen sich sechsstöckige Wohnblocks erheben. Ich schaue zur Sonne hoch, berechne ihre aktuelle Position und überlege, wo sie in ein paar Minuten sein wird, und dann entscheide ich mich. Während ich auf die Apartments zulaufe, gehe ich an einem heruntergekommenen Café vorbei und kaufe mir dort einen Kaffee und einen Donut. Einen kurzen Moment lang stelle ich mir vor, dass Li auf meiner Schulter sitzt und unglücklich den Kopf darüber schüttelt, dass ich mich nicht an ihren Diätplan halte – aber manchmal gibt es einfach keinen grünen Smoothie, und selbst wenn es einen gäbe, würde man ihn nicht haben wollen.

Neben jedem Schaufenster in dieser Gebäudereihe befindet sich ein schmales Treppenhaus, das zu den Wohnungen in den oberen Stockwerken führt. Ich nehme die zweite Tür und drücke auf alle Klingeln auf einmal. Nichts tut sich, deswegen lehne ich mich gegen alle gleichzeitig, diesmal länger. Ein Mann meldet sich über die Gegensprechanlage, und die Haustür öffnet sich.

In der Eingangshalle ist es 1965. Oder jedenfalls stelle ich mir das Jahr 1965 so vor. Kleine Metallbriefkästen mit handschriftlich angebrachten Namen darauf, einige in kyrillischer

Schrift. Eine Milchflasche vor der Erdgeschosswohnung, mit einem Zettel im Flaschenhals. Ein kleines, rot angemaltes Dreirad. Alles sehr niedlich. Ein paar Etagen weiter oben öffnet sich eine Tür, und man hört eine Männerstimme, wahrscheinlich von dem Typen, der mich reingelassen hat. Ich schicke den uralten Aufzug ein paar Etagen hoch, damit er keine Antwort erwartet. Als der Mann den Lift hört, schließt er die Tür wieder, und ich renne möglichst leise die Stufen hoch.

Warum riechen die Treppenhäuser in alten Gebäuden immer gleich? Nach Katzenpisse und Gemüsesuppe und altem Teppich? Das Treppenhaus ist so eng, dass ich ein paarmal mit dem Gitarrenkasten gegen die Wand stoße. Aber schon bald bin ich an der obersten Feuertreppentür und gelange so aufs Dach. Ich blockiere die Tür hinter mir, damit niemand sonst hier hochkommt. An einer Satellitenschüssel vorbei quetsche ich mich zum Dachrand durch. Hier knie ich mich hin und stelle den Gitarrenkasten neben mir ab.

Weit unter mir hat man die Straße abgesperrt, weil man jeden Moment mit Aleks' triumphaler Ankunft rechnet, und von weit weg bewegen sich noch mehr Leute auf die breiten Marmorstufen und die beeindruckenden Statuen zu, um sich der Menge anzuschließen. Ein Übertragungswagen des Hauptnachrichtensenders biegt langsam um die Ecke und hält neben dem ersten. Eine Crew Fernsehtechniker springt heraus, rollt Kabel aus und macht sich mit tragbaren Kameras bereit.

Ein kleiner Junge bahnt sich den Weg durch die Menge und versucht, den Leuten Süßigkeiten zu verkaufen. Wie an einem Feiertag, und all das, um den Mann hochleben zu lassen, der seine Freundin Peggy in ein Koma versetzt hat, das sie umbringt … Den Mann, der (bevor ich ihm ein Messer in die Hand gerammt habe) bereit war, Hunderte von Frauen leiden und sterben zu lassen, um sein Bankkonto zu füllen, seine Rechnungen zu begleichen und sich dann in Monaco zur Ruhe zu setzen. Ich habe nichts gegen Reichtum. Ich bin davon umgeben. Kit besitzt vielleicht nicht mehr die Millionen von früher, aber Li hat genug, um sich ein kleines Land zu kaufen. Doch dieses Vermögen haben die beiden selbst aufgebaut. Sie haben der Welt etwas dafür zurückgegeben. Ganz anders Aleks, den man nur durch Erpressung dazu bringen kann, das Richtige zu tun. Ich hasse Heuchler.

Jetzt bin ich innerlich so weit, den Kasten zu öffnen und die Teile des Heckenschützengewehrs zusammenzusetzen. Das kühle Metall liegt mir schwer in den Händen. Es fühlt sich fest an, gewichtig, wie etwas Reales. Es verleiht mir Macht. Dieselbe Macht, die Leute wie Gregor und Aleks haben, auch wenn ich sie für etwas Besseres gebrauche.

Ich positioniere die Waffe auf ihrem Stativ und rutsche nach unten, bis ich flach auf dem Bauch liege. Ich lehne mich nach vorn und presse ein Auge gegen den Sucher. Alles ist klar und deutlich, eine Linse von ausgezeichneter Qualität, mit einem schwach aufgebrachten Fadenkreuz, das nicht alles bedeckt, sodass ich einen sehr guten Rundumblick bekomme. Ich studiere die Gesichter der Wartenden. Sie sind zufrieden, stehen einfach da und unterhalten sich. Ein paar Behördenvertreter versuchen, sich eine Position in der Nähe des Rednerpults zu verschaffen, von dem aus Aleks gleich sprechen soll. Dann geht eine Art Wellenbewegung durch die Menge, wie ein Windstoß, der die stille Luft in Bewegung versetzt. Irgendeine Botschaft wird zwischen den Leuten weitergegeben, und sie drehen sich um, um über den breiten Boulevard zu schauen.

Das tue ich auch. Ich drehe die Waffe in die andere Richtung, und ja, da kommt Aleks' schwarze Limousine, rollt langsam die Straße entlang. Die Scheiben sind getönt, aber ich kann ihn undeutlich sehen, da drinnen, mit einigen anderen Männern. Wahrscheinlich Security-Leute. Ich folge dem Auto im Fadenkreuz meiner Waffe und atme dabei kaum. Der Wagen hält vor den breiten Marmorstufen, und die Tür öffnet sich. Ich schlucke. Ich weiß, dass ich das Richtige tue. Ich weiß es.

Ein Leibwächter steigt auf der Beifahrerseite aus und öffnet die Tür für Aleks. Ein weiterer Security-Mann, breit und mit einer imposanten Brust, steigt vom Rücksitz und bietet Aleks mit seinem Körper effektiven Schutz, während er das Auto ebenfalls verlässt.

»Feigling«, murmele ich. Denn so kann ich ihn auf keinen Fall erwischen, ohne dass seine Bewacher die Kugeln abbekommen. Doch dann hört Aleks den Jubel, den Beifall, die Willkommensgrüße, und er gerät in Versuchung. Seine Männer bilden eine dichte Schutzmauer um ihn herum, aber er bleibt kurz stehen und wendet sich um, um der Menge zuzuwinken und einigen Wartenden die Hände zu schütteln.

Seinen Arm kann ich treffen, aber mehr auch nicht.

Weg mit euch, befehle ich den Wachleuten in Gedanken. *Weg mit euch!*

»Deswegen haben wir ein Protokoll, Jessie. Wir sollen schützen, nicht töten. Außer, es ist absolut notwendig.«

Wie Peggy plötzlich in meinen Kopf kommt, kann ich nicht sagen. Auf einmal steigen mir Tränen in die Augen, und ich blinzele sie weg. Rache würde Peggy nicht gutheißen – aber ich kann nicht zulassen, dass mich ihre Überzeugung jetzt von meiner Mission abbringt; schließlich tue ich das hier für sie. Ich ducke mich, denn wenn Aleks sich umdreht und auf die Stufen zugeht, wird er ungeschützt sein, wenn auch nur für einen kurzen Moment. Doch das wird meine einzige Chance sein, und die will ich mir nicht entgehen lassen; das darf ich einfach nicht.

Mit einem seltsam saugenden Geräusch, das ich sogar von hier oben spüren kann, zischt eine Kugel hervor und trifft einen der Leibwächter in den Rücken. Genau zwischen die Schulterblätter – ein perfekter Schuss, und der Mann sinkt zu Boden. Aleks hat sich zu ihm umgedreht. Es ist komisch, aber alle brauchen einen Moment, bis sie begreifen, was da gerade passiert ist. Mich eingeschlossen. Mein Herz klopft wie wild. Ich überprüfe das Gewehr, weil ich sicher war, noch nicht gefeuert zu haben. Ich nehme den Finger vom Abzug, schaue aber weiter durch den Sucher, und jetzt zerrt der zweite Bodyguard Aleks zurück zum Wagen, gibt ihm mit gezogener Waffe Deckung. Ihn erwischt es auch, zweimal, in die Brust. Damit ist Aleks ungeschützt. Ich sehe ihn in meinem Fadenkreuz, ihn, das Ziel, auf das ich gewartet habe – aber nicht ich habe die Schüsse abgegeben.

Ich richte die Waffe rasch ein Stück weiter nach rechts, und da, auf einem Dach zwei Gebäude von mir entfernt, lauert ein anderer Heckenschütze. Er hat den Kopf nach unten gebeugt, den Finger am Abzug, und weil ich weiß, er wird sonst jemand anderen töten, schieße ich instinktiv. Die Kugel trifft ihn in die Schulter. Er jault kurz auf, sieht in meine Richtung und entdeckt mich. Dann zielt er auf mich, deswegen schieße ich wieder. Er fällt seitwärts, weg von seiner Waffe, und bewegt sich nicht mehr.

Auf der Straße versucht Aleks den Wagen zu erreichen. Schwer atmend stelle ich meine Waffe wieder ein und habe ihn kurz im Fadenkreuz, nur einen winzigen Augenblick lang, der jemandem mit meinem Training sicher ausreicht – aber ich betätige den Abzug nicht.

Aleks hechtet ins Auto, die Tür schließt sich, und mit quietschenden Reifen rast die Limousine davon. Die Polizeibeamten haben ihre Waffen gezogen, jeder sucht Deckung, die zwei Bodyguards liegen lang ausgestreckt und blutend da, und es ist außergewöhnlich still. Alles ist so schnell passiert, dass für etwas anderes als einen stummen Schockzustand kein Platz ist.

Automatisch schraube ich die Waffe auseinander, lege die Stücke in den Gitarrenkasten und mache mich auf den Weg zur Tür, will die Treppenstufen nach unten nehmen. Doch da höre ich das Heulen. Heulende Menschen, heulende Sirenen. Ich bleibe stehen und schaue zu dem anderen Dach hinüber, zu dem anderen Heckenschützen, der dort liegt. Der Abstand zwischen den Gebäuden ist winzig klein – es sind alte Backsteinhäuser, die dicht nebeneinanderstehen. Ich renne quer übers Dach und springe aufs nächste, dann aufs nächste, wo der Heckenschütze bewegungslos liegt.

Ich taste nach seinem Puls, aber da ist keiner. Zum zweiten Mal in weniger als einer Woche habe ich einen Menschen umgebracht. Aber das war eine Entscheidung zwischen ihm und mir. Irgendwo fängt ein Telefon an zu klingeln. Das Geräusch klingt unterdrückt. Mit Mühe drehe ich den Heckenschützen auf die andere Seite, und hinter mir spielen die Sirenen jetzt richtig verrückt, Polizeiwagen und Feuerwehrautos kommen näher. Außerdem bewegt sich bewaffnete Polizei vorsichtig über die Straße, rückt langsam zu dem Haus vor, auf dessen Dach ich mich befinde.

Das Telefon klingelt immer noch. Ich schiebe meine Hand in die Taschen des toten Mannes und finde eines dieser winzigen alten Plastikteile ohne großes Display. Wegwerfapparate. Ich drücke den grünen Knopf und halte mir das Gerät ans Ohr.

»Hallo?«, meldet sich eine Stimme.

Ich sage nichts, warte einfach ab.

»Hast du's getan?«, spricht der Anrufer weiter. Es ist eine Frau, und innerlich schnappe ich nach Luft. Denn ich kenne diese Stimme sehr gut.

22. Kapitel

Natürlich sage ich nichts. Ich wische nur das Handy ab und stecke es dem Heckenschützen wieder in die Tasche. Die Polizisten haben inzwischen herausgefunden, dass die Schüsse nur von einer einzigen Gebäudereihe kommen konnten, und jetzt sind sie auf dem Weg hierher.

Ich schnappe mir den Gitarrenkasten und renne geduckt zum nächsten Dach. Hinter mir stürzen Männer auf das erste Dach der Gebäudereihe, das, auf dem ich vor wenigen Augenblicken noch war. Ich springe auf das Haus neben mir. Es ist ein bisschen niedriger, ein Firmengebäude. Durch das Oberlicht in der Mitte kann ich Schreibtische, Akten und Computerarbeitsplätze sehen. Ohne Erfolg drücke ich auf die Glasscheibe, aber auf dem hinteren Teil des Daches gibt es eine schmale Feuerleiter, die sich im Zickzack an der Gebäuderückseite nach unten bewegt, bis in eine kleine Gasse. Wie lange wird es dauern, bis das Einsatzkommando diese Straße erreicht? Das hier muss nach dem Überfall auf das Krankenhaus und der Schießerei bei Gregor Pavlić ein außergewöhnlich ereignisreicher Tag für sie sein, und trotzdem kommen von irgendwoher immer noch mehr Beamte.

Ich klettere nach unten bis in die Gasse und biege rasch in eine kleine Straße ein, dann in eine weitere. Wegen des Gitarrenkoffers bin ich sehr langsam, aber ich kann nicht riskieren, ihn einfach irgendwo stehen zu lassen. Die größte Gefahr bergen die Fensterreihen, die mich umgeben. Ich hoffe, dass alle Leute in den Wohnungen wie gebannt an ihren vorderen Fenstern stehen und sich das Drama vor der Nationalversammlung anschauen, aber tatsächlich könnte mich gerade eben jeder dabei beobachtet haben, wie ich vom Gebäude geklettert bin, und es würde ausreichen, wenn nur einer dieser Menschen etwas zu den Polizisten sagt, dann bin ich eine Verdächtige im Zusammenhang mit dem Mordversuch an Aleks. Es wird mir nutzen, wenn man gleich den Heckenschützen findet, aber man könnte mich immer noch als Komplizin betrachten. Davon bin ich nicht gerade begeistert, denn nach dieser ganzen Reise steht mir der Sinn nach einem einjährigen Wellnessurlaub, nicht nach einem Jahrzehnt in einem serbischen Gefängnis.

Ich bewege mich so schnell wie möglich, ohne durch Rennen Aufmerksamkeit auf mich zu ziehen. Mein Herzschlag klopft mir wild in den Ohren. Die Stimme, die ich am anderen Ende der Leitung gehört habe, war Paulinas, und ich weiß nicht, was ich davon halten soll. Sie hat einen Heckenschützen angeheuert, um ihren Vater zu rächen. Ich stecke die Hände immer wieder in die Taschen meiner Jacke, wo ich die beruhigende Gegenwart des Armeeklappmessers und die Tüte mit der einzelnen blauen Kapsel spüre.

Um mich herum herrscht eine solche Verwirrung, dass ich mich ohne größere Schwierigkeiten aus dem Gebiet entfernen kann. Es ist immer noch sehr wahrscheinlich, dass bald jemand eine Personenbeschreibung von mir an das Einsatzkommando weitergibt, wenn es von Tür zu Tür geht und die Wohnungen durchsucht, aber für den Moment bin ich sicher.

Einen Häuserblock von meiner Wohnung entfernt hänge ich ein bisschen herum, weil ich herausfinden will, ob irgendjemand die Gegend überwacht. Dabei entdecke ich ein Müllauto, das vor einem heruntergekommenen Café steht. Wahrscheinlich isst der Fahrer gerade etwas. Ich werfe den Gitarrenkasten hinein und mache mich auf den Weg in mein Apartment.

Ein paar Türen weiter steht ein weißer Lieferwagen, ein schöner sogar, der aber kein Firmenlogo oder Ähnliches trägt. Ich zögere. Niemand sitzt im Wagen, das ist gut. Und die rückwärtigen Scheiben sind dunkel getönt, das ist schlecht. Ich habe jetzt nur sehr begrenzte Möglichkeiten. Ich will nicht zurück ins Krankenhaus oder zu Athena – nicht, solange ich zu den möglichen Verdächtigen für die Schießerei gehöre. Und ohne meinen Pass, der oben liegt, kann ich nicht direkt zum Flughafen fahren.

Ich entscheide mich dafür, das Risiko einzugehen und oben meine Sachen zusammenzusammeln. Das wird nur zwei Minuten dauern, weil ich schon alles gepackt habe. Beim Aufschließen klemmt der Schlüssel an der mir inzwischen vertrauten Stelle, und als ich das Apartment betrete, fühlt sich alles an wie sonst. Ich verspüre Erleichterung. Etwa zwei Sekunden lang. Dann umfassen mich plötzlich zwei kräftige Arme von hinten und drücken mir die eigenen Hände gegen die Taille. Ich werfe mich zur Seite und erhasche einen kurzen Blick auf eine breite Brust; höher komme ich mit den Augen nicht. Wer auch immer mich da überfallen hat – es ist ein *Riese*. Ich wehre mich wie verrückt, ziehe die Beine hoch, um es ihm schwerer zu machen, mich festzuhalten. Als ich schreien will, hält er mir mit einer Hand den Mund zu. Und er ist clever genug, mir ein Kissen vom Bett gegen das

Gesicht zu drücken, damit ich ihn nicht beiße. Aber atmen kann ich so auch nicht richtig. Ich winde mich verzweifelt und bekomme den linken Arm frei, kann dem Kerl gerade so die Faust in die Innenseite des Oberschenkels rammen. Daraufhin schlägt er mir so heftig gegen die Schläfe, dass ich durchs Zimmer taumele. Als ich mich zu fangen versuche, stülpt er mir einen Sack über wie eine Kapuze. Der riecht, als wäre er schon einer ganzen Menge Leute aufgezwungen worden. Ich versuche, ihn abzuwehren, stolpere jedoch und stürze. Als Letztes spüre ich einen scharfen Schmerz am Hinterkopf, und dann umfängt mich wohltuende Dunkelheit.

Als ich langsam wieder zu mir komme, fühlt sich mein Gehirn an wie Wackelpudding. Man hat mir die Kapuze abgenommen. Kurz schließe ich die Augen wieder, weil mir einfällt, was in der Wohnung passiert ist. Bruchstücke des Kampfes kommen zurück. Und ich versuche mich verzweifelt daran zu erinnern, was ich vorher gemacht habe … Ich wollte weg, wegen des Heckenschützen, wegen Aleks …

Ich öffne die Augen. Über mir befindet sich eine Decke voller riesiger Flecken. Schwarze, feuchte, tropfende Schimmelflecken. Ich liege auf einer Matratze, aber nicht auf dem Boden. Ich versuche eine Hand zu heben, um mir die Augen zu reiben, kann sie jedoch nicht bewegen. Als ich den Kopf zur Seite zu drehen versuche, schießt mir der Schmerz hindurch, und ich muss blinzeln, bis er wieder abebbt. Meine Arme sind an ein Bett gekettet. Und sie sehen nackt aus. Ich begreife, dass ich meine Kleidung nicht mehr trage, und stattdessen bedeckt mich ein abgenutzter blauer Kittel. Meine Füße sind mit einem verstärkten Gurt befestigt, wie bei einem Flugzeugsitz, nur ohne Schnalle.

Ich drehe den Kopf zur Seite, und da sitzt Paulina. Sie beobachtet mich. Ich schließe die Augen wieder, blinzele und öffne sie erneut. Paulinas Blick ist klar und aufmerksam, und sie sitzt so still, so leise da, dass das alles ein Traum sein muss.

»Paulina?«, bringe ich heraus, und meine Stimme hört sich an wie die einer Fremden, heiser und schwach. Ich räuspere mich und sage ihren Namen noch einmal. Wenn sie nicht reagiert, weiß ich, dass ich halluziniere.

Aber sie bewegt sich, stellt die übereinandergeschlagenen Beine nebeneinander, steht auf und kommt zu mir. Hoch ragt sie über mir auf. Ihr Blick wirkt traurig, enttäuscht. Jetzt erkenne ich sie besser, und der Nebel in meinem Kopf ist auch weniger dicht, aber das Ganze verwirrt mich immer noch. Sie muss aufpassen, sonst erwischt man sie auch noch.

»Paulina, sei vorsichtig. Hier es ist gefährlich«, sage ich.

Sie lächelt schwach und nickt.

»Das erste Mal, dass du mir gegenüber die Wahrheit sagst.«

Schweigend sehe ich sie an.

»Ich habe dir vertraut, und jetzt ist mein Vater tot.«

Das klingt nicht gut. Instinktiv versuche ich wieder, meine Arme zu bewegen, jedoch vergeblich. Ich schaue mich suchend um. Zu meiner Linken, auf der anderen Seite des Bettes, verwandelt sich ein Schatten in einen großen, breiten Mann in Jeans und einem Poloshirt. Wahrscheinlich der Riese, der mich in der Wohnung überwältigt hat. Hinter ihm ist eine Doppeltür, und da steht eine Reihe leerer Metallbetten wie das, an das ich gefesselt bin. Endlich wird mir klar, wo wir sind. In Pavlićs Krankenhaus. Nur ist leider die Polizei nicht mehr hier.

Ich schlucke die aufkommende Panik herunter und schaue Paulina wieder an.

»Dein Vater hat es verdient«, sage ich.

»Er war meine *Familie*.« Sie spuckt mich mit ihren Worten geradezu an. Ich glaube, die romantische Phase haben wir hinter uns. »Vielleicht ist es da, wo du herkommst, anders«, fährt sie fort, »aber hier ist die Familie am allerwichtigsten.«

»Er hat mit Frauen gehandelt.«

»All diese Frauen haben eine Wahl. Sie treffen nur die falsche.«

»Das glaubst du doch nicht im Ernst! Paulina?«

Ich sehe ihr in die Augen, die ich vorher so faszinierend fand. Nichts erkenne ich darin wieder. Keine Wärme, keinen Sinn für Humor, keine Güte. Nur Wut, eiskalte Wut.

»Er hatte vor, Leute umzubringen, um ihre Organe zu verkaufen«, sage ich, nur um sie durch den Schock dazu zu zwingen, sich mit irgendetwas von dem zu konfrontieren, was hier gerade passiert.

Sie lächelt. Sie lächelt tatsächlich. Aus Unglauben? Das frage ich mich mit ein ganz klein wenig Hoffnung, aber dann spricht sie weiter.

»Und deswegen werden viele andere Leute leben.«

Man muss nicht besonders gut in Mathematik sein, um zu begreifen, dass etwas an dieser Rechnung ganz und gar nicht aufgeht, aber Paulina ist jetzt voll in Schwung, deswegen halte ich den Mund und lasse sie weiterreden.

»Aleks Jučić hätte das Ganze nie aufhalten können, indem er meinen Vater umbringen lässt. Das hat er nur getan, um anzugeben«, erklärt sie wütend. »Und dann hat er noch die Dreistigkeit besessen, mir einen Deal vorzuschlagen. Mit

Informationen wollte er mich erpressen, die er aus meinem Haus gestohlen hat. Aus meinem *Zimmer*.«

Und dabei schaut sie mich an. Ich darf wohl davon ausgehen, dass sie herausgefunden hat, was ich während Kits Konzert getrieben habe. Wahrscheinlich ist es am besten, wenn wir das jetzt nicht vertiefen. Ich höre zu, zerre immer noch an den Fesseln um Handgelenke und Knöchel, versuche herauszufinden, wie sie angebracht sind, um mich irgendwie davon befreien zu können.

»Ich werde vollenden, was mein Vater begonnen hat«, fährt Paulina fort. »Dann nehme ich das Geld für die erste Ernte und haue ab.«

Dieses schöne Wort hat der illegale Organhandel wirklich völlig unbrauchbar gemacht. *Ernte*. Dabei sollte man an Bauernhöfe und Nahrungsmittel und Weizen und solches Zeug denken.

»Wo willst du denn hin?«

Es ist wenig überraschend, dass Paulina diese Frage ignoriert. Ich hatte auch nicht damit gerechnet, dass sie mir gleich ihre neue Adresse verrät. Ich versuche nur, Zeit zu schinden.

»Wer kauft diese Organe denn?«, frage ich. »Die Victory-Klinik?«

Dass ich den Namen kenne, scheint sie zu erstaunen. Ich halte immer noch Blickkontakt, versuche eine Verbindung zu ihr aufzubauen, irgendwie diesen anderen Teil von ihr zu erreichen, den Teil, der wissen muss, dass das ein ganz übles Geschäft ist.

»Du brauchst das nicht zu tun, Paulina«, sage ich. »Du hast doch schon Kunst verkauft. Das gibt gutes Geld. Warum willst du für das hier deine Freiheit riskieren?«

Schon bevor sich ihr Gesicht zu einer Grimasse verzieht, wird mir klar, was für eine Idiotin ich war zu glauben, dass die riesigen Summen auf ihrem Konto von Kunsthändlern kommen. Und was sie als Nächstes sagt, bestätigt meinen Verdacht.

»Die Kunst hat mir etwas Geld eingebracht, aber nicht genug. Und die Victory-Klinik hat schon eine Anzahlung getätigt«, antwortet sie. »Eine Abmachung mit diesen Leuten erfüllt man besser.«

Sie wendet den Blick ab. Selbst hat sie also auch Angst.

»Aber ich habe gesehen, wie die Mädchen aus der Klinik entlassen wurden. Im Fernsehen«, sage ich zu ihr.

»Ein paar«, gibt sie zurück. »Für die Kameras.«

Mir rutscht das Herz in die Hose. »Deine Pläne haben sich also nicht geändert?«

Paulina schüttelt den Kopf, dann lächelt sie mir zu. »Alles wie geplant, mit einer Ausnahme. Du wirst meine erste Spenderin sein.«

Ich starre sie schockiert an. Paulina setzt sich auf den Bettrand, direkt neben mich. Ihr Bein berührt meins, und ich will wegrücken, aber das geht nicht. Sie betrachtet mich, doch ich kann es nicht ertragen, sie anzusehen. Sanft berührt sie mit dem Finger mein Kinn, hebt es immer weiter an, bis ich gezwungen bin, ihrem Blick zu begegnen.

»Zuerst deine Augen …«, flüstert sie. »Dann die Nieren … die Leber … die Lungen … Und dann … dann werden wir endlich sehen, ob du überhaupt ein Herz hast.«

Ihr Finger berührt meine Brust, und ich zucke zurück, bewege mich so weit von ihr weg, wie es nur geht, aber sie beugt sich einfach weiter über mich. Das Parfüm, von dem mir vorher immer ganz schwindlig wurde, löst jetzt Brechreiz in mir aus. Ich spüre Paulinas Atem an meinem Ohr, als sie mir etwas zuflüstert.

»Ich kann einfach nicht glauben, wie sehr du mich verraten hast, Jessie.«

Sie lehnt sich ein wenig zurück und schaut mich an, und ganz kurz, nur für eine Sekunde, lässt sie die Maske fallen. Ihre Augen wirken unverhüllt, wie Spiegel ihrer wahren Gefühle, und ich weiß, dass ich sie verletzt habe.

»Ich habe wirklich etwas für dich empfunden«, sagt sie.

Ich sehe sie unbewegt an. »Ich wollte, ich könnte dasselbe sagen.«

Dann spucke ich sie an. Vielleicht nicht die cleverste aller Entscheidungen, aber sie bereitet mir eine ganz kurze Genugtuung, und wenn man sich überlegt, wie nah ich dem Tod bin, sollte ich wohl lieber mitnehmen, was ich noch kriegen kann. Paulina wischt sich die tadellos gebügelte Bluse ab, auf der mein Speichel gelandet ist, und wendet sich dem unglaublichen Hulk neben mir zu.

»Kristof«, sagt sie. »Teile dem Arzt mit, dass seine erste Patientin bereit ist.«

Ich weiß nicht, wohin Paulina verschwunden ist, aber in den Abteilungen neben dieser hier ist einiges los. Leises Schluchzen und Weinen erklingt, dann höre ich Paulinas Stimme, die Befehle bellt. Rechts von mir führt eine Doppeltür in einen strahlend hell erleuchteten Raum, in dem ein riesiger Betrieb herrscht. Ich erhasche kurze Blicke auf Ärzte und Schwestern, auf Köpfe, die sich hinter dem einzigen runden Fenster in der Tür hin und her bewegen. Ein Mann schaltet einen Scheinwerfer an der Decke ein, der andere zieht sich eine Maske übers Gesicht. Sieht aus wie in einem Operationssaal.

Unwillkürlich fange ich an zu zittern. Kalt ist mir auch, aber in Wirklichkeit liegt es daran, dass mich das Grauen gepackt hat. Niemand weiß, wo ich bin. Li, Kit, Hala und Caitlin sind bei Peggy im Krankenhaus. Amber und Tom sind in London, und sie glauben, dass der Organhandel gestoppt werden konnte, genau wie die gesamte Bevölkerung von Belgrad.

Langsam betritt Paulina die Abteilung wieder, durch die Doppeltür am Ende des Raumes. Ruhig und gelassen kommt sie näher und setzt sich auf den Bettrand. Sie nimmt sich sogar die Zeit, meinen Krankenhauskittel zu glätten, denn der ist von meinen vergeblichen Befreiungsversuchen völlig verdreht und zerknittert. Eine richtige Florence Nightingale, ganz die liebevolle Pflegerin. Ich richte den Blick starr auf die Schimmelflecken an der Decke. Die sind schöner anzusehen als der Blick in ihren Augen.

»Für wen arbeitest du?«, fragt sie mich.

Im Ernst – denkt sie wirklich, ich würde ihr das einfach so sagen? Ich ignoriere sie und schaue mich zum zehnten Mal im Zimmer um, ob es nicht doch irgendwo eine Waffe gibt, die ich benutzen könnte – im unwahrscheinlichen Fall, dass ich zuerst meine vier gefesselten Gliedmaßen frei bekomme. Immer noch kann ich nichts entdecken.

»Für den britischen Geheimdienst?«, bohrt Paulina weiter.

Jetzt sehe ich sie doch an, voller Verachtung. Hätte sie irgendetwas Dümmeres fragen können?

Die rechte Hand hat sie zur Faust geballt. Vor meinem Gesicht öffnet sie die Finger. Da, auf ihrem Handteller, liegt meine blaue Kapsel.

»Wenn du nicht für den Geheimdienst arbeitest, warum hast du dann so was bei dir?«, will sie wissen. »Damit verhindert man doch, unter Folter alles zu verraten?«

Sie ist so stolz auf sich selbst und ihre geniale Schlussfolgerung, dass ich kotzen möchte. Aber ich sehe ihr in die Augen, als hätte sie mich entlarvt.

»Du bist so klug«, sage ich voller Bewunderung.

Und bevor sie weiß, wie ihr geschieht, bewege ich mit einem Ruck den Kopf nach vorn und beiße Paulina in die Hand, bugsiere mir die Kapsel in den Mund und schlucke sie. Sie gleitet mir durch die Kehle, bevor Paulina überhaupt reagieren kann.

Mit einem Schrei springt Paulina auf, hält ihre verletzte Hand in die Luft. Wie es scheint, habe ich sie richtig blutig gebissen, und ich wische mir den Mund an der Kittelschulter ab, während ich dabei zusehe, wie sie im Raum herumhüpft und um Hilfe ruft. Eine alarmierte Schwester eilt aus dem Operationssaal herbei und dreht sofort wieder um, um Desinfektionsmittel und Verbandszeug zu holen. Paulina starrt mich an, völlig außer sich vor Wut.

»Dein Leben wird zwar nur noch kurz sein, aber voller Schmerzen, dafür werde ich sorgen«, sagt sie.

Ich glaube ihr jedes Wort. Das Grauen überfällt mich wieder, und ich muss mich gleich übergeben. Aber ich zwinge mich, ruhig zu atmen. *Alles, nur nicht kotzen.* Ich bin darauf angewiesen, dass die blaue Kapsel ihre Arbeit tut. Und zwar schnell.

23. Kapitel

Der Vorteil von der Arbeit in einem Team von sozial engagierten Frauen besteht darin, dass sie jede Verletzung der Privatsphäre ablehnen, sogar wenn es ihre eigenen Agentinnen betrifft. Deswegen haben sich die drei Athena-Gründerinnen gegen den Einsatz von Trackern entschieden. Sie wollten nicht, dass wir uns wie Verbrecherinnen fühlen oder den Eindruck bekommen, wir gehörten ihnen. Daher bleibt mir nichts anderes übrig, als mich auf die blaue Kapsel zu verlassen.

Ich stelle mir vor, wie sie in mir herumschwimmt. Meine Magensäure löst die Hülle auf, gerade genug, dass der Schalter darin aktiviert wird. Ich stelle mir vor, wie Amber in London eine Nachricht erhält. Wie sie dann das gesamte Athena-Team alarmiert. Ich stelle mir vor, wie Hala auf ihr Motorrad springt, wie Caitlin sie begleitet. Aber genau da liegt das Problem: Sie konzentrieren sich gerade auf Peggy. Sie glauben, die Mission wäre vorbei. Sie glauben, ich verstecke mich irgendwo und tue mir selbst leid. Wer weiß, ob sie überhaupt gerade das Athena-Kommunikationssystem eingeschaltet haben?

Die Türen zum Operationssaal stehen inzwischen offen. Zwei Ärzteteams warten dort. Keines der beiden beachtet mich. Am Fußende meines Bettes verbindet eine Krankenschwester behutsam Paulinas Hand, und Kristof hat meine Haare gepackt, zerrt an ihnen wie ein Neandertaler, was zu ihm passt. Wahrscheinlich will er so verhindern, dass ich seine Chefin noch einmal beiße.

Einen Augenblick lang stelle ich mir meine Beerdigung vor. Das macht man ja manchmal, wenn man jung ist, wenn einem die ganze Welt zusetzt. Ich habe das früher immer getan, um die Vorstellung genießen zu können, wie sehr es Kit dann leidtun würde, dass sie bei meinem Tod auf Tour war. Jetzt aber, da mein Ableben unmittelbar bevorzustehen scheint, bereitet mir der Gedanke an meine Mutter, die so leidet, ein sehr schlechtes Gewissen.

Ein Krachen im Operationssaal lässt uns alle aufschauen. Eine weitere »Patientin« wird hereingeholt, sie schreit aus Leibeskräften. Ich erkenne sie: Dascha. Ich reiße meinen Kopf aus Kristofs Griff los und rufe ihren Namen, zerre heftiger an meinen Fesseln, lege meine ganze Frustration in den verzweifelten Versuch, mich loszumachen.

Dascha sieht in meine Richtung, und unser Blick begegnet sich für einen winzigen Moment, bevor Paulina Kristof befiehlt, die Tür zwischen uns zu schließen. Er tritt den Türstopper weg, und die Tür fällt mit einem Zittern zu. Dascha ruft voller Entsetzen nach mir. Nur brüllt sie nach »Daisy« – sie benutzt den Decknamen, den ich ihr genannt habe. Das wäre richtig komisch, wenn man uns nicht beide gleich töten wollen würde.

Paulina beobachtet mich mit einem winzigen Lächeln.

»Wie ich gehört habe, hast du eine Freundin gefunden, als du hier eingedrungen bist«, sagt sie.

»Du hast gesagt, ich werde die erste Spenderin«, gebe ich harsch zurück.

»Wir haben hier zwei OP-Teams. Zeit ist schließlich Geld. Mach dir keine Sorgen. Du wirst direkt neben ihr liegen.«

Die Tür zum Operationssaal öffnet sich wieder, und zwei Krankenschwestern betreten unseren Raum. Sie lösen die Bremsen meines Bettes und drehen es um, um mich in den OP zu bringen. Paulina schaut zu, wie sich die Schwingtüren hinter mir schließen, und ganz kurz vorher winkt sie mir mit ihrer bandagierten Hand zu.

Im Operationssaal achtet niemand besonders auf mich, weil Dascha sich aufführt wie eine Verrückte. Ihren Kampfgeist hat sie sich ganz offensichtlich bewahrt, denn sie wehrt sich, tritt um sich, schreit, gibt alles. Die Krankenschwestern, die eigentlich mir zugeteilt sind, müssen auf Daschas Seite rennen und dabei helfen, sie festzuhalten.

Ich weiß, als Nächstes bin ich an der Reihe. Solange ich das Bewusstsein nicht verliere, habe ich zumindest eine winzige Chance auf Rettung. Während alle um Daschas OP-Tisch stehen, schaue ich zu dem Tablett mit den chirurgischen Instrumenten neben mir. Mit den Händen kann ich nichts erreichen. Aber wenn ich den Oberkörper leicht drehe, kann ich mit den Lippen ein Skalpell umfassen. Dabei muss ich vorsichtig sein und darf nur den Griff in den Mund nehmen. Ich bekomme ihn nicht fest genug mit den Zähnen zu packen, deswegen muss ich mir das Skalpell auf die Brust fallen lassen, in Sichtweite von jedem, der jetzt in meine Richtung schaut. Aber Dascha hat immer noch alle im Griff; sie stöhnt, weint. Mir bricht fast das Herz, aber es hilft mir auch dabei, meine eigene Angst in Schach zu halten. Ich werfe mich zur Seite, um das Skalpell von der Brust gleiten zu lassen. Es rutscht an meiner Seite herunter, jetzt kann ich es nicht mehr sehen und nicht mehr erreichen. Fantastisch.

Ich sehe zum anderen OP-Tisch. Eine Schwester bereitet eine Spritze mit einem Beruhigungsmittel für Dascha vor. Man hält ihr die Arme fest, versucht, ihr das Mittel zu injizieren. An der Unterseite meines Arms spüre ich das kalte Metall des Skalpells. Immer wieder versuche ich die Hand zu bewegen, vorsichtig, denn ich will mir nicht die Venen aufschlitzen.

Plötzlich verstummt Dascha, und die Ärzte murmeln erleichtert etwas. Mir tritt der Schweiß auf die Stirn. Arme Dascha. Ich höre, wie sie eine kleine Knochensäge in Gang bringen. Tränen der Verzweiflung steigen mir in die Augen, als mir klar wird, wie sehr ich gerade versage. Das Team steht über Dascha gebeugt und desinfiziert die Stelle, an der man den ersten Schnitt setzen wird. Gleich werden sie sie aufmachen.

Inzwischen kommt mein Ärzteteam wieder zu mir. Ich biege den Rücken durch, versuche verzweifelt, das Skalpell in meine Reichweite zu bewegen. Das hilft ein bisschen, und alle glauben, dass ich entkommen will. Sie bereiten eine weitere Beruhigungsspritze vor, und eine Schwester desinfiziert meinen Arm. Sie sagt etwas zu dem Arzt, und beide klopfen in meiner Ellenbeuge herum, suchen nach einer Vene. Sie bitten mich, eine Faust zu machen. Glauben die wirklich, ich werde es ihnen erleichtern, mich zu ermorden? Ich reagiere nicht, natürlich nicht, deswegen fangen sie an, nach einer Vene in meiner Hand zu suchen, aber ich halte nicht still, sodass die Nadel ein paarmal an meiner Haut entlangkratzt. Da spüre ich endlich das kühle Metall des Skalpells an meinem anderen Handteller. Es ist die Klinge oder der Griff.

Draußen geht irgendetwas vor sich. Wir alle schauen auf. Ich höre Kristofs Funkgerät und ein paar komische Laute in der Ferne, von denen ich mir wünsche, es wären Schüsse. Aber sie sind weit weg, und nicht nur wird man bald diese Nadel in mich rammen – am anderen Tisch beginnt das sogenannte Ärzteteam die Operation, die Daschas Leben beenden wird.

Ich bewege den Oberarm hin und her, und die Klinge reibt gegen die Fesseln, die mich festhalten. Wunderschön fühlt sich das an. Aber jetzt inspiziert der Arzt seine Instrumente und bemerkt, dass das Skalpell verschwunden ist. Zum ersten Mal nimmt er misstrauisch Blickkontakt zu mir auf, und ich befreie meinen linken Arm – dass Skalpell hat die Fesseln genug aufgeschnitten, dass ich sie mir runterreißen kann. Ich ramme dem Arzt das Skalpell direkt in den Bizeps. Er schreit auf und zieht sich zurück.

Ich schneide die Fesseln an meiner rechten Hand durch und verpasse dem Anästhesisten einen Faustschlag ins Gesicht, der jetzt auf mich zukommt.

»Stopp!«, schreie ich Daschas Team an, während ich den Gurt um die Knöchel aufschneide.

Ich springe auf und renne mit dem Skalpell in der Hand los, bereit, es mit jedem im Raum aufzunehmen, aber diese Leute sind keine Kämpfer. Sie weichen zurück, und einige von ihnen wirken sogar erleichtert. Draußen höre ich Kristof grunzen, und jemand wirft sich gegen die Tür, fällt in den Operationssaal. Caitlin. Sie hat eine Kopfverletzung von dem Zusammenstoß und liegt betäubt auf dem Boden. Ich renne auf sie zu, will ihr helfen, aber Kristof ist vor mir bei ihr und tritt sie so heftig, dass sie mehrere Zentimeter vom Boden hoch- und noch weiter in den OP geschleudert wird. Die gute, tapfere Caitlin, attackiert von einem Monster, das doppelt so groß ist wie sie.

Mit dem Skalpell in der Hand stürze ich mich auf ihn, ramme es ihm ins Bein und drücke zu, so fest ich kann. Er brüllt auf, schüttelt mich jedoch ab. Ich fühle mich wie eine Fliege, die einen Elefanten angreift, und im Bruchteil einer Sekunde ist er schon wieder bei Caitlin. Sie liegt immer noch still da, und er ist so viel stärker als sie. Er hebt ihren Kopf an, um ihn auf den Boden zu schmettern, da zersplittert das Glasfenster in der Decke über uns. Scherben prasseln in den Raum wie ein tödlicher Hagelsturm, und mit diesem Sturm kommt Halas schwarzer Schatten über uns.

Sie nutzt den Schwung ihres Falls, um auf Kristof zu landen und ihn umzuwerfen. Mit vier gezielten Hieben ihrer Pistole schlägt sie ihn bewusstlos und wendet sich dann außer Atem mir zu. Sie nimmt meinen Krankenhauskittel, das Skalpell in meiner Hand, den Rollwagen hinter mir in sich auf. Aber sie bewegt sich nicht. Ihr Blick ist auf etwas hinter mir gerichtet.

Instinktiv erstarre ich, noch bevor ich hören kann, wie eine Pistole mit einem Klicken entsichert wird. Dann spüre ich, wie kühles Metall meinen Schädel berührt. Von hinten atmet mir Paulina ins Ohr.

»Beweg dich nicht, Jessie.«

Hala starrt Paulina an. Ich könnte schwören, dass sie gleich die Zähne fletschen wird.

»Lass die Waffe fallen«, befiehlt Paulina Hala.

Halas Blick wandert zu meinem, versichert mir, dass mir nichts passieren wird. Sie lässt langsam die Pistole in Richtung Boden sinken, aber ich starre sie weiter an, und sie hält inne, weil sie begreift, was ich denke. Sie umfasst ihre Waffe fester.

»Erschieß sie einfach«, sage ich, damit uns Paulina die Show glaubt. »Das ist das einzig Richtige.«

Das macht Paulina Angst, denn Hala wirkt, als würde sie wirklich darüber nachdenken, mich der guten Sache zu opfern.

»Bist du sicher?«, fragt Hala mit unbewegtem Gesichtsausdruck.

»Ja.«

Hala hebt ihre Waffe wieder und richtet sie auf Paulina, die tatsächlich glaubt, dass es sie nicht einmal retten wird, wenn sie mich erschießt. Sie muss also die Pistole auf Hala richten, und das gibt mir den Bruchteil einer Sekunde, den ich brauche, um meine Faust nach hinten in Paulinas Gesicht zu rammen, ihr den Ellbogen in den Bauch zu stoßen und ihr den Arm zu verdrehen, bis sie in die Knie geht. Ihre Pistole knallt auf den Boden, und ich will sie wegtreten, aber jemand kommt mir zuvor. Halas Stiefel trifft die Waffe mit voller Wucht, sodass sie bis in eine Ecke des Operationssaals schlittert. Dann packt Hala Paulina im Nacken, reißt sie von mir weg und schubst sie zu der fahrbaren Trage, auf die ich noch vor Kurzem geschnallt war.

Paulina wimmert unter Halas wilder Wut. Hala hält sie mit einem Arm fest und greift mit der anderen nach dem Skalpell.

»Nein!«, schreie ich, aber sie kann mich nicht hören. In diesem Augenblick kann sie niemanden hören. Ich weiß das, weil es mir schon genauso ergangen ist.

Ich stürme los, gerade in dem Moment, als das Skalpell die Haut an Paulinas Hals aufschlitzt. Ich ziehe Halas Hand zurück.

»Lass mich los!«, schreit Hala. Sie atmet schwer, weil sie Paulina in Schach halten muss, aber ich lasse meine Hand auf ihrer. Nicht um mit Hala zu kämpfen, sondern um sie zu beruhigen. Ich halte die Hand mit dem Skalpell darin fest genug, dass Hala keine plötzliche Bewegung machen kann.

Wütend brüllt sie mich an, aber ich gebe sie nicht frei.

»Sie hätte dich umgebracht«, sagt Hala, und ich sehe Tränen in ihren Augen. Ich brauche einen Moment, um zu begreifen, dass Hala das hier nicht tut, weil sie außer sich vor Wut ist, sondern weil sie Angst hat. Angst, mich zu verlieren. Unter der Klinge ist Paulinas Kehle ungeschützt, und ein kleines Rinnsal aus dunklem Blut läuft an ihrem blassen Hals herunter, wo das Skalpell in die Haut eingedrungen ist.

»Ich bin in Ordnung«, sage ich zu Hala, und sie drückt kurz meine Hand, um mich wissen zu lassen, wie wichtig ich für sie bin; wahrscheinlich wird sie das für den Rest ihres Lebens abstreiten, wenn ich es jemals erwähne. Was ich nicht tun werde.

»Sie ist es nicht wert«, sage ich. »Glaub mir.«

Ein langer Augenblick vergeht. Hala zieht die Hand zurück, wirft das Skalpell zurück aufs Instrumententablett. Dann hat sie sich wieder im Griff, folgt dem Protokoll. Sie zieht eine Schnur aus der Tasche, um Paulina die Handgelenke zu fesseln. Dabei zieht sie den Knoten zu fest, aber das kann ich ihr wohl zugestehen.

Caitlin kommt langsam zu sich und versucht, sich aufzurappeln. Ich bin gerade noch rechtzeitig bei ihr, um sie zu stützen, als sie sich langsam aufrichtet. Sie ist während des Kampfes ziemlich schwer verletzt worden, sie blutet und hinkt. Aber sie sieht mich mit einem winzigen Lächeln an.

»Peggy geht es besser«, flüstert sie mir zu.

Ich hole Luft, und einen Moment wird mir die Kehle eng. Dann kann ich zum ersten Mal seit einiger Zeit wieder richtig atmen, und das fühlt sich gut an. Zum letzten Mal schaue ich Paulina in die wütenden Augen, dann wende ich mich ab. Caitlin braucht meine Hilfe und Hala auch. Und letzten Endes hatte Paulina recht: Die Familie ist am allerwichtigsten.

24. Kapitel

London

»Ich weiß, was du von mir denkst«, sagt Li. »Du denkst, ich kann gar nicht wirklich wissen, wie es ist, so wie ihr immer unter Druck zu stehen. Wie einem die Todesangst ein Jahr seines Lebens raubt, jedes Mal, wenn man überlebt; wie deprimierend es ist, irgendwo allein in einer Wohnung zu warten, die ganz anders riecht als alle anderen Orte, an denen man je zuvor gewesen ist.«

Ich höre ihr zu. Ehrlich gesagt, bin ich sogar richtig fasziniert. Ich habe noch nie so viel Zeit mit Li verbracht. Während meiner ersten Gespräche mit ihr hat sie Fragen auf mich abgefeuert, die ich beantworten musste. Seitdem haben wir uns immer nur in Meetings ausgetauscht. Und in den kurzen Gesprächen im Krankenhaus in Belgrad.

Heute Abend sind uns Li und ich zufällig an Peggys Bett begegnet. Vor drei Tagen sind wir alle wieder in London angekommen. Seitdem haben wir ausgepackt, die Nachbereitung erledigt und abwechselnd Peggy in der Privatklinik besucht, in die sie Li hat verlegen lassen. Ansonsten haben wir vor allem geschlafen. Peggy geht es rasch besser: Sie setzt sich im Bett auf, liest Zeitung und redet wie ein Wasserfall. Als wir sie allein gelassen haben, damit sie sich ausruhen kann, hat mich Li gebeten, mit ihr zusammen in ihrer Wohnung etwas zu trinken. Eine solche Einladung kann man nicht ablehnen.

Und es macht mir gar nichts aus, Li zuzuhören. Sie drückt sich wohlformuliert aus, beschreibt die Dinge in einer präzisen, förmlichen Art und Weise, die fast etwas Altmodisches hat. Wir sitzen allein in ihrer Küche, die sehr sauber und weiß ist, mit rostfreien Geräten und eisfarbenen Schränken. Essen ist kaum zu sehen. Über unseren Köpfen, hoch oben an der Wand, hängt eine runde Mahagoniuhr mit römischen Ziffern und chinesischen Symbolen. Vielleicht handelt es sich um ein antikes Stück, oder es gehört zum Familienerbe. Aber es ist eine seltsame Uhr für eine Frau, die eine Firma führt, in der die futuristischste Technologie hergestellt wird.

»Trotzdem«, fährt sie fort, »habe ich sehr viel überlebt, und zwar seit ich ein kleines Mädchen war. Ich bin in China auf dem Land aufgewachsen. In den ersten Jahren der Kulturrevolution. Ich habe zugesehen, wie mein Vater gestorben ist. An einer Krankheit, aber in Wahrheit haben ihn die ungerechten Regeln gebrochen, Regeln, die Männer mit nachgiebigeren Persönlichkeiten zu beugen gelernt haben, sodass sie ihren eigenen Bedürfnissen entsprachen.« Li hält inne, und ich nicke. Das Ticken der Uhr ist das einzige Geräusch, das die Stille zwischen uns durchbricht.

»Ein Jahr später wurde ich von meiner Mutter getrennt. Ich war damals vierzehn, und man hat mich zusammen mit Hunderten anderer Kinder aus meinem Distrikt weggeholt, damit wir unserem Land dienen. Ich war ein sanftes, scheues Kind, das sehr an seiner Mutter hing. Sie beschützte mich wie eine Blütenknospe, die von grünen Blättern umhüllt wird. Im Herzen habe ich jahrelang nach ihr geschrien.«

Was für ein unendlich trauriges Bild. Geschrien im Herzen. Bis jetzt habe ich mir nie Gedanken darüber gemacht, ob Li überhaupt ein Herz hat. Oder Gefühle. Ich schaue auf den polierten Holzfußboden. Eine lange Pause entsteht, als würde Li darauf warten, dass ich darauf reagiere.

»Warum erzählst du mir das?«, frage ich.

»Weil du ein Anrecht darauf hast, es zu erfahren. Du hast dein Leben viele Male für Athena riskiert, und du solltest wissen, warum wir das von dir verlangen. Und das auch immer weiter von dir verlangen werden. Ich glaube nicht daran, dass irgendeine Regierung den Leuten helfen will, denen wir helfen wollen.«

»Es wird also weitergehen mit Athena?« Voller Eifer lehne ich mich nach vorn.

Li nickt. »Ich war so damit beschäftigt zu versuchen, dir etwas beizubringen, Jessie, dass mir der Fehler der Arroganz unterlaufen ist. Ich habe geglaubt, nichts von dir lernen zu können.«

»Was hast du denn von mir gelernt?«, frage ich überrascht.

»Dass Peggy und Kit und ich nicht ganz verstehen können, was ihr durchmacht, trotz all unserer Erfahrungen. Aber wir wollen euch dabei helfen, es durchzustehen. Und dadurch besser zu werden. Es gibt ein chinesisches Sprichwort: Wertvolle Steine muss man schleifen, bevor sie zu Edelsteinen werden.«

Ihre Worte berühren etwas in mir, und ich spüre, wie mir ein Kloß in die Kehle steigt. Ich schaue auf den Boden und warte, weil ich nicht sicher bin, was als Nächstes passieren wird. Li sitzt kerzengerade auf dem Stuhl mir gegenüber und beobachtet mich.

»Ich muss mich bei dir entschuldigen«, erklärt sie.

Das trifft mich wie ein Schock. Ich schüttele abwehrend den Kopf. Sie lächelt mich schwach an und sagt nichts mehr.

Trotzdem zählt die Uhr die immer weiter vergehenden Sekunden. Ich werfe ihr einen Blick zu.

»Stört dich das Ticken?«

Ich nicke.

»Die Zeit vergeht«, meint Li. »Das habe ich immer gespürt.«

Sie nickt mir zu, entlässt mich. Ich stehe auf und gehe.

Obwohl ich es zu schätzen weiß, dass Li mit mir gesprochen hat, fühle ich mich sehr erleichtert, wieder zu Hause zu sein. Das Licht der Lampe ist warm, und Kit kommt in einem blauen Seidenbademantel und mit einem Handtuch um das frisch gewaschene Haar aus ihrem Schlafzimmer, um sich bei mir nach Peggy zu erkundigen. Ich berichte ihr von Peggy, aber von dem Treffen mit Li erzähle ich nur wenig, weil ich nicht weiß, wie ich es beschreiben soll. Doch ich hatte den Eindruck, dass es mit Athena weitergehen soll, und als ich Kit danach frage, bestätigt sie das.

Während wir uns unterhalten, holt meine Mutter eine Flasche mit Desinfektionsmittel und neues Verbandszeug. Bei meinen Befreiungsversuchen im Krankenhaus habe ich mir Handgelenke und Knöchel zerschnitten, und ich glaube, Kit fühlt sich besser, weil sie mich beim Verbinden ein bisschen bemuttern kann. Es ist still, während sie den Stoff abwickelt, und ich habe das Gefühl, dass sie etwas sagen will.

»Hör zu, wegen Paulina«, beginnt Kit, während sie mit einem Wattebausch auf meinen Wunden herumtupft.

Ich bin misstrauisch. »Was ist mit ihr?«

»Du hattest Gefühle für sie.«

Ich schweige und versuche zu ignorieren, dass mir die Röte ins Gesicht steigt.

Kit versucht es wieder. »Du hast also Interesse an …«

»Menschenhändlern?«, frage ich zurück, kann ihr aber immer noch nicht in die Augen sehen.

Kit lächelt. »Eigentlich wollte ich sagen, du findest also Frauen attraktiv.«

Mein Gesicht brennt. Ich weiß nicht, warum. Nicht heterosexuell zu sein, ist in Kits Augen wahrscheinlich das Coolste, was ich jemals zustande gebracht habe. Ich glaube, es ist einfach der Gedanke, mit meiner Mutter über so etwas zu reden, der bei mir Unbehagen auslöst. Ich will, dass sie alles von mir weiß und es ihr nichts ausmacht, und trotzdem – was, wenn das auch zu den Dingen gehört, die sie an mir nicht versteht? Ich warte ab, und dieses Warten ist quälend. Aber sie sagt nichts mehr. Ich habe den Blick nach unten gerichtet, und ich spüre, wie sie mich ansieht. Dann zieht sie mich plötzlich in ihre Arme.

»Jessie«, sagt sie leise. »Meine Jessie. Ich liebe dich.«

Es dauert ein paar Minuten, bis ich mich aus dieser Umarmung befreien kann, bis ich endlich wieder eine gewisse Kontrolle über mich habe. Kit merkt, dass ich aufgewühlt bin, denn sie lehnt sich ein bisschen zurück und gibt mir etwas Zeit, schraubt die Flasche mit dem Desinfektionsmittel zu und so weiter.

»Jessie, ich wollte mit dir über Jake Graham sprechen«, sagt sie nach einer Minute. Ich schaue auf. Das trifft mich unerwartet, und ich werde nervös. Jake, der unerschrockene Journalist. Hat er noch mehr über die Tötung von Ahmed herausgefunden? Etwas, das Athena zum Verhängnis werden kann? Aber Kit hält mir ihr iPad hin, auf dem ein Zeitungsartikel zu sehen ist.

»Mein PR-Team hat mir eine Vorwarnung geschickt. Das hier erscheint morgen in den Printmedien«, sagt sie.

Ich nehme das Gerät und lese:

»PURE GELDGIER: KIT LOVE SINGT FÜR SKLAVENBARON«

Mir wird schlecht. Unter der Schlagzeile ist ein Bild von Kit mit Gregor und Paulina zu sehen, und wieder darunter suche ich nach dem Namen des Verfassers: Jake Graham. Tief erschrocken schaue ich zu Kit hoch. Der Fotograf, den Gregor für die Party angeheuert hatte, muss das Foto verkauft haben. Als sein Chef erst einmal tot war, ist ihm wahrscheinlich klar geworden, dass er damit Geld machen konnte, ohne dass ihm die Beine gebrochen würden. Und was diesen sogenannten Journalisten betrifft, Jake … Aber bevor ich mich entsprechend verächtlich über ihn auslassen kann, unterbricht mich Kit.

»Nein, Jessie. Er ist ein guter Reporter.«

»Aber die Geschichte stimmt doch gar nicht.«

»Das weiß er nicht.«

Frustriert schweige ich. Dann sehe ich meine Mutter an, und in meinem Blick liegt die absolute Bewunderung. Diesen Schlag nimmt sie hin, um das Team zu schützen.

»Wie hältst du das nur aus?«, frage ich und wende meine Aufmerksamkeit wieder dem Artikel zu. Was Jake Graham da geschrieben hat, lässt Übelkeit in mir aufsteigen.

»Sieh doch mal das Positive«, sagt Kit. »Eine bessere Tarnung könnte ich gar nicht haben, oder? Und die brauchen wir, denn Jake Graham hat jetzt schon über drei von uns geschrieben und uns miteinander in Verbindung gebracht. Dich, mich und Peggy. Vielleicht sieht er diese Verbindung nicht, aber wir müssen aufpassen, denn womöglich wird er weitersuchen.«

Ich nicke. »Trotzdem muss das doch schmerzhaft für dich sein …«, sage ich. »So was zu lesen.«

»Ja, schon ein bisschen.« Kit lächelt. »Weißt du, was wir beide jetzt brauchen?«

»Wodka?«

»Eher friert die Hölle zu, als dass ich zulasse, dass du mir in diesen Abgrund folgst«, antwortet meine Mutter. »Was wir beide jetzt brauchen, ist etwas Warmes zu trinken.«

Sie verschwindet in der Küche, und ich muss an Li denken, in ihrer weißen, antiseptischen Welt. Das ist etwas, was ich sehr am Zusammenleben mit meiner Mutter aus Südlondon schätze – es gibt nichts, was eine gute Tasse Tee nicht besser machen könnte.

Eine Woche ist vergangen, und der frühe Morgen ist angenehm und warm, es weht ein sanfter Wind. Ich lehne mich gegen die Wand im Hintereingang zu Athena. Hala und Caitlin sind schon im Gebäude. Peggy kommt heute zurück, deswegen treffen wir uns, um das zu feiern. Aber ich hänge hier im Schatten herum und warte auf Amber. Mein Passwort funktioniert wieder, und ich bin zurück im Team, deswegen brauche ich keine Hilfe beim Betreten des Gebäudes. Aber bisher konnte ich seit meiner Rückkehr mit Amber noch nicht viel mehr Worte wechseln als Ja oder Nein, und deswegen gehe ich davon aus, dass sie immer noch stinksauer ist, weil ich in mein Schließfach eingebrochen bin. In einer Hand halte ich einen sorgfältig ausgewählten Rosenstrauß, von dem ich mir erhoffe, dass er das Eis ein wenig bricht. In der anderen Hand halte ich meinen Plan B.

Sie kommt auf die Sekunde pünktlich, um 7:57 Uhr, um die Ecke, tritt von der hell erleuchteten Straße in die Dunkelheit des Eingangsbereichs. Weil die Sonne hinter ihr steht, ist sie nicht mehr als eine Silhouette für mich. Ich kann die hochstehenden Enden ihrer Haare und zwei riesige Kopfhörer erkennen. Sie bewegt den Kopf im Takt zu der Musik, die sie gerade hört, und tanzt. Nur ein paar Schritte, aber das richtig gut. Dann scheint sie zu spüren, dass jemand sie beobachtet. Genau in dem Moment, als ich direkt vor sie hintrete, schaut sie über die Schulter.

Amber schreckt hoch, und jetzt bin ich wirklich in Schwierigkeiten, weil sie weiß, dass ich gesehen haben muss, wie sie heimlich getanzt hat.

»Was grinst du denn so?«, will sie wissen.

Ich versuche, mein Lächeln zu unterdrücken – wirklich –, aber es ist schwer.

»Nur so«, gebe ich zurück.

Als Versöhnungsgeste halte ich ihr die Rosen hin. Sie schiebt sie in meine Richtung zurück und läuft brüsk weiter.

»Um dich für das zu entschuldigen, was du getan hast, braucht es mehr als einen Blumenstrauß«, erklärt Amber. Ich beeile mich, Schritt mit ihr zu halten, und strecke ihr stattdessen meine linke Hand hin.

»Wie wäre es dann mit einer Limited Edition von einem Kit-Love-Album?«

Amber wird langsamer und wirft einen kurzen Seitenblick auf die Schallplatte in meiner Hand. *Jeder ist zu einem bestimmten Preis käuflich*, denke ich, aber ich achte wohlweislich darauf, den zaghaften Frieden zwischen uns nicht zu gefährden, indem ich wieder lächle.

Sie benutzt den Scanner, und ich folge ihr rasch. Gemeinsam warten wir, dass sich die Aufzugtüren öffnen.

»Ich habe in der Tech-Höhle eine ganze Menge weiterer Security-Maßnahmen installiert«, sagt sie abweisend. »Nur, damit du es weißt.«

»Das war sicher ein guter Schritt.«

Wir sagen nichts, und die Aufzugtüren öffnen sich. Ich schnüffle.

»Du hast ja das Parfüm gewechselt, Amber.«

Wir betreten die Kabine, schauen dabei zu, wie sich die Türen wieder schließen.

»Gefällt mir«, sage ich.

»Ich kann mich nicht daran erinnern, dich um deine Meinung gebeten zu haben.«

Diesmal muss ich wirklich lächeln. Ich halte ihr die Platte hin.

»Ist die mit Autogramm?«, will sie wissen.

»Nein. Aber ich denke, das lässt sich arrangieren.«

Durch die Glasscheibe des Besprechungszimmers sehe ich Peggy. Sie ist fast wieder die Alte. Um einiges dünner und ein bisschen abgehärmt, aber ihre Augen lächeln, während sie sich mit Kit und Li unterhält. Weder Caitlin noch Hala sind im Raum. Hala steht in einer Ecke des Vorraums, im Gespräch mit Thomas. Na ja, »im Gespräch« ist vielleicht ein bisschen übertrieben. Er redet, sie nickt und schlingt dabei einen Muffin runter und lächelt Thomas ab und zu an.

Ich betrete den Besprechungsraum, und als Peggy mich sieht, leuchten ihre Augen auf.

»Das wäre doch nicht nötig gewesen«, meint sie.

Mir wird bewusst, dass ich immer noch die Rosen in der Hand halte, die Amber nicht haben wollte. Ein bisschen zerdrückt sind sie. Ich habe ein schlechtes Gewissen, aber ich kann Peggy ja wohl kaum sagen, dass sie nicht für sie gedacht waren. Deswegen überreiche ich ihr die Blumen und umarme sie. Ich bin so froh, dass sie wieder bei uns ist. Hinter mir betritt Hala den Raum, wischt sich mit dem Ärmel die Krümel vom Mund.

»Wo ist denn Caitlin?«, frage ich.

Stirnrunzelnd schaut Kit zu mir auf.

»Sie ist vor einer Weile zur Toilette gegangen. Vielleicht solltest du mal nachsehen.«

Als ich die Toilettenräume betrete, kommt Caitlin aus einer Kabine. Eine Hand hat sie an der Jackentasche, und mir ist klar, dass sie gerade ihre Tabletten rausholen wollte. Sie lächelt mir zu, wirkt aber ein bisschen wackelig. Ihr Gesicht ist noch voller Schnitte und blauer Flecken von dem Kampf im Krankenhaus.

»Ich habe mich noch gar nicht bei dir dafür bedankt, dass du dir diesen Gorilla vorgeknöpft hast, um mir zu helfen«, sage ich zu ihr.

»Hey«, gibt sie zurück. »Das gehört zum Service.«

Sie wendet den Blick ab und wäscht sich die Hände. Ich habe das Gefühl, sie wünscht sich, ich würde wieder gehen.

»Du brauchst dich nicht zu schämen, weil du eine posttraumatische Belastungsstörung hast«, sage ich plötzlich.

Damit hat sie ganz eindeutig nicht gerechnet. Ich spüre, dass ich ihr zu nahe getreten bin.

»Das ist nämlich nichts, wofür man sich schämen müsste«, rede ich weiter.

»Jessie, ich will das nicht hören.«

Aber ich lasse mich nicht von meiner Mission abbringen.

»Ich habe alles kaputt gemacht, als ich damals bei Ahmed den Befehl nicht befolgt habe«, sage ich. »Du dagegen hast im Irak nichts anderes getan, als Befehle zu befolgen.«

Sie starrt mich wütend an, aber ich bleibe zur Abwechslung mal ganz ruhig. Wir halten Blickkontakt, und es fühlt sich an wie eine Ewigkeit. Sie muss sehr viel blinzeln.

»Du hast dort niemanden verletzt, Cait. Du hast einfach gelernt, dass du nicht allen vertrauen kannst, die dir einen Befehl erteilen.«

Caitlin macht einen Schritt zurück. Sie wirkt wütend, angewidert und aufgebracht. Sich selbst gegenüber und vielleicht dieser ganzen, chaotischen Welt gegenüber.

»Aber manchmal kann man denen vertrauen, die einem einen Befehl erteilen«, füge ich hinzu. Das klingt wie ein Widerspruch, aber mir wird klar, dass es hier keine einfachen Antworten gibt. Je älter man wird, desto chaotischer wird alles.

»Wie kann man denn diese Art von Befehlen und die andere auseinanderhalten?«, will Caitlin wissen. Sie holt tief Luft, und es ist offensichtlich, dass in ihr viel vorgeht.

Zufälligerweise hatte ich in der vergangenen Woche ziemlich viel Zeit, über diese Frage nachzudenken.

»Ich glaube, das hat etwas damit zu tun, wer einem diese Befehle erteilt und aus welchem Grund«, sage ich. »In der Army hat man dich einfach ins Kriegsgebiet geschickt, und niemand hat dich gefragt, was du über den Krieg denkst oder ob du daran glaubst. Aber Peggy und Li und Kit – die haben uns gesagt, was wir tun würden und warum. Und wir haben uns dafür entschieden. Wir haben uns gemeinsam mit ihnen dafür entschieden.«

Es ist seltsam, aber wenn ich mir die Athena-Gründerinnen jetzt anschaue, denke ich, dass sie einmal wie wir gewesen sein müssen. Vielleicht haben sie nicht in einer Untergrundorganisation gekämpft, aber sie waren einmal jung, verunsichert wegen verschiedener Dinge, haben sich einen Weg durch die Probleme gesucht, mit denen einen das Leben konfrontiert. Sie haben einfach nur gelernt, das Ganze mit ein bisschen mehr Weisheit anzugehen. Vielleicht kann man nicht mehr tun, als einfach nur immer weiterzumachen und jeden Tag zu versuchen, dabei ein bisschen besser zu werden.

»Jedenfalls«, sage ich abschließend, »habe ich deswegen vor, mehr zuzuhören und öfter mal meine große Klappe zu halten.«

»Das wäre zur Abwechslung sicher mal richtig angenehm«, kommentiert Caitlin, und wir müssen beide lächeln.

»Also, wie geht's jetzt weiter?«, frage ich, als wir alle wieder im Besprechungsraum sitzen.

Die Athena-Gründerinnen ignorieren diplomatisch Caitlins rotgeränderte Augen.

»Paulina sitzt im Gefängnis«, sagt Kit mit einem Blick auf mich.

»Gut«, gebe ich zurück. »Und Aleks Jučić?«

»Verhaftet.«

»Wegen versuchten Mordes?«, will ich wissen.

Peggy schüttelt den Kopf.

»Wegen Korruption. Die Schlüssel für die Kryptowährung, die du gefunden hast, waren die stichhaltigen Beweise, die wir gebraucht haben, um zu zeigen, dass er eine Zeit lang Bestechungsgelder angenommen hat. Aber andere Anklagen können wir nicht erheben, ohne eine Büchse der Pandora zu öffnen, was meinen Aufenthalt in Serbien betrifft.«

»Wir finden außerdem immer mehr Beweise gegen die Victory-Klinik«, fährt Peggy fort. »Und unsere Botschaft in Moskau hat genug Druck ausüben können, um sie zu schließen, außerdem auch eine weitere Klinik, die Organe von ihnen beziehen wollte. Man hat sich vor der öffentlichen Reaktion gefürchtet und deswegen einer schnellen Schließung zugestimmt, solange die Presse nichts erfährt.«

»Für wen waren diese Organe denn gedacht?«, will Caitlin wissen.

»Für wohlhabende Russen, die krank sind und nicht warten wollen. In Russland werden im Vergleich zu den europäischen Ländern sehr wenige Transplantationen durchgeführt, deswegen ist die Nachfrage groß. Wenn wir Namen über diese Klinik erhalten, werden diese an die Behörden weitergegeben.«

»Und da ist noch etwas«, sagt sie und schaut uns alle der Reihe nach an. »Wir werden Dascha finanziell unterstützen, das Mädchen, das du gerettet hast. Sie soll nach London kommen. Ich werde ihr einen Job bei Chen Technologies beschaffen, aber wenn sie wirklich so ist, wie du sagst, sollten wir uns überlegen, ob wir sie nicht für Athena anlernen wollen. Wir können sicher davon ausgehen, dass sie hoch motiviert ist.«

Ich habe nicht den geringsten Zweifel daran, dass Dascha eine hervorragende Ergänzung des Athena-Teams darstellen würde. Den Umgang mit Waffen und Kampftechniken kann man trainieren, aber nicht diese Art Mut und Willenskraft. Die hat man entweder, oder man hat sie nicht.

Ich räuspere mich. Es gibt da noch etwas, was mich im Hinblick auf meine eigene Leistung in dieser Mission belastet.

»Wegen Aleks«, setze ich an. »Ich hätte herausfinden müssen, dass sein Sohn krank war. Und ich hätte die Kryptowährung finden müssen.«

Peggy sieht mich voller Güte an. »Sein Sohn hatte noch gar nicht mit der Behandlung angefangen. Dafür braucht man eine große Anzahlung, und Aleks war noch dabei, sie zusammenzukratzen. Du hattest überhaupt keine Chance, diesen Zusammenhang zu entdecken. Vielleicht hätte ich ihm noch nicht so rasch vertrauen sollen.«

Plötzlich ist es, als könnte ich wieder frei atmen. Die Sorge hat schwer auf mir gelastet – die Sorge darüber, dass ich es hätte verhindern können, dass Peggy dem Tode so nahe gekommen ist.

Li nippt an ihrer Tasse Grüntee und schaltet den großen Bildschirm ein, womit sie den Augenblick der nachdenklichen Stille beendet.

Vor unseren Augen erscheint ein staubiges Dorf. Dort steht ein neues Schulgebäude, davor viele Familien, und ich brauche einen Moment, bevor ich Kit, Peggy und Li unter ihnen erkenne. Sie tragen khakifarbene Kleidung und Hüte und lächeln in die Kamera.

Ich wechsle einen Blick mit Caitlin, dann mit Hala.

»Das ist im Norden von Pakistan«, sagt Peggy. »Vor zwei Jahren. Was dort passiert ist, wisst ihr alle.«

Wir nicken. Li lässt ein neues Bild auf dem Monitor erscheinen und zeigt uns die entsetzliche Schlagzeile. Das verkohlte Gebäude, die Reihen in weiße Laken gewickelter Körper, die dort liegen … Wir wenden den Blick ab, und Li klickt das nächste Foto auf den Schirm.

»Dass diese Mädchen gestorben sind, hat uns dazu bewegt, Athena zu gründen«, fährt Peggy fort. »Und der Mann, der das Feuer gelegt hat, wurde verhaftet. Es gab ganz eindeutige Beweise gegen ihn.«

Das Gesicht eines Mannes in traditioneller Stammeskleidung erscheint auf dem Bildschirm, zusammen mit einigen Angaben: seinem Namen, seinen Verbündeten, Kontakten aus der letzten Zeit, wann er zuletzt gesehen wurde.

»Aber man hat ihn entlassen, ohne dass es zu einer Anklage kam. Und zwar, weil die Polizei vor Ort entweder bedroht wurde oder Schmiergeld erhalten hat. Deswegen hat man ihn nie vor Gericht gebracht. Jedenfalls bis jetzt nicht.«

»Wird das unser nächster Job?«, fragt Hala.

Kit nickt. »Ja. Aber erst mal braucht ihr ein bisschen Urlaub, ihr alle. Wir treffen uns in einer Woche wieder und besprechen alles im Detail.«

Ein feierlicher Moment, als hätte man uns mit einer besonders bedeutungsvollen Aufgabe betraut. Langsam fangen wir an, unsere Sachen zusammenzupacken, und sind bereit zu gehen. Aber dann erhebt Hala ihre Stimme und sieht scheu zu Peggy.

»Gibt es irgendetwas Neues wegen meinem Bruder? Ich weiß, es sind erst ein paar Tage vergangen, aber …«

Das kommt plötzlich. Hala muss also wegen Omars Situation um Hilfe gebeten haben. Peggy und Li tauschen einen Blick – diese wortlose Kommunikation zwischen ihnen löst nicht gerade ein gutes Gefühl in mir aus.

»Lass uns das allein besprechen«, wendet sich Peggy an Hala.

Wir anderen wollen rasch aufbrechen, aber Hala hält uns zurück.

»Nein. Du kannst ihnen alles sagen.«

Für Hala ist das ein riesiger Schritt. Sie gehört zu den Leuten, die glauben, Small Talk über das Wetter wäre etwas zu Persönliches. Mein Blick begegnet ihrem, und ich formuliere eine stumme Frage – *Bist du sicher?* Sie nickt, und wir setzen uns wieder hin.

»Omar steht auf einer Liste mit Terrorverdächtigen«, erklärt Peggy. Sie schiebt Hala eine dünne Akte über den Tisch hin, aber Hala fasst sie nicht an, starrt Peggy nur weiter an.

»Das muss daran liegen, wo wir herkommen. Dass wir arabische Namen haben …«, sagt sie.

»Zweifellos«, gibt Peggy voller Güte zurück.

»Er ist kein Terrorist«, protestiert Hala. »Er hat doch gesehen, was sie uns angetan haben … Ihr versteht nicht, unter welchem Druck junge Männer dort stehen. Sie müssen sich für eine Seite entscheiden, oder sie sterben …«

Li nickt Hala zu, und ich sehe, wie schrecklich sie sich wegen der ganzen Sache fühlt.

»Ich bin mir sicher, dass das der Fall ist«, sagt sie. »Aber es macht es für uns schrecklich schwierig, wenn nicht sogar unmöglich, ihm bei seinem Antrag auf Asyl zu helfen …«

Ihre letzten Worte gehen in dem Stuhlrücken unter, als Hala abrupt aufsteht. Dann rennt sie zur Tür und nach draußen. In der Einsatzzentrale schaut Thomas auf, aber ich bin schon hinter ihr. Sie wirkt desorientiert und geht auf die Toiletten zu. Als ich den Raum betrete, lehnt Hala an einem Waschbecken und hat es mit beiden Händen umfasst.

»Hey«, sage ich zu ihr.

Aber ihre Schultern zittern, und ich begreife, dass sie weint. Nicht ein bisschen, sondern richtig. Als würde alles, was sie jemals in sich zurückgehalten hätte, jetzt herausströmen. Ohne nachzudenken gehe ich direkt zu ihr und halte sie im Arm. Das ist schwierig, weil sie die Hände vors Gesicht geschlagen hat und sich von mir abwendet, aber es gelingt mir irgendwie, die Arme um sie zu legen. Sie schluchzt herzzerreißend, und ich weiß nicht, was ich tun soll, außer sie festzuhalten. Wahrscheinlich hat sie gerade begriffen, dass sie ihren Bruder womöglich nie wiedersieht. Nach ein paar Minuten ebbt das Weinen ab.

Die Toilettentür öffnet sich, und Caitlin kommt herein. Ganz offensichtlich hat man sie geschickt, damit sie nach uns schaut. Und hinter ihr, den Blick über ihre Schulter gerichtet, steht Thomas. Er wirkt besorgt. Ich werfe den beiden über Halas Schulter einen Blick zu.

Hala selbst atmet mühsam ein und wendet sich von mir ab, um sich das Gesicht zu waschen.

»Hör zu«, sage ich zu ihr. »Wenn man Omar zu irgendetwas zwingt, finden wir einen Weg, ihn da rauszuholen. Wir lassen ihn nicht im Stich.«

Hala treten wieder die Tränen in die Augen. Vielleicht ist einfach zu viel Zeit vergangen, seit wir uns richtig um sie gekümmert haben und nett zu ihr gewesen sind. Aber sie holt tief Luft und lehnt sich wieder gegen das Waschbecken.

»Für den nächsten Job sind wir doch sowieso in Pakistan. Dann finden wir schon einen Weg«, sage ich.

Sie nickt und schaut mich an, und in ihren Augen ist ein Hoffnungsschimmer erkennbar.

»Willst du nach Hause und dich ein bisschen erholen?«, frage ich.

Hala reibt sich die Augen. Mit dem Ärmel, den sie immer für alles benutzt, wischt sie sich das Gesicht ab und lehnt dann das Angebot mit einem Kopfschütteln ab.

»Gut. Wir brauchen dich nämlich hier.«

Zum zweiten Mal an diesem Morgen führe ich mein Team aus den Toilettenräumen. Ich hoffe wirklich, dass ich diesen Ort für heute zum letzten Mal betreten habe. Ich warte, bis alle vor mir hergehen. Caitlin hat Hala schützend eine Hand in den Rücken gelegt, und ich folge ihnen nach draußen. Vor uns, im Besprechungsraum, stehen Kit und Li auf. Besorgt halten sie nach uns Ausschau.

Als sie uns zurückkommen sehen, tauschen die drei erleichterte Blicke. Und dann sieht Kit zu mir. Ich halte inne, denn ganz kurz gibt es nur sie und mich, die Verständigung zwischen uns, sogar über diese Entfernung. Ich spüre, dass sie stolz auf mich ist. Warum, kann ich nicht sagen, aber ich weiß es. Sie lächelt mich an. Und zum ersten Mal seit sehr langer Zeit erwidere ich das Lächeln.

Danksagung

Vor zwei Jahren etwa tauchten ein paar Arbeiter mit Brettern und einem ganzen Truck voller Ausrüstung vor unserer Haustür auf. Sie bauten eine Hütte in unserem Garten – ein gemütlicher, warmer Raum mit großen Fenstern. Bis heute ist das eines der besten Geschenke, die ich je bekommen habe. Meine Frau Hanan machte sich Sorgen, weil ich so wenig schrieb (zu meiner Verteidigung kann ich sagen, dass ich nicht nur Regisseurin war, sondern mich auch um die Drehbücher für die Filme kümmerte), weshalb sie mir ein Zimmer für mich allein schenkte, einen ruhigen Raum mit Schreibtisch und Rollen meiner Filme als Dekoration. Jetzt hatte ich endlich keine Entschuldigung mehr und musste ein neues Buch schreiben. *Das Protokoll* ist das Resultat.

Mein innigster Dank geht an Hanan, weil sie meine Heldin ist, der Anker und der Sinn meines Lebens. Ebenso danke ich unseren Söhnen Ethan und Luca, für ihre Liebe und Unterstützung und weil meine Arbeit durch ihre beständige Kritik besser wird. Und weil sie verstehen, dass ihre Mum den ganzen Tag etwas über Menschen erfindet, die es gar nicht gibt, und deshalb oft Sachen im echten Leben vergisst.

Vielen Dank auch an Hannah Patterson, die ich in den Amazon-Studios in Los Angeles kennengelernt habe und die mich meiner fantastischen Agentin Sophie Hicks vorgestellt hat. Sophie hat vom ersten Moment an an das Buch und seine Hauptpersonen geglaubt. Dafür und für ihren geschäftlichen Wagemut danke ich ihr.

Patrick Ness – du bist nicht nur ein hervorragender Schriftsteller und großartiger Mensch, sondern warst auch eine echte Inspiration für mich, als ich gelernt habe, an die großen Möglichkeiten zu glauben, die uns Erzählern offenstehen. Danke auch dir, Marc Nowell – du und Patrick seid wunderbare Paten für unsere Jungs und echte Freunde.